# 甲骨

陈河 著

河南文艺出版社
·郑州·

# 修订版自序

我有一个不知是好还是不好的习惯,自己的一本书出版之后,除了会好好把玩一下,看看封面,再也不会去读书里的文字。这一回为了给本书做修订,只好打开之前出版的书《甲骨时光》重读一下,让我宽慰的是重读这书没觉脸红,故事和叙述都那么新鲜生动,十年的光阴让书更有一层"包浆"感。这要归功于书里的甲骨文故事所包含的巨大文化意义。我一九九四年出国,那时走出国门旅行的人还不多,出国办事的人为了省外汇都会带方便面充饥。我一出国就游历多处世界文明古迹,一九九五年去了埃及、土耳其、希腊等地,常被当成日本人。三十年间我眼见中国地位快速提升,全球都在用"中国制造",世界各地有中国建造的铁路、高速公路、大桥、水电站,美国、加拿大的主要港口塔吊都是中国制造的。为什么这三十年会有这么大的变化?毫无疑问,中华文化肯定是起了至关重要的作用。而甲骨文作为中华文明最重要的源头文字,是中国人生命中永远不会消失的基因。我十五年前在安阳第一次看到出土的甲骨上刻的文字，心灵受到巨大冲击，震撼于它的美。那是先人对宇宙万物的描摹和抽象，那些铭刻和安阳的洹河、太行山和树木河流、星辰日月都有对应的关系。它既是象形的，又有象征意义。岁月流逝，甲骨文从祖先的祭祀中走进日常生活，变成了中国文化中常用的符号工具。相比世界其他古文明用的楔形文字、字母文字，甲骨文自顾自美丽地发展演变，三千多年没有中断。中国古人用它占卜记事，形成了中华文化的体系和传统。而文字本身也是一门重要的书法艺术。我有一回在纽约大都会艺术博物馆看到黄庭坚和宋徽宗的笔墨真迹，那么美丽飘逸，内心真是说不出的感动。

关于中国文字的学问和掌故太多了，我所能采撷的只是大森林里的一片叶子而已。有一件事情我想提一下。二十世纪初新文化运动期间曾有专家主张废除中文改用字母文字，认为中国文字笔画复杂，太难普及。但我觉得中国文字真正接受考验是在电脑时代。像我们这些写作的人，一开始都畏难，如何在电脑上输入中文，有些老作家到现在还干脆手写，不用电脑。

现在我们看到中文打字已经不成问题，复杂的中文在电脑时代变得更好用了。全国人民都能用手机打字，显示了中国文字有永远的生命力。甲骨文最初是极少数祭司、占卜师手里的记载工具，如今已化为普通中国人生活的一部分。

甲骨文有三千年历史，但发现它的历史才一百多年，特别重要的就是以河南人董作宾为首的中央研究院历史语言研究所安阳田野考古队对殷墟的发掘。我当初决定写这本书，就是因为被董作宾等人的事迹所感动。这些人其实和三千年前的贞人祭师一样，在书写和继承中华文明，一代接着一代。而我在一个偶然的机会进入了这一个链接里面，有幸为甲骨文写了一部长篇小说，冥冥之中觉得和先人们有一种心灵感应，仿佛有一种使命感。甲骨文世界是个艰深至极的领域，我的使命是运用扎实的史料，用通俗易懂的小说写法，带领读者对甲骨文世界做一次艺术漫游。

2024 年 4 月 24 日

题记

角者吾知其为牛,鬣者吾知其为马,犬豕、豺狼、麋鹿,吾知其为犬豕、豺狼、麋鹿,惟麟也不可知。

——韩愈

# 目 录

第一章 1—43
洹河水边的殷墟

第二章 45—64
挂着盾牌的墙下闪过王的影子

第三章 65—102
夜色下的安阳

第四章 103—140
古寺里的三折画

第五章 141—172
获麟解

第六章 173—191
在南方的征旅上

第七章 193—250
在洹河的北岸

第八章 251—278
寻找消失的星座

第九章  279—293  沉沦之城

第十章  295—314  逃亡

第十一章  315—357  牧野之战

尾声  359—366

后记  367—379  梦境和叠影

第一章　1—43

洹河水边的殷墟

一

从下午起，天色变得阴郁，彤云密布，北风怒号，一副下大雪的样子。杨鸣条坐在四合院东侧客房内望着窗外越来越阴沉的天空，心里开始有点焦急起来。

下午四点光景，天变得很黑了，雪气越来越重，有几只乌鸦在光秃秃的杨树上呱呱叫着。杨鸣条听得院子外面的街路上有马车接近的声音，还听到了赶车人勒马的吆喝。须臾，他看见了院门打开来，一个戴着黑呢礼帽、穿着棉袍的人走了进来。这人就是这四合院的主人傅斯年，刚从中央研究院历史语言研究所下班。他没有回院子西侧自己的房间，而是径直先去敲了杨鸣条住的客房的门。

"彦堂兄，大雪将至，行路不便。我看你去安阳的日程是否改后几天？"傅斯年进屋后脱下棉袍，点上了烟斗，对着杨鸣条说。

"孟真兄，我看不必改期。下雪对火车开行影响不大。即使大雪封了路，我就在车上等几时也不要紧，北方人还怕什么雪的。"杨鸣条说。

"彦堂兄不畏风雪，那就最好了。"傅斯年说着从公事包里拿出一袋子银圆放在桌上，说，"这里是一百银圆，从丁文江那里'化缘'得来的。这老兄到了最后时刻才把钱交给我。钱不多，你先凑合着用吧。"

"孟真兄放心，这钱够用了。我会尽量节省，把钱用到刀刃上。"杨鸣条说。

"那最好不过。兄弟先休息，用膳之后早点睡觉。明天一早我来送你。"傅斯年说着，起身告辞了。

这个晚上，杨鸣条早早熄了灯上床躺着，可是怎么也睡不着觉。他是在一周之前被傅斯年一封加急电报从河南南阳召到了北京。傅斯年没让他住旅店，而是住到了他自己的寓所里。他有一件重要的事情想让杨鸣条去做，所以要和杨鸣条说很多的话。杨鸣条急急忙忙从河南南阳赶到北京的第二天晚上，傅斯年带他去参加了北京外交使团一个隆重的招待会。

这是一九二八年冬天的一个晚上，位于北京东交民巷的瑞典公使官邸里面灯火通明，透过精致的巴洛克式花窗有耀眼的灯光射向外面的夜色。官邸的外面摆着很多辆早期的轿车，还有一长排马拉的厢式包车，车夫缩着脑袋在冷风中等候着。那从蒙古方向吹来的西北风里夹着沙尘和冷气，路边高大的杨树在风中摇晃着。

这一天因瑞典王储来中国访问，官邸正举行一场盛大的招待晚会。在上百个宾客中，洋人占了大半，有各国外交使节、专家学者和各种各样的冒险家。二十多个中国宾客里，一半是官员，一半是学者。学者里面有胡适、丁文江、傅斯年、梁思永、陈寅恪诸位名人，还有被傅斯年带进来的杨鸣条。这些个中国学者大都是早年的留洋学生，他们在国外学到了西方的先进知识，同时也知道了西方的丑陋之处。杨鸣条却是个从来没有出过国的河南乡下人，几天之前还在河南南阳初等师范学校教书。他那套长衫的里子已经破了，夹层里可能有跳蚤，长筒棉裤里面还没有穿内裤。他的个子中等，额门又高又宽，不戴眼镜，眼神的光芒是内敛的，眯成一条线。而这个时候，他因为没有睡好觉眼睛里带着红丝。他能够阅读艰深的英文著作，却不会听和说任何一门外语。他和在场的中国学者站在一起，但不能像其他人一样可以自由和外国人交谈，所以他显得有些局促。

欢迎瑞典王储的招待会上，除了王储本人，另一个重要人物是当时在中国十分受欢迎的安特生博士，他几乎和王储本人一样受到客人的尊敬。这是一个有着农民肤色和智者眼睛的瑞典人，长年在野外的行动使他有着很健壮的身体。他在辛亥革命之后不久来到了中国。那个时候中国的当政者已经知道了国家矿藏的重要性，准备以国家的力量来查明矿藏资源。但调查国土矿产资源靠中国自己的力量是无法完成的，所以决定从西方聘请专门的矿藏顾问。消息外传之后，当时所有在中国有治外法权的大国都力图把他们的科学家派到中国，以获取中国矿藏资源特别是煤矿和铁矿资源的分布情报。那些曾经火烧过清朝皇家园林的列强之间竞争得非常厉害，但中国政府这回决定不从他们中间选择专业顾问，而是任用了瑞典人安特生。瑞典那时被认为是欧洲少数几个没有帝国主义野心的国家之一，事实上也是如此。给中国政府提出这个选择建议的是当时的中国地质调查所所长丁文江博士。

安特生来到中国之后很快在中原一带的山脉找到了大量的赤铁矿，这些铁矿后来成了中国早期工业"汉阳造"的机器和武器的主要原料。但是安特生不是一个兴趣单一的专家，他知识渊博，旅行时会关注周围的环境和地理。他在中国很快有了一系列的重要地质和考古发现，最为出名的是一九二一年在河南仰韶发现了彩陶。那是他在河南渑池县寻找史前人类用过的石器时，在一个峡谷山洼里看见了一个夹带着红色磨光陶片的断层，因而发现了一个庞大的文化遗址。从此，这个叫仰韶的地方就成了中国彩陶文明的代名词。

今晚，借着欢迎王储的机会，安特生要公布又一件惊世的发现。那是他在北京以南周口店的工作成果，很多年以前他在那里找到了许多带泥土的碎骨化石，他一直怀疑这是一种远古猿人的骨头化石。经过一段时间有计划的发掘，他的同事——加拿大解剖学家步达生终于找到了几颗荷谟形下臼齿，证实这是一个新的人种，类名为"北京人"。

杨鸣条听得背后流汗，他有点不明白，为什么这些巨大的发现都是外国人在中国完成的？但仔细想想也不奇怪，对于中国人来说，那些死人骨头从来都是些不吉祥的东西，谁会像这些外国人一样把一个古人的牙齿像珍宝一样反复把玩呢。他记得小时候，只有那些胆大的孩子把古墓中的头骨用绳子穿起来在地上拖，而且都以为是和尚的头骨，因为脑壳上没有头发。

接下来，他通过翻译听到今晚的大人物安特生在说另一个事情：在今后一个时期，河南安阳的甲骨文会成为世界考古的热点。安特生说出了自己的计划，打算以洛克菲勒基金会的名义，邀请世界上著名的考古专家共同参加，准备对安阳的殷墟文化遗址进行发掘，其发掘的成果按各方所投入的资金和人力比例日后共享。

听到"甲骨文"这几个字，杨鸣条就像那些初恋的中学生听到别人提到他暗恋的人的名字一样一下子脸红了。安特生刚才说的地质和史前人类的事他一知半解，但是甲骨文的事情他是知道的。这是他整天在钻研冥想的东西，是他最精通的一件事。他接下来听到安特生在说安阳的青铜文化，说甲骨文在全世界的研究现状，他听出了安特生对这一领域的事情并不很熟悉，好几个地方还说了外行话。

"这可是在说你老家安阳的事啊！"傅斯年贴着杨鸣条的耳朵轻声说。杨鸣条感到羞愧，他老家虽在河南西南部的南阳，可到现在他还没去过同在河南的安阳呢。

"这件事可不能让外国人干了。甲骨文是祖先留给我们的书契暗号，我们自己有能力去发掘整理，没必要再像仰韶村一样，发掘出来的东西给人家拿去一大半！"傅斯年对身边的几个人说。傅斯年说的这句话是针对安特生在仰韶陶片上的做法，因为根据协议，安特生合法地拿走了发掘到的仰韶陶片的一半。而且留给中国的那一半也是先运到瑞典去修复研究，再运回中国来。

这个在瑞典公使官邸开始的话题延续到第二天中央研究院历史语言研究所所长傅斯年办公室，延续至杨鸣条下榻的傅斯年家里的客房。

傅斯年是个胖子，可行动敏捷。他是五四运动先锋，精通国学。五四运动后他到欧洲读了好几个学位，回国之后从蔡元培那里接受了创建历史语言研究所之任务并任所长。他提出一句口号："上穷碧落下黄泉，动手动脚找东西。"在西方的留学经历让傅斯年知道中国传统教育不足之处是把体力劳动和脑力劳动分开，他觉得不把这种障碍扫除掉，就无法得到获取科学知识的新方法。所以他提出了这一句和传统中国文人治学完全不同的口号，要求他手下做研究的人应走出书斋到社会和大地上寻找资料和灵感。

傅斯年在办公室和杨鸣条做了一次详细的交谈。傅斯年在创建历史语言研究所之初就开始暗中筹划一次以中国本国力量为主的田野科学考古，他选中的地方就是安阳的殷墟。他已经向中央研究院报出了计划，但是受到了极大的阻力。以罗振玉为首的一大批古文字学家都认为安阳的甲骨经过三十余年的搜集，埋藏的珍品已经发掘完了，再组织人员去发掘是徒劳无益的。此时的罗振玉已和溥仪的王室十分亲近，一年多之前王国维投湖自尽，学界的人都认为和罗振玉的相逼有关，所以傅斯年看不起罗振玉的为人，公开骂他是条"老狗"。傅斯年向杨鸣条交代了这次请他到北京来的目的，就是想委派他前往安阳小屯村做一个调查，查清那里是否还有古物可以发掘，要用实际的调查结果打破罗振玉诸人的断言。

傅斯年为何选中杨鸣条并把他千里迢迢从南阳招来有着好几个原因。论杨鸣条的学历，其实他连正式的大学毕业文凭都没有。他在河南地方上接受了师范教育，后来到北京大学也只是个旁听生。但他凭着这么点学历，在甲骨文的研究上却早已名声显赫。他所发现的贞人集团猜想解开了殷商王朝的断代之谜，甲骨学界都心服口服接受了这个学说。傅斯年是在广州中山大学任文学院院长时认识杨鸣条的，当时杨鸣条也在那里，当一个普通助教。交往之下，傅斯年发现他简直是一个为甲骨文而生的天才。还有一点，傅斯年知道安阳这个地方经过三十来年的殷墟文物发掘的买卖，各种黑暗势力滋生，已经是个环境十分复杂险恶的地方。

杨鸣条是河南本地人，多少还能在当地找到一些关系，语言上也比较容易和乡下的农民接近交流。因此，傅斯年选中了杨鸣条，让他从河南南阳初等师范学校到北京来见他。

二

次日凌晨，杨鸣条早早就醒来了。他整夜都不敢入睡，怕自己会睡过头，误了火车。他没有手表，屋里也没有时钟，他得听着鼓楼的鼓声报时才知道时间。今天他得四通鼓也就是四点钟起床，他在二通鼓的时候就一直醒着。四通鼓一响，他就听到傅斯年来敲门。此时送他上火车站的马车已经到达门口，天上飘着鹅毛大雪，地上的积雪已有一尺多深。傅斯年让杨鸣条到厨房吃热腾腾的早餐，马车夫也被请到了桌子上一起吃。吃饱了肚子，浑身暖和，杨鸣条告别傅斯年，坐上轿式马车出发了，傅斯年雪中目送他远去。马车从傅斯年的象房桥寓所前往前门火车站要走很长一段路。雪下得不是很大，但是逆着北风前行，车厢里面奇冷，马匹亦蹇步不前。杨鸣条听到马车夫用马鞭抽打着马匹叱着它们前行，心里不忍，劝说马车夫不要用鞭子。但马车夫不用马鞭抽打，马车的速度就明显慢下来。杨鸣条害怕会误了火车，只得又让马车夫使用马鞭。

马车到达前门火车站时,时间还不晚。杨鸣条提着柳条箱进了候车室,拂去了身上的雪花,略作休息,便登上了京汉铁路列车。这个时候天开始微亮,因为大地上一片白色皑皑,窗外已能辨物。一忽儿,火车汽笛长鸣,慢慢地开动起来。

火车开出后不久,天气晴朗起来,太阳照射在华北积满白雪的平原上,反射出耀眼的寒光。杨鸣条坐的是二等车厢,冷冽的风和火车头喷出的煤灰都钻进了车厢里面。他的眼睛一直看着车窗外,看着大地上的景物像电影一样飞闪而过。这条铁路线的客运列车他是坐过很多回的,可这回内心有一种从来没有过的激动和不舒服的震颤。难道是他对即将面临的安阳调查任务感到害怕而畏缩?或者是因为可能会见到久别的梅冰枝而忐忑不安?他现在还没有弄明白其中的原因。但有一点他是可以感觉到的,那就是他一生中最重要的时期就要开始了,他以前所做的一切只是为接下来在安阳要做的工作做好准备。

三等车厢里坐的大都是劳苦阶层的人。此时,坐在他对面的是一个农民模样的人,他的脸是毫无表情的,像是戴着一个石雕面具。杨鸣条对这样面具般的脸孔很熟悉,这就是河南农民的面孔。但是在他意识深处,还浮现着一个真正的石头面具,那是他在王国维的《殷周制度论》影印本中看到的一个安阳发掘到的商代祭祀面具,杨鸣条推断当时商朝男性的标准长相大概就是这样的。这就是他内心深处的面具,也是梦幻里的面具,它一直让他的内心不得安宁。

1895年春天,杨鸣条出生在南阳长春街一座有临街铺面的房子里。父亲杨世奎此时已过不惑之年,可算老来得子,自然满心喜欢。他给儿子取名为杨名迢，意思要获取功名千里迢迢之外。杨世奎原是河南怀庆府乡下书生，因逃蝗灾到南阳打短工谋生，后来在一家杂货店当店员。店主没有儿子，看杨世奎勤奋能干，就将女儿许配给他。后来，夫妻两人经营起这家小店，日子渐渐好过。杨名迢生命里的第一件有记忆的事情是：母亲抱他到枯井躲避土匪，那时河南土匪很多。他突然哭闹不已，同在井下的邻人群起抱怨，他的母亲只好抱着他回到了地面。

和河南许多家境尚可的家庭一样，杨名迢自小上私塾，在十五岁之前把所有先贤古书都读透了。但是那个时候科举已经不再存在，他再读书也没什么用处，唯一等着他的是去帮助父亲经营小杂货店。然而有一天发生了一件事，让他的少年生活变得有趣了。在他每天上学去的马路拐角，有一个叫"吉祥斋"的刻字店。店主周文金精通金石，为人友善，和杨家很熟。杨名迢每天放学回家时，都会站在他的店里看他刻字。让他奇怪的是周先生在图章上写的是反字，而且是一种叫篆字的奇怪字体。这篆字让他很是着迷，后来周先生就借给他一本《篆字汇》，让他拿回家临摹。不久后他有了自己的几把刻刀，开始了在石头或者木头上刻章，这种嗜好几乎成了他少年时代的全部乐趣。周先生觉得这孩子是个天才，给他刻了一枚"商出鸣条"图章，以商朝灭夏之"鸣条之战"典故谐杨名迢之"名迢"之音。杨名迢非常喜欢"鸣条之战"这个"鸣条"的意思，从此就以鸣条作为自己的名字。当时他还没想到自己从此和商朝这一个朝代结下不解之缘。

就是从那个时候开始，杨鸣条开始沉湎于篆刻这件事，经常会茶饭不思刻个不停。他经常会在雕刻的时候做起白日梦，梦里的篆字变成一种更加奇怪的象形字体，那一定是比篆字更早的文字。而他雕刻的材料也经常变得不是石头和木头，而是一种奇怪的东西。他甚至有时候会觉得自己已经刻了很久很久的字了，有许多字不是他新学的，而是他自己本来就知道，只是现在回忆了起来。这次和刻字的接触对他影响深远，他后来就是根据刀法的不同来分辨甲骨的年代和每个贞人的刻刀手法，从而断定年代。当然，这种训练也让他一看刀法就能辨出刻品的真伪。

接触到甲骨文是他一生中最重要的事情。他第一次在北京大学图书馆里翻开了刘鹗的《铁云藏龟》时，看到那一版版甲骨的拓片，心里面有一种奇怪的熟悉和亲切的感觉，觉得这是他自己记忆里的东西。自那之后，他一头钻进了甲骨文的世界，由于他早就熟悉篆字和钟鼎文，学习甲骨文比一般人容易了许多。此时他已来到北京，在北京大学当旁听生，主要是收集和研究中原的民谣。没有人教他学甲骨文，他完全是靠自己摸索入门。他借来罗振玉的《殷墟书契前编》，反复摹写。郭沫若当时说过一句话，学习甲骨文并不难，三个月时间就可以了。《殷墟书契前编》共辑录甲骨二千二百二十九片，每片少则几个到十几个字，多则上百字。杨鸣条每天摹写二十到三十片甲骨，三个月时间后就可以自如阅读甲骨文了。

在他考取了王国维先生的通讯学生之后，很快就在甲骨学界崭露头角。让他引起甲骨学者注意的是他提出了一个贞人集团的猜想。他发现商代占卜师都会在甲骨卜辞上留下自己的名字，因此那些留下名字的三千年前的古人一个个在他心里都活了起来。他特别留意了一个叫"大犬"的占卜师。最近两年，杨鸣条一直在追寻着贞人大犬的卜辞，他知道大犬的确存在过，大犬的生命通过龟甲上的契刻流注到了他的感觉里。慢慢地，贞人大犬成为他身体和灵魂的一部分。他经常会在梦乡中跟随着贞人大犬回到商朝的都城安阳。正因为这样的原因，杨鸣条对安阳有着深深的敬畏和虔诚，像是基督徒对耶路撒冷、伊斯兰教徒对圣地麦加城一样。在他觉得自己还没做好准备的时候，他多少次经过这里都没有停留过一次。

而现在，他来了，带着一个使命，要真正走进他的梦的源头去。

三

　　杨鸣条在傍晚时分到达了安阳火车站。下车之后，走出火车站，只见车站外灰蒙蒙的场地上有许多黑色的人影，正在用他们最快的速度向他这边靠来。当他们走近时，杨鸣条发现这些人原来是成群的乞丐。他花费了不少零钱才摆脱了乞丐群，看见前面有好些旅店的迎客者，鹄立在道路旁边。迎客者各持着悬杆灯笼，手上有数面白旗子，灯笼和白旗上都写着旅店的名字。杨鸣条看见一个灯笼上写着"迎宾楼"的招牌字，便从灯笼下的迎客者手里拔了一面旗子。那迎客者一声吆喝，立即有一个仆从推着小车过来，将杨鸣条的柳条箱放在车上，带他前往住宿的迎宾楼旅店。

　　火车站是在安阳城外，到旅店要走一段路。虽然天色已昏暗，但杨鸣条还是能看见远处的道路尽头有个黑黝黝的城楼。灰沉沉的天空正刮着沙尘暴，这是从北方沙漠吹来的季风，每年的冬天吹得最厉害。从这里前往旅店的路上，一路是土屋区。看着那些草屋顶上突出的烟囱，看着那一座上千年的关帝庙，看着路边那些在水沟里寻找食物冲着行人不断吠叫的野狗，看着那些背上背着薄薄的家当流离失所的农民，杨鸣条突然一阵伤感，眼泪夺眶而出。暮色中一个小男孩和一个小女孩正在路边的土坡上，他们的手里都有一块不小的馍馍，因此他们的脸上显露出快乐的笑意，显得是那样的幸福。杨鸣条的内心升起一种强烈的熟悉感，他所见的安阳城外一切事物对他来说似曾相识：在一个粮食店外面的大轱辘磨盘上，在一座茶馆外挂的红灯笼上，在一群盘旋在树杪之上的乌鸦群上。这里的一切都显得如此残败荒凉。

杨鸣条还没走到那个黑暗中的城楼，就到达旅店了，原来旅店也是在安阳城外的。旅店主人殷勤上来迎接。杨鸣条看到这个旅店屋宇还算宽敞，进入门厅后，是一个蛮大的天井，围着天井的是客房和饭堂。北方行路大多依靠牲口，所以这天井里拴着好些马、骡子和驴，地面上自然撒满了牲口粪便，气味很重。杨鸣条本是河南人，从小和牲口打交道，所以并没觉得不适。店里的伙计将他迎入客房，立即有好些个土妓过来搭话，杨鸣条都一一谢绝。他关上了房门，房内有木炭炉火，很温暖。一忽有饭菜送来，很是丰盛。杨鸣条喝了几杯酒，便觉睡思昏沉。他听到外面客堂里每有客人到来，就有土妓叽叽喳喳围上去。有些客人喜欢听歌曲的，行李一卸，就带着土妓到房间里，顷刻就弦索盈耳了。

第二天一早他就起身了，在旅店的门口向不远处的安阳城楼张望。今天天气不错，太阳很快就要出来了。在蓝天的陪衬下，安阳城楼轮廓很明显地显现了出来。城楼背后远处的太行山上积满了白雪，看起来银装素裹气势雄伟。杨鸣条虽然已经到达了安阳城，但还是身处城门之外。早点后，旅店的主人和杨鸣条攀谈起来。旅店主人说，这几年，河南安阳一带是北伐战争的主战场之一，吴佩孚军队和北伐军一直在这一带打仗。尤其是前年下半年，北伐军在农田里挖壕沟，隔着洹河和吴佩孚军队对峙，农民无法种庄稼，安阳周遭的农民都在四处逃荒。好在北伐军终于胜利了，但是今年的庄稼已误了农时，无法栽种了。店老板说，流离失所的农民不愿等在家里饿死，有的参加了北伐军队，有的则是当上了土匪，所以河南的匪患比之过去更加厉害了。土地上的庄稼是荒掉了，可是另一件事情倒是兴旺了起来。近年以来，那些守着土地的农民由于没有收成和农活干，就拼命地在地里挖掘文物。他们和地主说好，在他们的地里挖掘，如果挖到了甲骨和青铜器，就各分一半。那些地主没有收成也受不了，于是都同意这么干。所以，最近安阳到处在挖掘，每天都有东西挖出来。全国各地的古董商都守在安阳，有什么好东西挖出来马上被买走。那些农民要是挖到好的东西，胜过种几年的庄稼，因此也没有心思种地干活了。因为这个，这几年安阳城倒是兴旺了，在鼓楼一带，有好几条街都十分热闹，那里开着好多间古董商号，边上还有酒楼、戏楼、妓院。从北京、天津、山东等地来的客商麇集在那里。

杨鸣条想进安阳城内看看，了解一下古董商号的情况。旅店主人是个热心人，问杨鸣条是从哪里来的？得知他是北京中央研究院派来的，肃然起敬。他告诉杨鸣条，上街买古董要小心，因为到处都是陷阱骗局。杨鸣条谢过他的提醒，在出门之前，他托旅店主人给安阳中学送一封信。信是给他在安阳的唯一熟人梅冰枝的。她是他在北京大学求学时认识的女大学生。杨鸣条听说她眼下在安阳中学教书，所以就抱着试试看的心情，给她写了封信，说自己正好在安阳出差，如方便的话想和她见一见。他把信给旅店主人时，心里出现了梅冰枝的形象，伴随着她的形象心底升腾起一阵温暖的激动。而后，他举步走到外面的街路。

他向着城内走去，由于有那座地标鼓楼做指引，很快就找到了城中心。在安阳城内萧条的街区里，唯有古董店显得十分气派。杨鸣条看到那些气派的大轿或者厢式马车停在路边，有穿长袍马褂的人或者西装革履的人进进出出，偶尔还能看到金头发蓝眼睛的西方人。除了古董店，他还注意到街上有好几家日本的药铺和杂货铺。有一家叫"大阪机工"的商店里面展示着一些日本造的棉花纺线机器。他在路上还和几个日本人擦肩而过，日本人虽然外表和中国人无异，但他能认出来。

他走进一家古董店，看到每个店里都陈列着大大小小的青铜器、陶器，是真是假难以辨认。他看了几片甲骨，一眼就看出是赝品。杨鸣条想问问他们还有没有别的甲骨片可看，可店里的人对于他这样的生人是一副防备的样子，敷衍着不愿多说，只等着他快点离开。杨鸣条走了好几家店都是遭到这样的冷遇。他心里寻思，看来这里的人都在做熟人的生意。可能歹人太多，店里的人怕陌生人是探子，摸了店里的底细夜里就来抢劫。

杨鸣条转了一圈，离开了那热闹的地段，在一条略为冷清的街上走了几步，看到路边有一家叫"天升号"的古董商行。他忍不住好奇，又走进了店里面。这个店里的掌柜显得好客了许多，问杨鸣条是要看青铜还是字骨头。

杨鸣条问有字骨头吗，店老板从柜子里拿出半版龟甲递给杨鸣条。这还是杨鸣条第三次亲手触摸甲骨片。他之前在罗振玉家里见过真正的甲骨片，并获得罗振玉同意把甲骨片拿在手里把玩。

后来他在北京大学图书馆藏品部也抚摸过几块甲骨真品。现在，当他抚摸着这块龟甲，从它那温润的质地和厚重的化石般的光泽看，他直觉这是一块真甲骨，从烧灼的位置和兆文来看也都没有破绽。杨鸣条看到内甲上刻了两行卜辞：

癸巳卜其帝于巫 贞焚闻有从雨。

杨鸣条仔细观摩，认出前一行卜辞"癸巳卜其帝于巫"，意思是要对巫进行禘祭。后一条卜辞的内容是"贞焚闻有从雨"，即焚烧俘虏求雨。论这契刻的刀法和他所熟悉的殷人刻法无异，但是杨鸣条还是发现了里面的破绽，微笑不语。那店老板一直盯着杨鸣条的脸赔着笑。

"敢问客官觉得货色怎么样？"

"刻得很不错，可惜这位刻字家聪明过度了，把对巫禘祭和求雨的卜辞刻在了一起。殷人求雨的时候会焚烧俘虏，但是不会和对巫禘祭一起举行。因之可看出这是一块伪刻。"杨鸣条说。

"怎么？先生认识这些字骨头上的甲骨文？"

"略知一二。"杨鸣条说。

"先生真是好眼力。不瞒先生，这块龟甲是真的殷商龟甲，烧灼火号也是真的，只是背甲上原来只有俩字，其他的字是后来刻上的。说实话，这样的字骨也算是不欺瞒客人了。当然，先生这样的客人是内行人，另当别论，真是冒犯了。"

"那你这里还有什么没动过手脚的真货色吗？"杨鸣条问道。

"眼下还真没有。现在字骨头的价钱上得很快，鸡蛋大的一小块都要上百银元，况且大的买主垄断了来源，有字骨掘出全由他们收。像我这样的小店实在不敢收购待沽。不过客人要是真的需要字骨头，我倒是可以给你留意的，一有好的货色立即给你报信儿。"

"你认识这个在龟甲上刻字的人吗?"杨鸣条问道。他还没放下刚才那块伪刻的龟甲。

"这个人你还是不见为好,上不得台面。"店东家说。

"不,我倒是很想见见他,看他所刻的甲骨字几乎乱真,想来他一定是个奇异的高人。"杨鸣条说。

"那好吧,我呼他来。"店东家差遣一个伙计出去找人。须臾工夫,只见一个只有不到普通人胸间高的侏儒蹒跚着越过门槛走进了店铺。杨鸣条第一印象觉得这个精灵状的小人像一只蝙蝠,继而马上联想起《封神演义》故事里那个拿着锤子凿子的飞天雷震子。要是他这个时候飞腾起来倒挂在天花板一个斗拱上,他也不会奇怪。

"东家找我有事?"进来的蝙蝠状侏儒说。

"蓝保光,这位北京来的先生要见你。他夸你的字刻得好。"店东家说。

"我还以为你卖出几块字骨头要给我一点钱了。"这个叫蓝保光的人说,一下子就蔫儿了下去。杨鸣条觉得这个人好奇怪,不仅人和雷震子模样像,连名字也奇怪得和雷震子有一比。

"你的刻法让我吃惊,你能让我看看你的刻刀吗? 怎么和古人刀法这么相似?"杨鸣条问他。

"我的大烟瘾犯了,什么也不知道了。你要是给我一口烟土抽,我什么都告诉你。"蓝保光靠在墙角,像一堆泥一样瘫着。

"这个不难。"杨鸣条说。他辞别了店老板,让蓝保光带他去烟馆。

这蓝保光斜着身子抽了两个烟泡后,逐渐有了精神,眼睛开始有了亮光。他这时候的模样似乎是一个悬浮在空气里的精灵，身上每一根毛发都舒展开来。

"大人有什么吩咐现在可以说来。"蓝保光说。

"让我看看你的刻刀。"杨鸣条说。

蓝保光从裤腰头掏出一把两头刀，一半是青铜的，一半是玉石的。他说这是他家里的传家宝，不知是什么时候开始传下的。他小时候并不知道家里有这个东西，他患麻风病的母亲在眼睛烂掉的那年的一个夜里在他的枕头底下塞进一个布包，布包里面就是这把雕刻刀，说今夜他会做一个要紧的梦。果然从第二天开始，他就可以用这把雕刻刀在无字的甲骨上刻字，以此混口饭吃。

"你认识甲骨字吗？"杨鸣条问。

"不认识。"

"那你是怎么刻字的？"

"瞎刻呗。我刚才说过，我母亲给我这把雕刻刀的那个夜里我做了一个很长的梦，梦见自己很早以前是一个刻字的人，后来就知道怎么刻字了。"

"这怎么可能？"杨鸣条说。

"因为这些字形都记在我心里了。就像我会记住太阳、河流、房屋、牛、风中的树、蒸好的馍馍、晒干的肉一样，我记住了这些字形。"蓝保光说。

"你说这一切都是因为你母亲让你做的一个梦开始的，你母亲是个什么样的人？怎么会有这么神奇的本事？"杨鸣条问道。

"我的母亲是个会作法术的萨满教巫师。在她得麻风病之前，她是方圆百里最好看的女人，也是最有名的女巫师。那个时候她整年都在路上给人家驱魔祈福，她举着羽毛的项圈、打着瓦缶一直在大路上跳舞。我那时就跟在她的身边，从一个村落到另一个村落，一个城镇到另一个城镇。那时人家会给她很多钱，会给她很多好吃的东西，我们一直在路上走，日子过得很快活。只是后来她开始得麻风病，身上的皮肤全烂掉了，她的头发都没有了，鼻子眼睛只留下几个洞孔。她再也不能上路去跳舞作法了，现在只是待在洋人办的麻风村里。"

"照你这么说，你母亲过去只是个女巫师，现在是个麻风病人，看不出有什么特别的法术啊。"杨鸣条说。

"不，她身上的法力没有消失，她的麻风病越重，身上的魔法力就越厉害。只是她不再使用它们，那些魔法力都存储在身体里，我能看得到。"蓝保光一脸认真地说。

"你能刻几个字给我看看吗？"杨鸣条说。他对蓝保光说的故事很难相信，想看看他是否真的能现场刻甲骨文。

"没有骨版怎么刻？"

杨鸣条看到烟馆里有一只老南瓜，就让他在南瓜上刻。杨鸣条惊奇地看到他的刻法是从上而下先把每个字的横画刻好，然后再从上而下刻上每个字的竖画。这种刀法正是王国维先生考证的三千多年前商人刻甲骨文的一种流行刀法，蓝保光这样一个不认识甲骨文的伪刻者怎么会知道这种远古的刀法？他刻出的一排字，让杨鸣条大吃一惊。蓝保光刻出的卜辞为：

**壬戌卜㱿贞重伐乎執**。

此卜辞是一次对国王征伐的贞卜。让杨鸣条大为吃惊的是这条卜辞的贞人的名字居然是他一直在追踪的贞人大犬。贞人就是那些将卜辞刻在甲骨上的贞卜师，每个贞人都有自己的名字，而且在每次的契刻上会写上自己的名字。贞人大犬的名字甲骨契刻字形为，隶定字形为**犾**，此字后来演化成了“狄”字，但在甲骨文中其实是“大犬”两字的合写，所以杨鸣条一直读**犾**字为大犬。最近几年来，杨鸣条一直在追寻和研究贞人大犬的卜辞，大犬是帝辛时期的一个重要的贞人。正是这样的原因，杨鸣条看见蓝保光的契刻中竟然出现大犬的名字，心里会觉得激动不已。

这蓝保光怎么会刻出他的卜辞呢？杨鸣条问他这句话是怎么来的？他知道这句子的意思吗？蓝保光说不知道意思，他只是把心里想起的字形句子刻出来。杨鸣条这时相信了蓝保光今天说的话不是胡说八道，他的确是个奇人。

杨鸣条问他住在哪里，他说是和老母亲一起住在麻风村里。他做伪刻其实挣得很少，古董店的老板给他的钱都不够他抽大烟。杨鸣条又问他麻风村的情况，他说是加拿大的传教士开办的，在王家峪一块高地上面，在洹河的岸边，和周围的村子隔得很远。这块地是传教士几十年前就买下的，以前有很多麻风病人住在里面，现在麻风病人少了，只有他和母亲两个人住在那里。

杨鸣条给了他两块银圆，说自己过些日子要带一班人来安阳找字骨头，会有用到他的地方。蓝保光收起了那两个银圆，蹒跚而去。

# 四

当日下午，杨鸣条回到了旅店。旅店的主人告诉他那封信已经送到梅冰枝的手里。她让旅店主人带口信给杨鸣条，说下午六点钟她要到旅店里来看望他。这消息让杨鸣条脸孔发红，心跳起来。上午他差人去给梅冰枝送信时，只是想试试，也不知她是否会收到信。想不到她真的收到，还立马决定要来见他，他心里有一阵阵眩晕的快乐。他回到自己的房间里，独自坐在安静中，闭上了眼睛，和梅冰枝一起度过的那些片段一幕幕浮上心头。

一九一九年春天，杨鸣条在开封中学教了几年书之后，上北京求学，在北京大学当旁听生。当时北京大学正发起一个征集民间歌谣的活动，胡适、刘半农、周作人、沈尹默都是发起人和参与者。受这个潮流影响，杨鸣条在研究甲骨文之余选择了研究民歌民谣，并兼任《歌谣周刊》的编校工作。这个职务每月给他带来十二块大洋的薪水，可解决他的生活费用问题。

那时杨鸣条经常会参加北京大学举办的关于民歌民谣的朗读歌咏和学术讨论会。一天的民歌民谣会上，一个穿着阴丹士林蓝旗袍、剪着短发的女学生对他说："杨先生，你还认识我吗？"杨鸣条看着她的脸，觉得有点面熟，可又想不起来她是谁。女学生自我介绍说她叫梅冰枝，在开封中学时听过杨鸣条讲课，今年她考上了北京大学，刚刚来北京不久。杨鸣条想起了几年前她在开封中学时的形象，那时她还是个黑瘦羞涩的女孩子，现在的样子变化很大。

杨鸣条还清楚记得那一次见面，他在第一眼就喜欢上了她，他还在心里责问过自己以前怎么会没有注意到她。自那之后他们开始了交往，杨鸣条带着刚来北京不久人生地不熟的梅冰枝到处游玩。那时杨鸣条兼职的《歌谣周刊》设在北海静心斋的西厢房，杨鸣条在那里有一间宿舍，梅冰枝经常会过来和他说话，有时会帮他做饭洗衣服。一段时间之后，他发现她是个有着奇异想象力的女生。她是河南安阳人，父亲是当地一个戏曲班子的班主，是个知书达理的人，所以会尽其所能供她读书。杨鸣条那时已经在研究甲骨文，对于来自甲骨文出产地安阳的梅冰枝有一种特别的关切。杨鸣条很喜欢听她说她跟着父亲的戏班去演戏的故事，戏班演的都是古代的神话传说，她从小就经常上台演小精灵小妖怪。可能是这样的原因，她对民间古老的神话传说特别感兴趣，也对那些灵异蛊虫的故事深信不疑。梅冰枝说自己在北京大学的学士论文是《三千年的虹蜺和妖虫传说》，她要把关于虹蜺的故事好好说一说。这些内容部分来自她小时候在安阳听来的民间故事和父亲保存的古代戏曲抄本，部分来自历代的文献及钟鼎文和汉画中的图案。中国古代认为虹蜺是双头龙，可以把水吸走。古人以为虹蜺为一雄一雌的两头怪物,为二气不正之交,象征淫奔、作乱。两个字都是虫字旁,因此虹蜺在古代也被认为是妖虫。杨鸣条对她的这些想法将信将疑,因为她是个刚从小地方出来的女学生,学识还不高,还不知道怎么做学问,但是她神奇的想象力和她所讲的安阳土地上流传的神话让杨鸣条对安阳的兴趣越来越浓。

起初,杨鸣条觉得他们之间只是曾经的师生和河南老乡关系,但是情感和情欲在悄悄滋生。那时他们除了经常在西厢房里见面,还会一起前往北京的郊外农村去采集调查民歌民谣,那是一段多么美好的时光!在中国的北部,到了八月中旬,空气中就开始弥漫秋的气息了。在那些笔直的乡下道路上,白杨树开始飘下落叶,田里的庄稼已经收割完毕,只有麦秸和高粱秸子还留在地里头,引来了成群鸟雀在空中盘旋着。杨鸣条踩着一辆借来的自行车,车架后座坐着梅冰枝,他们要前往慕田峪古长城脚下去访问几个当地居民,核实一首民谣的准确词句。他们爬上一段残缺的长城,远处的山岭上长满了红叶,隐隐约约能看见一些村庄的房子散布在山坡上。他们在一个向着太阳的山洼里,靠在一堆温暖的干草堆上休息。梅冰枝说要让他看一样东西,要他闭上眼睛。他顺从地闭上了眼睛,感到梅冰枝把他的手拿到胸前的位置,往他手里塞进一个温暖的小物体。他睁开了眼睛,看到手心里是一个古玉蝉,上面系着红线,是梅冰枝挂在内衣里面的贴身之物,所以还带着身体的温度。杨鸣条仔细看,觉得这是很古老的夏商周三代之物,玉蝉的意思是不断地脱壳羽化,转而投胎,古代人是把玉蝉放在死人口里随葬。梅冰枝说,这是她小时候有一次去洹河边的外公家,外公给她的,是外公从自家地里挖出来的。她喜欢这块玉，就穿了红绳挂在贴身的胸衣内。杨鸣条抚摸着这块带着梅冰枝胸脯温度的古玉，感觉到她的身体充满了情欲。他难以自禁地抚摸了她的胸脯。起先只是在衣服的外面，但是梅冰枝的身体渴望着他的手，他解开了她的衣襟，抚摸起她的乳房。强烈的欲望把他们淹没了，就像梅冰枝所研究的虹蜺故事所暗示的，他们心里滋生的情欲相互吸引，终于泛滥了起来。两个河南人在长城下的野地里有了第一次的交媾。

自从有了这一次，他们就滑入了情欲的深渊。那些日子，杨鸣条和梅冰枝在西厢房天天在一起，频繁地交媾。梅冰枝开始了对未来的憧憬，说杨鸣条以后可以到她的家乡安阳研究甲骨文，她自己大学毕业后也要回到安阳去接父亲的戏班演戏，这样他们就可以一直在一起。但是，杨鸣条却在困境之中，他在南阳老家已经有妻室了。在他十岁那年，平时还算健壮的杨鸣条母亲突然蔫儿了下去，生了一场大病。母亲以为自己要死了，想在自己离开人世之前看到儿子娶媳妇，于是第二年，才十一岁的杨鸣条娶进了同一条街上的齐家女儿——十三岁的齐秀玲。这桩婚姻一直存在着，虽然他青年时期开始出去求学后一直没有和她生活，但她在老家和他母亲一起过日子，家里的大小事情全靠她支撑着。这一件事，他还没向梅冰枝说明。

终于有一天，他向梅冰枝坦白了自己婚姻的事。梅冰枝平静地接受了这个事实，因为她知道在河南乡下这样的婚姻是很多的。但是从此之后，她没有再到北海的西厢房和杨鸣条见面。杨鸣条最后一次见到她是在北京协和医院，她上街游行被警察打伤，头上裹着纱布。她变得很激进，不顾危险。那以后，梅冰枝没有再来参加民歌民谣活动。后来，杨鸣条去了广州，和她完全断了联系。

很多年已经过去，杨鸣条一直在思念着梅冰枝。这回傅斯年把他召回到北京，向他透了信息，说梅冰枝在安阳。他听到这个消息之后，心里就像是突然点起了一盏灯，变得透亮。出发前北京那场雪让他心焦，就是因为他急于见到梅冰枝，怕大雪耽误行程。现在，她就要来了。

天黑之后，他在厅堂里等候着。华灯初上，旅店里面开始有点热闹起来，有浓妆艳抹的土妓开始走进店堂里。还有几个先前到的土妓在客人的房间里吹弹起乐器唱起了小曲。杨鸣条等了一阵子，看见梅冰枝走了进来。她穿着一身厚厚的蓝色棉长袍，剪着一头的短发，多年未见，梅冰枝的模样变化很大，她已出落成一个成熟的女人了。

杨鸣条带她到了自己的客房。客房里有木炭的火炉，暖洋洋的。他们相对而坐，杨鸣条看到梅冰枝的眼睛里还保存着以前的情意。

"真没想到，你会到安阳来。你怎么知道我会在这里呢？"梅冰枝看着杨鸣条说。

"是傅斯年先生告诉我的，说你在这里当教员。说你前些年丧父，回到家里照顾母亲，同时在中学教书。我不大相信能找到你，只是想试一下，没想到真找到你了。"

"我当初从北京回到这里时，本来只是想小住一段时间，没想到会在这里的中学教了三年的书。这三年我几乎没做什么事，只是在教这里的孩子一些普普通通的课。这些课换了别的人也能教。你还好吗？真没想到你会来这里。"梅冰枝说。

杨鸣条把他来这里的原因和目的向梅冰枝讲述了一番。

"那个时候你就说过要到安阳来研究甲骨文，现在你终于来了。"梅冰枝听了之后说。

"你父亲的戏班还在吗？我记得你以前说过读完大学要回安阳接你父亲的戏班。"杨鸣条说。

"戏班还在，但是我已经没有去掌管父亲戏班的想法了。我父亲的一个师兄成了戏班的班主。小时候觉得跟着父亲的戏班到处行走是世上最奇妙的事情，但在我离开河南到北京读书之后，我发现自己慢慢变成另外一个人。我已经不再是那个贴着土地漂浮的小精灵，已经不会过那种艰苦的乡土戏班流浪生活，但是我偶尔还会去戏班里演戏。演戏会让我从现实中逃逸，回到小时候的梦境中去。"

"真没想到我们还会在安阳重逢。就像以前想过的那样，我在这里做甲骨文的研究考察，你在这里做你自己的事情。"杨鸣条说。

"看起来是这样啊，可实际的情况已经变了，过去的事情都已经过去。我本来早已经离开安阳，可是我遇见了一个人。他是安阳的警察署长，是个有理想的年轻人，黄埔军校的毕业生。他喜欢我，追求了我两年时间。我一直在回避，我不想做一个官僚的太太，也不喜欢一生待在安阳这样的小地方。但是到了去年，我还是答应了他，和他订婚了。这样也好，你看，我现在是订过婚的女人，所以我可以来见你。要是我还是像以前那样独自一人，我是不会来见你的。"

"原来是这样的。那我得祝贺你。"杨鸣条说，他说这话是真心的。她已经订婚让他难过，这种难过是慢慢发作出来的，现在他还没感觉到它的厉害。

"师母都好吧?"梅冰枝问道。她的口气带着试探性,也有点挖苦的味道。

"都是老样子。"杨鸣条说。他心里的苦闷开始涌上来。本来,他是准备告诉梅冰枝自己家里的一些事情的。这些年他的情况有许多变化,他母亲去世了,事实上他已经没有和妻子齐秀玲同居,老家还有些田地的佃租可让她过着简单的生活。他现在已经有条件解除原来的包办婚姻,可以去自由生活。但是,他却听到梅冰枝说自己已经订婚了。

"说点别的吧。我只知道你是甲骨文专家,可我在县立图书馆看到过你在《太阳月刊》上发表的《贞人大犬》连载小说,想不到你现在还是个小说家呢!"梅冰枝感到沉闷的气息产生了,她不想让他难过,换了个话题。

"你居然看到了我写的小说?真让我想不到。"杨鸣条听她提起他的小说,脸红了起来,他有点为自己是一个做学问的人而在报刊上连载白话小说感到难为情。不过那年头,学者写小说似乎是一种潮流,郭沫若不是也一边研究甲骨文一边写出了好多诗歌和剧本吗?闻一多也是个甲骨文专家。

"我是研究甲骨文的,但也是个白话文学爱好者。当我研究甲骨文的时候,觉得自己其实在和三千年前镂刻下文字的那些占卜者在交谈。有的时候,这种交谈的情绪无法用学术文章来表述,于是我就把它们写成了小说,用来抒发我心中神奇的感觉。"

"你在《贞人大犬》里面所写的故事就发生在安阳这个地方吧?"梅冰枝问道。

"正是安阳这个地方。安阳就是商朝迁都后的都城,所以人们叫安阳为殷墟。这里是个堆积着历史罪恶的地方。从甲骨文的研究来看，这里发生过的事情非常血腥。"杨鸣条说。

"也许历史的血腥气会被固化，然后慢慢会释放出来。安阳虽然是我的故乡，可我觉得这个地方像是灌满水银一样的沉重。这城里的人都长着一张神秘的脸孔，好像各自都怀着阴谋。那些农民也没有心思种地，一心只想挖到宝贝发财，经常为了争夺一块甲骨而集体械斗。安阳城像是个受过诅咒的城市。我不知道那些甲骨上面写着什么东西。那上面写的不会是些古代咒语吧？"梅冰枝说。

"那不是咒语，是国王祭祀祖先神明和各种占卜的记录。"

"可我觉得这些甲骨的确给这个地方带来了灾难。甲骨像是幽灵一样盘旋在城市上空，控制着每个人的生活，虽然很多人和甲骨没有一点关系。"

"可你认为被诅咒过的安阳却是我梦寐以求的地方。虽然我早早立志要研究甲骨文，但无法把握自己的命运。我后来离开了北京，回到家乡南阳当过中学校长。不久我去了中山大学当助教，最后还是回到南阳中学。我一直梦想着到安阳来考古，却一直找不到机会。这一回，傅斯年让我到历史语言研究所来做安阳的田野发掘工作，让我来打前站，先做些调查工作，我总算踏上了这里的土地。"

"我本来以为我已经安静下来了，可没想到你会来这里做考古，真是没办法，就像戏文里唱的，是冤家就会聚头。"梅冰枝说。

梅冰枝说明天是星期天，学校放假，她可以叫上一辆马车陪他去洹河岸边的小屯村调查字骨头的情况。

# 五

第二天一早,梅冰枝雇了一辆马车,带着杨鸣条出城前往洹河边的小屯村。这个时候正是初春,田野上冻土已化开来。杨树槐树都抽出了新枝。马车往田野的深处跑去,突然有一段河流出现在眼前。这就是洹河,一条横贯安阳黄土地的河流。那河床是那么的深,把地表深深地切开,在两岸形成陡峭的河堤。河堤之上,长满了高大的柳树。而在这柳树的浓荫之下,洹河的水呈现着碧绿的颜色,非常安静地流淌着。水中还有些洲渚,上面长满了芦苇和野花。杨鸣条知道,几乎所有的文化都是依靠着一条水系产生的,这洹河就是留下甲骨文的商朝人得以生存的水系。杨鸣条很难想象,眼前这一片开阔的农田当年会是一个繁荣的都城。是啊,如果这里不是都城,怎么可能留下这么多的甲骨片和青铜礼器呢。

这天,当马车跑进了小屯村时,杨鸣条开始记下方位。小屯村位于洹河的南岸，洹河呈S状横陈在小屯村的东北方向。当他进入村里时，他发现这里的屋舍还算齐整，路边树荫下有红墙掩隐着一座武圣祠，再往前走还看到一个带十字架的天主教小教堂。他看到有几个孩子正在村头的树下玩耍，那些孩子一见他，四散而去，不见了踪影。但须臾之间，有孩童向他围过来，手里拿着一些碎小的骨片，向杨鸣条兜售。越来越多的孩子出现了，每个人手里都有一些货色。看来这村里时常会有外边的人过来收购甲骨片，所以小孩都知道到田野里捡取大人们舍弃掉的碎骨片，指望能换几个铜子。杨鸣条起先还仔细琢磨着孩童的骨片，但没多久工夫，有更多的人围过来，让他无法细看。这些骨片大都是一些无字的甲骨，但甲骨看起来是真的。他走进村子里面，看见了一个村妇，便问有没有字骨头可卖。村妇不久后端来一盘碎骨头，好几片有鸡蛋大小，上面有字。杨鸣条知道这是些真骨头，便付了两个银圆买下。付完钱往前走，村民听说有人收购字骨头，以为是古董商来了，许多人拿着自己的存货出来围着他。一个老太太手里拿着几条二三寸长的牛甲字骨来求售，说是每块要二十银圆。杨鸣条问每块十银圆是否可以，那老太太扭头就走，看起来是很懂行情的。杨鸣条来这里的主要任务是要探访甲骨的发掘和埋藏情况，并不是为了收购，所带的资金也很有限，于是就没向村民购买大块的甲骨。

村里有一个老人，是前清的秀才，自称知道字骨头的来龙去脉，杨鸣条便出一个银圆请他当向导，老人欣然接受。他带着杨鸣条和梅冰枝先察看了洹河水系的地形。杨鸣条早已在书上研究过洹河的地理，今日得以实地站在洹河的岸边，看着碧绿的河水缓缓流淌，闻到岸边树木的清香，心里的欢喜难以言表。这洹河的水来自林虑山，流至横水郭家窑村时，潜流地下，至善应山出露。历史上因此有洹河"逢横而入，逢善而出"之说。杨鸣条沿着河岸行走，看到河幅宽阔处有七八丈，狭窄处只两三丈。河床上多广滩，白沙平铺如练。水深处如碧潭，浅处才几寸。老秀才说到了夏天洹河的水会大涨至高岸边，甚至会淹没岸边的田地和村里的屋基。在洹河南岸边除了小屯村，还散落着好些个自然村，有高楼庄、花园庄、四磨盘、王裕口村、白家坟、薛家庄。这里的土壤为河水冲积土，种植棉花、麦子、高粱、小米类。

老人带他们去看以往挖掘字骨头的地方。一处为旧发掘地，在村北偏东二三百步处，此地掘于四十多年前，今天已经没有字骨可挖，早已填平种植棉花。老人说，四十多年前小屯一朱姓的农民犁田时，忽然有好多骨片随土翻起。仔细一看，有的骨片上面有刻画，还有个刻画上可看到涂了红色的朱砂。骨片大的可以辨认出是兽骨，小块的看起来像是龟甲，而这些龟甲刚翻出土的时候是软的，见了风就变得硬了。有的本来是一块整甲，出土后都碎成小块。当时北方一带的农人常从土中翻出埋藏物，有铜器、古钱币、古镜、剑刃、箭镞，都能卖出好价钱。这个朱姓的农人得到这些骨片之后，觉得奇异，便往深处挖掘，又获得一大筐的骨片。他把这些骨片收藏起来，却无人问津。一块肩胛骨十分大，朱姓农人想近代没有这样的大兽，这会不会是古代的龙骨呢？便将它们送到药铺去卖。中药里本来是有龙骨、龙齿，可治顽疾，研成粉末则可治刀创。但龙是乌有的，岂能得龙骨？所以中药里所谓龙骨都是用古代的骨殖来充当，人骨畜骨都可用。药铺看这些骨片奇异，便收购之，只是价钱很低廉，一斤才数枚铜钱。村里农人见这些骨片能卖钱，农闲时纷纷在地里挖掘，挖到很多的骨片。药铺用不了很多的骨片，只拣大块的收，而且还要没有字刻的。农人因此在售骨之前先得将字刻铲去。那些字刻太多不易铲除或者骨块太小的则被拿去填枯井。

老秀才说着这些往事的时候，杨鸣条联想起京城王懿荣最早发现甲骨文的传说，说的正是王懿荣当日身染疟疾，从宣武门外菜市口的鹤年堂药铺抓了一服药。王懿荣素通医道，看药方上这回多了一味平常少见的"龙骨"的药。他熬药前打开药包查看了一下，发现这些龙骨原来是些大小不一的陈年骨片，有的骨片上有许多非常规律的符号，很像古代文字，但其字体又非籀非篆。他翻看再三，摩挲良久，一时难解。为一探究竟，他派人赶到鹤年堂，选了文字较鲜明的全部买下，并告知药铺再得了有字的龙骨，全都送到他府上，他会以善价购买。而在这之后，便有山东人氏古董商人范兆庆带着甲骨售卖给王懿荣的掌故。

杨鸣条一提范兆庆的名字，老秀才记忆犹新。他说范兆庆是个跑乡的"东估"。这边称做古董收购的人为"估"，北方的估客有北京、山东两派。京估来安阳僦居旅店，候人持物来售，他们舍得花钱，服用奢华，经常会留妓停宿。而东估则节俭艰苦，所居为极为简陋之小客栈，或者是租借当地人屋子，日间则是四处巡回到每个村落去收购物件，所以谓之"跑乡"。范兆庆那年跑乡至小屯村，收购土中发掘之物。村人问其所要种类，他说凡有字的骨头皆可。村人向他展示了字骨头，他说要的正是这些有字的骨头，字越多越值钱。村人卖出了一些骨头，得价甚高，大喜过望。他们赶紧去找早年用有字的骨头填没的那口枯井，可那口井所在的地方已成为平田，踪迹全无，再也找不到位置。自此，村人得骨后，都藏起来售给范兆庆。范兆庆从小屯获得带字的甲骨后，径直卖给北京王懿荣等名士。他一直隐瞒了甲骨出土的地方，真有人问急了，他便谎称得之于河南汤阴县。他保持这样的独家买卖达十年之久，到了宣统三年才被罗振玉探到甲骨出自河南安阳小屯。

这王懿荣是晚清翰林，曾三任国子监祭酒，精通金石学，他在收集到一批字骨头之后，发现这就是殷商时期的文字。但他刚着手去破译这些难认的字符，就遇上八国联军攻入北京。他不愿投降洋人，跳井自杀。王懿荣死后，其子将他所收的字骨全售给了刘鹗。刘鹗，字铁云，正是那个写《老残游记》的丹徒刘鹗。他在收到王懿荣的藏骨之后，将甲骨文字拓印成册，书名《铁云藏龟》。自此之后，研究甲骨文日众，著作不绝。小屯的字骨价格因此飙升，估客来往络绎不绝。那时节村人每家都挖到了字骨头，各售自家所掘。也有数家联手挖掘的，如挖到大宗的则将所得藏于一户人家加以封存，不得独卖。等卖出所有东西，再分配各人所得。有的人家藏骨甚多，他们会把良品和次品搭配成若干份陆续出售。恐一次售出，卖不出好价钱。他们虽不识甲骨文字，但凭经验也粗知字骨品相。凡字骨中有奇异字形者必索高价。

杨鸣条面对着这片已经恢复为棉花田的昔日出骨片的田地，心里难以平静。他所知道的那么多关于甲骨学界的事情，都起源于眼前这一块土地。这一块田地位于村子和洹河之间，由村后逶迤而北，中间为一带状高地，比周围平地高出二三尺，老秀才说龟甲多出于此处。再往北，靠着水边，地势渐低。老秀才说这里出的骨片最多。这一个区域大概有一百亩地大小，现在已经归于平静，没有人再到这边挖掘。

看过了这一块四十年前开始发掘字骨头的田地之后，老秀才说接下来的发掘就没有规则了，可以说是遍地开花。近年来，官府颁布法令禁止村民私自发掘，但私下发掘还常有发生。他带着杨鸣条、梅冰枝到了洹河边一个长满灌木的沙堆群中，称这里也是个发掘地。老秀才说，当地人掘一个坑，取得字骨后即填平。杨鸣条看见这块地有两个坑还没填平，说明村人还继续在这里挖掘。老秀才说安阳这个地方出中药材天花粉，每年秋天都会有很多人在这里挖天花粉。天花粉的根部埋在地里面，要挖下很深才能找到。去年秋天有人在这里挖天花粉的时候，发现了一个灰坑，结果挖出了很多大块的字骨头，全被开封的一个古董商买走了。杨鸣条注意到这里是一片荒芜的沙堆，不是庄稼地。他看到这些沙堆中有很多个已经回填的坑，在一个回填过的土坑边上，捡到了一小块无字的碎骨，说明这里的确是埋有甲骨的。杨鸣条想：罗振玉所言安阳甲骨已经挖干净的说法明显是不成立的。就算庄稼地里的甲骨已经挖完了，那这些沙堆里的甲骨则是前人还没动过的。从他刚才在小屯村里所见到的家家户户都藏有字骨头的情况来看，这里的甲骨埋藏量还很大。这样想想，他的心里就有点儿底了。

在小屯村走访了一整天。下午时分，杨鸣条和梅冰枝坐着马车沿郊外的田野小路回住地，忽然见到路的对面有一匹高大而瘦骨嶙峋的老白马慢慢腾腾走过来，马背上坐着一个同样瘦瘦的白种洋人，戴着一顶三角的黑色帽子。杨鸣条马上联想起西班牙白话小说《堂吉诃德》，觉得这个人很像那个好斗的骑士，只是边上少了个啰唆的桑丘。杨鸣条问梅冰枝，知道这是什么人吗？梅冰枝说这个人全安阳都知道，是个好心的加拿大传教士，名字叫明义士，当地人都叫他"老骨头"。杨鸣条一听这名字惊呼一声：

原来是他！想不到他还在这里！

明义士这个名字在甲骨文学术界是非常有名的。早在一九一七年他就在上海出版了一本《殷墟卜辞》，上面有两千多片的甲骨拓片，而学界传说明义士所藏甲骨有五万多片，占到了当时全部存世甲骨的三成以上。但是很多年以后明义士都没有消息，有人说他去了欧洲参加第一次世界大战，也有人说他回加拿大了，还有人说他已经死了，想不到他还在这里。杨鸣条还清楚记得明义士的《殷墟卜辞》一书前言所写的他在安阳寻找甲骨的一段故事，那是这样写的：

> 一九一四年春天的某一天，安阳小屯村。加拿大传教人明义士骑着白马经过一个村庄，这里散落着一些用自然晒干的黄泥土坯盖成的农舍，它们的颜色和周围的黄土、庄稼混成一体。在靠着河边的斜坡上是一大片刚刚被耕牛犁耙过的土地，等着农人们来播种棉花。那黄色的泥土里面散落着一些破碎的陶片，其磨光的表面上为黑色的美丽彩绘，有的画着一些曲线，有的是一条鱼的身体或者一只女人的眼睛。这些陶片都是在犁地时被犁尖从地里面翻出来的，有的已在表土里很久，有的则是刚刚从地下出来，颜色比较新鲜。明义士在加拿大多伦多大学所受的自然地理教育和他在美国、加拿大了解到的博物馆知识让他确信，这是一些年代非常久远的碎陶片。他从白马上下来，弯着腰顺着土坡一块一块地检视着陶片，把自己喜欢的捡起来放在口袋里，一直捡到了斜土坡下方河滩上。河水冲刷着土地，很多陶片会被冲刷到河中央，有的会被淹埋在河边的砂石之下成千上百年没人知晓。

在低洼处的河滩上有一大片沙柳正在春风中吐出了它们的嫩芽新枝，有五六个穿着破烂肮脏衣服的小孩子手臂弯里挎着篮子正在柳树上采摘嫩芽来做农家日常饮用的柳叶茶。当孩子们看到这个穿着黑袍戴着圆形教士帽的外国传教士出现在河滩的时候，都害怕得藏了起来。因为孩子们对于外国传教士不了解，听信谣言认为白人传教士是会吃小孩的，他们会把小孩捉去养在那个带尖顶的教堂里面，做完了礼拜就要吃掉一个。但是过了一阵子，孩子们看什么也没发生，好奇心胜过了恐惧，都从树上爬下来。他们围着正在仔细揣摩陶片的明义士，问道："洋老爷，你在干什么事情呢？"

"我正在瞅这小陶片上的花纹。"明义士用河南话回答孩子们。他其实也就会说河南话，因为教他中文的是河南武安的一个私塾，北京的官话他不会说的。

"这有什么好看的？不就是一块破瓦片吗？"孩子们说。

"不，那是几千年以前人们使用的东西，我非常喜欢它们。"明义士回答。

"那你喜欢龙骨头吗？"

"什么龙骨头？"明义士第一反应以为是恐龙的骨头。

"我们可以给你看一些上面有字的龙骨头。"孩子们说。他们带着明义士穿过了沙柳丛，走了一百多步坑坑洼洼的沙地，来到他们设在一个土洞里面的秘密藏宝地。孩子们扒开上面干燥的细沙，露出了一小堆碎骨头片，大小只有鸡蛋壳那么大。明义士当时并不知道这是什么东西。他捡起了几片在手里细看，发现这些骨头碎片上有一些刻痕，是整齐排列着的刻痕。他细细看的时候，觉得这是一些象形的符号。他当时还不知道，这些刻字符号是中国古代的文字，也就是后来所称的甲骨文。孩子们对他说，在小屯村周围，大人们常在夜里偷偷摸摸在地里挖掘东西，他们挖的就是这种字骨头，挖到大块的就有外地的采宝客来出钱买走。村里的人知道这是发财的机会，所以发现有可能挖到字骨头的地方就不会声张，只在夜里打着火把秘密地挖掘，而且挖过之后马上会把坑填回去。孩子们只是在他们挖掘过的地坑附近找到一些破碎的小骨片，因为这些骨片太小从来没有人要买的，大人都舍弃了。这些孩子羞答答地问明义士：他要不要这些字骨头？

明义士给了孩子们每人一个铜板，把这些字骨头都装到口袋里。那些孩子都欢天喜地地飞跑而去，生怕这个外国佬反悔了要把铜板要回去。

杨鸣条读过的这本《殷墟卜辞》是明义士出版的第一本甲骨文图集，这本书只是呈现，没有阐释。从历史的角度来说，明义士是第一个发现安阳是甲骨文出产地的外国人。

杨鸣条路上邂逅明义士之后，准备去见他。这个晚上，杨鸣条差人给明义士送上自己的名片。想不到明义士知道他的名字，而且欣然邀请他上门谈话。

"我知道以前大名鼎鼎的罗振玉来过这里。你是我知道的第二个来到安阳实地察看的研究甲骨文的人。"明义士说。杨鸣条没想到他说的是一口河南话。

"你见过罗振玉吗？"杨鸣条问道，也同样用河南话。

"没有见过面，那一次我正好在洹河边散步。当我回到家时，我的仆人告诉我有一个小老头来找过我，见我不在，老头用铁钩在我墙上刻了两道痕迹,扭头就走。我回到家里,一看那两道痕迹,知道这人一定是雪堂罗振玉。我熟悉他的图章刻法,他的刀笔一如殷商的契刻。"

"这听起来就像是古希腊的阿佩莱斯线条的故事一样。"杨鸣条说。他说的阿佩莱斯线条的故事是古代希腊有个叫阿佩莱斯的画家以画线条著名,有一次他去拜访自己的对手——同样是画家的宙克西斯,没有遇见他,便在墙上画下了一段线条。宙克西斯回家后,根据墙上的线条,就知道来客是有名的阿佩莱斯。

"哈哈,杨先生对西方古典文化很熟悉啊。把罗振玉比作阿佩莱斯有点便宜他了。我听说北京的王懿荣在中药材里发现带刻字的甲骨之后,收藏甲骨的人都不知道这甲骨的出产地在哪里。后来远在日本的罗振玉经过秘密打听,才从文物贩子范兆庆口里知道了甲骨文出在安阳小屯村,而不是原来所说的汤阴、洛阳等地。在差遣弟弟到安阳打探几次之后,罗振玉在一九一五年终于亲自到达安阳小屯村,他在几个乡绅的簇拥下来到洹河岸边棉花地里刨出过带字甲骨的土坑边上,大声叹息:啊!这里就是甲骨文的殷墟!这里就是甲骨文的殷墟!罗振玉在洹河边待了不到十五分钟,一阵冷风吹得他咳嗽不停,于是就赶紧回到客栈。从此以后没有再来安阳一步。"

"是啊,罗振玉那次实地踏勘安阳殷墟之后,据他自己所称,从此他对商朝的断代和地望有了精进的了解和领悟。"

"是啊,到现场去研究总是会取得进步,你看罗振玉在洹河边才待了十五分钟,就有了顿悟和精进。我有点奇怪,既然孙诒让、罗振玉、王国维这些有名的文字学家都在研究殷墟甲骨文字,为什么他们不亲自到埋藏着甲骨片的安阳深入考察呢?当然,罗振玉终于来到了小屯村，可只在洹河岸上呼啸几声转头就走了。还是你们的老板傅斯年说得好：传统害死人！中国历来是劳心者治人劳力者治于人，研究古文字的人只会坐在书斋里研究，而如果他们自己跑到田野里去发掘，岂不是变得和盗墓贼一样下贱了吗？"明义士在大发议论。

"先生在这里收集甲骨十多年了，传说你有五万多片甲骨，而世上所有流传的甲骨也只有十五万片。还想请教先生，你觉得洹河边的甲骨是不是已经发掘殆尽呢？"杨鸣条想把话题引回自己的任务上。

"在我回答你这个问题之前，我倒是想和你讨论一下你的贞人集团的猜想。在我看到你那篇《殷商贞人名录猜想》文章之后，我开始在我的骨片中按你的理论去寻找贞人的名字。我在帝辛时期找到了十五个，武丁时期十八个，祖甲时期九个。盘庚之后有十一个王，按照这个比例，三百年的殷墟有一个庞大的贞人集团，留下来的卜辞数量一定也是非常庞大的。商朝的祭祀大概是人类历史上最复杂最密集的崇拜活动，他们的祭祀表一年到头轮流不停，国王几乎把所有时间都花在祭祀上，因为他们以为祭祀是最好的投资，会得到最好的回报。因此你可以想象，殷墟三百年会留下多少记录祭祀的甲骨片呢？我们已经发现的还只是很小很小一部分吧。"

"先生居然对我的文章做过这么深的研究，这是我没想到的事情。"杨鸣条说。他的确很意外明义士读过他的文章。

"还不只研究你的文章，我还是你的《贞人大犬》连载小说的热心读者呢。连载你小说的报纸我都装订成册呢，像殷商人装订甲骨成档案一样。"明义士说。他的话让杨鸣条很是吃惊。

"我是一个容易伤感的历史学者,那些已经消逝但是留下了痕迹的生命总是让我难以忘怀,就像你们西方的诗人济慈,会咏叹希腊古瓶上美丽的人一样。当我一次次阅读那些甲骨上的契刻,眼前经常会想起那些在甲骨上刻字的贞人,觉得他们都还活在某一个空间和时间里,那些景象会从我内心深处某个泉眼里自己源源不断地冒出来。"

"没有错。科学和文学研究,经常要靠直觉的印象来推动。说真的,我觉得你这个小说和你的研究文章一样有意思。故事有时比理论更有力量,《圣经》都是一篇篇故事构成的。你跟着你所创造的贞人大犬的神秘直觉向前走,一定会找到你想要的东西。"明义士说。

拜访过明义士,杨鸣条结束了这天的行程。梅冰枝送他回到旅店,和他一起吃了晚餐后才告辞回她的安阳中学。杨鸣条在灯下记了当天的日记,已是深夜。他难以入睡,旁边的房间里有土妓在叫床。不知过了多久,他终于睡着了。上半夜,他做了一个春梦,梦里他在和梅冰枝纵情交媾。但这个和梅冰枝交媾的男人并不是他自己,而是他心里的贞人大犬。在下半夜的梦里,大犬越来越清晰地出现了,在黑暗的大地上行走着。

第二章　45—64

挂着盾牌的墙下闪过王的影子

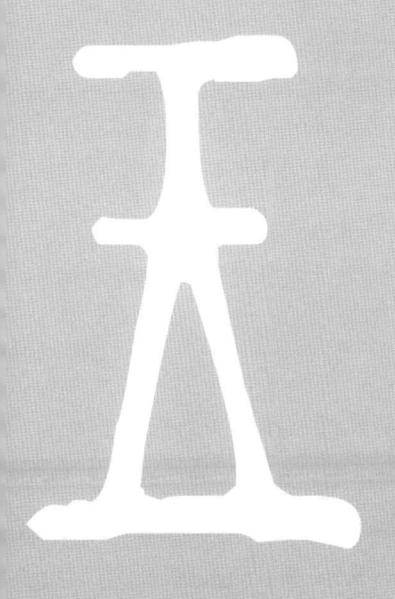

商王帝辛在位第二十五年的夏天，下颚一颗牙齿发出可怕的阵痛。这痛楚在夜间的时候尤为严重，痛得他根本无法入睡。他在最痛的时候看见了一个鬼在用勺子挖他的脑子，醒来时他惊跳起来挥剑驱赶恶鬼，但是一躺下来，恶鬼马上又把那柄青铜的勺子伸进他的脑子，像是宴会时用勺子从酒觚舀酒一样。帝辛知道这是祖先中的某一位在对他做动作，一定是这位祖先对祭祀有不满意的地方。在后来的连续几天里，他命令贞人大犬接连用五只乌龟占卜，要找出是哪一位祖先对他不满意而来惩罚他。大犬在占卜中采用的是排除法，他向商朝自开国国王亥开始的每个祖先逐个询问他们的想法，但是每个祖先都显得懒洋洋的不愿搭理，没有做出神谕。轮到询问武丁王魂灵的时候，龟甲上烧灼的兆纹出现明显的凶相。这些灼热的裂纹延长开来，像是天上的闪电一样，看得出武丁王魂灵的怒气很大。大犬继续用五个烧灼的裂纹来细细观看武丁王的心绪，终于明白了武丁王的心思：诸祖先渴了，想要喝很多很多的人血。大犬把占卜的结果刻录在龟甲上：

今夕用三百羌于囗。

这个卜辞的意思是要向祖先神祭献三百个活人牲。

商朝时的国王从某种意义上说是一个大祭司。国之大事，在祀与戎。除了征战，他的重要职责是周而复始没完没了地对祖先及自然神进行祭祀。帝辛的时候，商朝已有超过三十位的先王。所有的王按照天干地支排成顺序，轮番祭祀，有主祭和配祭，一年到头一直在循环。所以，帝辛时期称一年为一祀。周祭有五个程序：

酉、豊、彡、肜、甲。

分别为酒祭、音乐祭、钟鼓祭、肉食牺牲祭、羽毛舞祭。商朝的酿酒业已十分发达，所收的一成的粮食会用来酿酒，约一成的酒会用来祭祀；音乐祭和钟鼓祭有编钟、编磬、瑟、箫、埙；羽毛舞祭是让会巫术的舞女跳羽毛舞，用的是孔雀和山鸡的翎羽。而最为重要的祭祀就是肉食牺牲祭了。

为了平息诸祖先渴望鲜血的欲望，更是为消除折磨帝辛难以忍受的牙痛，一场盛大的祭祀接着进行了。帝辛王献上了现场宰杀的三百头牛、三百只羊、一百头猪，还有三十六只黄狗、三十六只黑狗。然后是一天的鼓祭和舞祭。接下来，就要开始用人牲了。根据占卜的指示，商王宰杀了三百个人牲。人牲宰杀后的血要放在祭祀的土坑里，再把人牲肉体放置于不同的坑中，在接下来的时间里，让尸体腐烂发出气味升上天空，诸位祖先要的就是这种芬芳的气味。

武丁王统治的时代，商朝军队非常强大，不时可以深入北部鬼方国征伐，每次都能带回大量羌族战俘。这些羌族战俘被带回到商都后成了奴隶，平时用来耕作，需要人牲时就杀了他们。由于武丁王时俘虏众多，祭祀的时候用几百人牲是经常的事情。武丁王平定了鬼方的叛乱，把北方管治权交给了同样是羌族出身的姬姓部落，让他们改姓为周，作为北方最大的诸侯方国。而周部落对商朝的诸多义务中，有一项重要任务是每年要向商朝贡献上万个羌族的奴隶。从此，商朝国王不需亲自征伐，也能获得周部落提供的羌族人牲。

然而这么大的祭祀之后，帝辛的牙痛并没有止息。当天晚上那个鬼还一直伴在他身边，一直在挖他脑子里的东西吃。帝辛绝望之中只得再次让贞人大犬杀龟占卜，这次他得到了新的神谕。先王很不满意所享用到的人牲都是年老的羌人，他要的是年轻羌人的鲜血和肉块，而不是这些本来就快要死的人牲。

这一回，帝辛终于明白问题出在哪里了。他的确面临着人牲数量不足和质量不高的问题。他让管事的大臣赶紧去查人牲资源情况，很快得到一个让他吃惊的报告。目前的人牲数量已经不能满足祭祀所需，而且都是老弱病残。要不了几个月，就没有人牲可用了。羌族的人牲来自西北祁连山脉，历来是由周姓部落输送到殷都大邑商的。但近几年来周姓部落供应的羌人数量在悄悄减少。帝辛那段时间忙于在东南方温暖的地方巡游，忽视了周姓部落减少输送羌人这一事情。但现在他意识到了问题的严重性，于是他立即派出了一支最精锐的轻骑军队，由三锋戟卫队长"亞"率领，直奔周部落的领地，去押他们的头领周文王周昌到殷商来质问。

半年过去，一个阴郁的下午，帝辛半躺在王座上，牙齿阵阵作痛，所以捂着脸呻吟着。宫殿的里面布满了巨大的青铜礼器，被灯盘上燃烧动物油脂的灯光照得发亮。帝辛背后的木头墙上，挂着一面巨大的盾牌，上面是他的王族族徽。由于商王心情烦躁，那些奏乐舞蹈的人都退到边上的宫殿了，只有卫兵执着青铜戈守在每一根柱子下面。在帝辛的王座右侧，贞人大犬无声跽坐着，隐藏在王座的灯影里。

这个时候，只听到外面响起了一阵车马到达的声音。紧接着，消失了半年的三锋戟卫队长亞一身戎装疾步走进宫殿，他走路的风带动了殿内的油灯火焰，使得殿内有很多的影子摇晃。亞向帝辛跪拜，禀报已经按照王命将周部落的头领周昌带到了殷商，现正在门外的车里候命。

帝辛说，快把他带上来。

于是，两个卫兵便把一个个子矮小但看起来还结实的人带上了宫殿。这个人看来对帝辛并不陌生，看见他便伏在地上不敢抬头，还装出很卑微的样子。

"抬起头来看着我，你这狡猾的草原狐狸。最近你倒是躲哪儿去了？好几次方国诸侯大会都不见你的影子。"帝辛厉声问道。他已查到上几次的诸侯朝会周昌都缺席了。

被斥责的周昌慢慢抬起头来，脸上带着献媚的微笑。他的脸上布满了污垢，胡子眉毛都结成了块状，看起来被拘捕到商都的一路上没有得到好的待遇。他的年纪大概有六十岁，在那个时候已经算是一个年迈的老者了。他的模样像是个精明的马贩子，祁连山草原的阳光把他晒得黑里透红。这人就是后来被孔夫子称为圣人的周文王周昌，此时他正集中精神应对着帝辛的质问。

"大王，我的年纪越来越大，腿脚都不方便了，所以这几次的方国诸侯大会我都没来成。我虽然没有来朝见大王，但是我始终在草原上为你管理这西北的土地，不让那里的暴民作乱啊。"

"你这伶牙俐齿的小人，你说你在为我管理这西北的方国，虽然这几年没有闹事，但是西北的供奉越来越少了，尤其是你们进贡的羌人数量更是一年不如一年。我今天告诉你，要是再这样下去，我准备发动一次征伐，把你的部落给灭了，以后我自己去抓捕羌人。"

"大王有所不知，这些年草原上出现了很多的狼群，把羊群牛群都吃掉了，羌人也都走到祁连山的深处去了，所以现在很难抓到他们。"

"这句话我已听到很多次了。好几年前你就这么说，我不是叫你们先去把狼杀尽吗？我们给了你这么多的青铜武器，给你们战车，让你们在西部没有人可以抵御你们，你却拿什么狼的事情来应付我。"帝辛这下子怒气上升。

"大王英明，他的确是在撒谎。"三锋戟卫队长亞单腿跪下报告，"大王，我们在西边走了几个月，一路上看到数不清的牛羊群，狼群却没有遇见过。他说的不是事实。我们到了他的部落之后，到处找不到管事的人。那边的人说，已经有很长时间没有看见他们的头领了。后来我们终于找到了他的宫殿。说实话，他的宫殿真是不敢恭维，不过是个大一点的毡包而已，里面还臭烘烘的。当我们找到他时，他还不知道我们是什么人，完全像是个做梦的傻子一样。他的周围挂满了许多画着奇怪符号的木牌和皮块，他看见我们时慌慌张张想把这些东西藏起来，可是让我们拿了个正着。"

帝辛让三锋戟卫队长亞把东西拿上来。亞把那个布包拿上来，打开让商王看，是一些上面画着奇怪符号的块块板板。商王帝辛把脸一沉，厉声问道："这下你没话可说了吧。原来你没有去给我抓羌人，是躲在家里搞这些名堂了。快快说来，这是怎么回事？"

"大王，这些东西我是用来演算从你们这里学来的算卦占卜的。我是想用占卜的办法，来推算哪里可以抓捕到更多的羌人啊。"周昌看见国王动了怒，赶紧磕头说。

帝辛对他的话将信将疑，便把那些木牌和皮块递给了贞人大犬，让他看看究竟是些什么名堂。贞人大犬看这些木牌和皮块上的符号的确是占卜算卦的。但是，大犬惊奇地看到周昌拿的皮块上的符号和商朝贞人所用的已经有所变化了。在那些羊皮块上，大犬看到了一些句子。"东北丧朋，西南得朋""利涉大川""宜建侯，履帝位，建侯行师"。大犬觉得这些句子藏有玄机，他要是按实把这些句子的意思说出来，这个周昌马上就会被杀掉。但是大犬觉得自己还没有明白这些话的真实意思，在他搞清这些词句的意思之前，他选择了缄默。他回报大王，说这些的确是占卜的短句。他能感觉到周昌眼睛余光在注视着他，汗珠从他脸上渗出来。

但帝辛的脸色越来越难看，他说："周昌，你以为你真姓周吗？别忘了你的本来姓氏也是羌姓，是我们的祖先让你们改姓周，充当我们的鹰犬，让你们去给我们提供羌人而免得你们自己去当人牲。但鹰犬还是鹰犬，你们别想学当主人的模样。"

"大王说的极是，我们一点也没有忘记自己的身份。只是现在草原上的羌人越来越难以管治，也难以捕捉，我们只是想从主人这里学点东西，好去预测到哪里可以捕捉到多一些的羌人。"

帝辛似乎越来越生气了,他大声斥责说:"不要为你们的过错找借口。你整天躲在屋子里面去演算这些东西,难道羌人自己会跑到你的围栏里面吗?大犬,你让他看看武丁王年代的祭祀记录,那一次武丁王祭祀始祖成汤王用到多少人牲知道吗?一次就用了一千五百个人牲。你们那时每年给商朝提供的人牲数量每月都有上千人,而现在你给我提供多少?今年到现在还不到三百个羌人。你自己说说看,该怎样来处置你?"

"大王,你放了我吧。你让我回去,我一定会给你抓到很多很多的羌人。"

"周昌,这一回我可不会听信你的花言巧语了。我不会放你走,让你部落的人给我每月送三百个羌人来,我才不会把你杀了去祭祀。你不是要研究算卦吗?那好吧,我就把你关到羑里,让你慢慢去卜算怎么才能让你的部落按时把羌人送来。"

帝辛说完,便让三锋戟卫队长亞把周昌带下去了。一支卫队立即押送他到羑里,关押在一个石屋里。

周昌被推进这个又冷又潮的石屋后,蜷缩在角落里不停地叹息呻吟,看守因而觉得这是个没用的人,也就不特别警惕他。周昌身上穿的是羊皮做的袄子,不怕潮湿和冷气,所以石屋对他来说并不是很不舒服。卫兵每天会送来一块面饼和一罐子水,因而他也不会受饥渴折磨。他很快就用从墙缝里挖出的小石片做成占卦的卦版,用别的石头在上面刻上了符号。有了这一套演算卦象的石版,他就能在石屋的环境中安下心来了。石屋有个窗洞,阳光会照射进来。周昌每天都把太阳照在墙上最长的位置刻下来,然后会把刻度和以前的比较。这些刻度越来越长,时节正在趋向温暖的春天,炎热的夏季也不远了。

一个初弦月的夜晚，周昌听到石屋的外面有动静，有人在和卫兵悄悄地说话。周昌顿时感到极为恐惧，因为他知道占星术中初弦月时是杀人的时刻，他害怕外面的响声预示着帝辛派人来杀他了。果然，他听到了石屋的门锁链被搬动的声音，接着门开了。一个人影在淡淡的月色里显出来。这个人走进了石屋，门随即关上了。屋里有点月光，所以周昌能看见这个人的脸孔，他的眼睛发着亮光，鼻梁高高的像兀鹰一样。他开始说话，他说的是周昌能听懂的祁连山脉的羌人方言。

"大王，在我知道你被商王囚禁在羑里之后，我最初的愿望是想亲手杀死你。我一直在买通关系，贿赂看守你的卫兵。今天晚上终于成功了。"

"你为什么要叫我大王？为什么又这么恨我，要花这么多的心思来杀我呢？如果你是商王的人，要杀我不是轻而易举的事吗？"周昌这个时候觉得死到临头，反而不惧怕，心里轻松了。

"你不会知道我是谁，可是我是知道你的。你只要听听我的羌语看看我的长相，就应该知道我是祁连山脉的人。"

"这个我能知道，看样子你在这里活得不错。"

"你有这样的想法让我觉得为你羞愧。让我告诉你我是怎么到这里来的吧。四十年前的一个早晨，我的家族刚从睡梦里醒来，老人和孩子坐在山脚下面对着草原晒着太阳，成年的男人女人在赶马放羊收集羊奶。我们是一个大家族，祖父一代和我父亲一代都住在一起，有上百个人。那时我还只有十五岁，骑着一匹小马帮助大人干活。突然间，有一支人马出现在草原上。那个时候我还不知道这是些什么样的人，老人们知道危险到来，大叫着'快逃命！周部落的人来了'。但是我们的家族里有孩子有老人，又不是每个人都有马骑，哪里逃得过一支军队的追捕，结局是大部分人被抓获了。"

"你们家是住在祁连山的山阴吧？"周昌若有所悟地问道。

"是的，就在山阴靠着雪水河的坡地上。我心里到现在还能想起雪水河在春天时哗哗流淌的样子。但是那一次我的家族被你的军队抓住之后，雪水河就和我们永远分开了。我的家族几十个人开始蒙受苦难，我们一个个被绳子捆着，也不知在路上走了多少个日日夜夜，我的祖父辈在路上都死了。等我们到了殷商之后，才知道他们还是早点死掉好些，因为到了这里会死得更加悲惨。"

神秘的来客向周昌陈述了羌人被送到殷商之后悲惨而恐怖的结局。他们都被关押起来做奴隶，平时要干沉重的农活，隔几天就有祭司过来选人，选中了就带去做人牲被杀掉献祭。神秘来客说自己没多久就被选中了。他被杀掉之前贞人做了一次占卜，占卜的结果显示祖先不愿意接受他，他才被从人牲的队伍里剔除出来。后来，他成了一个王侯的养马人，慢慢获得他的信任，才成为一个自由人。

"这么多年过去，我家族的人都被当人牲杀掉了，只有我一个人还活着。虽然我现在已经过着和商朝人差不多的生活，但是我心里还没有忘记我的故乡雪水河边的牧场，我也时刻没有忘记那个早上抓走我们家族的那一支军队。是的，后来我知道了这支军队是姬姓部落周昌的，也就是你的。我真的没有想到，有一天你自己也会被商王抓来关在羑里。"

"客人，你就不要再羞辱我了。你不是说要来结果我的性命吗？那你还是快点动手吧。"周昌平静地说。

"这个不忙，我现在想要杀你是易如反掌。不过我先要问你一点事情。这些日子殷商的王侯圈子里面都在传言,说你被抓到商王宫殿的时候,还带了一堆算卦的东西,此事可当真?"

"不是我自己带来的,是那个抓我来的卫队长从我的宫殿里找到的。"周昌说,他有点紧张起来。

"听说有几块羊皮上还写着语句,什么'利涉大川''东北丧朋,西南得朋'之类的。我觉得很有意思,想请教你是什么意思?"

"没有什么意思,只是打卦的用语而已。这些没意思的语句怎么会传开来?"周昌辩解着。他对要杀他这件事倒不很在意,但这几句话让他很害怕。

"你说没意思,我倒是觉得意味深长呢。利涉大川,你好像很关心要渡过大川黄河吧?你不会想独自一人渡过黄河,一定是在想一支军队渡过黄河的事吧?"这个人看着周昌的眼睛,追问道。他看到周昌从紧张的状态又慢慢松弛了下来。

"你继续说吧。"周昌说。

"那好,我就直接说了。我想问你,你是不是有联合西北的诸多部落一起反抗商朝的计划?你不是有'东北丧朋,西南得朋'这样的话吗?而且你还有'宜建侯,履帝位,建侯行师'这样更加巨大的野心吧?"来客说。他的声音也变得激动了,像是一个同谋。

"你以为这样的事情会做得成吗?"周昌平静地说。

"只要你能这样想,就有希望做到!"来客说。现在他显得激动了起来。他说:"这就是我本来想杀你,又改变了主意的原因。我在这里知道西北诸方国早已对商朝不满,只要有一个方国起来带头,就有可能剪掉他们。我想知道你是不是愿意带这个头。"

"客人,你该不是商王派来试探我的探子吧?请问你的大名?"

"我姓姜,名尚。人们叫我姜子牙。"

从这天开始,周昌和这个原羌族人牲姜子牙建立了秘密联系。姜子牙经常会在黑夜来到石屋里和周昌密谈,会把周昌冥思苦想出来的八卦演化思想记录下来带出去,还会把周昌要对远在祁连山的儿子说的话让人送达过去。由于姜子牙的帮助,周昌被囚禁在石屋里不但没有被摧毁意志,反而对于未来有了深思熟虑。

半年之后,有一天早上,一辆双驾马车在滚滚尘土里直奔殷商都城而来。从车上下来了三个长相还算英俊的年轻人,只是他们的衣着打扮和殷商人很不一样。天气已很热了,他们还穿着皮袄,头发散乱着披在肩上。匆匆而来的三个年轻人是周昌的三个儿子。大儿子伯邑考,二儿子周发,三儿子周公旦。他们是收到了姜子牙的密信,想来救父亲周昌一命。他们带来了一车上好的祁连山奶酪进献商王,商王帝辛看了这些奇怪的草原奶制品,觉得气味难闻,一点也不喜欢。他让三锋戟卫队长亞把周昌的三个儿子先软禁在殷商城下。

帝辛这一段时间在筹备着去东南方向征人方的事宜,没有时间考虑处理拘押在羑里的周昌的事。这一回,帝辛准备一直往东边方向走,看看到底他能走到多远,所以这将是一次历时很久的征伐。在远征军出发之前,他要举行一次盛大的祭祀。这将是一次殷商全民参加的祭祀,充满了狂欢和娱乐的精神。这个时候他再次想起了周昌,他决定在出征前的祭祀上,要向祖先询问如何处置周昌以及他的三个儿子。

这一天,整个殷商城像是一个被动员起来的蚁窝激动着,无论是贵族还是平民甚至奴隶都在兴奋中。贞人大犬陪同帝辛走进城内的成汤宗庙时，只听得城内的石板路面轰轰隆隆作响，随着声音的接近只见一支重型的双马战车队伍开了过去，前往宗庙的广场前集结。在马车队过去后，从另一个方向走来一支队伍，押着今天准备用作祭祀的人牲队伍，其中的一个车子里就有关在木笼里的周昌。帝辛走到宗庙的高台上，只见台下是黑压压的人群。那是殷都的居民，他们在大型祭祀活动时都会来参加，这是他们的义务也是权利。他们要来看眼花缭乱的祭祀仪式，歌舞、杀戮、钟鼓音乐、祭献，甚至还能分到一块祭祀的肉食（有时可能会是一块人肉）。殷商的民众早已等候在这里，在人群里面还掺杂着卖水果卖点心卖私酒的小贩。当看到帝辛走上高台时，整个宗庙钟鼓齐鸣，人群中发出了海浪一般的声音，一浪高过一浪，歌唱队在高声齐唱着：

　　　　天命玄鸟，降而生商，宅殷土芒芒。
　　　　古帝命武汤，正域彼四方，
　　　　方命厥后，奄有九有，
　　　　商之先后，受命不殆，在武丁孙子。

　　紧接着便是鼓祭和舞祭。上百面的大鼓，声音直达天庭祖先所居的地方，那排成队列的佾舞人举着旗幡和玉牌，交叉变换队形。更有那吹笙箫的吹出响彻云霄的美妙乐声，让看台上的民众进入了狂热状态。

　　继而开始了肉祭。只见一队头上戴着牛角面具的人从屠宰房内抬出一个个平面的木架子，上面放着一具具已经整治好的牛、羊、猪，祭品已经去皮，斩成各种形状。这一次，共杀了二百头牛、三百头羊、三百头猪。那个时候殷商从事屠宰祭祀行业的人数量非常庞大，因为除了屠宰，还有一系列相关的加工，而屠宰行业是被贵族们垄断了的。

屠宰活人和屠宰牲口是有区别的，一定是更高级的行业。屠宰人不像屠宰牲口是事先屠宰的，而完全是即时的。每次的祭祀高潮总是在祭献人牲的时候。在屠宰之前，先要由贞人占卜本次要祭祀的人牲数量。当贞人宣布占卜结果的人数低于民众预期时，人群就会发出失望的嘘声。如果超过了他们的预期，那么人群会变得狂热起来，声浪一浪高过一浪。占卜的结果出来了，大犬把结果刻在一块龟甲上：

丁酉卜贞王窒王伐百人卯六十牢鬯六十卣亡尤。

这个结果是要杀两百二十个人。

占卜显示了祖先要求：

伐百人卯六十牢鬯六十。

"伐"是个会意字，意思是用戈割去人头，这样的无头尸体要一百个人；"卯"是个象形字，意思是把人开膛剖肚用木棒撑开来，像如今南方的酱鸭一样，然后放在火上面烧烤，祖先和神灵就是喜欢这样的香味和油烟，这样的人牲要六十个。"鬯"也是个会意字，就是用匕首慢慢割下人的肉，字上面的交叉点点表示血液正在淋漓滴沥下来，这样的人牲也要六十个。这一次的人牲数量达到了民众的预期，整个祖庙热情高涨，每一个人牲在带上来屠宰之前，人群都会在激动中嗡嗡响着。歌唱队会齐唱歌颂祖先圣灵的颂歌：

> 挞彼殷武，奋伐荆楚。
> 采入其阻，哀荆之旅。
> 有截其所，汤孙之绪。

然而祖庙里的人群最为期待的是有消息传出今天商王要杀了西边的诸侯方国周部落国王周昌祭祀征伐。民众对于杀死一个方国诸侯热情高涨，正在狂热期待中。民众知道这个周昌正是商王祭祀人牲羌人的主要供应者，没想到他自己也要当人牲被祭祀了。

帝辛自从抓捕到了周昌把他关到羑里的石屋之后，他牙齿的疼痛明显减轻了许多。他后来几次梦到在他牙床骨里面作祟的鬼就是周昌，于是萌生要在出征之前杀掉周昌祭祀祖先的主意。但是，他并不能做最后的决定，必须先占卜询问祖先的意见。只有祖先同意接受周昌这个人牲，才可以宰杀他。

周昌现在就站在木笼里，静静地看着祭台上即将向祖先神问卜的贞人大犬。他的三个儿子则坐在宾客的席位上，边上有卫兵看守着他们。

贞人大犬接下来要做的占卜是一个对历史影响巨大的事件。他已经完全进入了和祖先神交流的状态，现在他是一块中间的导体，现实世界的商王正是通过这一导体和祖先神建立了沟通对话。整个祭祀祖庙变得静悄悄了，上层平台上一排排粗大的松木柱子沐浴在灼人的阳光中。从这里向下望去，殷商城全部会收入视野内。那城内的商王鹿台花园、城门碉堡，还有洹河边上那装饰着金色大鸟图腾的王宫屋顶全都一览无余。贞人大犬已经挑选了一只龟甲。这是一只巨大的神龟，是南方靠着海边做贝壳钱币生意的商人带过来贡献给商王的。这样的神龟会养在祖庙里，有专门的人喂养它们。在确定要使用它们的龟甲时，会提早三天杀死神龟，并由治龟师刮平龟甲，整理形状。贞人大犬这个时候脑子里突然想起他小时候跟着当贞人的父亲去看神龟，他动手去摸龟，结果给乌龟咬住了一个手指。乌龟咬住人的指头是不会松口的，除非是天上打雷。他的父亲就是敲响了一个铜鼓响器让乌龟觉得是天上打雷，才松口放开大犬的手指。

现在，他在一片龟甲上写上了对贞的词句，在中间的位置用玉钻钻了一排小圆坑。他把桃木占卜棍放在青铜炉上点燃，念着祷词，询问祖先诸位先王，请求他们把对祭祀的态度意见呈现在龟甲圆坑烧灼之后的裂纹上面。当他正集中心智做这件事时，却被祭台所面对着的远方大路上一道尘土搞得心烦意乱。那是一驾马车正朝城里飞驶而来。他决意不朝那个方向看，不让自己的心智受到外部事物的影响。然而，那个景象已经进入了他的心里面，挥之不去。他从青铜炉里抽出燃烧着的桃木占卜棍，对准事先钻好的小圆坑炙下去，只听得龟甲发出一声"噗"的闷响，一阵青烟随之腾起。随着青烟退出，大犬能看到龟版上出现了火炙的裂纹。要理解这些千变万化的裂纹的暗示意义需要一个贞人毕生的学习和冥想，有时候出现的兆纹会相当复杂，难以断定祖先的意思。但是今天的兆纹的指示意思很明显，所有的裂纹都伸展向不接受祭献的一边，也就是说，祖先不愿意接受周昌的血肉牺牲。大犬在龟甲上写下了验证的卜辞：王不受享。他再次被城外大路上那滚滚尘土里的马车所吸引，那尘土越来越接近城门。可是他仔细观看，却看到那大路上什么也没有，完全是他内心里的景象。

先祖不接受周昌血肉牺牲的占卜结果立即在宗庙里传开来，黑压压的民众中发出了骚动，明显对没有杀周昌做祭祀感到了失望。最为感到失望的是帝辛，然而，尽管他不满意，却不能对祖先的选择做任何改变。他的怒气像乌云一样聚集着，看台上的民众也不愿就此罢休。大犬灵敏的听觉觉察到了祖庙外面传来的喧嚣声。那声音是从祖庙的石围墙外，从城区街巷上传来的。大犬明白：不仅是祖庙内的民众不满意这占卜的结果，还有无数聚集在祖庙外边的民众也对这个占卜结果感到了失望。他们等待着得到什么让他们觉得满意的补偿，否则是不会离开的。

祭司团立即进行了合议，做出一个决定：既然祖先不接受周昌，那么他的三个儿子在这里，祖先是否会喜欢他们呢？

于是贞人大犬再次进行了占卜。这次的占卜结果显示，诸先王喜欢接受周昌的长子，方式是"醢"，也就是做成肉酱。

周昌的三个儿子此时还坐在宾客席上。当最初他们被带到祭祀现场坐在宾客位子上时，他们还以为仅仅是来看一次祭祀表演。但当他们看到那些羌族人牲被尖刀一个个宰杀，像草原上人民宰杀牲口一样时，彻底被吓坏了。这三个王子都能想起自己也参加过在草原上捕捉羌人的行动，对于他们来说这是从小就有的游戏。好多次，他们之间还比赛过谁能抓到更多的羌人，就像他们小时候比赛谁会钓到更多的鱼一样。现在他们才看到他们所捕捉送到商都的羌人原来是要这样被宰杀的。第一拨人牲刚刚宰杀完毕，在他们惊魂未定时，马上听到大祭师宣布要附加配祭，向祖先询问是否接受周昌的血肉。在等候贞人问龟的时间里，三兄弟里最小的周公旦吓得口吐白沫昏厥了过去。

此时站在木笼子里的周昌倒是显得心情平静。他已经活了六十多岁，长期演算八卦让他知道生死是件注定的事，有死才有生，因此对死已经无所畏惧。因为姜子牙暗地里的消息，他知道三个儿子已经到了殷商城，今天就在离他不远的地方坐着。他眼睛已经昏花，无法在人群中辨别出他的儿子们来。他知道儿子来到这里是想向商王求情放他回去，虽然他非常担心他们这是自投虎口，但还是对儿子们为救父亲不顾一切的勇气而欣喜。因此，周昌并没有为商王居然会把他当人牲杀掉而惧怕和愤怒。他相信在处死他之后，商王会放他的儿子们回去的。而儿子们看到了他是怎么死的，对于将来的大业未尝不是一件好事。

然而这回老谋深算的周昌失算了，贞人占卜问龟的结果是商朝诸先王不接受他的血肉献祭。还没等他从准备赴死的精神里苏醒过来，商朝诸先王要接受他的大儿子伯邑考做成肉酱做献祭的占卜结果就出来了，而且通过了大祭师响亮的声音向激动不已的民众宣布了。

接下来发生的事情是周姓王朝一个挥之不去的噩梦。周昌的大儿子伯邑考被屠宰师带到了祭坛上，剥光了衣服捆在柱子上，先在肚脐眼下面打一个洞，让他的血从这个洞里慢慢流干，然后从他身上片下一层层肉，两个快刀手在砧板上将肉剁成肉酱，盛在青铜簋里祭献在诸祖先王的牌位前。按照惯例，做成"醢"的肉酱一部分要趁着鲜美的时候请宾客分而食之。商王帝辛特地吩咐给还在木笼里的周昌也送上一份。商王帝辛盯着木笼看，他看到周昌不慌不忙地一口一口将盘子里的儿子伯邑考的肉酱吃了下去。周昌是用手抓着吃的，最后还把手指和盘子都舔干净了。

很显然，帝辛对于周昌津津有味吃下了儿子肉酱的行为感到满意，这表现了他的悔过之心和对商朝的忠诚。帝辛在这一次祭祀之后，牙齿完全不痛了，所以觉得目的已经达到。他加封周昌为西伯侯，放他带着两个儿子回去，让他代表商朝管理西部更大范围地域的事务。

被拘禁在羑里多时之后,周昌终于带着两个儿子离开殷商城,坐着一驾马车向着西北边的祁连山方向而去。他的小儿子周公旦已经被吓得成了傻子,二儿子周发则紧锁着眉头,一句话也不愿意说。在赶马的人中间混进了一个人,那就是姜尚。他化装成一个赶马人,偷偷跟着周家父子离开了殷商城,回到了祁连山下的大草原。他后来被称为姜太公。

第三章　65—102

夜色下的安阳

一

昨夜里杨鸣条一直做梦,到醒来时发现身上都是冷汗。他今天本来是计划独自再到洹河边去观察地形,但从一大早天就开始下起了大雨,外面的道路一片泥泞或成了一片水洼,根本无法行路。他无奈地待在旅店里,望着窗外灰蒙蒙天空上扯不断的雨线发呆。他知道今天是无法出门了,便取出昨日在小屯收得的小块字骨头揣摩起来。有几块从小孩手里收来的字骨头上面有很特别的字刻。他用放大镜观看,发现了几个以前还没见过的字形。屋子里光线昏暗,他便走出房间,在客堂靠天井的一张椅子上坐下来,这里有天空的光,虽然是下雨,还是能看清碎甲上的字刻。

当他在暗沉沉的雨天光线下吃力地辨认着碎甲上的字刻时,心底深处出现了三千多年前在这一块龟甲上刻字的人的形象。这个刻字的人是个什么样的人呢?他穿的是什么样的衣服?他的头发是高束的还是披散的?他吃的是什么样的东西?住什么样的屋子？他有一种很奇怪的想法，觉得这个刻字的人一定也是在一个下大雨的天气里刻下这些字的。他能感觉到刻字人的存在，他存在于阴暗的光线里，存在于那连绵不断的雨丝里，也存在于龟甲碎片上的契刻里。

虽然白天去洹河北岸考察的计划落空了，但是他内心深处还是对接下来的时间有所期待。他说不出具体的事情，但知道这期待是和梅冰枝有关系的。昨天梅冰枝带他去洹河小屯村察看之后，没有和他约下一次见面的时间，只是说他有事情可以找她。她的语气似乎是工作上的事情可以找她。但他现在是想念她，不是因为工作，他可以去找她吗？她已经对他说明，她现在已经订婚了，她已经不可能和以前那样自由地和他见面了。

到了下午，雨势渐停，开始刮起了大风。大风一刮，空气很快就干燥了起来，地面上的积水也退了下去，而天色则开始昏暗了下来。杨鸣条在旅馆里窝了一天，心里沉闷，见天晴了便想外出走走。他走到大路上，看到了道路中央深深的车辙一直通向前方。这里只有一条路，一直通到安阳城的南城门。他往前走到了城门边，本来是准备折返往回走的，可是见身边有那么多人络绎进城，他也止不住脚步跟随人流入了城。

前一天，他曾经走过这一条路，记得路边有耶稣堂、中药铺、日本杂货铺、农具绳索铺、棺材铺、裁缝铺，但现在所有店铺都已关门。暮色顷刻间淹没了城中街市，行人在暮色中匆匆行走着。刚进来的时候，路边还有些店里点着灯，但不久之后，所有的灯光都不见了，而黝黑的天空还没有月亮，于是看到路上的行人开始打着灯笼。行人走得很快，神色匆忙，像是在赶赴一个地方。杨鸣条在黑暗的街上走了一段路，借着行人的灯笼勉强能看到路面，而泥泞的路面早已把他的鞋子湿透了。他想往回走，看到提着灯笼的人流逆着他的方向络绎而来。当他走到城门边的时候，发现南城门正好缓缓关闭上了，他已经无法出城回到旅馆。一个打着灯笼的人告诉他，去北面的城门吧，那里的城门关门要晚一些。杨鸣条于是掉转头赶紧往北门方向走去。

从南门到北门这段路杨鸣条是不熟悉的，他跟着人流向前走，但现在人流已经不是朝一个方向走，有好几股人流插了进来，道路上的人流对冲着走动。其中一些人打着灯笼，一些人和他一样是借人家的光源的。但是他开始发现，在黑暗中行走着一些戴着面具的人，这些戴面具的和没有戴面具的人很难区别，因为这些面具和人的本来面目很像，只是不会有表情，眼珠不会动。人群中这样的人越来越多。而这个时候灯笼的作用变得小了，因为寒冷而清澈的天空上布满了繁星，道路两边紧闭着门的铺面都在夜色里显示了出来。对于杨鸣条这个外来人来说，这样的夜色还是无法让他准确找到去北门的路。他还惦记着要回旅馆的事，生怕赶不上在北城门关门之前走出安阳城。但是他的心里有一种很奇怪的愉悦感，胆子变得很大，很想做一些冒险的事情，和急着要回旅馆的心理相互矛盾着。梦境一样的夜晚，街道变得如迷宫一样，每一条岔道都会生出新的枝杈。这个时候他看不见白天可以作为标志的安阳钟鼓楼，但是，他有一种感觉，他前天走过的那条古董店铺街就在他左手边不远处的街区。进入那个街区，他就会知道去北门的路。这一个念头强烈地驱使着他，但是街上的人群一直在向前走，没有人脱离人流自己拐进偏僻的小巷，仿佛每个人都和人群有一种联系，自己选一条路径是不可以的。此时杨鸣条已决定背叛人群，他在左边的一条小巷子外面停了脚步，他觉得方向是对的。他趁没有人注意他的时候,一侧身体钻进了黑黑的巷子,赶快往前走。他一口气走出好远,才回头看看后面有没有人跟踪过来。

并没有人跟着他。他在黑暗中的小巷子里走了一阵,巷子寂静无人,曲里拐弯,预期中的那个古董店铺街并没有出现,倒是遇见了一条小河。那上面没有桥,好在借着星光看到有一条自己可以拉绳子过渡的渡船。杨鸣条不想走回头路,只得硬着头皮拉着绳子渡河。在渡船离开之后岸边一条恶狗突然蹿出来对他吠叫,吓得他差点掉落水中。上了对岸石码头后又是一条巷子。他往前走了一段,越来越不对劲儿,前面有一道矮墙挡住了去路。他这个时候真的觉得绝望了,想往回走,但是想起小河边那条恶犬,觉得回去的话一定会被它咬死。于是只好咬牙,爬过了这一道墙。

在过了这道墙之后,他发现没有路了,他是在一个民宅的院落里面前行。好些时候他发现自己经过的地方是民居的厨房。他甚至还入过暖和的屋里面,听到了孩子的哭声、大人说的梦话、粗汉打呼噜的声音。最糟糕的时候,他还经过一个牛栏,一头反刍的黄牛挡住他的去路。他最后经过的是一个做豆腐的磨坊。他看到一个年轻的媳妇头上包着花布往磨里面添黄豆和水,一个光着膀子的男人在朦胧的白色蒸汽中推磨。在他终于离开最后一座民宅的院落之后,前面的路又开阔起来,有鼓声和石磬的声音传来。杨鸣条沿着这个声音过去,看到了前面有一条大河,上面是一座大桥。先前他看到的那些戴面具和没有戴面具的人都集中在桥头这一边,看着那座空无一人的大桥,桥的上面悬着大灯笼,照得桥面很亮。人群在等待着。从桥的那边传来鼓声和石磬的声音。

杨鸣条又悄悄地融入了人群里。他还怕有人会认出他就是先前独自潜入小巷的人,但并没有人理会他。所有的人都安静地看着桥面,听着那些奇怪的鼓声和石磬声慢慢接近。一忽儿,从对岸的黑暗中出现了一支行走的队伍,慢慢走到了桥上。走在最前面的是几个既不是人也不是兽的奇怪东西,是一个长方形的物体,仔细看,是一段身躯,看出它的眼睛长在胸脯前,肚脐上是嘴巴。紧接着,是一些青面獠牙的妖魔鬼怪,然后是一个个和凡人模样接近的古代人,有武将军、帝王、宫妃、士兵。游行的队伍迈着细碎的步子,无声地慢慢向前走,有鼓声和石磬声在队伍里响着。突然,杨鸣条看见了一个四人抬着的肩舆,上面坐着个脸上涂着浓重白粉的女神。她大概是皇宫里的人,所以会被人抬着。杨鸣条觉得她很像梅冰枝,只是她脸上的白色粉妆像日本的艺伎,加上他和游行的队伍有一段距离,所以难以确定。但有一点他明白了,这是一支演戏的队伍,在走过了桥之后,进入了一个寺庙一样的建筑物里,这是个古老的戏院。

这个时候,杨鸣条的心里有点烦乱。他看见了北城门就在不远处,他可以从这里出去回到旅馆。如果现在还不回去,城门关了就出不去了。但是一方面他又受到了戏班演戏的诱惑想去看戏。他一想到那个像梅冰枝的女神,便下了决心,先去看戏再说。于是他进了戏院,付了钱,坐到了靠前排位置的一排木凳子上。

杨鸣条小时候在南阳看的社戏,大部分是帝王将相才子佳人。但是,今天他看到的戏很不一样,演的都是神仙妖魔故事。刚才从桥上游行而来的那些造型怪诞的角色现在都登台演戏了。开头戏目是些插科打诨的闹剧,乡村人能想象得出的各种精灵鬼怪都纷纷亮相。后来正戏开始,杨鸣条看到梅冰枝上了戏台,刚才游行队伍里那个脸上涂着厚厚白粉女神模样的人正是她。杨鸣条看了一忽儿，明白了这戏说的是周幽王和褒姒的故事。周幽王宠爱褒姒，为了博得褒姒一笑，他点燃了报警的烽火台，让诸侯疾驰救援。这段传说几乎是家喻户晓，但杨鸣条看到的戏不是说这些，而是说褒姒来历的故事。虽然杨鸣条熟悉这些典故，但现在他看到的是安阳土地上的民间版本，充满了神奇性。

杨鸣条看到了有两条恶龙在戏台上盘来盘去，每条龙由三个人一起躲在龙身里扮演。戏里的故事在说夏后氏衰落时候，有两条神龙降落在夏帝的宫廷，说："我们是褒国的两个先君。"夏帝不知道是该杀掉他们，还是赶跑他们，或还是留住他们，就进行占卜，结果不吉利。又占卜要把他们的唾液藏起来，结果才吉利。于是摆设出币帛祭物，书写简策，向二龙祷告，两条龙不见了，留下了唾液。夏王拿来木匣子把龙的唾液收藏起来。夏朝灭亡之后，这个匣子传到了商朝，商朝灭亡之后，又传到了周朝。连着三代，从来没有人敢把匣子打开。但到周厉王在末年时打开匣子看了。龙的唾液流在殿堂上，怎么也清扫不掉。周厉王命令一群女人，赤身裸体对着唾液大声呼叫。那唾液变成了一只黑色的大蜥蜴，爬进了周厉王的后宫。后宫有一个美丽的宫女，碰上了那只大蜥蜴，后来竟然怀孕了，没有丈夫就生下孩子，她非常害怕，就把那孩子扔掉了。这个小孩子就是褒姒，梅冰枝在戏里演的是那个碰上了黑色大蜥蜴而怀孕的宫女。

杨鸣条看到安阳的社戏班子有一些很不一样的表演方法，有很强的生殖崇拜的意味。在戏里面周厉王叫一群女人赤身裸体对着龙的唾液大声呼叫，演戏的女子穿着和肉体颜色一样的紧身衣服上台，远看起来和没穿衣服一样。要是他老家南阳的人看这样的戏，一定会觉得是淫荡的。由于戏台很小，他们还把戏台下的场地也作为演戏的地方。戏中演到龙的唾液变成了一只黑色蜥蜴，蜥蜴便掉转尾巴往戏台下的人群里钻，那台上宫女便追了下来，跑到了戏台下的人群里去。戏院里变得乱糟糟，但一片快活的气氛。而就在这一阵混乱中，杨鸣条看见了梅冰枝正经过他的面前。她显然已经看见了他，让那黑色的蜥蜴钻到了他的脚边。她跟过来，对着他的耳边说：散场了你坐这里等我！然后，戏里的人和妖都回到了戏台上。杨鸣条看到接下来有一只黑色的蜥蜴和梅冰枝扮演的宫女的交媾场面，虽然是象征性的动作，但还是能让杨鸣条感觉到戏台上满是妖孽的血光。他想，这个社戏的班子里面有外国戏剧的成分，一定是梅冰枝的主意，把它们融合进去。

戏散场了，嘈杂的人群离开了戏院，那挂在戏台上的煤气灯也熄灭了。杨鸣条还坐在板凳上，煤气灯一灭，四周一片漆黑，没有人注意到他还留在剧场里。一忽儿，他的眼睛慢慢适应了黑暗，这里的黑暗是彻底的黑暗，就像俗话说的伸手不见五指。他在等待着梅冰枝，这一个等待显得很漫长，甚至让他怀疑她到底会不会来？是不是他听错了话？他的心跳得很快，急切地望着黑暗。终于，他感觉到黑暗中有个影子向他这边移动，他觉得是梅冰枝，但他不敢喊，怕是别的什么人，他明显感到她向他这边走来。他觉得她正从右边向他接近。他往右边方向伸出了手，想去迎接她。但是从左边的方向有一只手伸过来触摸到了他的肩膀。他听到梅冰枝低声说话：是我。杨鸣条握住了她的手，把她带到身边，她马上钻进了他的怀里。这戏院里的黑暗把他们之间的隔阂全消除了。

"没有想到你会来看戏。你怎么会找到这里来的？"梅冰枝说。

"完全是一种奇怪的力量带我来的,一种黑暗的力量。"杨鸣条说。他抚摸着怀里的梅冰枝,即使在这样的黑暗中,他还是看到了她眼睛的亮光。他们紧紧抱在了一起,梅冰枝带着他离开了观众席,进入了戏台边上的一间小屋子。这里是换衣和化妆的地方。所有的人都走了,烤火的炉子还有余温。梅冰枝解开了衣服,让杨鸣条抚摸她温暖的身体。微暗的炉火中依然是黑暗,只能模糊看清她的脸。杨鸣条感觉她的身体比以前丰满了,乳房饱满硕大,她是个成熟的女人。梅冰枝引导他进入了自己的身体。她一边吻着他,一边说:"记住,现在不是梅冰枝和你交合,是她扮演的这个生褒姒的精灵宫女。"

"你为什么这样说?我是在和你交合,你还是原来的你。"杨鸣条说。

"不,梅冰枝已经不能和你交欢了。她已经和人订婚了。"她说。

"你不要再说了,你已经告诉过我。"杨鸣条说,心里有一阵剧烈的难过。他的嫉妒使得身体发狂,他感觉自己变成了戏中那只精怪黑蜥蜴,剧烈地顶着她的身体,让她发出了呻吟。她的身体紧紧抵着他,手指甲抓着他的后背,抓出血印来。

这个晚上,杨鸣条在北城门即将关闭的时候走出了城门,这个时候他才知道北城门是为了看戏的人才延迟关门的。天很晴朗,星光把路照得明明白白。看戏的人早已散去,城门口空无一人冷冷清清。但城门口还停着一辆马车,赶车人过来问他要不要雇车?杨鸣条看时间已晚,便决定坐车回旅馆。坐在马车上,他看到星空中的银河如闪亮的流沙,想着地面上的山川人物日日改变,只有这银河星辰是亘古不变的。他回了旅馆,旅馆里也安静下来了,所有人都已沉睡。他一直睡不着，想着梅冰枝的戏剧，想着梅冰枝。他身上还满是梅冰枝的身体气味，这让他回味着和梅冰枝交媾的每一个细节。半夜时分，他听到远处有一阵枪声响了起来，在深夜里听起来很是刺耳。

二

洹河的北岸有一个村落叫侯家庄。这里的地势比较高，因此从远处看这个村落会比较气派。侯家庄里住的都是姓侯的人，从字面上看，侯家庄的侯字似乎和公侯伯爵名号有关系，而从甲骨文的考据来看殷人的确已有侯伯的封号。侯家庄的人似乎一直相信自己是王侯的后裔，村里的人基本扎堆住着，尽力保持着侯姓的纯净性。虽然侯家庄有着高凸的地势和显著的姓氏，但实际上这村里全是贫困的农民。在风调雨顺的年头，他们尚能吃饱肚子。可河南这个地方风调雨顺的年头是很少见的，大多数年头不是旱灾就是蝗虫漫天。而这几年不断的战事则更让土地荒芜下来。

在这么一个十分寒冷的早春深夜，侯家庄村头的那座屋子里，农民侯新文半夜里还睡不着觉。农民本来是不会失眠的，因为一天劳作下来会累得要命。可这个年头农民没事干了，整天窝在屋里有力没处使。侯新文知道家里的粮食只够吃一天了。里屋住着他的老母亲，炕上躺着媳妇和五个孩子。想到接下来要吃的粮食，他的心里就揪得慌。总得想个办法搞点钱来，眼下，别指望地里长庄稼了，到城里打短工也根本找不到事情做。

现在侯家庄的人能够想到的只是到地里挖出点古物来，只有这条路是可能解决眼前困境的办法。侯新文在窘困之时，觉得这是祖先给他们的保佑，在地里留下一点点东西让他们渡过难关。每当看见挖出来的青铜器——那些巨大的酒樽和铜鼎，他会觉得羞愧。他觉得祖先那么富有，祖先吃饭喝酒的器具都那么讲究，而他们则如此穷困，连一个像样的吃饭的瓷碗都没有。不只是碗的问题，主要还是没有能装在碗里吃到肚子的食物。

侯新文小的时候，玩得最多的地方就是洹河的河床。他跟着村里的孩子在河里摸鱼，上树顶掏鸟窝，玩官兵捉贼的游戏。春天的时候，家里人会给他一个篮子，让他去采柳叶的嫩芽做茶喝。那个时候，大人们总在秘密讨论挖掘的事，他们都是在黑夜里做事，不让孩子们参加。而孩子们也会很快知道大人夜里干的事情，白天会偷偷到大人夜里挖过的土地里翻找。他们找到了一些骨甲的碎片，这是大人扔掉不要的，因为没有人会出钱买这些碎片。于是孩子们把它们收集起来，作为自己的宝贝。这些宝贝都被他们重新埋藏在洹河边的沙洞里，每个人都有自己的藏宝洞。

侯新文第一块挣到钱的字骨头，就是被那个外号叫老骨头的明义士买走的。明义士在《殷墟卜辞》前言里提到的那群孩子里面有一个就是侯新文。这天，侯新文和其他孩子用碎骨片从明义士手里各挣到一个铜板，这让孩子们知道这些字骨头的确是可以变成钱的。从那之后，这些孩子慢慢学会了在土地里挖掘字骨头和青铜器。他们知道了方圆十几里的地方，哪里是可以挖到古董的，哪里挖到底了也只有砂石。但他们自己没有土地，只是帮人家挖坑，挖到宝贝能分到几个小钱，挖不到的话连吃饭钱都没有。到侯新文十八岁的时候，家里依然一贫如洗。

到了一九一七年时，有一个非常奇怪的消息传来，说是地球的另一面欧洲在打世界大战，中国和他们是同盟国，要征召民工苦力去欧洲充当后勤服务人员。安阳的传教士在到处宣传，说中国民工只做后勤不参加战斗，会有很高的报酬，每天吃牛肉面包，打好了仗可以回来也可以留在外国。沿海省份那时早有大批的人漂洋过海，但中原的农民对土地有强烈的眷恋，而且对陌生的远方特别害怕。村里很多人有点动心，但是迟迟没有人正式报名参加。后来，人人认识的洋人明义士出来说话，他告诉大家：他要和他们一起前往欧洲的战场，他会一直跟随着他们，会给他们当翻译，保护他们不受欺负。

侯新文那年二十岁，他和花园村的一个妹子相好，可没有钱娶她，所以想去挣点大钱回来。于是他加入民工队伍，坐火车到了香港，接着坐轮船前往欧洲，在海上足足度过一个多月的时间。到了法国，在战场上挖战壕、修路桥、埋尸体，整天在炮声隆隆里度过。后来战争结束了，一部分不想回家的人留在了欧洲，但也有一部分人坚持要回到中国，其中就有侯新文。侯新文回到家里时，包袱里有他在欧洲挣来的两百块大洋。凭着这几个卖命钱，他回家终于娶回了花园村的妹子，一家人过上了日子，老母亲也抱上了孙子孙女。时间就这么慢慢过去，他的钱也慢慢花完了，回到了原来的赤贫状态，每天得为下一顿饭犯愁。还有一件麻烦的事情，因为他在欧洲待过，知道人是需要尊严的，眼下的困窘让他觉得更加难受。

这个夜里，翻来覆去睡不着觉的侯新文突然听到了邻村响起一阵枪声，夹杂着几声炮铳的爆响。他知道这一定是出什么事了。对于他这样的人来说，夜里响起枪声倒也不是什么坏事，可能会意味着机会和希望。因此，他觉得天亮后也许会有事好做，这样，他便沉沉地睡着了。

一觉醒来，天已大亮。他匆匆起身，喝了一碗粟米粥就急急忙忙前往洹河对岸的土地庙，因为一有什么事情周围几个村里的人都会聚到这里来议论。果然，他见到很多人已聚集在这里，说是昨夜太行山的土匪吴二麻下山，把花园村的地主张学献给抓走了。花园村的李瘸子在绘声绘色地讲述着事情的经过。

吴二麻的几十人马带着快枪，打着火把包围了张学献的宅子，往大门里放了几炮铳。那屋里面的人吓得屁滚尿流，几个护家团丁举枪投降了。吴二麻的人马进入屋内，不杀人，不放火，不抢财物，也不强奸张家的女人，只是把张学献本人带走了。土匪用利刀在墙上扎下一张纸头，令一个星期之后交足五千块银圆才放人，否则就要撕票。

这太行山的土匪头吴二麻的名声很大，以前只听说他在城里绑票，这回怎么绑到了乡下？不过仔细想想，大伙都说这事也不奇怪。这张学献家里地很多，占了洹河南边的一大片。他是一个十分会计算的人，平时抠门到了极点。安阳的甲骨已经挖掘了许多年，很多人家的地都翻得底儿朝天了，不再有什么东西。而张学献早年在地里挖出一批东西之后，精明的他觉得挖得太快没意思，东西多了价格就上不去，反正东西是在自己的地里，等于是银钱还放在家里。于是他就采取慢慢挖的办法，每年挖那么一点点。而近年以来，由于兵荒马乱，张学献担心会出事情，干脆就封了地不再挖掘了。张学献这一招让安阳古董行业的人都很着急。地里挖出的东西少了，很多人没饭吃了。做生意的人挣不到钱，官僚也得不到好处，靠挖地维生的农民也没事做了。这不！这下他招上麻烦了，他把太行山的吴二麻给惹毛了，下山绑了他。

乡人们都蹲在村头的大槐树下面，没有目的地等待着。过了没多久，麻风村的侏儒蓝保光来了。他常常会有城里古董商之间的消息，这个时候他带来了话儿说：张学献的事情和盛太行的后台老板日本人有关系。

# 三

　　城里的古董商人之间传说张学献这次被绑架和日本人青木有关系，事实上也确是如此。

　　这个日本人叫青木泽雄，到中国前是日本东方文化研究所研究员。他从京都大学史学科考古学专业毕业后，一度是个激进的赤色分子，宣传过劳动阶级音乐，因此被警察列入了黑名单。青木特别喜欢中国古代历史和艺术，读大学的时候专修了中国语言。那个时候，日本有甲骨文大师林泰辅，中国古文字学者在日本也很多。他们的研究让日本出现读甲骨文的热潮，各大博物馆也都竞相收藏甲骨片。青木毕业后进入日本东方文化研究所当研究员，青木的热情却不是做研究，而是热衷于田野户外搜寻活动，去寻找那些古代人流传下来的美丽东西。但是日本窄小的国土早就容纳不下他的脚步，被日本东方文化研究所招聘为研究员之后的第三个秋天，他终于获得了前往中国的机会——有一支中国佛教石宿考察团要前往中国，他作为一个图像测绘员要跟随出发。但是，出国申请递交到警察署之后，其他人获准了，他却被禁止前往中国。警察署长对他说："我知道先生喜欢音乐，请以后在公共场合不要再做和左派音乐有关的事。"青木泽雄马上回击："我到死也不放弃音乐。"从这句话可以看出，这个青木泽雄是个脾气不好的人。

青木泽雄这年未能如愿前往中国。他留在研究所里，继续研究中国秦代的衣带钩，业余时间照样在京都大学校友乐团担任小号手。他因为宣传大众音乐被禁止出国的事情终于在乐团内传开来，乐团成员都表示了对他的同情，其中一个叫三宅宗雄的大提琴手愿意帮他解决问题。三宅宗雄是个前辈，医学博士，担任京都医院外科主任，因此人脉很广。几天之后，他告诉了青木一件事，说京都博物馆文物采集部的主管九鬼周造想见一见他，也许可以在去中国的问题上给予帮助。

第二天，青木泽雄和那个采集部主管九鬼周造见了面。

"听说你想去中国，警察署没有准许？"九鬼周造说。

"正是这样，他们是完全没有道理的。"青木泽雄说。

"要是让你去中国，你最想去做的事情是什么呢？"九鬼周造说。

"想徒步在中国的中原土地上走一走，这是我长期以来的梦想。"青木泽雄说。

"为什么会有这样的梦想呢？"

"因为遣隋使小野妹子的关系。"青木回答。

"那说来听听。"九鬼周造说。

"我是在大阪长大的。小的时候，我经常在南河内郡太子町科长神社南侧的土丘上看到一个坟墓，上面写着的名字就是遣隋使小野妹子的名字。我最初是看不懂的，后来慢慢长大，也慢慢看明白了，知道他一千多年前就在中国的大地上到处行走了。"

青木所说的小野妹子是日本飞鸟时代推古朝的外交官，出身于近江兹贺郡的小野家族。公元六〇七年作为第一次遣隋使携带国书来中国，受到隋炀帝接见。次年由文林郎裴世清为使，陪送回国。海路途中，在海岛上被百济人夺走了隋帝国书，到日本后差点遭刑，后得推古天皇赦免。同年裴世清回国时，小野妹子又作为陪送使再度来中国，携有《东天皇敬白西皇帝》的国书。他是日本非常有名的遣隋使节。

"那你的意思是小野妹子是你的精神偶像？"九鬼周造说。

"先生说得没错，的确是这样。"青木说。

"你要知道，天皇派遣小野妹子去中国可不是到中国去旅行，而是带着日本国的使命。他因为不辱使命才被后人记住，大阪的神社墓地才有他的墓碑。"

"我知道这一点。"

"你现在有这么一个机会，可以很快去中国和先前去的中国佛教石窟考察团会合。"

"我还不大明白你的意思。"青木泽雄说。

"简单地说吧，我们京都博物馆准备聘请你为特别代表，派遣你到中国中原和西部地区收集文物。你要和京都博物馆签订一个合约。这件事不只是京都博物馆的事务，也是日本国的国家计划。陆军司令部在中国东北地区有专门的一个机构领导这个工作。当然，你还要接受他们的测试。如果他们通过了，那么你会得到他们的强大支持。"

从这天开始，青木泽雄接受了一系列的谈话测试，最终获得通过。他的第一次中国之旅，是前往中国山西云冈石窟。先前出发的中国佛教石窟考察团已经在云冈石窟开始工作了，他要去那里和他们会合。

他坐"扶桑号"轮船从神户出发到了大连。但到了大连之后得知辽宁一带发了大水，大连到沈阳有很长一段铁路被大水冲垮了。他急着想到目的地山西大同去，每天去火车站打听。自从日俄战争之后，大连控制在日本军队手里，一切都是军事管制。他最后从司令部那里得到消息，称到沈阳的铁路中间一段路南站口到青龙桥约二十公里只能徒步行走。他拿着军队的特殊许可证，开始步行。一路上看到到处是泥石流的痕迹，路面堆放着大小石头块，没有铁道线路的踪迹，公路也看不见。大约隔着十米站着脸色严肃、手拿带刺刀步枪的日本军人，在两侧的山崖到山谷，一队几百米长像蜈蚣一样排列着的中国人在运石头修路。他们可能是被抓来的农民，脸色苍白，穿着布满泥浆的衣服，呆呆地站立着，只有拿石头的手在动。青木泽雄打了个冷战，第一次感觉到了日本军队和中国人之间存在着严重的对立。

在沈阳和北京一带滞留了几天之后，青木在半个月后到达了山西大同，和先前到达的考察队员会合。他急切地到云冈石窟第五、六窟转了转，从一个三层的木造楼梯登上阁楼，凝望方柱上方第二层南面的立佛像，又踏着微暗的岩壁，直盯盯看着左胁侍菩萨清晰的面庞，不由得想用手摸摸这些千年古佛的脸。终于来了，青木心里呐喊，我终于来了！他在第六窟的壁面雕刻前激动得简直透不过气来，那整个构图简直就是一首交响乐，大佛小佛都由单纯的面、单纯的线构成，每一尊都充满了从壁面一跃而飞的意欲。那些极度单纯化的毫不犹豫的刀法，只用一根线条就决定了鼻子和眼睑的定位，没有混杂任何细节，刻画出了极度清纯的额头、脸面、皮肤和下颔。

到达第一天的傍晚，青木在石窟前的村头散步。夕阳下一切归于宁静，石窟却成为野鸡和蝙蝠的栖息场所。他走到云冈镇的村道上，许多衣不蔽体的孩子在路边玩耍，一些长相大致还端庄漂亮的女人也会出现在马群羊群之间。青木的心里又想起了那些为劳苦阶级而做的音乐，想着为什么这些人会生活在这种贫寒的村庄呢？从村的街道向北可以望见断崖上的昙曜五窟，确实是壮丽的景观。过了初十的月亮亮彤彤地从东方升起，简直同银盘一样，这样的景色在日本是看不到的。

这次考察队的主要任务是要拍摄下主要窟内的佛像，但是他们遇到了照明的困难。在几个洞窟中，里面的光线被前面的阁楼遮挡着，窟内的巨大石柱又加深了阴影。用旧式的闪光灯是根本没有作用的，而云冈镇上没有电力供应，无法使用电灯。青木给考察队作出的第一个贡献是想出了用镜子来反射太阳光线，给窟内照明的办法。他们从大同理发店里租借了大镜子和辅助用的小镜子，摄影时青木让助手在洞窟外用大镜子把光线反射到洞窟内，再用小镜子二次反射把光线分配到要拍照的佛像上。云冈的大部分时间是晴天，光线倒是很充足。麻烦的是太阳时刻在移动，负责大镜子的助手稍一马虎，窟内的照射光线便歪到不适当的地方。但当太阳光被准确反射到需要的位置上时，那些佛像看起来非常神奇美丽。青木在云冈石窟作为一个佛像测绘员全力以赴干好每一件小事。六个月之后，考察队完成了任务返回日本，但青木泽雄没有随队回去。他像是一条鱼钻进了水里，消失在中国西北部的土地上。

青木从中学时代就开始做独自在中国土地上行走的幻梦。现在，他终于迈出了步子。他的装束有了很大变化，不再像在考察队里一样穿西装戴礼帽，而是穿着最简单的衣裳，像中国古代的那些武士一样，肩上背着行装行走在华北的土地上，腋下还夹着一把油纸雨伞。除了长距离的旅行他会坐火车，大部分的路程他喜欢步行，有时会搭乘农民的牛车，有的时候也会借一匹马来骑骑。当他独自穿行在中原地带辽阔的平原和山川时，体味到了一种中国古代独行侠客的情怀。这种感觉在日本本土是体验不到的，他有时会想象自己是关云长，有时会是赵子龙，有的时候是吕布。古代的武士在大地上行走是为了寻找战斗，而他的行走则是为了寻找古代人留下的遗物。他不是在城市的古董店之间寻找这些东西，而是要在大地上去直接获取，要寻找那些刚刚从埋藏千百年的地底下被发掘出来的古物。他看起来像个独行侠，但实际上他还是会定期和关东军司令部的一个特别组织联系，接受他们的指令。他用了比较长的一段时间沿着河西走廊一直到达了敦煌。他知道自己的最终目标是中原地带，在进入这个最终的地带之前，他得让自己接受最艰苦的训练。

五个月后，他有了第一次大的收获。他在河北省一带行走，那些地方几乎是没有古董店的，人们也没有古董买卖意识，但青木知道这些历史悠久的地方民间是有很多珍贵文物的。他现在每去一个边远的小城，就会主动去结识旅店的老板，给他留一箱子日本白毛巾和肥皂，让他送给过路的客人。当然那肥皂毛巾里面会夹有几张纸片，上面印着好些他感兴趣的古物：陶瓶、青铜器、宣德炉、唐三彩、青花瓷器。他告诉旅店老板和过路的客人把这些消息传播开来后，如有什么古物线索还请及时通知他，他会重谢。他给每个旅店老板都留了自己在北京的联络地点。

那是他离开河北地域一个月后，突然他接到北京联络地点转来的一封信，是邯郸的一个旅店老板写给他的，说他那里有几样东西，也许是他想要看到的，请他赶紧过来看看。这个时候他人在山东，但是毫不犹豫地日夜兼程，赶回邯郸去见那个旅店老板。当他赶到时，旅店的老板带他到了马棚里面，靠着马槽的地方有个黑乎乎的物件。店老板把马棚的大门打开了，突然照进的光线让他看清了那一个物件，他差点叫了起来。那一瞬间，他的心里有一种狂喜、惊惧、震撼，让他有不知所措之感。

他看到马槽边的物件是一个青铜的方彝，尺寸有五十厘米高，保存得非常完整。他仔细打量着这个表面布满了奇怪花纹的祭器，知道这种青铜器正是京都博物馆最想得到的重器。他几乎难以想象自己的运气。旅店的老板看他看得这么高兴，对他说还不止这一个，后面的院子里还有两个呢。青木到后面一看，发现那两个的形体更大，器物也更精美。店老板告诉他这是邯郸城外小县里的一个清代官员后裔所有的，要是他出的价格过得去，愿意卖给他。青木和那个家道衰落的清朝官员后裔见了面，询问这些青铜器的来路。他们只说是上代留下的，不知从哪里来的。青木和他们和气地商议，最后用一个双方都觉得满意的价格买下了这些青铜器。

他获得这些珍宝之后，马上装箱运往北京，再转运到东北去。他知道这是一个重要发现，当时他还以为这些器物就来自邯郸本地，因为邯郸是最古老的中国城市之一。他走遍了当地的古董店，又收到了几件青铜器，可没有人说得出这些青铜器的来历。青木在这里收购青铜器的消息传了出去，古董商知道他很喜欢，开始把价格抬得很高，甚至有人故意抢他的报价，把青铜器垄断了。青木在邯郸住了下来。

到了三月份，青木发现突然有很多的青铜器出现在古董市场上，而且他能看得出来，这些青铜器都是刚刚从地底下挖掘出来的。这些器物的形状越来越多，很多东西他都无法说出名字和用途。最初的时候，价格还很高，但青木知道，现在到了和卖家谈论价格的时候。

这时候每天都有四五批人带着不同的青铜器到青木所住的旅店去向他推销，青木每天都会买进几个。但是他发现不同的卖家似乎私底下都串通好了，继续保持很高的卖价。青木开始了迫使他们降低价格的谈判，某一天，他见到几个已经熟悉而且比较通情达理的卖家，对他们说：

"你们应该知道，在我到这里之前，没有人对这些青铜器感兴趣。如果我现在离开这里，这些青铜器马上就会没有市场，这里的人现在也收购青铜器只是因为我在收购，如果我停止了收购他们也会停止收购。所以，你们听着，我愿意继续收购你们的青铜器，但是你们的价格要降到合理的范围。否则，我将离开这里，去别的地方寻找新的东西。"

青木说完看着他们，等着他们的回答。然后他又说：

"现在，要么你们接受我的价格，要么带着你们的东西离开这个地方。"

青木发现了一个信号，一个似乎是卖家头领的人态度软化，他们相互对视着，又凑在一起低声议论。然后，他们同意接受青木提出的价格。

这个时候，青木知道到了可以查到这些青铜器是从哪里发掘出来的时候了。他把已经成为他好朋友和助手的旅店老板的儿子叫来，对他说：

"这里是五十块大洋。你去和那些做青铜器买卖的商人及他们的帮手交个朋友。现在青铜器的价格已经跌到很低，所以发现它们的发源地不会很困难。拿着这钱去和那些人喝酒，招待他们，找不到青铜器发源的地方你不要回来见我。"

旅店老板的儿子消失了整整两天时间，然后在一个清晨回来，脸色苍白，手有点发抖。他问青木要了二百大洋和一匹马，说自己要消失一个星期左右。青木对他很是相信，把他要的钱和马都给了他，知道他一定已经看到了苗头。

他消失一个星期后，在一个深夜里他牵着一头骡马回来，骡子背上装着满满的青铜器，其中有好几个是青木从来没见过的。他说自己跟着运送青铜器的商人们走了约二百里地，找到了在河南安阳那边的洹河边的小屯村。那里的农民正集体出动在土地上挖掘古物，他们除了挖青铜器，还在挖一种上面有字的甲骨片。当青木听到甲骨片的时候，浑身发抖，血冲上了脑门。他想不到甲骨片和青铜器都出在一个地方，而且他一下子就找到了这两种东西的发掘源头。

几天之后，青木踏上了安阳这一块土地。他站在洹河边的高坡上，看着那一片长满庄稼的土地，想到这里每一寸土地都可能埋藏着三千多年前的殷商物件，心里总摆脱不了想下跪的渴望。这个时候是一九一五年，明义士早一年刚刚来到安阳；同年罗振玉的弟弟已经发现了甲骨片出产在这里，正在这里秘密收集；还有上海的犹太富商哈同也听到风声，已派人到这里活动。但总的来说，安阳这时还处于不受外界注意的状态，已经在这里收集古董的人尽量保持沉默，不让更多的人知道。从那以后，青木一直在安阳的土地上活动，他并不喜欢在这里公开露面，而是像影子一样飘忽不定。当有什么重要发现的时候，他才会出现在这里。在杨鸣条第一次踏上安阳的土地时，青木在这里已经活动十几个年头了，他的头发和胡子开始变得灰白。这段时间他在中国的工作主要就是紧盯着安阳这块土地。通过他的鬼使神差的本领，安阳地下出土的青铜器和甲骨文有一大批源源不断流入日本，使得日本成为当时研究青铜器、甲骨文的最重要的国家。

杨鸣条到达安阳进行调查之前，青木已得到上司的情报，称中国中央研究院下属的历史语言研究所准备大规模发掘安阳殷墟，让他赶在这之前尽量多收集甲骨和青铜器，同时要尽量给中国政府的发掘制造麻烦，拖延他们的行动。因此，在春天到来、土地解冻之时，青木来到了安阳。

他在这里已经熟悉了洹河边的每一块土地，知道哪块土地能挖到什么。他出资让那个邯郸旅店老板儿子周敬轩在安阳开了"盛太行"古董商号作为他的代理人。他不喜欢坐等人家挖到东西后再卖给他，经常会组织一支挖掘队去主动发掘。他和安阳官府及地方乡绅三教九流都有很好的关系。他知道小屯村的地主张学献的那几块地还没充分开挖过，知道那下面肯定会有很多东西。但是，张学献是个精明的人，而且自己也有几个武装家丁，普通人拿他没办法。因此，青木把目标对准了张学献。

四

蹲在村头的侯新文和其他农民一直不愿散开，他们总是会像树顶上的乌鸦一样一直等待着，等待着发生对他们有利的事情。张学献家里的人在哭哭啼啼，拿不出主张。就在这时，只见远处通往村里的那条道路上扬起尘土，显然有什么人乘坐着双驾马车到来了，槐树下的人们头都别向了那边。

没多久，只见这两匹高头大马拉的马车直冲着张学献的大院奔来，在门前勒住了马。下来的是一个穿着绸缎长衫、戴着礼帽的中年人。侯新文等村民都认识他，他是城里的古董商行盛太行的东家周敬轩。他是个神秘的人物，因为人们只见他购进地里挖出来的东西，而从来没见他出卖东西，也不知他那些东西都卖给谁了。侯新文等人倒是觉得他是个善人，因为他对他们这些挖地的人很是客气，偶尔还会给些赏银。先前蓝保光已有消息带来，说张学献被绑架和盛太行的日本人后台老板有关，所以，当周敬轩到来之时，人们觉得有好戏看了，都兴奋了起来。只见周敬轩撩起了长衫的一角，疾步向张学献屋内走去。屋内哭作一团的人见他走进来，都止住了哭声，惊讶地望着他。这屋内的人有张学献的两房妻子，他的老母，几个未成年的子女和几个用人。

"这个吴二麻也太缺心眼儿了，怎么会来把咱张大东家给绑了去。这事要是再闹下去，岂不是以后我们这些做生意的人都成他的肉票了？"周敬轩说。他跟张学献熟，以前收过他地里的东西，虽然不是很多。

"周大人要做做善事帮帮我们，我们只能指望你了。只要能让咱当家的平安回来，我们什么都愿意做，你就给拿个主意吧。"张学献的大老婆说，其他几个人都附和着。

"这个吴二麻我是知道的，心狠手辣。要是不按时付上赎金，说不定真的会下毒手。"周敬轩说。

"可我们哪里拿得出五千块大洋啊？"张学献的家眷又开始哭哭啼啼。

"我这里倒有个办法，不知你们愿不愿意去做。"周敬轩说。

"周大人快说，眼下哪有什么事情我们不愿做的？"张学献家眷说。

"你们说一下子拿不出这么多现钱，那只能开挖你们河边的那一块棉花地了，兴许在那里能挖到好东西，能救你们当家的一命。"

"这个办法行吗？谁知道能不能挖到东西呢？吴二麻可只给了七天时间啊。"

"我能帮你们的地方就在这儿。我念想张学献和我有过生意来往，此时不能见死不救。只要你们马上叫人开挖，我会在七天之内给你们筹集五千大洋，你们拿挖出来的东西来还我的钱。我不会压低你们的价格，挖出来的东西按照市面的价格给我就是。"周敬轩说。

这张家的家眷此时像是马上要沉入水底的人，看到有救命的稻草就不顾一切答应了下来，还把开挖土地的事情都交给了周敬轩安排。周敬轩说，事不宜迟，得赶快把挖地的人马拉拢起来。他看到门外槐树下那班子人都是些有经验挖坑找古董的"土扒子"，就让人招呼他们进院子里来商量。于是，侯新文等人都被叫了进去。这一帮挖坑的好手一个冬天没有好好干过活儿了，这下子看见来了大活儿，个个都很精神。他们也乐意给周敬轩干活儿。他人厚道，不会拖欠工钱。

这回张家的土地上开地挖古董和以往的做法很不一样。过去人家开地挖掘总是选黑夜里进行，最怕招人耳目，惹来是非。可这回周敬轩说时间紧迫，救人要紧，就白天黑夜轮流开挖。他还供应了一些当时很新奇的工具，夜里用的煤气灯，能把场地照耀得如白天一样；最管用的是一台绞车，能把坑底下的泥巴轻松地提溜上去，省去了不少的人工。还有一件奇怪的事，虽然这回他们是大模大样在挖宝，却没有人来找一点点麻烦。因为风声传开来了，说这回是为太行山的吴二麻挖的，谁还敢来惹吴二麻的麻烦呢？

# 五

一早起来天气晴好,杨鸣条准备今天去洹河边看地形。他洗漱完毕,前往饭堂里面吃早餐,听到旅店老板说起小屯村地主张学献被土匪绑架的消息,继而又听他说起张学献家里的土地要开挖了。他想起了昨夜听到的枪声,想莫非这枪声和张学献被绑架的事有关?他心里吃惊,觉得这里面一定有大的事情。于是,他举步离开了旅店,想从南门进城里去前日去过的那个天升号古董店里打听打听消息。

他在路上疾步行走,走过几条马路之后,忽然觉得脚边似乎有什么跟着,低头一看,原来蓝保光就跟着他。他好生奇怪,问他怎么在这里。

"大人不是说有事要跟你报告吗?"蓝保光说。

"那快快说来。"杨鸣条说。

"这里不是说话的地方。"蓝保光说。他带着杨鸣条往一个地方走去，走近了，杨鸣条看到，原来这里是一间大烟馆。他知道这家伙又犯烟瘾了，只得先付钱给他抽泡大烟。

"知道今天村里出了大事吗？"蓝保光缓过神来，懒洋洋地说。

"听人说起过，说小屯村的张学献被土匪绑走，他家的地在开挖找古董。"

"正是这事，闹得正欢呢。都说这小屯村里，就只有张学献家的那块地藏的东西最多，这下子开挖了，就知道到底有些什么宝贝。"

"张家的地里以前挖出过什么东西吗？"杨鸣条问道。

"那可不少呢。他家有一大片的农田，靠着洹河的岸边。很早很早他家的地里就挖出过字骨头和青铜器。以前他家自己并不知道地里有宝贝，是外村的几个人在青黄不接时到地里刨山药不经意间翻出了好些带字的甲骨。结果当天风声传开，远近的人都结成群跑过去挖掘。那天好像是挖到一个窝一样，挖出好多好多龟甲和牛肩胛骨，都是带字的。待到张学献的家人闻讯赶来时，那些挖出来的字骨头都被抢走了。张学献老母亲拉住一个手里还拿着一块字骨头的人论理，结果被推倒在地跌破了脑袋差点丢了性命。"

"你说张学献家地里的东西早就开始挖了，那会不会挖完了呢？"杨鸣条问道。

"先生有所不知，早年挖走的只是在土地表层的，那地底下可没有深挖过。那次被抢挖之后，张学献家告了官，也给衙门塞了钱，结果衙门过来逮了几个人，缴回几块骨版给张学献家。那以后，张学献派人守着自己家的地，再也没有被别人挖掘过了。这张学献把挖到的字骨头和青铜器卖掉之后，又买了好多土地回来，结果他家的地是越来越多，可以挖的地方也越来越多了。好多人都和他商量想在他家的地里找东西，他可是个不好商量的人，好说歹说都不同意。"蓝保光说。

"那后来他的地里还挖出过什么东西没有呢？"杨鸣条问道。

"挖出过很多。不过张学献是个老狐狸，知道一下子挖太多就不值钱了，每年就挖那么几样，够他家吃喝开销就好。越是这样，他家地里挖出的东西越值钱。听说去年开始他干脆什么也不挖了。可他怎么想得到，这世上还有人比他厉害。吴二麻可不是好惹的。"

"张学献的地在哪里？你带我去实地看看如何？"杨鸣条说。

"这个可看不成。这里的规矩，一旦有人家开始挖宝，总是雇人看守着，不让外人靠近。这回，挖宝的后台是盛太行，那可是有来头的商号，又有土匪吴二麻的绑票事情连带着，所以那挖掘的土地边上有好多带枪的人守护着，我都没办法靠近看一看呢。"蓝保光说。

"那有什么办法可以去看一看吗？"杨鸣条说。

"白天是没有办法的，除非是晚上。"蓝保光说。

"晚上他们也挖地吗？"

"当然要挖的，以前的人为了避人耳目，都是在夜里开挖的。听说这回他们还用了煤气灯，照得地里像白天一样。"

"那你有什么办法带我到挖掘的场地去看看呢？"

"白天不行，夜里总有办法的。我们可以先到小屯村边，然后顺着洹河的河床靠近那地方。那里有些树丛，可以躲在里面观看。"

第三章 夜色下的安阳

杨鸣条听他这么说，觉得不妨跟他去一趟看个究竟，就同意了。

太阳下山之前，杨鸣条跟着蓝保光到达了洹河的河床上。这个时候刮起了大风，天气冷得让人无法忍受。杨鸣条问附近有什么可以躲避一下风寒的地方。蓝保光说他和母亲住的麻风村离这里不远，问杨鸣条愿不愿意去那里避避风，杨鸣条不假思索地回答：我们去吧。

杨鸣条这么快就说愿意去连他自己都觉得奇怪。因为麻风病是一种可怕的传染病，每个人听到了都会想远远躲开，在平时他也不敢接近，可此时他一点都没害怕。也许这是因为天气太冷，风吹得他实在受不了。但是他心里还有一个奇怪的冲动，他很想看看蓝保光说的麻风村，还很想见见蓝保光的母亲。

杨鸣条跟着蓝保光沿着河床走了一段路，然后走到地上。现在土地没长庄稼，灰蒙蒙的土地上没什么遮拦，很快就看到地的那一头有几座房子，外面有一圈矮矮的土砖墙，那背景上刚好有一轮新月升上天空。杨鸣条走到院子里面时，觉得里面死一样寂静，有一只小羊在暮色中啃着地上的青草。蓝保光推开一扇泥土墙房子的木门，点上了洋油灯，说这就是他的家。杨鸣条马上闻到屋内有一种肉体腐烂加硫黄的气味，这提醒他这个屋子里面有一个麻风病人。

他在一条板凳上坐下来，打量着屋内。屋角有一个锅灶，一个铁锅，几个碗。墙边有一个土炕，那是蓝保光睡的。杨鸣条看到这里面还有个隔间，有一块布帘子隔了开来。虽然什么声音都没有，但他能感觉到里面有人，那腐烂和硫黄的气味就是从这块布帘了后面发出来的。

"娘,我回来了。"蓝保光冲着布帘子喊了声。里面开始没有反应,过了许久,才听到里面有个声音响起来。

"你回来啦?我刚才睡着了。"

"你总是在睡觉的,娘。"

"你带什么人到家里了?"

"娘,我带了从京城来这里寻找字骨头的杨大人来了。"蓝保光恭敬地说。

杨鸣条听到里面的人安静下来,不说话了。杨鸣条心里有一种特别的感觉,因为刚才他听到的蓝保光母亲的声音竟然是那么清晰镇静。他难以想象这样的声音会是个麻风病人发出的。虽然她的安阳河南话和南阳的河南话有很不同的口音,可杨鸣条听得非常明白。

"他是骑着一匹白马,头戴着金冠,肩上披着豹皮来的吗?"蓝保光母亲说,声音开始兴奋起来。

"没有啊。我们是沿着洹河的河床,在树林里偷偷摸摸走到这里来的。"蓝保光说。

"他是来请我去跳舞驱魔的,告诉他,我还能在大路上接连跳三天三夜,我今天已经在寻找我的瓦缶和羽毛项圈。"她显然是在幻想症中,但是她的声音还是那么的平静,像是在说着一件真的事。

"你的羽毛项圈早已经给老鼠咬掉了,你的瓦缶三年前也摔在地上碎成好几瓣了。"蓝保光说。

"保光,我要见见京城来的杨大人。"

蓝保光听母亲这么说,为难地看着杨鸣条。杨鸣条对他点点头。于是,蓝保光把布门帘轻轻掀开来,端着油灯走进去,一股浓重的腐烂之气扑面而来。随着灯光照亮了屋内，杨鸣条看见了端坐在屋中央的蓝保光母亲。她的头上盖着一块黑布，她的手也藏在黑布的里面。杨鸣条本来以为会看到一张惨不忍睹的麻风病人的脸，这下紧绷的神经松弛了下来。他面对着盖着黑布的蓝保光母亲，想象着蓝保光描述过的那个跳舞的萨满教巫女。她在河南土地的大道上一直跳舞，和路上遇见的男人随意交欢。在他的心里，还有一种更久远的熟悉感正在浮出心际。

"给蓝伯母请安了。"杨鸣条说。他看着那个盖着黑布的女巫师一动不动。

"我在这里一直等着你来请我去跳舞驱魔，我知道你会到来，你骑着白马戴着金冠从西边走过来，我一直等在路旁，树叶在飘落下来，风刮起尘土，天下大雪了。"

"娘，你就少说几句吧，人家是从北京坐火车来的，哪里来的白马金冠，他头上什么也没戴。"蓝保光抢白母亲，觉得母亲说胡话给他丢了面子。

"蓝伯母，你怎么会觉得我是骑着白马头戴金冠来请你去跳舞驱魔呢？你是不是把睡梦里的什么事情当成真的了？"杨鸣条有一种感觉，觉得她不是在说胡话，所以他认真地回答她。

"商王帝辛在位第二十五年的夏天，下颌一颗牙齿发出可怕的阵痛。这痛楚在夜间的时候尤为严重，痛得他根本无法入睡。他在最痛的时候看见了是一个鬼在用勺子挖他的脑子，醒来时他惊跳起来挥剑驱赶恶鬼，但是一躺下来，恶鬼马上又把那柄青铜的勺子伸进他的脑子，像是宴会时用勺子从酒觚舀酒一样。"蓝保光的母亲一字一字念着，念了一段话。

杨鸣条简直无法相信自己的耳朵，这个与世隔绝的麻风病人居然会背得出他写的小说的整段文字!一时间他有一种恐惧,继而变成怀疑,觉得说不定是蓝保光在背后搞鬼,从哪里看来他的小说读给他母亲听,然后让她念出来吓唬他。但是当他听到她接下去的几句话,他就知道不是蓝保光在捣鬼了。

"天黑之后巫女披着披风来见大犬时,帝辛就因为大犬迟迟没回来而心神不宁。于是他派出了三锋戟卫队长亚带了一支小队去寻找大犬。亚和他的士兵穿着黑色披风戴着披风帽,把刀剑藏在黑色披风下面,在夜色里潜入了宛丘城内。"蓝保光的母亲继续自言自语。她念的这段话是杨鸣条的小说里的,但还没写出来,只是他心里的想法,蓝保光是不可能把他的想法偷走的。他现在已经相信了,蓝保光以前说的有关他母亲魔力的话都是真的。他的内心激动不已,但是在蓝保光面前他保持镇静,不让他知道他母亲和他之间奇异的心灵沟通,以免这个家伙会利用这一点向他要便宜。

然而接下来她说的话他听不懂了,她已完全处于谵妄状态了。这个时候天已大黑,蓝保光说可以出去到张学献的地头看他们挖掘了。于是杨鸣条离开了继续在那里说胡话的蓝保光母亲,跟着蓝保光往夜色里走去。

杨鸣条尽量让自己从刚才的震惊中挣脱出来,现在他得专心眼下的事情。夜色下的大地闪着微光,他们在田垄之间前行,很快就到达洹河边,沿着河岸向前走了一程,就看到地头上闪着亮光。他们慢慢接近了亮光,躲在一片树丛后面,看到了挖掘现场的景象。

地头被煤气灯照得亮如白昼,几十个健壮的"土扒子"正奋力挖土,已经有三个正方形的大坑超过一人多深了,挖出的泥土堆在地边像一座小山。在地中央支着一个三角帐篷，坐着几个衣冠楚楚的人。蓝保光说那个穿马褂的是盛太行的东家周敬轩，安阳城里很多人认识他。边上那个头发灰白的人则不知道是谁。杨鸣条看到穿马褂的周敬轩对他毕恭毕敬的样子，觉得这个人一定是个来头不小的人物。他心里纳闷，觉得这个人不像是中国人，蓝保光对他说：可能这个人就是盛太行的后台老板。这个时候从坑底有一筐东西被吊了上来，有人飞快地送到了帐篷下面。杨鸣条看到那个头发灰白的人和周敬轩把东西铺在桌子上，拿着放大镜在仔细看。杨鸣条知道，这一筐子里面一定是带字的骨片，他看到帐篷里的几个人轮流在用放大镜观看，脸上流露出欣喜的神情。杨鸣条心里有一种特别难受的感觉，他是多么想第一眼看到这些带字的甲骨啊！也许那上面就有贞人大犬的契刻呢！他想着要是中央研究院考古队早点来挖掘小屯村的埋藏的话，这些字骨头就不会被眼前这些人挖走了。但这个时候，他只能眼睁睁地看着这些他极想看到的埋藏品从他眼前流失。

几天之后，杨鸣条结束了在安阳的调查。临走，他想和梅冰枝见一面话别，但不知如何去找她，只好让店老板再次给她送了一封信。这一回，她没有回信，也没有到旅店来给他送行。但是在他第二天一早坐上火车时，看到了梅冰枝出现在月台上。在寒风和煤烟、水汽之中，他们隔着车窗挥手告别。

杨鸣条返回北京后，给傅斯年递交了调查报告。他把安阳调查的详细情况告诉傅斯年，安阳地下的文物还很多，但正在变少。由中央政府出面用现代的科学方法进行一次全面发掘是必须做的事情。他在一份书面报告里写道："甲骨既尚有遗留，而近年之出土者又源源不绝。长此以往，关系吾国古代文化至巨之瑰宝，将为无知之土人私掘盗卖以尽。迟之一日，即有一日之损失，是则由国家学术机关以科学方法发掘之，实为刻不容缓之图。"

关于蓝保光母亲的事他没有告诉傅斯年，因为他觉得傅斯年不会相信这些神话。说给他听的话，傅斯年可能反而会以为他迷信而对他的报告信任度打折扣。而关于他和梅冰枝的事，他一个字都没提，他不想把这一个秘密和任何人共享。梅冰枝成了他心里幸福和痛苦的源泉。从这个时候开始，他就急切地想早日开始安阳考古，不只是为了发掘地下的字骨，也为了能和梅冰枝待在一个地方。

第四章　103—140

古寺里的三折画

一

　　开封府的清明之夜，是怀特主教最为喜欢的景色和时刻，他觉得这也许是世界上最美丽的充满幻想的夜色。
　　在靠着东城墙曹门那一大片区域，几乎全是各种各样的神庙寺院。如果沿着城墙而下，顺序而来的是姜太公庙、五神庙、瘟神庙、七仙女庙、土地庙。而沿着曹门大街向西走，就是状元胡同、绣球胡同、火神庙、文殊寺、关帝庙，再往前就是白衣阁、鸿影庵。过了北土街，便是藩署、河道署、包公祠。在节庆的庙会日，所有的庙堂和街道都挂满了灯笼，灯笼上有的写着诗句，有的画着花鸟人物，有的会自动转动，在地上映出皮影戏似的影子来。那街巷和庙堂之间，到处是人头攒动和摊贩的叫卖声。怀特沉醉在这种灯影中，想起了这开封的灯笼光影夜色已经历了千年的时间。在欧洲黑暗的中世纪，这里就有这样热闹和让人伤感的纸醉金迷之夜。从城墙上往里看，那一片地方就像是在燃烧一样好看。

此时怀特正行走在火神庙前街的南侧背后,有一条小街叫挑筋教胡同,往里就是一个犹太教的教堂。和所有的中国庙宇一样,这个犹太教堂的外面也悬挂着灯笼。不同的地方是,它的正门是朝西开的,还有它的圣坛更是面对着西方,那里正是耶路撒冷的方向。在正堂上,有一个祭坛和读经台。在北侧有一个洗浴室,供人们在祈祷之前净身。在南侧则是一个屠宰屋,教士会在这里根据犹太律法来屠宰牲畜。这里的屠宰过程十分烦琐,要经过多次的经文默诵。而最让开封本地人奇怪的是他们把牛羊腿上的筋腱小心翼翼地全部剔除干净才会食用。所以,这些犹太人被开封人取名为"挑筋教派"。犹太教以雅各为祖先,因为雅各是和天神摔跤伤了脚筋,所以犹太人在吃肉的时候会把脚筋剔出来,以示对祖先的纪念。

怀特在利玛窦给罗马教廷的亲笔信中看到利玛窦在一六〇四年第一次见到开封犹太人的情景。一个叫艾田的开封商人专程到北京来求见,说自己和利玛窦崇拜的是同一个神。双方会见的这一天恰逢浸礼节,利玛窦把艾田带进教堂,当看到祭坛上悬挂的圣母玛利亚、耶稣与施洗者约翰像时,艾田误以为这是利百加与其子以扫和雅各,于是鞠身向画像行礼。在此情况下,利玛窦对艾田的身份将信将疑,一开始以为他属于中国的早期基督教聂斯托利派(景教),但随着交谈的不断深入,利玛窦发现艾田自称"一赐乐业"教徒,熟知一些《旧约》的故事,并奉以扫、雅各为祖先,还知道自雅各以后以色列有12个支派,而且他的整个外貌,鼻、眼和脸形一点也不像中国人。经过宗教与体型上的甄别,利玛窦断定艾田并非基督徒,而是从未听闻的中国犹太人,所谓的"一赐乐业"就是"以色列"的发音。艾田向利玛窦反映,在他的老家开封有信奉"一赐乐业"教的十至十二家信徒,此外还有一座富丽堂皇的礼拜寺,寺内藏着无比珍贵的《摩西五经》,经文全部抄写在羊皮上,已有五六百年的历史。利玛窦把这一发现写信给了罗马教廷,由此引起十七、十八世纪欧洲一股查访开封犹太人的热潮。

怀特主教是在一八九七年进入中国的。那个时候,中国的内地很少有铁路,在那泥泞的道路上只有畜力拉的车辇。他和加拿大传教士使团一批年轻的传教士,坐着两个轮子的驴车一头扎进了尘土飞扬的河南,后来的传教士在年鉴上称他们为"河南七君子"。那真是一次令人难忘的旅行,对他们这些第一次到东方的年轻传教士来说,灾难重重的河南大地像是末日世界一样:那干涸的土地,被蝗虫吃得精光的树林,排着长队逃荒的灾民。那次正碰上黄河泛滥,一路上不断看到死尸。然而,就是在这样的一个地方,他还是看到了基督教的传教士先驱早年在这里留下的光荣痕迹。他们一批批地不畏艰险深入中原地带,一次次遭受灭顶之灾,每次被毁灭之后还是会再次出发,最终在灾难深重的地方建立起上帝的庇护所。

一九〇九年,三十六岁的怀特成为河南教区的主教。他先在开封城内行宫角租赁房屋,设置布道所和阅报室,继而兴建三一座堂,在开封南关购地创办圣安德烈中学和圣玛利亚女中。以后几年中,一些圣公会的华人教士和二十几名加拿大传教士也先后到达开封。怀特主教很快在河南打开局面,圣公会不久就拥有十七个教区、一家医院、几十所中小学校和大批的教徒。在此期间,怀特主教和开封府那一批仍然保持了古老圣经教义的犹太人经常来往，建立了密切的联系。

然而，在传教布道的同时，怀特主教还有一项不为普通人所知但是非常重要的工作，他是专门为加拿大皇家博物馆收集东方文物的全权代表。那个时候，加拿大得益于美国的汽车工业发展，开始变得富裕起来。他们有了著名的多伦多大学，也开始建设一个世界级的皇家博物馆。他们自己国家的历史才一百来年，只有本土原住民的一些东西有点历史价值，其他就没什么好东西了。皇家博物馆的办法是到世界各地去收集购买珍贵文物。和那些列强国家不一样，加拿大没有自己的远征军队，没有殖民地，当八国联军在北京大肆公开抢掠的时候，加拿大只能在一旁观望。但他们用钱去买文物的办法效果也不错。他们买到了埃及的木乃伊和棺椁，耶路撒冷的裹尸布，美索不达米亚的石雕像，等等。在怀特主教第一次回加拿大述职的时候，皇家博物馆馆长找到了怀特，指望他能从中国搞一些珍品过来。怀特在中国这么长时间，对中国古代文物的了解已经很深。他知道只要能把中国文物的精品搞到一部分，那么加拿大的皇家博物馆以后肯定会是世界第一流的。而那个时候中国正值军阀混战，只要多花钱什么东西都能运出中国海关，而珍贵的文物又比比皆是。那以后，皇家博物馆馆长从政府和赞助人那里搞到一笔巨大的资金，专供怀特主教使用。在接下来的十多年里，怀特主教发送了三十多批好几百箱的东西到加拿大，使得刚建立不久的皇家博物馆里布满了中国珍贵文物。

此时，在这么一个初春之夜，怀特主教信步走到挂满灯笼的老官街口的一个茶馆门口，撩起长衫，脱下呢子礼帽，走进店铺，里面立刻有伙计上来接应。李佑樘已在一个带屏风的包间里等候他。李佑樘是一个开封犹太人后裔，他的姓氏"李"其实是从犹太人的姓氏 Levi（利维）变过来的。他的祖先大概是在八百多年前来到这里的，但从他的脸上还能看出犹太民族的特征。他是开封唯一还认识希伯来语、会行割礼仪式的犹太拉比，同时也是一个非常精明的古董商人，给上海的犹太巨商哈同收集过大量的甲骨和青铜器。他还是开封最好的裱画师、拓印师，有非常高超的鉴赏能力。眼下，他是怀特主教在中原收集古董文物的一个重要代理人。

一天之前，李佑樘从山西回来，说有重要的事要见怀特主教。

"这回山西的路上怎么样？"怀特主教坐下来，喝了一口茶，问道。

"非常有收获。"李佑樘说，掩不住满心欢喜，"我在侯马县境内一个破败的山乡寺庙里，发现了三尊隋代的香樟木雕佛像，大的有两人高，小的也有真人大小，描金涂彩，色彩很逼真。那香樟木的质地非常好，有浓郁香气透出，所以虫蚁无法接近它，保存完好。我做这一行这么多年，还没见过有这么生动逼真的佛像。你简直觉得这身体是活的，有血有肉，忍不住想去摸摸。那可不是一般的乡下工匠所为，一定是当时的大师作品。"

"你说的是隋代的大型木雕佛像？上帝，这可是我一直在找的东西。可这些佛像必定是受供奉的菩萨，怎么可能会弄到手呢？"怀特主教问道。

"是啊，要是时局正常，这样的佛像你出再多的钱也无法买到，是眼下的战乱和穷困给你提供了机会。寺庙由于处在一条道路的旁边，一直成为过路军队驻扎的地方，里面破坏很严重，有大半的围墙已倒塌。这里原来是有不少和尚的，但由于军阀混战寺庙断了供奉的香火，和尚无法在这里为生，好多跑掉了，只剩下一个准备坐化的住持老和尚和几个已经没有能力外出化缘的和尚。当家和尚知道，再过些时候，这个庙宇可能就要倒塌了，里面的佛像和经书都会成为灰烬。所以，当我来到庙宇，发现里面的三座香樟木雕的菩萨像时，寺庙住持老和尚表示，如果我出一笔大钱，他愿意卖掉。他要用这些钱来维修这庙宇，不让它们倒塌在他的手里。"

"我知道在伦敦大英博物馆里有几个隋朝的木雕佛像，大概和真人一样大小。我们皇家博物馆也一直有个愿望，想获得隋朝的木雕佛像。你刚才说你看到的隋朝木雕佛像有两个人那么高，那简直是太让我激动了。要是把它们送到我们的皇家博物馆，那就会成为镇馆之宝了。"怀特主教兴奋地说。

"我还没说完呢。其实这庙宇里最让我难以忘记的还不是这几座佛像，而是那墙上的三幅巨型壁画。它们是在讲述祖先的故事，画在中央大殿的三面高墙上，那三面高墙就成了一个深不见底的神秘世界。"李佑樘说。

"你说什么？祖先故事壁画？画在三面大墙上？这太神奇了！"怀特主教大为吃惊。但更让他吃惊的还是李佑樘下面的话。

"是啊！巨大的三幅壁画，让我来称呼它们为三折画吧。起初的时候，我根本没有发现这些墙上有壁画，因为这个寺庙大殿上千年的烟熏火燎在墙上积了厚厚的烟垢，看起来黑乎乎的，虽然有点图案的样子，可我以为只是墙上的污迹。但我在庙宇的第三天下午，我正和老和尚谈买他的佛像的事情，有一线太阳光从一块破损的瓦背间照了进来，投射到后面的那面墙上。我突然看见这墙上原来是画着画的，在中央是三个站立的人物，模样像是古代的贵人打扮。后来我看清这画上画了很多的人,是一幅叙事的壁画。那中间的三个人一定是天上最高的神,装扮却还是中国帝王的模样,不是那种印度佛像造型。令我吃惊的事情还在后头,我发现这个壁画画的是一个故事,好多人在一片荒原上跋涉着,他们抬着一个和摩西约柜一样的东西,像是要向一个远方走去。我忍不住哭了出来,因为我觉得这很像我们犹太人的流浪历史。"

"这太神奇了。"怀特主教说。

"我在这墙边哭了一阵,想起自己是迦南地上的以色列人,怎么会在中国一千年了,还回不了家园,而且再过些时候,我们的后代就不知道自己是犹太人了。在我哭过一阵之后,我开始细细打量起这巨大的壁画,我发现了一个奇怪的事情。"

"什么奇怪的事情呢?"怀特主教问。

"这壁画里画着一支行进的队伍,队伍中的一驾车辇上放着一件圣物,也就是我最初看见时觉得很像摩西约柜的那一样东西,当我仔细去查看时,发现原来是一个青铜鬲。这种青铜鬲前几年在安阳洹河边有挖到过,我上次为你采办来的青铜器中就有这么一件东西,它是商朝的祭祀中特有的一种祭器。我做了这么多年的古董生意,知道其他朝代是没有这样的东西的。所以,我觉得很奇怪,为什么一幅隋朝的壁画故事里会画着商朝的青铜祭器,莫非这幅画是画着商朝的故事吗?我这样想的时候,就仔细为自己的想法找证据,结果发现那些武士的戈和三锋戟都是商朝的,还有那马拉的战车铜饰和我在安阳收集到的一模一样。我还注意到里面那些人物的头饰,有一枚长长的骨质发簪带着蝉的图案,也和我在安阳收集到的非常接近。这些事情让我相信,这壁画上画的一定是商朝的史诗。"李佑樘说。

"隋朝的人为什么要去画隔了那么久远年代的商朝事情呢?"怀特主教说。

"这正是我特别感兴趣的地方。隋朝和商朝隔了一千六百多年,比我们跟隋代相隔的时间还久远,为什么有人要在这样一个偏远的古刹里画下这样一幅场面宏大的壁画?而且最奇怪的是,他们怎么会对商朝的服饰兵器青铜器这么了解呢?"李佑橙说。

"你说的这幅壁画太有意思了。我知道有办法把壁画揭下来,要是我能把它带到加拿大皇家博物馆,这将会是我的纪念碑。我决定马上跟你到山西看那座古庙去。"怀特说着,显得十分兴奋。

"主教,要去看这幅壁画,光我们两个人是不够的,最好再带上一个人。"李佑橙说。

"带上什么人?"

"明义士。你的同事。"李佑橙说。

"说说你的理由。"怀特主教说。

"说真的,那幅画我是看不懂的,只能看个热闹。我觉得这幅画里面的事情一定比我所看见的要复杂得多。我觉得明义士是可以看懂这壁画的。他是个绝顶聪明的人,对于甲骨学、青铜器、商代兵器和玉器都深有研究。只有让他去鉴定分析这幅壁画究竟画的是什么,我们才会了解这幅画。"

"你的建议我会考虑一下。"怀特主教说,脸色阴郁了下来。

二

怀特主教不喜欢明义士这个人。他们之间的关系很不好。

明义士在加拿大多伦多大学所学的专业是土地测量工程学，本来毕业后会成为一名土地测量员，就像卡夫卡的小说《城堡》里的那个K一样。明义士的祖籍在爱尔兰北部，一八三七年他的父亲戴维·瑞德帕斯乘坐一条蒸汽帆船横渡大西洋来到了加拿大，定居在温莎镇附近，并从移民局分到了一百公顷肥沃的土地。明义士的父亲是个有远见的人，他不想让儿子成为一个农民，而是要成为城市里有文化的人。父亲送他到多伦多大学读书，他在这里取得了土地测量工程学的学士学位之后，被委派到萨斯卡通省北部的丛林里实习，测量一条山脉的走向。然而就在他即将被委任为著名的尼亚加拉水电站的工程师之前，他加入了基督教救世军前往东方中国的传教队伍。他到底是受到宗教的热情驱使还是被遥远的东方神秘文化魅力所吸引很难说清楚。总之，一九○九年他乘坐轮船先回到爱尔兰的故乡探亲,而后坐着穿过欧洲和西伯利亚的火车进入俄罗斯,再进入满洲里,最后到达了中国北京。

说起来,怀特主教是明义士的先驱者。当明义士还在安大略省的乡下小镇上读中学时,怀特主教已经深入中国中原地带布道了。而在明义士到达中国时,怀特已升为主教,并为明义士举行了欢迎仪式。之后,怀特主教又带他前往江西庐山训练营开始学习中国文化基础知识。在这期间,刚来中国不久的明义士和一个来自加拿大的姑娘安妮护士恋爱了,提出要结婚。按照传教士使团的规章,传教士未完成使命,途中是不可以结婚的。但是怀特主教行使了自己的特别权力,准许了他们的婚姻。怀特主教当时这么做并没有什么私心,他只是觉得明义士这个年轻人特别聪明,喜欢东方文化,并愿意长期在中国传教,因此觉得结婚会是他留在中国的最好理由,所以给他一个特别的准许。不仅如此,怀特主教还让他带着新婚的妻子到河南武安去接受一个中国私塾老师的教育,深入了解中国古代文化思想。

明义士在武安跟着私塾老师学了一口地道的河南话,然后怀特派他到安阳去主持本地的传教布道,并给了他一个特别的任务,去调查了解当地的古代历史文物。怀特主教知道安阳是中国历史的发源地之一,到处都可能有珍贵的文物,值得他派明义士在这里深入下去。明义士在第一年的时候倒是听从怀特主教的指挥,给他收集了很多信息,说这里有很多的青铜器出土,洹河边还经常发现古老的陶片。根据明义士的情报,怀特主教带着李佑樘多次前往安阳采办古董文物,其中的一次采购到一批刚刚从地里挖出来的极其精美的青铜器皿,所有的器物上面都雕刻着大象的图形。这批青铜器被运到加拿大之后,根据铭文研究发现它们是一个公主墓葬的日常生活用品。这一套大象铭刻青铜器成了皇家博物馆最好的收藏品之一。

可是从第二年开始，怀特主教发现明义士不再对他言听计从了。明义士开始在安阳收集甲骨文骨片，还开始了甲骨文的研究和破译。明义士作为一个资历很浅的传教士，刚来不久就破例和一个护士结婚，现在又整天把精力放在和传教全没关系的甲骨文收集和研究上，还公开出版甲骨文研究著作《殷墟卜辞》，引起了加拿大传教士使团成员的愤怒和嫉妒。然而怀特主教对明义士还是很宽容的，因为他知道甲骨文的研究这个时候已经成了一门显学，全世界的博物馆都在为得到几块甲骨片而费尽心思，而皇家博物馆也开始要求他去寻获甲骨片。怀特知道明义士手里有五万片甲骨。他召见了明义士，赞扬了他在甲骨文方面的成就，建议他把收集到的甲骨文骨版上交给他，运送到加拿大安大略省皇家博物馆去，当然，安大略省皇家博物馆会付给他丰厚的报酬和佣金。但是他想不到，明义士以不容置疑的口气断然拒绝了，称自己收集甲骨片只是为了研究甲骨文之用，绝不会把一块甲骨版带到加拿大去，因为这些甲骨版是中国的，他最后要把它们都留在中国。怀特和他商谈几次都拿不到他一块骨片，最后只得自己出马，带着李佑樘到安阳的古董店去采购。事情似乎并没想象的那么难，怀特主教和李佑樘采购到了好几块体积大刻字很多的牛胛骨。怀特主教很喜欢这几块骨片，在运回加拿大之前，摆放在自己的书房里把玩着。但是半个月之后，他闻到了书房里有恶臭发出，找来找去，发现是那几块甲骨版上发出的，它们开始腐烂，原来它们是新鲜的牛骨头做旧后做成的。怀特吃了这么一次亏，十分气恼。幸亏这些骨版还没运到加拿大，要不然他会很丢脸面。

他后来采购到了一批真正的甲骨片。但是运到加拿大之后，经过几个文字学家的研究，认为这些甲骨上的字刻不是真的，是一批仿刻比较逼真的赝品。经过了这几次挫折，怀特知道了甲骨文研究可是个深奥而神秘的事情。

那一段时间，在中国的美国加拿大联合传教士使团对明义士热衷于甲骨文研究而荒疏了布道的事务越来越难以容忍。而这个时候，明义士又发表了论文，声称在中国的甲骨文里面找到上帝，提出上帝在西方的基督教之前就在中国人的宗教中存在的观点。这个说法更加引起了传教士使团的愤怒，有很多传教士对他提出了弹劾。在这种反对明义士的气氛上升到高潮时，华北教区的枢机主教主持了一场对明义士有关甲骨文研究行为和言论的听证会。

那一场听证会是在天津的教区总部举行的，华北十多个教区的主教都郑重地出席。那是一场非常严肃的会议，众多的主教分两边排列，气氛像是中世纪的宗教法庭审判。明义士坐在会场的中央，接受着各个主教尖锐而复杂的提问和质疑。让怀特主教印象深刻的是，此时的明义士已经完全不是当年那个坐欧亚列车刚到中国时的年轻人，而是一个口若悬河的学者和演说家。他回答完问题之后，在让他自己陈述的时间里，他发表了一大段自我辩护，明义士在听证会上这样说道：

"还是在《圣经·旧约》中的以色列大卫王之世，在中国的商朝国王占卜的龟甲上已经有了'上帝'这一词语。我从一九一四年开始在安阳收集和研究甲骨文，通过我对成千上万片的甲骨档案的研究，我可以毫无保留地说，中国人在我们所能记录到的最早年代已经有了他们的信仰，那就是唯一的天神上帝。商朝人崇拜的天神和希伯来的耶和华全能的神十分相似。但是长期以来，中国人自己写的历史都认为中国人从来没有崇拜过一元的神,在他们的历史里面,只能见到半人半神的史诗英雄人物尧、舜、大禹。但是我和所有研究甲骨文的学者从来没有在甲骨档案里面发现过尧、舜、大禹的记录,连一点痕迹都没有。因此,我们可以有理由相信是灭掉商朝的周朝和后来崇拜周公的孔夫子他们篡改了历史,把商朝人民对上帝的信仰崇拜掩盖了,因而开始了皇帝至上的思想统治,孔夫子的学说正是迎合了这一思想。

"我们的传教布道在中国如此艰难,好几次都遭到了灾难性打击。这里的一个重要原因就是中国人觉得我们所带来的宗教是外来的,上帝不是他们的。这种想法在中国的知识分子中间也普遍存在,比如北京大学的冯友兰和胡适博士就认为中国人是哲学型的而不是宗教信仰型的人民。先生们,现在你们应该知道,在甲骨文中找到了上帝早就存在于商代中国人的信仰中,该是多么重要。我可以对你们说:我收集和研究甲骨文不是因为我个人的学术爱好,而是神在指引我,让我的特殊技能为神的意志服务,证明他的无所不在。多年收集和研究甲骨文让我进入了中国伟大文化的心脏部分,正是甲骨文让我能够凝视中国古老的灵魂和思考方法及方式。这就是我的甲骨文事业。我知道你们中间大多数人认为甲骨文和传教事业毫不相干,但是对我来说,正是它沟通了西方基督教思想和中国人精神之间巨大的鸿沟。"

这一次听证会上明义士的演讲征服了枢机大主教。这段辩护词后来传到了罗马的教廷,引起了教廷内的一场轰动和争论,让明义士获得相当大的声誉。这次的听证会还产生另一个结果,西方教会开办的齐鲁大学董事会决定聘请明义士作为文字学教授,兼任课程教师。怀特主教本来是想借助这次听证会管束明义士,但结果适得其反。鉴于明义士的声望上升，怀特主教已经不能随意处置他了。

一九一七年出现了一件大事情，中国的北洋政府宣布对德国和奥匈帝国开战。欧洲联盟要在河南征集华人民工赴法国战场去做战争后勤劳工，并指定河南教区派一个会说中文的牧师带领劳工团前往欧洲战场。怀特主教的第一个想法就是派明义士去承担这个任务，但是他马上又在上帝面前感到了羞愧，因为他发现自己的这个想法带有报复的私心。他极力抑制这个念头，但最后的结果还是明义士带领三千个河南民工登上了去欧洲战场的路。

在明义士出发之后，怀特主教立即开始寻找传说中的明义士所拥有的五万片甲骨片。这个数字据说是占到当时存世的甲骨片的三分之一。怀特先是让明义士的家眷搬到条件良好的北戴河去居住，在搬迁的时候让李佑樘做了手脚，让他的人扮成脚夫仔细检查了行李，可并没有发现一片甲骨片。之后，他让人去明义士的安阳居所彻底搜查，在几个储藏室里找到一些由破碎的陶片修复成的陶瓶，一些青铜箭头和戈，十几个青铜酒器。这些东西固然很珍贵，但怀特最想得到的不是它们，而是他的甲骨片收藏。但是他找遍了房子所有角落，没有找到一片。怀特主教把所有的古董都拿走了，并让人布置成这里是被人偷窃过的现场。

现在，这一切都已经过去。明义士早已从欧洲战场回来，继续在安阳教堂做牧师，同时兼任齐鲁大学的教授一职。怀特和他依然是上下级和同事，但怀特主教尽量避免和他直接见面。因此，当李佑樘提出这一次到山西古刹去看那三折画，一定要明义士陪同前往的时候，怀特显得心情阴郁。他的直觉告诉他，李佑樘所说的那幅三折画可能是他这辈子遇见的最好的文物，他必须全力以赴。在他日渐感到衰老的时候，知道了过度的骄傲和蔑视对手是不明智的。于是，他做了决定，主动安排召见明义士。

半个月之后，怀特在开封府传教使团的主教堂召见明义士。这是一次正式的召见，在那个巨大的议事桌子前，他们隔着桌子对面坐着。自从那一次听证会之后，脾气倔强的明义士就没有和怀特主教单独见过面。

"明义士牧师，虽然我们之间存在着某些分歧，而且有过不快，但是我们都同样做着为上帝服务的工作。我曾经质疑过你在甲骨文上所消耗的时间过多，但后来我还是明白了你的工作价值。"怀特主教缓慢而清晰地说着。

"主教大人，虽然你说明白我的工作价值，但是我的工作还是受到限制，我的经费不足。我骑的还是那一匹一九一四年就跟着我的老白马，而且我去欧洲期间被偷走的那一批收藏品据说已经出现在加拿大皇家博物馆。我已经给皇家博物馆去信，想知道这件事情的详细情况，但一直没有得到答复。"

"你说的这件事情我已经知道，情况并不是像你想的那样糟糕，或许是皇家博物馆收藏了和你失窃的藏品同样类型的东西吧？请不要再去想过去那么多年的事情，我们得专心于目前面临的工作。"怀特主教说。

"你今天找我有什么事？请说吧。"明义士说。

"确实是这样，这里有一件非常重要的事情等待你去做。我们最近在山西侯马境内一个古庙里发现了一组画在三面墙上的巨大壁画，以我的助手李佑樘的经验来看，那画的年代是隋朝。而最有意思的是，这组壁画虽然画在寺庙里，可实际上是一幅史诗画。我的助手李佑樘说这壁画的场面好像是描述一个古代王朝的族群长途迁徙，里面还有很多祭祀的场景。他从那画上所画的青铜器、兵器、车马器和人物头饰看出，这画很可能是商代的。但是李佑樘说自己这方面的学识还不够，只是一种猜想，最好是让你去看看这一组壁画，才能得出准确的结论。"

"你们为什么会对这样一组古代壁画感兴趣呢？是为了研究？是为了观赏？"明义士问。

"当然不是。我已经将这一发现报告给了安大略省皇家博物馆，他们为之极为振奋，指示我一定要想办法获得这组壁画。为此，他们已经做了巨额的预算，因为这么大的壁画要运出中国海关需要巨额资金来买通各个环节。但这是一件有价值的事情，也许是一生只有一次机会的事情。皇家博物馆也提出同样的建议，让你务必一起参加鉴定，只有在你做出对这组壁画的评价之后，他们才可以通过预算。"

"你想让我做什么？"明义士问。

"要你去鉴定并做见证人。就是说，要请你去一次山西侯马的古庙，看看那组壁画里叙说的是不是商代的事情，也许你会从这组壁画里发现更多神秘的东西呢！你是甲骨文和商朝历史的专家，我们需要你的参与。"怀特说。

"我一直不同意你们把中国的文物偷运到加拿大。这简直和偷窃没有什么区别。如果你们真的要研究中国的古文物，那么就应该在中国研究，不能把人家祖先留下的东西运到自己的国家去。所以，你说的让我去山西侯马鉴定壁画的事情我不感兴趣。"明义士说。

"听着，中国正处在剧烈的动荡中，许多珍贵的历史文物正在消亡。我刚才和你说的古壁画如果我们不介入去获取，很可能在古庙倒塌之时壁画也跟着消失。这些文明的遗留物属于世界的人类文明，我们不能坐视它们消亡，一定要出手保护它们。而最好的保护方法就是把它们收藏起来。你是传教士使团的成员，我现在不是请求你去做，而是指示你去做。"怀特主教带着不可改变的口气说。

明义士这个时候明白他是无法抗拒这个指示的，这是宗教团体的纪律，必须听从主教的调派。同时，刚才怀特主教所说的那幅壁画也开始在他心里激起了好奇心。于是，明义士接受了去山西侯马古庙的邀请。

# 三

明义士出发了。

从开封到侯马没有铁路，也没有汽车可坐。旅人通常只能坐马拉的车，或者是坐黄河的客船，慢慢被纤夫拉着往上游走。明义士觉得这是去观察和体会中原地理的最好机会，他选择了和古代人几乎同样的交通工具——一匹白色的马，但不是他在安阳那匹病弱的老马。他从怀特给他的盘缠中拿出一部分钱，到开封的马市上挑选了一匹中意的马。开封的马市已有千年的历史，早年就有大批的西域人在这里做马的生意。明义士从小在安大略省的农场长大，早已和马建立亲密的关系，他觉得只要有一匹好马，走遍全世界他都不会觉得累。他在开封的马市上看过许多身姿矫健的马匹，它们身上还有汉唐时代那些有名的战马的血缘。明义士最后选中了一匹体健耐劳的山地马，也是白色的，和他原来骑的那匹老马一个颜色。

他骑上马,进入太行山区。那青灰色的无边无际长满青草和树木的山峦和暗灰色的天穹连在一起,让他感到自己在天地之下是那么渺小。而此时,他也明白为什么中国古代的智者经常会发出"念天地之悠悠"之类的感叹。照他看来,要了解古代的中国文化,真的就是要慢悠悠地坐着马车边走边看。孔子就是这样周游列国的,那个老子可能会行走得更慢,是倒骑着一头青牛的。明义士在中国这么多年,除了一口地道的河南话,奇怪的是,他的脸型和肤色也越来越像中国人了。在辛亥革命之前,他还戴过假辫子,人家说他像个账房先生。这回上路,他不戴传教士的帽子,而是戴了一顶农民的草帽。他觉得心里出奇的平静。

他计算好了这一段路程要走十四天,所有的地方都是他以前没去过的。但是这一带的地理地貌他是十分熟悉的,因为在他所收藏的甲骨文中,有许多片记录了武丁王征鬼方的行踪。他曾经根据这些记录,想编绘出那次武丁王出征鬼方的地图。他遇到的困难是,甲骨文里的那些地名符号和今天的地名完全对不上号,所以无法考察出准确的位置。他只能把甲骨文所述的每个地方之间的行军时间间隔和军队所指方向连接成一个路线图。而这个地图和现在的地图完全不能重合,只是心理上的一张地图。但是,此时明义士知道,自己很可能就是行走在三千多年前武丁王征鬼方所走的路线上。

不知从第几天开始,他感觉到有一个旅伴在跟随自己。起先的时候,这个旅伴会是远处山梁上的一个黑点,大部分时间隐藏在道路的尘漫之中。明义士是个近视眼,看得不很远。即使戴上眼镜,也无法看清那个黑点是什么。后来的一天,他在夜色中继续沿着一条河流赶路,看到对岸有人打着火把和他向一个方向前进。他知道这个神秘的旅伴的确是存在的，而且和他的距离隔得很近，好几次，他听到了对方的马匹铁掌发出的铿锵声，还看到了马蹄铁在石头路上碰出的火星。为了给自己壮胆，明义士也打起了一个火把。

起初，他猜想这个神秘的旅伴会不会是怀特主教暗地里派出的保护他同时又监视他的保镖。在太行山的崇山峻岭里有个旅伴，是件不错的事情。反正他不觉得这个神秘的旅伴会是个刺客或者是什么歹人。他们一起走了很多天的路，终于有一天那河床穿过了一个峡谷，他们同时走到了一个悬崖边，前方已经没有路可走，于是各自勒马回头，两人相交于窄路上。明义士看到对方是一个头发灰白的中年人，看得出是个喜欢在户外行走的人，而且是一个非常有经验的旅行者。对方也抬头看着他，主动露出了笑容，并打上招呼：

"你好，行路的人！"

"你好，你要去往哪里呢？"明义士回答。

"和你一样，我也要去看一幅画。"陌生人回答。

"你怎么知道我要去看一幅画呢？"明义士说。

"到时间你自会知道。"陌生人说着，松开了马缰往前走去。从这个时候开始，明义士在接下来的路途中没再看到这个陌生人伴随其后。

第十四天的时候，他按计划到达山西侯马境内的那个地方。尽管他的意识是非常清醒的，但当他远远看到那座高地上的破庙时，心里还是无法摆脱这里是《圣经·旧约》里巴勒斯坦平原某个地方的感觉。那几棵高大而枝叶稀疏的松树，那干旱的光秃秃的土地，还有那从云层里透出来的太阳光，让他觉得这里已经不是人间，而像一个虚构的地方。

明义士下了马，把马拴在庙外的一棵树上。寺庙内外没有声响，一片寂静。明义士走进时，得知老和尚在打坐，不能惊动他。老和尚打坐期间不吃不喝，目的就是把身上的脂肪消耗干净。明义士知道在中国的很多地方，和尚就是在打坐中死去，这是他们企图成为永生佛的第一步，只有这样死去才可以成为肉身菩萨。在不远处的山西绵山，和尚如果坐化了，人们会在他的干尸外面塑上泥土涂上色彩，把他做成一个菩萨像。而在更远的九华山，和尚是坐在一个瓦缸中死去的。几个月之后，如果瓦缸没有腐烂的汁液流出，他们会进一步放入木炭和石灰，吸收和尚身上的水分，直至成为僵尸，然后给他们的身体贴上黄金。这样的死法在意大利那不勒斯某些小城市的教堂里也盛行过。死者的尸体会放在一个通风的地下室里自然阴干，之后就那么阴森可怕地存放在地下室一个个窗洞里。然而，这个老和尚离死期还早，他只是在打坐，为死做着准备。在他身后的大殿里，是那三座香樟木雕刻的佛像。明义士看着佛像的衣饰飘带、身体的流畅姿态、神秘的笑容，想着一千多年前雕凿和描塑它们的工匠，还想起那些运送这巨大的香樟木的古人。这些香樟木应该是出在四川的深山里，为了塑造崇拜的偶像，古代的人倾注了多少的人力和财力才完成这样一件艰难的事情。

怀特主教和李佑橙已经先行抵达。他们是坐着四匹马拉的轿车，带着八个保镖来的。他们在等待着老和尚打坐醒来，和他商谈购买佛像和壁画的事宜。怀特主教知道，这世界上有一种投资的回报最高，那就是耐心，所以就算老和尚像一头熊要冬眠几个月，他也愿意等待而不会去叫醒他。

在他们等待着老和尚打坐醒来之时，明义士开始察看那墙上的壁画。寺庙外面开始刮大风，夹着蒙古那边吹来的沙尘和寒气。破庙里面实在是太冷，所以在大殿里总是会点着一个火塘，用后山砍来的老松树树枝来烤火取暖。松枝在火中噼啪作响，冒出了松脂和松烟，清香而温暖。但是这千年的松烟却把大殿里面的所有东西蒙上了一层黑灰。因此，明义士一开始是看不见这壁画的。借助着一把竹梯、一把麦秸笤帚、一个松明子火把，明义士在一个瘸腿和尚帮助下开始勘察壁画。他用笤帚扫开了一小块地方，渐渐发现这画的奇异之处。通常寺庙里画的都是尊像、五趣生死轮、本生故事、六道轮回，而这组壁画却不是这样。画的两侧有施主皈依佛法的描绘，但能看出这是画家对施主的敷衍了事，他的全部热情都体现在画中央场面宏大的叙事上。三幅画连起来看，画中央的都是主神出巡，但实际上画的是一场人类的迁徙图。主神是三个穿着帝王服饰的人物，他们被一群勇猛的武士簇拥着，武士们手里拿着的是三锋戟。御马的武士驾着马车，那马车上有巨大的青铜祭器。明义士能认出这里面有青铜鬲和鼎，那青铜鼎上布满了乳钉纹，商代的青铜鼎都有这样象征生育旺盛的乳钉纹饰。在那主神和装载祭器的车马之后，则是看不到边的随行的人群。他们看起来是那么历经艰险、筋疲力尽，每个人都张望着远方。在那迁徙的人群的背景上画着飞禽走兽，有大象、麋鹿、虎豹、圣水牛和孔雀，还有那地上的山峦和河流。根据明义士多年对于中国古代地理和文献的研究，他能看出这条大河是黄河，那座大山是太行山。有了坐标定位，他断定出这幅史诗壁画可能画的是盘庚率子民迁都城的事迹。犹太人李佑樘的眼光不错，一下子就看出了这壁画里的奥秘。在李佑樘眼里这只是一幅述说商朝事迹的壁画，但在明义士的眼里，这三折画是一部大书，他现在才仅仅读懂了一个句子，他脸上露出会心的微笑。

主神的右后方一个不起眼的地方，他发现一个局部画的是安阳城外的洹河边。他对那里的地望非常熟悉，那洹河的源头和走向与现在的基本没有变化。原来这洹河边上布满了宫殿和城墙，有一座巨大的花园一直向前铺展开来，明义士觉得这花园的位置大概是在小屯村附近那片棉花田里。这是什么花园？莫非就是司马迁在《史记·殷本纪》里所描写的那个赤身裸体男女游戏其中的"酒池肉林"的"鹿台"花苑吗？紧接着，他的注意力被壁画里的马匹和马车所吸引。那些马画得栩栩如生，领头的一匹马有着一张严肃的脸孔，羚羊一样机敏的眼睛，马身不高大，但身躯粗壮，四肢坚实有力，体质粗糙结实，肌腱发达，蹄质坚实，鬃毛浓密。毫无疑问，这是一匹纯种的蒙古马。明义士心里又是一阵激动，因为他知道商朝那年代使用的都是蒙古马。他在带民工赴欧洲参战之前曾经买下了一个车马坑的发掘物，那里面有殉葬的两匹良马和三个御车的武士。他研究过那殉葬的马匹骨骼，确定是纯种的蒙古马，他还为之写过中国商代的马匹来源是蒙古而不是西域的文章。面对着这一匹似乎要从壁画里跳出来的俊逸的栗色马，明义士觉得它似乎就是被埋在祭祀坑里的那一匹，他在真实和虚幻之间心里有一种完美无缺的恍惚。

更多的细节出现在他的眼前，他被一辆战车所吸引。他看到这一辆战车的结构是两轮一轴一舆一衡一辕。他曾在脑子里无数次想过商朝马车的样子，现在终于看到了真实的样子。他这个时候突然看到了一个御马的武士腰间的弓形器，他熟悉这个物件。在安阳曾经出土过很多种这样的弓形器。由于它们的器身是扁长条形，中间较宽向上弓起，两端连有弧形的臂，并饰有兽面纹，人们一直把它们当作和弓箭有关系的物件。但现在明义士看到这种弓形器原来是御马者系在腰间用以绑挂马缰绳的。这样，御马者就可以腾出手来弯弓射箭了。他恍然大悟，忍不住连连点头。

在接下来的几天里，那个老和尚打坐已经醒来了，明义士却进入了入魔的状态。他一英寸一英寸地研究这三面墙上的壁画，仔细扫去上面的烟尘，不断有新的发现。到了第五天的时候，明义士开始被壁画里奇妙的天空部分的描绘吸引住了。在三折画主画的天空上，画着一个引人注目的光圈。光圈的中间是漆黑的，黑色的外沿有一圈耀眼的光芒，在黑蒙蒙的背景上格外刺眼。这是什么东西呢？是太阳吗？是月亮吗？哪里有这样子的太阳和月亮呢？明义士百思不得其解。他往后退，看更多的背景，地面的太行山逶迤铺展，那耀眼光圈是在山影之上，也就是说在天空之中，这让明义士确信这一定是一个天文现象。他接着把视线往左方移动，看到那天空的位置上画着一个由很多颗五芒星组成的星座。但是这一部分的壁画有脱落之处，使得那个星座很不完整。明义士这个时候明白了，这个套在黑色外面的光圈和画上这个星座是有关联的。从画的整体来看，这个时候应该是白天，可白天天空上怎么会有一个星座呢？而且太阳去哪里了呢？突然，一个念头出现在明义士的心里，莫非这个带光环的黑色圆体就是太阳？准确地说，这是一次日食，而且是一次日环食？明义士这样想的时候，觉得左边白天出现的星座也可以解释了，因为日环食的时候，天空变黑，那原来隐藏在阳光里的星座也显现了出来，肉眼可以看见了。是的，壁画里画的肯定是一次日食，明义士从壁画中的一个局部得到验证。这一个局部里有几组人在对着日食状态的太阳敲击响器、射箭。古人相信日食是因为天狗吞吃了太阳，这个想法在甲骨文里面就出现过。

第五天的夜里，明义士和衣睡在斋房的硬木床上，睡到半夜时醒了过来。他睁着眼睛看着黑暗，内心所见却是大殿墙上那三折画的画面，这个画壁画的画师为什么要在画面里面安排一个日环食的现象呢？为什么要让一组星座在日食时的黑暗中显示出来？难道那上面画的真是安阳城外洹河边的土地吗？就在这个时候，他发觉到木窗外有人的影子晃动。他警觉地睁开了眼睛，感觉到有人正俯身在窗格外往内窥探。那一瞬间，明义士感到极其紧张，因为他想起了中国传说中的刺客，他们都是这样出现的。他在中国的古代话本小说里看到那些刺客会在窗纸上舔个小孔，然后往里面吹进一口迷香，就能把屋里的人迷倒。然而他马上不再担心这个事了，因为这个屋子上方完全是开放式的，冷冽的风在打着旋儿，空气是流通的。因此，他不再害怕，而是睁大眼睛在黑暗里看着窗棂外的人影。他能感觉到屋外的人也在注视着他，和他对峙。许久之后，他感到外面的人退去了。

明义士此时感到一阵困意袭上来，闭上眼睛略睡了片刻。但是他马上又醒了过来，因为他发现斋房外面有一团奇怪的亮光出现了。他猛一个转身坐了起来，害怕是大殿里着火了，推开房门就往外面走。他看到了一幅奇特的景象，整个大殿被一种耀眼的光源照亮了，光源来自站在大殿中央的一个人手中的一根燃烧棒。明义士知道这种燃烧棒是军用品，主要是镁粉在燃烧，能产生比自然光源强烈得多的亮光。在这种强烈光源的照耀下，那墙上的壁画比白天的时候看起来清楚鲜明得多，画里的人物都要从画里面走出来似的。明义士不由自主地往前走去，好像是被这强光吸引了过去。这个时候,他看清了举着燃烧棒的人就是在太行山上跟随他走了好几天的那个骑青骢马的人。明义士走进了光照所及的圈子,厉声说道:

"这个大殿里全是千年的古木头,一个火星就会让它们烧成灰烬。请你赶紧把火熄灭。"

"先生不必担忧,我可是专业的摄影师,也是专业的照明师,知道怎么安全使用光源。"那人回答。

"想不到你也会到这里来。"明义士说。

"我在路上和你说过,我和你一样,也是去看一幅图画。"他说。

"那你怎么现在才到?"明义士说。

"自从那次和你在悬崖边上交错而过,我走错了方向,所以多走了好几天的路。"

"为什么你不在白天看画?要选在半夜三更来看呢?"明义士说。

"白天的时间你已经在工作,我不想和你去争这个时间,所以就选择了夜里。而且我觉得用这样的一种照明方法,夜里看起来会更加有意思,看得也更加清楚。"那人说。

明义士觉得他说的没错。的确是这样,由于这个大殿是在第二进,没有直射的光线进来,因此白天时里面也是光线暗淡。他的燃烧棒照明效果非同一般。

"来吧,借助我的设备和工具,你能够看到壁画的每一个细节和位置。你会为认识我感到高兴的。"那人说着,解下了自己腰间的皮带,有一条结实的带滑轮的绳索从屋梁上垂下来。他把明义士拉过来,把安全皮带系在他的腰际,点燃了一条燃烧棒交给他,然后他使劲一拉，明义士就升到了空中。那人在下面拉动着两根绳子，很快就能让空中的明义士取得身体平衡，可以自由去观看高处的画面的每一个细部。

突然之间，明义士觉得自己飞翔起来了，像是在一个梦境里似的，举着神奇的光源，贴着壁画飞翔。他原来只是看到了靠近地面的一部分，而且由于光线不足只能看清某个局部，难以和边上的环境联系起来，只能在记忆中合成。但这回吊在空中，能自由调节角度和距离，还带着一种滑翔的速度，那壁画上方的画面像电影一样展开，那些人物仿佛复活了一样微笑了起来。他完全沉醉在这种幻觉中，他已经找到了中央画面的洹河地标，他作为一个土地测量员的眼睛能看出河流的走向和现在没有大的变化。顺着洹河向上，慢慢远离了都城的繁华，画面有一大片空白。在接近画的顶点的地方，突然又出现了一群密集的建筑，壁画师突然变得很兴奋似的在这里又开始详细地叙事。这里有豪华的车辇、庞大的仪仗，冠盖如云，在一个开放式的宫殿里，一场祭祀仪式在举行。钟鼓齐鸣，牺牲的香味升上天庭，这就是《诗经》里所描写的那种景象吗？明义士似乎听到那三千年的颂歌：

　　濬哲维商，长发其祥。
　　洪水芒芒，禹敷下土方。
　　外大国是疆，幅陨既长。
　　有娀方将，帝立子生商。

他观察着画面的四周，试图在心里目测出这个地方和殷商城的位置和距离。他有一个比较可靠的参照系就是那条洹河的水流。

从这个参照系来看，这个祭祀的宫殿是在洹河的北岸，已远远超出小屯村和花园村的范围。明义士觉得奇迹发生了，一定是上帝的安排让他接近了这幅画。每一场祭祀都会有占卜记录刻在甲骨上，装订成册保存着。这一个祭祀的宫殿里该有多少片祭祀甲骨留下来啊！他看到了一个非常精细的细节画面，那上面画着存放甲骨卜辞的库房，有成排成排的甲骨档案木架放在里面。

而在这个时候，他手中的燃烧棒已经烧到了尽头，只能让那人放下绳子让他回到地面。这一夜，明义士和他一直互相牵拉着绳子，使用燃烧棒轮流吊到空中观看着壁画的细节处。这两个人都处于发现和领悟的喜悦和忘我之中，直到黎明的曙光来临，那燃烧棒的魔力消失了，他们才像幽灵一样，在白日的光线中溶解，各自退回到自己隐身的地方。

# 四

怀特主教年事已高,显然已不适合在这样艰险的道路上长途旅行。虽然是坐了四匹马拉的厢式轿车,还有保镖脚夫跟随,他到了深山古刹之后还是疲惫不堪。但是在他看到了那几尊香樟木的佛雕像和壁画之后,路途的疲倦顿时消散。毫无疑问,根据他在中国几十年收集古董文物的经历,这古庙里的几样东西是最为让他兴奋的。他相信这一定是上帝让他在晚年的时候再辉煌一次。他尤其喜欢这三幅壁画,觉得其精美程度和巨大的尺寸完全可以和文艺复兴时期佛罗伦萨壁画比美,但是年代要比意大利人早上一千多年。还没等到明义士做出仔细的勘察报告,他已下了决心一定要收购它们。他和老和尚谈好买下佛雕像的事宜,但是当他提出来还要买走墙上的壁画时,老和尚显得对这件事无法理解,神情一片茫然。对老和尚来说,这墙上的画就像他脑子里的梦一样是无法买走的。他不理会怀特的要求,又开始了打坐入定。一连几天，怀特都等在他的身边。老和尚最后觉得不自在了，终于停止了打坐。

"我知道你是不愿意把壁画卖掉的。它是这个寺庙的传家宝，从寺庙建成的那一天起它们就存在这里了。我知道你是想让它们一直流传下去。但是你要知道，你的寺庙的墙已经大幅度倾斜，说不定有一天要倒塌下来。而且这壁画在松烟熏燎之下开始大块剥落。目前的中国局势混乱，到处是战火，你的寺庙已经受过兵灾之苦，谁知有一天兵灾会不会再来呢？你愿意让这流传了一千五百年的壁画在你的手里化为灰烬吗？我今天来收藏你的壁画，包括我们谈好的木雕佛像，会受到最好的保护。它们虽然会从你的寺庙里消失，但是它们会出现在一个有很多人能看到的博物馆里，而且会有最好的技术来保护和修复它们。它们会受到世界上最有智慧的人的欣赏，它们还会被写成书，印成画册，全世界的人都会知道它们出自山西侯马一个古寺庙。"怀特对老和尚说了一番听起来推心置腹的话。他的话语总是像布道一样的耐心，有说服力。他最终说服了老和尚。

怀特在古刹里待了整整九天，把事情谈妥了，而且立即就给了定金。在这个期间，他愉快地看到日本人青木泽雄也如约出现在古刹里面。怀特在出发前往深山古庙之前，给青木发去一信。怀特和他是同行也是好朋友，虽然平时很少见面来往，但正是应了中国人的古话：君子之交淡如水。怀特知道青木是一个有渊博文物知识的人，本来就是一个研究员，对于殷墟文物更是个行家。青木还是个非常有名的文物摄影师照明师。在揭取这巨大的三折画之前，怀特必须拍下它的全景，而青木是很胜任这一工作的。因此，在他根据李佑樘的建议邀请明义士的时候，他立即想到请青木也到场。

在他见到青木的这一天,他给了古庙的伙房一些钱,让他们尽量备一桌丰盛一点的饭菜来接待客人。这个古刹里面实在是没有什么好吃的食物,不过怀特和青木等人都是一些坚忍者,对于食物都是不计较的。

怀特主教这一天心情大好。对青木和明义士宣布已经和古刹的住持谈好了买下三尊香樟木佛像和三面壁画的事宜。但是他说要是想把这些壁画完整地揭下来,安全地运回到加拿大,现在所做的事情还仅仅只是一个开头而已。他现在马上要返回开封,立即向加拿大的皇家博物馆申请资金,安排壁画和神像的揭取和运输事宜。要把这些货物从中国的海关运出来则是一件相当困难的事情,他还有无数个关节要打通。他感谢明义士和青木的到来,并恳请他们多留几天,对壁画进行测绘和拍照。因为在揭取壁画之前,这些事情必须做好。这样壁画才可以准确地复原。

怀特走了之后,明义士和青木都开始了各自的工作。明义士要测绘壁画的原图,临摹主要的图形,以备壁画复原之用。而青木则让一个当地村民当助手,到后面的山里砍下松枝搭起了脚手架,从行囊里拿出好几个折叠式的镜子,把大殿外面的阳光反射进来,给壁画拍照。由于壁画面积庞大,无论是临摹的还是照相的工作量都很大,而且白天有光线可利用的时间每天只有短短几个小时。他们整整干了十天,还是没有干完。山里开始下起大雪,大雪的天气使得天空灰沉沉的,大殿里面显得更加暗影幢幢。青木和明义士只得暂时停住了工作。一起工作十来天后,他们已经很熟悉。某种程度上,他们已经成为朋友。于是在不能工作的时候,他们用松树枝烧起了火,用茶壶煮山泉水,一起饮茶谈话。

"这个时候，这下雪的景色让我想起了我家乡的山里面，下雪的时候也是这样一片白茫茫的景象。"青木说。

"青木先生的家是在北海道吧?"明义士说。

"是在北海道最北面的山里，我们那里一年有一半时间会下雪的，所以叫雪国。"青木说。

"我们加拿大那边冬天下雪也很多。但是我的家乡是一片平原，和这里的景色完全是不一样的。"

"明义士先生是哪一年来到中国的?"青木说。

"我在一九〇九年的时候到达了中国。"

"那你是我的前辈了。我是在一九一五年才到的中国。我刚来的时候在云冈石窟做考察员，干了半年的洞窟拍照工作。"

"怪不得你对拍照的工作这么熟练，我特别惊奇你这一套利用镜子把室外的太阳光反射到室内拍摄物的技术，真是天才的发明。"明义士说。

"那只是艰苦环境逼迫出来的办法啊。有意思的是，我在云冈石窟给那些石像拍照时，觉得它们并不是石头，而是一尊尊有生命的物体。北魏的年代不算很久远，留下的史料还很多，因此，我们都能知道那些石雕佛像的故事。其实它们都不是什么神灵，而是北魏时代皇帝皇后公主的造像，而且背后都有血腥的故事呢。"青木说。

"你给我讲讲你心里所想的吧。"明义士说。

"好吧，我先要说的是，中国历史上经常会有一些喜欢迁徙的民族，他们会在短时间内创造出惊人的奇迹。云冈石窟就是从北方大森林里走出来的鲜卑族拓跋氏王朝开凿的。迁徙总是会留下史诗故事。"

"你说的完全正确。"

"在云冈石窟的第五窟内，有一尊十七米高的释迦牟尼的坐像，看起来就像个庞然大物。这佛像是北魏孝文帝为他父亲献文帝所造的纪念窟像。当我知道了这个石头大佛的背后故事之后，感觉到这冰冷的石头仿佛有人体的温度。北魏王朝有一条残忍的内制，'子贵母死'，就是说献文帝一旦继承了王位，其生母就得被赐死，而临朝听政的是和他没有血缘关系的冯太后。冯太后当时才二十四岁，传说有内宠李奕。年少气盛的献文帝设计把冯太后的男宠杀掉了。但几年之后，冯太后的报复开始来临，让才十七岁的献文帝让位给他才五岁的儿子孝文帝，六年之后，又毒死了献文帝。年幼的孝文帝在恐怖中长大，到他二十二岁的时候，冯太后死了。孝文帝终于可以自由做一件事，那就是，他动用了举国的力量，为他的父亲雕凿一座巨大的石像，以作供养垂念。"

"你的故事让我知道，当我们在干一件工作的时候，如果对于自己在干的事情深入了解，那就会有意思得多。"明义士说。

"明义士先生完全说出了我心里的意思。我这几天一直在想象着这一幅三折画的来历。我现在知道这壁画画的是商朝的史诗，但不知是谁在这个深山里面画下了它们？它们究竟在述说一个什么样的故事？明义士先生一定也在想这个问题吧？而且我知道，明义士先生是殷商甲骨文的专家，一定会有一个让我恍然大悟的解释吧？"

"这一组壁画真是一件不可思议的事情。我们首先可以肯定这画是隋代的作品。但是隋朝和商朝隔了一千六百多年，比我们现在距隋朝还年代久远，而且商朝并没有什么典籍留下来，那些隋朝人怎么会对商朝的服饰礼器这么熟悉呢？事实上，商朝人在周朝灭掉他们之后，他们都被周朝流放到了远离殷商的地方。我觉得画这幅壁画的人一定会是商朝人的后裔，他们的宗庙礼器和历史典籍在家族的内部代代相传，躲过了官方的查禁。还有一条是可以确信的，那就是画这壁画的不会是一个人，一定是一个族群。他们用这样一幅巨大的壁画，来纪念他们伟大的祖先，尤其是纪念祖先那一次长距离的迁都事件。"

"明义士先生的分析让我很受启发。有一个问题我还是想请教先生，你觉得壁画的中央部分所画的城邦宫殿，就是今天的安阳殷墟遗址吗？"青木说。

"从画中的洹河地形走向和远处的太行山山影，可以看得出这个场景的确是在安阳一带。"

"果真如此的话，我有一个奇怪的想法，这幅壁画除了是纪念祖先的史诗画，会不会可能还有其他的意义？比方说，是一幅藏宝图呢？"青木说。他的眼睛发出了亮光。

"何以见得？"明义士说。他的心里一惊，原来他所注意到的事情青木也注意到了。他想知道青木是怎么想的。

"我看到了一些很不寻常的事情。最让我感兴趣的是，以前在安阳发掘地下文物的人都认为只有在洹河的南岸才可以挖到字骨头和青铜器，认为殷商城是以洹河为界的，过了洹河就没有城市遗址。但是在壁画里的中央位置，那个巨大的祭祀宫殿就是在洹河的北岸。这让我兴奋，也许北岸的地方有可能埋藏着更多的东西。"

"据我所知，很多人在北岸试过运气，的确没有发现任何东西。"明义士说。

"那是因为他们没有找到准确的位置。北岸这么大，靠几个人几把铲子要找到有埋藏的遗址是极其困难的。但是在我看到了壁画上所画的北岸建筑情形之后,相信在今后的日子里,我也许得把主要的精力放到北岸才对。"青木说。

"你对壁画上面的日环食现象有什么想法吗?"明义士说。

"这正是我百思不得其解的地方。为什么壁画里要画上这样一个日环食的现象?事实上我也注意到了这画还不只是画了日环食,还在另一侧画出了一个星座。所以我觉得这壁画里画的天文现象可能不是偶然的,是想表达或者指示着什么。"青木说。

"这正是壁画里面最不寻常的东西。商朝人的天文知识已经相当发达,他们在甲骨文的卜辞里存下了很多的天文现象记录。我觉得壁画里这样突出地去表现这两个天文现象,画壁画的人一定是有目的的,而不可能是偶然的。"

"我发现那一组星座和太阳的位置对应地面的山脉和河流。根据这些指示,我们能否用精确的经纬仪和航海的六分仪、星球仪到安阳的现场来测量出壁画中地面建筑的准确位置?如果能这样,那么我们也许就能够找到准确的商代宗庙遗址的位置了。"青木说着,沉浸在自己的兴奋之中。

"理论上来说,这一点是可以做到的,但这会是一个非常庞大的计算工程。如果要准确地计算出当时的日环食坐标轨迹,必须先知道殷历谱的计算方法。也就是说,要把商朝时代的日期和西元天文历准确地对照起来。而目前我们对于殷历谱还是一无所知,所以我们无法解开这个坐标之谜。"

"目前有人在研究殷历谱吗?"青木问道。

"据我所知,有一个人正在研究殷历谱。今后安阳的地下所有东西,可能都会被他找到并且拿走。他非常有智慧,对于甲骨文的理解很深。"

"这人是谁?"

"一个叫杨鸣条的人。他很快会跟随中国政府中央研究院的考古队来安阳做全面的发掘。"明义士说。

第五章 141—172

获麟解

一

秋天到来，大地上覆盖了青纱帐。比起冬天时看到的裸露大地，安阳在杨鸣条眼里变得更加神秘起来，整个大地都覆盖在一种灰蒙蒙的雾气之中。冬天他离开这里时，以为很快就会回来。但是没想到足足过了半年多，中央研究院的安阳田野考古队才得以进入河南安阳的土地。

这是中国人自己组织的第一次用现代科学方式进行的田野考古行动。中央研究院的那些委员都很称赞，但是一说到具体的考察经费，却找不到拨款的地方。傅斯年打了一大堆的报告，还是没有筹到足够的经费。他最后还是没办法，找丁文江哭穷，让他出手帮助。在当时的留学欧美归国的中国学者中，丁文江是最有经济实权的人物。他从一九一六年起就担任了地质调查所所长这个重要职务，为民国政府寻找铁、煤和其他重要金属资源。同时他也把国外早已流行的"田野考察工作"方法介绍到了国内，范围包括古生物学、史前考古等领域。丁文江的地质调查所还培养了一批田野调查人员，这些人具备了现代的地质学基本知识，还具备携带仪器长时间在露天条件下工作的体力。

这一天，傅斯年去见丁文江，一是向他要钱，二是向他要人。

傅斯年担任代所长的历史语言研究所虽然在级别上和地质调查所是同级，但是在活动经费上有着巨大的差异，傅斯年在丁文江面前只能自称穷光蛋。傅斯年为即将要组建的安阳考古队向中央研究院申请到了一千银元的经费。这笔钱只能用于日常开支，不够购买发掘用的仪器设备。因此，傅斯年便来找丁文江，要求地质调查所也出一部分资金用于购买仪器设备。而最主要的是，傅斯年是来要人的。傅斯年现在手下能拿得出来的人手，除杨鸣条之外，还有一个就是刚刚大学毕业的年轻人石璋如。他急需几个受过西方系统教育、有实际田野经验的地质工作者，而这样的人选只有丁文江才有办法找到。

傅斯年和丁文江商讨了很久，丁文江愿意把自己一个最好的人手拿出来给傅斯年用，这个人就是美国哈佛毕业回来的李济，此时他正结束英国和印度的学术访问，在回香港的途中。

李济，二十世纪初的湖北神童，他在一九一一年考入清华留美预科学校，一九一八年毕业后赴美，先后获社会学硕士学位、哈佛大学博士学位。他一九二三年回到中国，正值中国西学兴旺的时期，西方的学术机构在中国急需李济这样的人才。他跟随着清华研究院和美国华盛顿弗利尔美术馆考察队在西阴村做田野考古研究，以现代的西方考古观念和技术写出了一份详细的工作报告，被称为第一个以现代观念进行中国田野考古的中国学者。但当时中国内忧外患，李济的工作得不到应有的重视，一度没有研究经费。他在最困难的时候遇到了丁文江。丁文江鼓励他不要放弃中国人类学的研究,并拨了一笔资金,让李济到英国和印度做一次考察。

傅斯年觉得李济是个非常合适的人选。傅斯年怕李济到了香港接触到很多人,会接受其他的工作,所以他打听到李济从英国回香港的船期之后,立即前往香港去等候他,要在他下船后立即谈工作的事。他大汗淋漓在香港守候了七天,因为这条英国东印度公司的轮船在海上遇到台风,在中途进港避风,延误了一周时间。这期间傅斯年倒是利用机会在香港为接下来的安阳田野考古购买了部分英国造的先进仪器设备。李济到香港的那天,刚一上岸,就听得有人叫喊他的名字。他远远地看到一个胖子在烈日之下向他挥手。他们之前虽然相知,但没见过面。傅斯年和李济做了一次长谈,介绍了在安阳开展大规模的田野考察计划,并请他出来主持安阳的工作。傅斯年的真诚态度感动了李济,他一口答应了下来。傅斯年还向他介绍了杨鸣条先前的调查,并让他尽快和杨鸣条见面。

李济在到达北京后,立即启程前往开封去见已在那里筹建考察队的杨鸣条。在一个热气腾腾的河南烩面店里面他们做了一次长谈,他们讨论了接下来要去安阳的发掘考察。他们的交谈充满了激情,为即将开始的中国第一次由中央政府自己组织的殷墟考察兴奋不已。他们两个做了分工,杨鸣条负责研究契刻文字,李济负责其他遗物。他们还达成这样的共识:地下埋藏的古物都是公有的,发掘者只能把它们作为研究对象,不可当作古玩或者古董看待,更不可由个人保管和收藏。

至此,中央研究院历史语言研究所安阳田野考察队正式组建起来了，里面的队员集中了一批年轻的优秀分子。在后来的十二次发掘中，人员不断变化。这些人中有的后来被人遗忘，但有好几个成为被历史记住的人。他们中有梁思永、夏鼐、石璋如、李春昱、赵芝庭、王湘、胡厚宣、魏善臣等人。

队伍出发之前，中央研究院史语所向河南省政府有关部门发出公函，汇报了发掘计划，希望得到河南省政府的同意和支持。在此之前，河南各地发生过多次百姓聚众挖掘古物的事件，冯玉祥司令很生气，专门制定了一个单行条例，通令在全省范围内任何人都不得发掘地下文物。由于有这个条例在先，河南省政府对于史语所的发掘殷墟之举无法同意。为此，中央研究院院长蔡元培亲笔给主持河南政务的冯玉祥司令写信，解释了中央研究院发掘工作的性质和意义，和民间的挖古寻宝是完全不同的事情。冯玉祥最后碍于中央政府的面子，同意了史语所的发掘计划。河南省政府通告安阳地方政府要妥善保护挖掘工作，并要晓谕安阳地方民众。

中央研究院安阳田野考古工作队终于可以成行了。十二个人组成的考古队坐着一辆卡车，带着刚购置的现代测量和发掘设备。在他们的卡车后面，还有一辆卡车，上面坐着背着汉阳造步枪的保安队士兵。他们在滚滚黄尘中到达安阳府公署的小广场时，看到这里居然有一群小学生举着青天白日旗在欢迎他们。公署专员马洪亲自出来迎接他们，地方上政商要人乡绅名士都出席了接待会。当晚的接待会在安阳公署的大礼堂，设下了十几桌酒席。出席接待会的当地人士都各怀心思，因为安阳的古董是当地最大的财富来源。他们听说中央来的考古队要发掘文物，知道是个大事，也许财路从此就要中断了，所以都来探个虚实。来客中有我们前面已经熟悉的盛太行的东家周敬轩，也有太行山土匪吴二麻的代理人。各路人马都相互知根知底，大家都在相互使眼色。

让杨鸣条感到有点意外的是，他看到了梅冰枝也在欢迎会上。她穿着一条素色的旗袍，身材匀称，丰满的胸前别着一条司仪的绸带。杨鸣条远远地和她目光相遇，她向他微笑着点点头。在等待回安阳的这段时间里，杨鸣条给她去过好几次信，但是都没有收到她的回信。她严守了那个夜晚在安阳北门戏院里离别时说的话语。杨鸣条本来觉得和她已经分隔得很远，好像隔着银河星空，但是现在他们就离得这么近，近得能闻到她身上的气味。他发现她的身边一直站着个穿黑色警察制服的人，他大概就是她的当警察局长的未婚夫吧？这一发现让他抑制住了想马上和她说话的欲望，一直到欢迎会进行到一半时，他才有机会转到她的面前，和她有了短短几句的交谈。原来在这段时间，梅冰枝离开学校，到安阳政府当秘书了，所以今天会在这里当欢迎会的司仪。杨鸣条心里有无数的话想对她说，但是他知道此场合和她多说话显然是不合时宜的。

杨鸣条注意到礼堂外面也站满了看热闹的人，他们贴着玻璃窗往里张望，大都是一些衣衫褴褛的闲人。突然，杨鸣条看见了蓝保光的脸，他的脸像壁虎一样贴在玻璃窗上方。当杨鸣条和他目光相遇时，蓝保光对他使了个要他出来的眼色。但杨鸣条觉得这个时候出来和他说话不妥，就对他摇了摇头，继续和屋内的各方人士交谈。

在一群看起来老气横秋又庸俗的官吏中间，这一个穿着黑色警察服装的安阳警察局长显得有点与众不同。警察局长向杨鸣条自我介绍叫朱柏青，说梅冰枝是他的未婚妻。梅冰枝在他面前说起过杨先生，说他是在北大读书时她的老师和学长，是她敬重的人。杨鸣条其实也早知道这位警察局长，而且在心里不知描绘过多少次他的模样。他稳定住自己的情绪，不让内心的情绪流露到脸上。他觉得警察局长的口音听起来像是南方的，便问他是哪里人。

"我是浙江人，浙江杭州人。我们那里的话和内地的话很不一样，所以我的南方口音很重。"朱柏青说。

在接下来的交谈中，杨鸣条听到他说自己是黄埔军校出来的。本来他是应该到军队去的，但是他觉得中国还没有现代意义的警察，当一名好的警察与当一名好的军人同样重要，最后他终于在安阳当上了警察局长。

"安阳的社会治安情况怎么样？我上半年来到这里的时候，听人说这里秩序很混乱。当时，我还遇上了太行山的土匪绑架小屯村张学献的事情。"

"看来杨先生是了解安阳的。在我们这里警察局只是表面的摆设，真正控制社会的还有很多的势力。说到底，控制安阳的最大势力其实还是埋在地下的那些古代文物。就是因为地下的这些东西，安阳才引起了全中国甚至全世界的关注，包括你们这些人。如果安阳的地下没有埋藏着东西，你会来这里吗？为了获取地下的这些东西，还有它们被发掘出来后换取的金钱，外国的、外省的、中央的、地方的势力在这里交织成网。他们的势力都直接通达到上头，超过了我的权力范围。"

"土匪在这里的势力很大吗？"杨鸣条问道。

"的确是很大。这里的土匪有财源，所以有很好的武器弹药装备。但是他们不是势力，他们是为出钱给他们的人服务。那些有势力的人你是看不到的。"朱柏青说。

"那我们来这里做田野考察,发掘殷墟的文物,你觉得安阳各界会真心支持我们吗?就像今天晚上的欢迎会表面上一样?"杨鸣条问道。

"我无法知道别人心里是怎么想的,但我可以说我们警察局非常欢迎你们的到来。我们正在推行新生活的运动,想让安阳变成一个光明的正气的社会,当然愿意剪断地下势力的绳索,挖出罪恶的根源。我目前看来,这些罪恶的根源就是地下的甲骨和青铜器。我倒是愿意看到中央政府来把地下的文物都挖出来,放置在国家的博物院。这样,安阳的地下没有东西可挖了,那些黑势力就会自动从安阳消失。"朱柏青说。

"朱局长的想法真是很有见地。"杨鸣条点头称是。这个警察局长把安阳的罪恶根源指向地下的文物让他印象深刻。

欢迎会之后,他们来到了住宿和工作的地方。他们被安排到了一个很奇怪的地方,那是袁世凯在安阳郊外的一处大宅院后面的树林花园里面。袁世凯当年在这里建了一座行辕,也曾经来住过几天。辛亥革命之后,这里被官府收缴,无人居住,一排排屋子孤零零的,看起来像是闹鬼的房子一样冷清,四周由一片阴森森的树林包围着。杨鸣条在屋内向窗外眺望,他的心情此时十分黯淡。当他等了这么久,终于回到安阳时,发现梅冰枝已经真的远他而去了。但是,他心里却有一种感觉告诉他,梅冰枝的冷漠只是表面的,她的内心并不是这样。他心里郁闷,便想到树林里面走一走。他告诉自己要集中精力工作,得把自己心里的私事杂念放到一边去。他在树林里走了一段路,只觉得树林里有什么不寻常的东西在跟随着他。他感到有点不安,想往回走,有个影子一样的东西从树上降落下来。仔细一看,原来是蓝保光。

"原来是你。我还以为有刺客在树林里呢。"杨鸣条略带责怪地说。但他对这个精灵似的侏儒蓝保光有一种亲切感。

"先生你上次走了之后,说很快就会回来,可一晃就过了半年。我以为你真的很快就会回来,每天到火车站里张望,今天总算看到你来了,还带着一队人马。"蓝保光说。

"是啊,我原来计划是很快就回来,想不到做起事情来会那么困难。你这半年的日子过得怎么样?"杨鸣条说。

"看到你带着人马回到这里来,只有我是真心高兴的。你别看下午那么多人给你们接风洗尘,可他们其实都恨死你们了。你们要是在这里待下去,早晚他们会除掉你们。"

"我正想听你说说他们背后是些什么样的人呢,我下午看到你在玻璃窗外对我使眼色,知道你有话对我说。"杨鸣条说。

"你还记得上一次张学献被绑架的时候,我们在夜里到地头看挖掘的事吗?"

"当然记得。那次他们挖出了不少东西。"

"那一次挖掘的东家、盛太行的老板周敬轩今天就在迎接会上,他今天穿黑缎子大褂。我看他还和你说了很多的话。"蓝保光说。

"原来就是他啊!"杨鸣条说。今天的迎接会上很多人和他说过话,这个穿黑缎子大褂的中年人一直在他身边不远的地方走动,一直在找机会和他说话。杨鸣条还感到自己在和别人说话的时候,这个穿黑缎子大褂的人似乎也在侧耳窃听着。

"盛太行的东家这一段时间在做一件奇怪的事情,要不要我说给你听听?"蓝保光说。

"好，说来听听。"

"约莫是三个月前，安阳城里流传着这么一个事情，说盛太行的老板得到了一张藏宝图，安阳地下的埋藏全在这张图纸里面。起初，大家都不相信这件事，因为过去也有过几次藏宝图的事情，最后的结果都是假的。但是，那周敬轩却不理会人家怎么想，带着几十个人在地里面东挖西刨。这回奇怪的是，他们选择的地点却不是小屯村，也不是花园村，而是洹河北岸好几里开外的外岗一带。那里以前从来没有人挖过，也没有听说在那里挖到过什么字骨头和青铜器。可这回他们的人马似乎铁了心似的，一直在挖个不停。有一个早晨我看到那个日本人也在土坑上头，他手里拿着一张奇怪的图画，还有一个千里镜支在地头，他贴着千里镜看来看去。"

"他们找到什么东西了吗？"杨鸣条说。

"没有，到现在为止一点东西都没挖到。可是他们还在更加起劲地找呢。"

"那我们要去现场看看，不让他们再挖下去。"

"不不，你们不要去制止他们。他们在暗处，会杀了你们的。"

"那倒不会。我们这回是中央政府委派，河南省政府派兵保护着我们的。"

"嘿嘿，我们这里从来都是兵匪一家的，还得小心为好。我还有件事情要说。"蓝保光说。

"那你快说来。我不能在此久留。"

"你知道那个老骨头吗？就是那个骑着马的洋人教士。"

"当然知道，你说的是明义士。"

"就是他，这个人在这里很多年了，早年安阳发现的字骨头有一半都给他收去了。有好些年没见他到地里面寻字骨头了。但奇怪的是,他最近也回到了地里面。我看到他一头扎进青纱帐,几天不出来,像狐狸一样转来转去,好像在寻找什么东西。你知道,他是麻风村的供养人,和麻风村里的人都熟。他最近来见过我母亲很多次,每次都会说很长时间的话。我听不懂他们说的是什么,可是我有一次看到明义士也带着好多张图画。"蓝保光说。

"你的母亲最近怎么样?"杨鸣条问。

"本来和以前差不多,但是自从老骨头来见过她之后,我母亲好像犯毛病了,有时会起来打转、舞蹈、说梦话。离我家不远的那个硫黄泉很多年都是平静的,但上个月的时候喷出了硫黄气和水柱,冒起了水泡泡,还有黄色的水烟。她现在经常要我在夜里背着她去硫黄泉里洗澡,我觉得她像是那个硫黄泉,开始变得活动起来了。"

二

几天之后，中央研究院安阳田野考古工作队开始了在安阳的第一铲。

田野的勘探由李济主持，他在田野上支起了测绘仪，调整焦距，开始做第一份地形图标。小屯村是被所有人认为最有可能出甲骨的地方，也最先进入考古队的视线。小屯村坐落在一块微平的土地上，村东北麦、棉田约三千亩地，向北向东逐渐升高。精确的测量表明，地面高起约三十一米，最高处是在东北靠近洹河边的一个地方。北边临洹河的河岸处，有一块比村子高出二十一米的台地，有一条凹地沟把它与东边的高地分开，这凹地可能是雨季时雨水泻入洹河的水道。北岗西面有条小小的深沟，此沟从花园村几乎直通北面的洹河，而且它也是小屯村麦、棉田的边界线，村民称之为水沟。据了解堆积情况的村民说，这条沟是字骨头堆积的西边界线，人部分的字骨头是在水沟东边挖掘出的。李济详细制作着地形报告,这就是现代考古的特点,每一个步骤都有计划和记录。

李济眼里的黄土地,不是平面的,而是二维三维的。表面之上,他看到的是一个三度空间的农民村落,但他会把空间和时间的因素放进来。这样放眼望去,他看到的不是无边无际的粟米田,而是一个被湮灭的古都城。除了那流水一般的时间,还有戈壁沙漠又干又薄的黄沙飞尘。黄土尘极易随风而吹,千百年来,它一层层随风往南,囤积在像安阳这样的村落。在中国的西北部,有的黄土沉积层可高达一百八十多米。

这是中国历史上第一次有现代意义的田野考古,吸引了报界的关注。报界派来了记者采访拍照,登在《大公报》《中央日报》等地方,因此,最初的挖掘现场是十分热闹的。记者们蹲在那里,一直等着报道有重要的东西出土。而更多的围观者是安阳本地人,他们的发掘被官家禁止了,违反者要坐大牢,只能眼巴巴地看着有保安队保护的中央考古队开挖土地。有一部分农民被考古队雇用了来挖地。看热闹的孩子像苍蝇一样飞来飞去,他们梦想捡到一些零碎字骨头。

杨鸣条在上一次的调查之中,发现已经找到甲骨的地方都分布在洹河的东侧,而且都呈漂浮散乱的状态,地层中常常发现有波浪形的洼窝,好像是水流漩涡冲积而成的,所以初步判断以前发掘到的字甲骨为洪水漂流淤积所致。根据这样的推断,李济把最初的发掘地段,选在了这一块水平面较低的靠近洹河南岸的河滩和棉花地里面。但是开了几条大沟之后,并没有发现甲骨和青铜器。又采用了轮廓求法,由内向外寻求边际,打了很多的坑,还是一无所获。他们在棉花地里开掘了探坑,发现这里已经被人挖掘过了。而在离开河岸的地方，则显示是完全没有埋藏的乱石区。因此，他们在最初几周里的发掘工作是失败的，只找到几个简陋的墓葬和几片青铜器碎块。

在第三周的时候，挖土的民工发掘出一个埋着许多没有头颅的人骨坑穴。往常他们一挖到这些尸骨坑，就会赶紧覆盖上，还要烧纸钱浇上白酒驱除晦气。但是这回李济知道了这件事，马上赶到了现场，要求民工将这个坑穴挖下去。他知道这些人类的骨殖如果是商代的，那么研究的价值也会和带字的甲骨一样高。

当土坑里的土被小心地清理开，坑内埋着的十二具无头尸骨显露了出来。这十二具尸骨都没有头颅，有九具是俯身，三具为侧身。他们的头是被砍去的，颈椎上有明显的刀痕，有的还残留着下颚骨的一部分。有的躯体被肢解，或上下肢被砍，或被腰斩，或被剁去手指脚趾。还有的手脚被捆绑着，做挣扎状。这些尸骨被有意识地摆放着，方向是南北向，六具头朝南，六具头朝北。在土坑中还找到几件随葬品，一个磨石，一把铜刀，一件铜斧。这些随葬品很容易就鉴定出是商朝的物件，所以可以肯定，这一个坑穴是商朝祭祀坑。

就在这个祭祀坑发现不久，在大约一百米处的地方发现了一个埋人头的祭祀坑，里面埋着三十九个人头。头骨全部面朝北。这些人头骨显然是砍下来的，有的还带着颈椎骨，也有的连下颚骨也给砍去了。这些现象和无头躯体祭祀坑里那些颈部骨骼被砍的相吻合。有整整两个星期，他们挖掘到的全是一坑坑尸骨。很快就有女性和儿童的尸骨被发现。儿童和妇女的尸体都是全躯，但好多是被绑着的，看起来是被活埋的。还有的祭祀坑里埋着动物，最大的一个坑里埋着一头大象，边上还有一具人骨，推测这个人应该是象奴。还有一个坑里埋着三头猪、四个小女孩、十只小狗、五只鹰。在附近一个地块还发现了一个巨大的车马殉葬坑，里面埋着一辆马车、两匹马和两个人。两匹马分别埋在车辕两侧，一人卧埋于车舆后，俯身直肢；另一人埋于一匹马北侧，骨架下有席纹。

李济对发现这么多的祭祀坑感到非常鼓舞。他把所有的人骨和兽骨都细心地收集了起来。他还收集到了一些已经炭化的当时的农作物种子。然而，报界的新闻记者没有看见中央研究院的考古队发掘到甲骨片和青铜器，就宣传他们什么都没找到。安阳本地的人看到他们只挖到一些死人骨头，也开始嘲笑他们。

久久没有发掘到甲骨片，杨鸣条开始觉得有点着急，心里闷闷不乐。这天深夜，他独自在屋子里翻阅着明义士的《殷墟卜辞》，那上面的影印拓片他百读不厌。他一开始阅读甲片，就像进入另一个世界，什么不愉快的事情都忘记了。

王占曰：有祟，其有来艰。

（王占卜说：将有祸事要发生了，这正是警讯的来临。）

登人三千，呼伐邛方，受有佑。

（率领三千人马攻打邛方，将会受到庇佑。）

旬亡祸。王往田，湄日不遘大风。

（在未来的十天之内没有祸事。天蒙蒙亮的时候，王前往田猎，不会遇见大风。）

王固曰：㞢希！其㞢来敖。气至七日己巳，允㞢来敖自西。朕友角告曰：吾方出，侵我示斖田七十五人。

（商王看了卜兆判断说：要有灾难发生了！可能发生外敌侵扰的不吉利事情。直到第七天己巳日，果然有战祸从西边来。朕友角报告说：舌方出兵侵占我国的示糵田，劫掠去了七十五个人。)

这是一种多么奇妙的感觉。杨鸣条现在所选读的几条卜辞都是贞人大犬的刀笔。他看过无数次大犬的卜辞，但是在安阳这块土地上看大犬的卜辞感觉又完全不一样，因为这个叫大犬的贞人当年就是生活在这一块土地上的。杨鸣条发现同样是大犬的卜辞契刻有两种很不同的刻法，他一度怀疑是有两个叫大犬的贞人，但同名的贞人在商代卜辞里是没有存在过的。最后，杨鸣条发现这两种不同的契刻是同一个人所为，有一种刻法是用右手，一种刻法是用左手。经过多年的比对，杨鸣条发现大犬早期的卜辞全是用右手刻的，最后的几年才用左手刻字。这期间究竟发生了什么事情呢？难道是一种风格变化吗？像现在有的名士喜欢用左手写字？这个原因是不成立的，因为商朝的契刻是一种实用的工具，还没有人追求艺术的风格，尽管有的契刻已经讲究笔锋字形的美观。那么是什么原因呢？是他的右手伤病了吗？或者是战斗负伤了吗？不管怎么样，大犬死了之后一定是葬身于安阳这块土地上的。杨鸣条多么希望在接下来的发掘中找到和大犬有关的踪迹。

夜深时，杨鸣条听到屋子外边似乎有声响，开门一看地上蹲着个怪物似的东西。仔细一看，原来是蓝保光。

"你在这里干什么？"杨鸣条惊奇地问道。

"我娘得了急病，肚子痛得在地上打滚，要马上去看医生，可是我没有钱，想找大人借点钱。"蓝保光一脸苦相哀求。

杨鸣条有点不大相信蓝保光的话，看他的样子像是犯了大烟瘾似的。可是他说娘病了要借钱看病，却让杨鸣条不好拒绝。杨鸣条掏出了两个银圆给了他，让他快去找医生给他娘看病。

第二天晚上，杨鸣条又见蓝保光蹲在门口。

"你又来这里干什么?你娘的病看了没有?"杨鸣条问道。

"病倒是看了。可是没钱买药了。"

"蓝保光,你该不是骗我吧?你不会拿钱去抽鸦片了吧?"杨鸣条责问。

"不会不会。要是骗你天打五雷轰!"蓝保光赌咒着。

这回杨鸣条又给了他两个银圆,但是总觉得这个家伙有点不对劲。星期天他上安阳街去买点牙膏肥皂之类东西时经过了那个天升号古董店门口,顺便向老板问起蓝保光的情况。那老板说近来蓝保光好像有钱了,整天泡在鸦片馆里不出来。杨鸣条这才知道这家伙真的骗了他的钱去抽鸦片了。

几天后,蓝保光旧计重施,又来到杨鸣条的门口要钱。杨鸣条责备他说谎,拿了钱去泡鸦片馆。蓝保光只得承认,但他还坚持向杨鸣条要钱,而且还要得更多了,要五个银圆。杨鸣条好生奇怪,问他怎么越要越多,他说这次要去春香楼嫖一次女人。杨鸣条觉得好笑,你去抽鸦片倒也罢了,怎么去嫖女人也向我要钱?蓝保光说花这钱是值得的,他正在做一件事,在做这件事之前,他得去吸足鸦片,还得去玩一次女人。杨鸣条将信将疑,说这是最后一次了,他也没钱了,说着给了蓝保光五个银圆,他真的只有五个银圆了。

三

嘿！嘿！蓝保光口袋里的五个银圆叮当作响，那真是好听的声音！蓝保光虽然是个侏儒，又住在麻风村，但最喜欢去的地方还是安阳城内最热闹的钟楼街一带。早年，蓝保光在那里挣到过不少银圆。他在大块骨版上刻的字骨头能卖出好价钱，听说很多都卖给了外国人，运到外国的博物馆展览了。那个时候，蓝保光的脑子好使，那些看起来古怪的古字他看一眼就能记住，好像这些字本来就在他脑子里似的，只是把它们给回忆了起来。但是这些年来他越来越落魄了。伪刻字骨头的人太多，把这个行业给搞砸了。那些伪刻者用的是新的龟甲和牛骨，放一些时候骨版就会发出臭气，而且他们根本不会刻字，错误百出，以致没有人敢问津伪刻仿刻了。蓝保光刻字的机会越来越少，心里面那些古字也慢慢地躲了起来，他再也想不起它们了。

然而当上回他在天升号遇见了杨鸣条之后，他的内心起了奇怪的变化。他一下子就对杨鸣条产生了情感，好似一条流浪狗跟定一个新主子。他开始焦躁不安，内心有什么东西在分裂，在重新组合，那些古字图案又回来了，在脑子里飞舞。杨鸣条离开安阳之后，蓝保光天天在等待着。半年之后，他看到杨鸣条真的回来了，带这么多人来开挖土地。从来没有人像他那样有军队保卫，在光天化日之下堂堂正正地开挖土地。他每天都挤在看热闹的人群里面。他希望杨鸣条能注意到他。可是杨鸣条没注意他，也许是看到他了也装着没看到。后来，他看到了杨鸣条的队伍在洹河边上挖掘，一连几天什么也没有挖到。他事先就知道他们在这里是挖不到东西的，他心里头能感觉到这些地下面什么东西都没有，而杨鸣条他们还在不停地挖呀挖。

他想要告诉杨鸣条这样挖是没有用的。但是他知道他的话没有人相信。他晓得在洹河边的土地上还有很多的字骨头和青铜器，他能感觉到，但说不出在哪里。他想帮助杨鸣条。以前看到人家挖走了字骨头，他都恨他们，因为他们都是来挖钱的，挖字骨头卖钱。但是，这个杨鸣条好像不是，他是为了弄明白这些东西，这就是他对杨鸣条依赖之情的根源。那些个日子他焦躁不安，整天跑来跑去到处转。他的鸦片瘾本来已经戒掉，现在重新回来了，那种难受劲儿让他在地上打滚。可他弄不到钱去泡烟馆，他自己不会挖字骨头，伪刻的东西也没有人买了，也不会有人借钱给他。他想来想去只有去找杨鸣条借钱。他当然不敢说要钱去抽鸦片，只有说孝敬母亲才会有人相信。而蓝保光觉得自己也没骗杨鸣条，本来他的鸦片瘾已经过去了，是他们来这里挖掘字骨头才让他重新犯的。他从杨鸣条那里拿到钱之后，直奔烟馆，几泡烟土烧下去之后，他觉得舒服极了，人好像飞在空中的鸟一样轻盈。那些甲骨上的古字本来都忘记了，现在又都浮现了出来。吸足了鸦片，他开始去想一件事。

他有个秘密。那是很早以前的事情，大概有十几年了。那年有许多村民在小屯村北的乱葬岗里挖了很多个土坑，挖走东西之后都没有把土覆盖上。有一天，他独自在那一片已经没有人光顾的荒丘里扒拉着，想看看有没有什么遗留的骨片，一不小心掉进了一个被荒草覆盖着的坑穴里面。那坑穴有一丈多深，坑壁光溜溜垂直的，他根本无法爬上去，抬头只能看见乱草中的一小块天空。他鬼哭狼嚎地叫喊了一阵子，可这一带压根儿就没有人经过。这个时候日头已经落山了，头顶上天开始暗淡下来，夜晚要降临了。蓝保光开始慌乱起来，怕夜里这里有野狼野狗什么的来吃他，他得赶紧想办法离开这里。他看到了土坑的底部扔着很多死人的骷髅头，还有好些个动物的骷髅头。那些骷髅头很大，像是牛的头骨。这些都是挖字骨头的人挖出来后扔掉不要的。蓝保光只能靠这些骷髅头救命了。他开始搬动骷髅头，搭一个台子让自己能爬出坑穴。他先是把那些牛头骷髅垫在下面。那些牛头骨都是古代的，差不多已经成了化石，非常沉重结实。他找到了几十个，一层层摞起来。他在一堆骷髅中发现有一个头颅特别大特别重，他使出全力才把它搬了起来摞到了骨堆上面。就在这个时候，他突然看见这个巨兽头骨上有两排契刻，和那些龟甲上的契刻字形很像。要是这些契刻是在一片牛胛骨或者龟甲上，蓝保光一定会把它揣在怀里带走。可这一个巨大而沉重的怪物头颅他是无法带走的，而且他这个时候正处于急于逃命的恐惧中。他把所有的动物头骨堆好后，又在上面堆了好几层骷髅，然后踩着骷髅往上爬，终于在月亮上升的时候爬出了坑穴。蓝保光连滚带爬跑回家，吓得大病了一场。

有关巨兽头骨上的契刻成了他这段倒霉经历的一个恐惧印记。他从来没有和人说起这件事。后来有几次，他也动过脑筋，想把它从坑穴里搬出来看能不能卖点钱。但他一有这个想法，马上有一种畏惧的心情升起来，让他打消了主意。随着时间的逝去，他已经没有了把怪物骷髅搬出来卖掉的想法，但是他会经常去想它，想那头骨上面的契刻文字。慢慢地，蓝保光的心灵和那个埋在荒草坑穴里的怪物骷髅有了联系，仿佛那个巨兽骷髅也通灵了，会和他相互念想。在他觉得最难过的时刻，想着这个骷髅他就会觉得好受一些。

自从他遇到了杨鸣条之后，心里产生了一条狗遇见故主一样的依恋之情。他控制不住地想向杨鸣条示好，想帮助他找到地下的字骨头。眼看他的队伍挖了那么久没有挖到一点东西，还被报纸和来围观的人嘲笑，他的心里十分焦急。终于，他产生了一个想法，他要把那个有契刻的大骷髅送给杨鸣条。他觉得要是杨鸣条得到这个牛骷髅头，那么他就会有了找到地下字骨头的能力。

但是一想到要去寻找那个巨兽骷髅，蓝保光一下子就泄气了。事情过了十几年，那个乱葬岗上的坑穴也不知是不是给掩埋了，他不知还能不能找到那个地方。他实在提不起精神来，除非是能抽上几泡鸦片烟。是啊，要是能抽上几泡鸦片烟，他就会浑身有力气，就会找到那个荒草之下的老坑穴了。于是，他有了去找杨鸣条借钱的理由。他拿到杨鸣条的两个银圆，在烟馆里泡了一整天，然后磨磨蹭蹭去乱葬岗转了一圈，还是打不起精神。隔一天，他又去杨鸣条那里诓了两个大洋，在烟馆里吞云吐雾。可是鸦片抽得虽多，人舒服了，但还是打不起精神来。他骨碌着眼珠子躺在烟床上寻思着什么事情是他最想要的,觉得要是能去春香楼操一个女人那就太好了。过去他能挣到钱的时候,他可是没少去那地方。这个念头一生出来,便变得不可遏制。他决定硬着头皮再去找杨鸣条要点钱来。

蓝保光拿到了五个银圆,立马去春香楼找了个丰腴的女子。蓝保光虽然是个侏儒,生殖器却比常人还硕大,当他的下体在妓女的下体内滑动时,他全身快活得像一个通了电的电灯泡一样发亮,他终于又回到通灵的状态了。他在春香楼一直待到天黑,还喝了一点高粱酒。然后,他出来了。

夜里,在田野里穿行对他来说是件快乐的事。在高高的青纱帐里面,他在狐狸的小径上穿行,有时身边就行走着狐狸、野猪和蛇,天上也有大鸟掠过,那是抓田鼠的猫头鹰。他是在这片土地上生长的,死了之后又会回到这片土地里去。他对这片土地有特别的感知能力,当他走过埋有字骨头的地方时,他的脑子里会出现绿光。现在,他吸足了鸦片,和女人交媾过,这种感知的能力变得很强,他感觉到四周一片绿光。

在杂草荆棘丛生的乱葬岗里,蓝保光找到了那个坑穴。他带了一盘绳索,一头拴在一棵树上,然后顺着绳索爬到了坑底。他点燃了一个火把,开始在坑底寻找那个有契刻的巨兽头骨。那些个牛头骨、人头骷髅洞孔里面已长出了青草,也有的里面住着田鼠、小蛇、蝎子、蜈蚣。蓝保光每搬动一个骷髅,都会有小动物惊慌地猛蹿出来,在他的身上乱爬。蓝保光在骷髅堆里爬来爬去,最后终于找到了那个巨大的怪物颅骨。那上面全是泥巴和青苔,但他的手一摸就摸到了那个契刻。他用绳子的一端拴住了巨兽头骨,自己顺着绳子爬上了地面,然后拽着绳子把头骨拉了上来。

他用一个麻袋包了巨兽头骨,扛在肩上,筋疲力尽地向田野里走去。

现在,蓝保光要去一下硫黄泉。每当他觉得自己耗尽精力的时候,他都会到硫黄泉去洗一下身体,再吸吸硫黄的烟气。他到了硫黄泉边,那泉眼里咕嘟咕嘟冒着水泡,有黄色的硫黄烟冒出来。他把巨兽的头颅在硫黄泉里洗干净,那段契刻清晰地显现了出来。然后,他把自己的手在硫黄泉里洗干净,深深地吸入几口硫黄气,觉得浑身是力量。他在硫黄泉的水面上看到了自己的倒影。他看到硫黄泉里有一个巨人,肩上扛着一个巨大的麻袋,背后有一轮银盘一样的月亮。

# 四

"这是什么东西？"杨鸣条问道。他看到蓝保光背着个大麻袋站在门前，衣服上沾满泥巴。

"大人，你自己看吧，这个骷髅头上有铭刻。送给你了。"蓝保光说着，把巨兽头骨从麻袋里取出来，给杨鸣条看。

杨鸣条蹲了下来，抚摸着一半还在麻袋里的巨兽头骨，他从巨兽头骨的化石般温润的质地能感知，这是一个几千年前的古代头骨。顺着蓝保光所指，他看到了头骨的一侧有两行契刻，每行从上到下约二十五厘米长。他的手轻轻抚摸过这铭刻，能感受到契刻的刀痕。此时契刻的沟痕里积满了污泥，看不清字迹。杨鸣条把巨兽头骨抱到屋里的工作台上，开始清理起来。他用毛笔小心翼翼地刷开了契刻上的污泥，那兽头上的两行铭刻渐渐显现了出来：

（今文解释如右）

在最初的发掘工作一无所获遇到挫折的时候，出现这么一个带着两行铭文的巨兽头骨，让田野考古工作队的队员精神一振。李济、杨鸣条、石璋如等马上开始了讨论研究，要弄明白这个巨兽头骨的来历，想从它上面找到一些有助于下一步发掘的线索。

首先他们想弄明白这是一种什么动物的头骨。从外形上看，它有点像是牛的头，但是脑门比牛要宽大许多，而且骨骼要厚重。它是独角的动物，但和现代的犀牛又不一样，看来是一种已经在中国境内不再存活的野生动物种类。好在这个巨兽头骨上有两行铭刻，这就像一个物品上带着说明书。那上面有"获白麟"三个字，说明它是一头白麟。

但是这个白麟的麟字只能说是一种假设，或者是一种猜想。它无疑是一种野兽，如果是驯养的，那就不存在"获"的问题。杨鸣条在多年的甲骨文研究中，早就认识了麟的甲骨原字。甲骨文里有很多条关于麟的记录。有的言获麟，有的言逐麟，非常明确的是那一定是一场狩猎。

古书中也有很多关于"麟"的记录，从春秋到明朝，每个朝代都有见麟和获麟的记载。最著名的典故有鲁哀公十四年西狩获麟。《春秋左氏传》《春秋公羊传》《春秋穀梁传》都分别记载了这件事。《春秋左氏传》里写道："十四年春，西狩于大野，叔孙氏之车子鉏商获麟，以为不祥，以赐虞人。仲尼观之，曰，'麟也'，然后取之。"从那以后，有关麟的故事越来越多。也许当初这种叫作"麟"的动物只是一种漂亮的野兽，但是"麟"这个名称到后世变得神秘起来，变成了一种神兽和仁兽，以致韩愈感叹道：角者吾知其为牛，鬣者吾知其为马，犬豕、豺狼、麋鹿，吾知其为犬豕、豺狼、麋鹿，惟麟也不可知。

蓝保光送过来的这个巨兽头骨，正是出没在中国古代史里的神秘的白麟。它究竟是一种什么样的动物呢？杨鸣条他们的运气不错，此时刚好有在中国工作的法国古生物学家德日进来安阳参观，他根据兽头上残留的几颗牙齿，鉴定出这是一种在中国已经绝迹的古代白犀牛。

白麟头骨上的铭文非常清晰，可惜有几个地方残缺了。杨鸣条把刻辞临摹下来，以今文译之。四方括起来的是未敢决定的字。首行"于倞田"中的"倞"当是地名，"倞"音通"凉"，可借为"凉"。凉州、平凉、西凉皆古凉地，在今甘肃境内，和安阳有千里之遥。首行"田"字下缺的当是获麟之日的甲子，可惜已残缺不可识。麟字下一残余示字疑是祭字。"于"字之下应当是所祭神祇之名，惜已残缺。次行"在"字下仅余一斜笔，以数字形状猜度，当是九字。以下残字可推断是"在九月，惟王十祀"。"盂"下尚有二字不可辨识。

这段铭文虽然因为干支的残缺而看不出获麟的年代，但是

"在九月，惟王十祀"这句话提供了推理年代的线索。商代一个祭祀的循环正好是一年，所以"惟王十祀"意思就是在国王的第十个纪年。商代的年祀是一本没有定论的糊涂账，依照今本《竹书纪年》为凭，则在位满十年的商王有盘庚、武丁、祖甲、武乙诸王，只有上述国王才有可能是获取白麟的人。考古队的人讨论哪个王是最有可能的获麟者，他们认为盘庚王在位十四年时才迁都到安阳，刚来时这里是一片荒野，估计是不会有心思去遥远的西北甘肃围猎的。武丁王在位的时间最长，竹书说是五十八年。他是文治武功的。但是在传位上武丁王没有按照祖制把王位传给长子祖甲，而是传给了二儿子祖庚。这样，就发生了争王的问题。祖甲逃入民间，因此，祖庚的年代有忧患，不会有那样的心思去远方围猎。那么武乙王呢？《史记》称："帝武乙无道，为偶人，谓之天神。与之博，令人为行。天神不胜，乃僇辱之。为革囊，盛血，卬而射之，命曰'射天'。"经一番推断，大家认为武乙这样僇辱天神的人是不会获麟以祭神的。排除了以上诸王，只有武丁王最具有到西北逐猎祭神的可能性。大家我一言你一语重现了铭文所记这一段故事，大概的情况应该是这样的：

商王武丁在位第十年的九月，他在西北"倞"这个地方田猎，活擒了一头白麟。在归来的途中，武丁在"盂"这个地方杀白麟祭祖，次日回到了殷都。

# 五

第二天，杨鸣条和李济等人在蓝保光带领下来到了乱葬岗。杨鸣条相信，既然这里藏有武丁王获白麟的铭记，说明这里有可能是和武丁王有关系的宫殿或者宗庙区。他和李济商量之后，决定将发掘重点放到这一块土地上。

中央田野考古工作队在河床一带的发掘地块被定位为H区。以第一基点为中心，画出边长一百米的一条线，再以十米为单位画成方格，分出一百个地块。纵横以英文和阿拉伯数字命名。他们采取平面形方式剥开土层，这种办法可以最大限度保护地下的文物，而当地农民发掘的方法是打坑，其中有一半的东西会在挖掘中损毁。李济决定在这块地的西半部，首先开挖一条南北向的长纵沟和六条东西向的横沟，像龙骨一样，进而探查农田下整个遗址的分布情况。这一回，他们的运气似乎好了许多。表土一揭去，即发现此处的堆积没被盗扰过。每一大的挖掘过程都被记录下来。打开了表土之后，他们首先发现了隋朝的古墓葬。证据是确凿无疑的，好几块墓碑上的铭刻都清楚地刻着隋朝年号。他们在隋代墓的填土里，发现了许多甲骨文的碎片在里面。这表明隋代的时候，这里是居民密集的地方。他们在挖地基的时候已经发现了甲骨，但是没有人对这种刻着古文字的骨头感兴趣，让它们重新随着泥土填了回去。

很快，他们发掘到了一些有意思的东西。在开工的第三天，在H219的地块两米多深的地下，发现了两具武士的尸骨。武士是跪坐着的，手里执着长戈，目视远方。李济搞不清楚这些武士是怎么被埋进去的，一定是刚刚杀死，趁着尸体还没僵硬的时候，把他的肢体摆出战斗和守卫的姿态，用土固定住的。看来，这里的建筑在奠基的时候，要在地下埋进现场处死的武士尸体，以防守来自地底深处的鬼魔。又过了一天，在临近的地块上，发现了两个青铜鼎，里面都有一个人头骷髅，看得出头骨是放在铜鼎里煮的。这些发现提示着人们，这里是一个重要的祭祀宫殿。

果然，在第六天，工作队在H13号沟和H13.5号沟之间有了重大的发现。这个灰坑后来被称为"大连坑"，是安阳发掘中的一个里程碑。

李济在工作日记里，把这天所有剥离泥土的细节记录在案：表土层，0.04米，混合土内有一网坠。第二层0.4米，土呈黄黑色，出土石刀一把。第三层，0.87米，土呈褐色，没有任何物件。第四层，1.4米，土色同上，但土质坚硬较难挖，有炼渣和海贝一个。第五层，1.85米，土色渐渐变黑，土质坚硬，发现几块陶片、炼渣和一块雕刻花纹的砂石。第六层，2.14米，土黑坚硬，在东北角有夹着黄沙的淤土，许多红色土块，并有炼渣。第七层，2.41米至2.65米，土色质同上，开始发现有较多的陶片和有字甲骨的碎片，还有人头盖骨碎片。第八层，2.65米到2.8米，灰黄色土，东北角的土呈深灰色，陶片种类有红黑色绳纹陶、黑红色方格纹及其他类的陶片，许多陶片上刻有纹饰。还有刻字甲骨、蚌片、石刀、砾石、鹿角、人骨碎片、陶范和石斧等。第九层，2.8米至2.95米，土为灰色，陶片同上，还有刻字甲骨、刻花骨、刻纹石器、象牙雕器等。出土物极多。第十层，2.95米至3.2米，土呈灰黄色，但在接近该层底部3.1米处出现黄土，黄土南边发现一堆黑炭，混有灰陶、红陶和黑陶等。陶片上有刻纹和绳纹等，另外，还有人头盖骨、陶范、砾石、骨锥、石制工具、有字或无字的卜骨及绿松石。第十一层，3.2米至3.3米，黑土和黄土混合在一起，出土物很少。振奋人心的是在3.3米以下，还有一个地下堆积，即一个向下深陷3米多的圆穴。在这直径近2米的圆穴底部，发现了一堆甲骨。其中，有四块是全刻字甲。

大连坑里发现的四块整体大龟全刻甲版是最为重要的发现。

过去虽然已有大量的龟甲版出土，但是因为龟甲脆薄，又经灼钻，在地下埋了几千年后，接缝之处极易分裂破碎，所以很难得到上下左右相连的整块龟甲。即或有之，也大多是断裂了，挖掘的农人是见一片捡一片，随便乱卖，使得原来在一起的全版各分东西，再也没有聚合之日。而这一次在一个储藏地一下子找到四块整体的大龟版，而且上面的烧灼契刻非常完整，各版的卜辞都有关联，其研究价值实在是巨大。

杨鸣条最初引起甲骨学者注意的是他提出了一个贞人集团的猜想。当时，研究甲骨文的人都注意到几乎每条卜辞里面都会出现一个甲骨字❡，但❡字之上"卜"字之下却有很多不同的字出现。对于此字，很长时间学者众说纷纭，有人以为是地名，有人以为是事类，有人以为是官职，莫衷一是。杨鸣条首先提出对于这个&#x20;字指的是当时主持占卜的贞人，而贞字后面的那些字则是这些贞人的名字。根据这个假说，他开始搜集贞字后面的贞人名字。他已经有了一本商代贞人的花名册，发现每个国王都有一个贞人集团在轮流当值。商代在殷都的时间有七世十一王，历经二百多年。由于对商代的断代缺乏了解，人们对甲骨文的研究都是在一个笼统的商朝背景上。杨鸣条一直有一个梦想，他想建立一个准确的商朝断代体系，倘若能把每个年代的贞人卜辞还原到原来的时代，那么卜辞的研究价值便会大大增高，便会从商朝殷都二百多年模糊的背景上，一跃成为某一帝王时代的直接史料了。

杨鸣条在破读了大龟四版之后，把上面所有轮值问卜的贞人名单罗列了出来。共有 、 、 、 、 等人。凡见于同一版的贞人，他们差不多可以说是同时代的。如大龟第四版的贞人共有六个，贞卜的前后时间有九个月，六个贞人轮流当值贞旬。他们的年龄差不会超过五十岁，而且在占卜期间肯定是生存着的，因此，可由这些贞人相互的关系来断定年代。比如第四版的 ，他和《铁云藏龟》《殷墟书契菁华》所列的很多贞人同过事，说明他活得很久。用这样的关系一对照，杨鸣条就能清楚地知道这大龟四版的贞人年代是武丁和祖庚之世的。

在获得大龟四版之后，杨鸣条的殷商年谱又清晰了一些。在贞人的谱系上，帝辛时期的大犬是排在后面的，但他却是杨鸣条理解整个甲骨卜辞体系的一个最重要的名字。现在，他愈加感觉到了贞人大犬的存在。他感觉到大犬在不远处的地下正等待着他。在许多个梦里，他看到了大犬在商朝南方的大地上行走着。

第六章 173—191

在南方的征旅上

帝辛纣王是被《史记》极力贬斥的，后来的《封神演义》更是把他妖魔化了。然而从甲骨文上的卜辞来看，帝辛并不是一个有暴行的君王。他是个温良的人，有时会有点坏脾气，非常敬重祭祀，会悲悯体恤百姓，有时会用活人祭祀，但在当时这种行为是祖先传下的习俗，就像现在的百姓依然用猪头鸡鸭祭祖拜神一样。但是他一定是个老做噩梦的人，一个很不快乐的人。他最大的喜好大概就是不停地在大地上走来走去，尤其在他晚年时，他有两次时间很长的长途旅行——征人方。前一次历时十一个月，后一次历时二十二个月。在征人方的路上，贞人大犬一直跟随着他的脚步。每天早上会有一次占卜，晚上还有一次夕卜。帝辛王每一天的行踪都是记录在案的。

帝辛王第二次征人方从春天开始出发，到第二年的夏天才回到殷商。他所走的城邦和地方都有名字，但是已经无法和现在的地名对应起来。其原因一方面是城邦的消失和迁徙,还有就是地方名字的更替。唯一可以对应得起来的是"河",指的是黄河和淮河,其实这两条河也改道了好几次。有一片龟甲卜辞记录了他从殷商出发,经过一个叫🌱的地方,两天后到了🌱。停留三天,向东走了一天,在🌱地扎营。这样的卜辞发现了很多,研究甲骨文的人根据这些卜辞上的地名地望和方向,以及帝辛的行路时间来推算距离和方位,画出了许多幅帝辛征人方的地图,结果每幅地图都完全不一样。

当年帝辛王沿着一条后人无法确定的路线,坐在一辆马拉的车辇上,慢慢地和五千个步兵组成的军队向前走。帝辛虽然很喜欢看他的领土,但是他总是觉得头疼,怕阳光和冷风,所以他的车辇是封闭的,外面的光线和风都不能透进来。但是他又要知道外面的景色、地形、天气和每个城邦村落的情况,所以他让贞人大犬坐在车辇前方一个隔层里。大犬能看到所有的景物,他把一路所见到的事情透过一层麂皮的帘子转述给帝辛听。因此,这一路上帝辛和大犬一直在对话。

"告诉我,我祖先的疆土究竟有多么大?我并不知道它的边界在什么地方,但是我知道在它的尽头是一片看不到边的水,因为从那里他们送来了一条比我的宫殿还要大的鱼骨架,还有,我们这里无比珍贵的贝壳钱币在那里的沙滩上到处可见。我的祖先都没到达过那些地方,因为太过遥远。现在我们经过的地方是不是快接近一座城池了?我知道我们的队伍正在接近一条河流,因为我闻到了空气里面奔腾的河水气味。我还闻到桑树上桑椹的气味,那一定是出产丝绸的地方。我的祖先给我留下了这么大的地方,我感到害怕,害怕它们会消失掉。所以,我必须去看它们。如果我不去看它们,这些土地就不存在了。我总觉得我是在做梦,怕梦一醒,我什么东西都没有了。"帝辛在密封的车厢里说着。

"大王,你说得一点没错。我们正在接近那个叫雾裳的城池,大河就在它的城池边流过。每年的春分和秋分、夏至和冬至的这一天,大河岸边数不清的部落商人会聚集在这里。他们的船只载来了辣椒、姜根、虎豹的皮毛,还有麦子、高粱、稻谷,当然还有最受欢迎的一罐罐美酒。还有许多没有河流的部落商人用骆驼队载来他们奇特的出产品。当他们几天之后启程开船的时候,那船上就装满了布匹和衣服以及他们在这里相互交换得来的陶罐、青铜酒具、豆蔻和葡萄干、罂粟籽。但是大王,这许许多多的人不畏艰辛来到这个城市的原因还不只是要做买卖交易,更是因为这个城市在集市季节里有集体的狂欢歌舞。这个地方有说不尽的欢乐,人们在白天的买卖和歌舞结束之后,夜晚还围在篝火边饮酒、讲故事。大王你知道吗?谁能保证我们这一支队伍不是这个城市里面正在讲故事的人们脑子里的想象呢?"

"大犬你说得很好。有很多时候,我觉得你就是我的影子,我的另一半。你想的就是我想的,你的念头能深入我的想象中间。虽然我是国王,但我还是羡慕你。我知道那么大的土地上布满了城池村落,有数不清的人。我无法想象我是这么多人中间地位最高的一个。我不知道我为什么会成为这样一个人,这样的一个人是怎么来的。大犬,你知道这是怎么回事吗?如果我是地面上所有人的王,那么我就是这个大地的中心吗?"

"大王,我不知道怎样回答你的问题。我只是记得我父亲告诉我的关于王的起源的故事:在一个幽暗的山谷里面,生长着一棵高大的树,人们都认为这棵树是一棵有魔力的圣树,因此推选了一个最为有力量有智慧的人作为大祭司手执短剑守卫在树下，约定所有的人都听从他的命令。但是人们还立下一条规则：隔一段时间会让一个愿意做大祭司的人手执短剑去挑战那守卫在圣树之下的老祭司。而老祭司为了保住自己的位置和性命，总是整天提防着挑战者的偷袭，所以他在这山谷里像是一个幽灵一样可怕。"

"你说得没错。我在白天的时间里是王，但是在睡着之后，我就是那个拿着短剑站在树下面的祭司。我必须残酷无情，否则我将被人家杀掉。"

帝辛的大军在黄河和淮河之间的土地上缓缓行走，虽然走得很慢，但是时间的长久让他们走得很远。他们并没有遇到严重的抵抗，没有攻占过城池，没有在田野上用战车厮杀。那些方国的土人只是很久没有见到商朝的军队和官员到来，以为商朝不存在了，就拖欠了约定上缴的税赋。当他们看到商王真的带着军队来了，知道商朝还在，都纷纷迎接王师。商王帝辛给他们以安抚，重新册封过方国部落的诸侯，巡视农事，签订了来年的税收合约。

军队走得越来越远。有一个夜晚，军队到达了一个叫俰的山区地带。那个夜晚天气晴朗，有一轮明月当空照。帝辛在白天时不喜欢见太阳，在月亮下面他却觉得很自然，他喜在月亮下面喝一杯酒。这天的月亮离奇的明亮，如水银泻地一般。大犬有一种不祥的感觉，果然，在月亮升到高空时分，有一个黑影吞吃了月亮一角。大犬立刻明白，发生月食了。那五千人的军队都凝神屏气望着天空，看着月亮被一个黑影慢慢遮住，而后又慢慢恢复到原来的样子。他们都显得忧心忡忡，因为他们相信天上有天狗吃掉了月亮。要是在白天太阳被吃掉，那是非常严重的事，他们会射箭鸣响器来驱赶天狗。大犬在那天夕卜的卜辞里刻下：

辛丑，王㸔㒰，月有食。

但是，对于国王帝辛来说，他会想到更多的事情。这次月食让他非常担忧，他自己亲自在大犬的见证下做了一次占卜，结果卜到大凶。他让大犬把这个结果记下来，并且告诉他第二天要严加注意。

第二天一早，太阳出来后天气晴朗，山林间野花开放，鸟鸣啾啾，让人完全忘记了昨夜月食的恐慌感。帝辛一早起来，清新的空气让他心情舒畅，不再觉得头疼。他在营帐里准备吃早餐，通常他的儿子武庚会在这个时候来向他请安。对于商朝的王子来说，远行打猎是一件重要的事情，所以帝辛出征总是带上他的儿子同行。这天，十二岁的武庚一早就在树林里跑得欢快，他射中了一只兔子，兔子带着箭逃入林中，武庚追逐其后，也跑到了树林里面。帝辛在营帐里没见儿子过来，便问侍从儿子去哪里了，有人说看到他一早带着弓箭到山里面去射野兔子了。虽然帝辛一直鼓励儿子打猎，但是听说他独自跑山里去了，还是很不放心。他马上让侍臣叶备车进山寻找。他匆匆跳上了车，朝着山林里疾驰。贞人大犬随着后面的卫队连忙跟上来。

帝辛乘的是一辆打猎和战斗用的战车。前面一人御车，后面一人站在车里可以射箭、可以执戈刺杀。车子冲进山林之后，突然见林间涌起一阵迷雾遮住了道路。帝辛此时突然想起昨夜的月食，想起了自己占的那一卜是大凶的。他的心里恐慌起来，急令侍臣叶勒马，但是马受了惊向前冲，从一个断崖上掉了下来，帝辛被甩出很远，撞在一块石头上。刹那间，他以为自己要死了，可是他并没大碍，只断了一条胳膊。王的医生用树枝和布条固定了他的胳膊。侍臣叶没有受伤，三锋戟卫队长亞把他关进了木笼，鞭打他，让他说出是不是要谋杀帝辛。但是帝辛认为不是他的错，饶恕了他。

这天的日卜，大犬在龟甲上记下了这一事件。这是中国古代最早的一条国王事故原始记录档案：

甲尔王接逐兕小臣叶来马磁驭华王车子央亦。

帝辛的这一次意外事故导致了两个后果。一是他因伤不能在路途颠簸，只得在半路养伤，所以他的这一次路上的行程会延长到两年。还有一个就是他受伤的消息传开来之后，人方东夷各部落以为他摔死了或一病不起，又起了反心。因此，帝辛只得延长征伐的时间，把本来没有准备去的地方走了一遍。

在商王离开殷商快一年半的时候，有一天，他的军队到达了一个温暖的地方，看到前方有许多座城池散布在高低起伏的地形上。只见遍地绿水青山，小河流淌，树上结满了丰硕的果子。那是他们从来没有去过的地方，在方国名册上也没有任何记载。那里的人们也不知道这支军队是什么人，是从哪里来的。帝辛并不想惊扰他们，在距离那些城池远远的地方扎了营房。当天半夜里帝辛王梦醒了，他告诉大犬他看见了一个女子在黄昏里跑过一座不知名的城市。他看见了她的背影，披着长头发，裸着后背，她的头上戴着海棠花的花冠，那海棠花会发出令人迷醉的香气。帝辛王说当他闻到了那一缕海棠花香气，他的头就不痛了。他在梦里转弯抹角地追赶她，可是最后还是失去了她的踪迹。帝辛说这个梦是那么逼真，让他觉得这个女子一定是存在的，而且就在他的军队行经的几个城市之间。

帝辛让大犬去寻找这个梦里的女子。他信任能和祖先神明沟通的贞人大犬，只有他才有能力大海捞针一样在这一块陌生的土地上找到这一个陌生的女子。在接下来的旅途中，每次到了一个城市的外围，帝辛就会在远离城市的山坡或者河边扎下军营，让大犬独自一人去城市里面寻找他梦里的女子。

大犬一连寻找了七个城市，都没有见到一个和帝辛描述的特征相符的女子。三千年前，中原南方的气候远比当今温润，大地上覆盖着森林，森林里有大象、犀牛，当然还有老虎，而人口却是那么稀少。他在路上走了好多天，月亮亏了又圆起来，皮底的鞋子磨穿了好几双。他穿过了沼泽和树林，在一个早晨到达了一个绿树环绕的地方。他走进村里的时候，发现这些绿树是桑叶树，树上结满了雪白的茧子。不远处的河边，有许多在沤麻的人，他们把苎麻制成麻线，村里到处可见人们手拿纺锤在纺麻线，还有织布的机杼声响成一片。他在城里一个卖饭食的店铺里坐下，要了几样饭食，用去了十个小贝壳。这里的语言已经和殷都很不一样，但是还能听得懂。卖饭食的是个年迈的老人，他说这里是一个叫宛丘的地方，归属于陈国。这里出产苎麻，家家都做苎麻布营生。这里做出来的麻布自己是用不了的，会卖给远近周围的地方。这里的人们衣食无忧，他们最喜爱的事情是唱歌跳舞。他们只是在上午干活，中午一过，所有的人都会放下手中沤麻纺麻的活，跑到村头的河边和大树下面载歌载舞。大犬起先还将信将疑，但是他看见日头一越过天空的最高点，所有人马上放下了手里的活，拥向了大路上。年轻人手里提着一个草篮子，里面放着李子、桃子、香草，还有木槿花。他们一边往村外走，一边相互在篮子里面丢辣椒、桃李，然后就结伴在村头那条大河边开始跳舞歌唱。

大河边长满了大树，树荫浓郁。跳舞的人们用鼓、箫、口笛奏出音乐，制造出一种令人心旌荡漾的气氛。

"外乡人，你也去参加吧！"好心的店铺主人说。他给了大犬一个篮子，里面装着几个木瓜和香橘子，还有一把荆葵花。店铺主人的女儿带着他去了东门，那里早有一批人且歌且舞。歌舞之后，人们便进入了河边的树林。那里的草地上隔着树丛就是一对对交欢的男女。古人的衣服远比今人简单。那时没有棉花，丝织品不是一般人穿得起的。麻质的衣服比较硬，所以不会有内衣裤，解开衣带就是身体，马上可以交欢。大犬在宛丘城里住下了，每天下午去东门的树林里欢乐，把帝辛交给他的任务都抛在了脑后。

早上的时间，宛丘城里的人都在劳作着。那些染布的作坊用靛青和虫蜡染出了美丽的图案，大匹的麻布都挂在树梢上晾晒。管理城市的士兵穿过了市井，然后是一队马车载着贵族和他们的家眷。这些热闹的场面过后，市井一片寂静。这个时候离下午还有很长一段时间，树上的知了在叫个不停。

大犬坐在客店的门口向街上张望。这时他远远看见在远方的尘土中出现了一个人影，一个奇怪的人影。她不是在走路，而是在跳舞。在这个上午的时候，城里的人是不跳舞的。她越来越近，现在大犬看清了她。她的身体几乎是赤裸的，下体和乳房之上有羽毛遮挡着，她的头发上有很多鲜花。她的手里拿着一个会摇响的瓦缶，右手拿着孔雀毛做成的舞具。她沿着大路走来，在每个房子的前面跳舞，敲击着瓦缶，挥舞着羽毛舞具，扭动身躯。从上午到中午，舞女就这样一刻不停地舞动着，一家一家门前跳过去。老者告诉大犬，她是这里的巫女，在这里跳舞为人们降神驱鬼。一年到头都在城里城外一路跳舞，永远不会停止。那巫女转到了大犬的客店门口，他近距离地看到了她的身体。那是多么美妙的舞姿，和河滩上桑林中那些跳舞的姑娘完全不一样。那巫女跳舞的时候眼睛是看着天空的，完全不知道身边的事。她身上透出的美丽和神秘的感觉让大犬相信她就是帝辛梦里的那个女子。

第二天下雨，刮风了，她还是这样，不停地跳舞。大犬一直跟着她，远远地保持着距离不引起她的注意。他看到她的腰际还挂着两件东西：一个圆口的陶罐，一个皮囊。她跳完一段舞，屋里面或者过路的人会往她的瓦罐里放一把黍或者一个瓜果，或者在皮囊里投一枚贝壳币。但是大部分的时间里她都没有收获，而她还是那样专注地扭动着身躯腰肢，击着瓦缶，上下举着羽毛舞具。有一次，大犬鼓起了勇气，装作一个过路人在她的身边站了一下，往她的皮囊里投了一枚贝壳币。跳舞的女子侧过头来，向他投以深情的一瞥。那眼神像深不见底的泉眼，把大犬的心全吸了进去。

正午的时候，大犬尾随着巫女到了街坊的尽头，这里已是一片树林，没有商铺住家和来往人流。而只有这时，她才从舞蹈的状态中解脱了出来。她的身体松弛了，显得是那么疲倦。她靠着一棵树坐下来，从陶罐里拿出一点食物吃起来。吃了食物后，她到河边用双手掬起了一捧水喝下去，然后靠在树干上睡着了。趁着她睡着的时候，大犬慢慢接近了她，但还是借着树木的掩护隔着远远的距离。他对这个舞者开始有了怜爱之情，对她的身体产生了肉欲。她穿得很少，用朱砂和靛蓝涂画着海棠花文身。春天的风还是很凉的，大犬想把自己的披风盖在她的身上。

从城池的中央方向传来一阵阵鼓和磬的声音，起先是稀稀疏疏的，像是在试验，然后慢慢变得热烈起来。睡着的巫女听到了鼓声，马上坐了起来。她带上了自己的舞具和腰间的皮囊、陶罐，疾步向着城池的中央处走去。

大犬尾随着她而去，只听得那鼓声越来越响，还有一阵阵人的歌声。当他从一排房子的中间走过去，进入了这个城池的中间广场时，看到那广场四周是美丽的屋宇，中间有一个天然的喷泉。广场上早已挤满了人，所有的人都在唱歌跳舞，气氛是那么欢乐热烈，人们在一种奇怪的音乐节奏中扭动着身子。大犬看到巫女一走进人群，马上消失了，他自己也被纵情欢乐的人们推到广场的中央部分。他觉得这音乐是那样奇怪，和殷商的洪钟大吕之声完全不一样，而是像春风吹过柳树林。他突然明白过来，这大概就是传说中的南方靡靡之音吧？

突然，他听到音乐停顿了。就在这个时候，他看到了巫女在不远处的地方升了起来。看不出她是踩着梯子还是被人群抬了起来，她站到了一个高高的土台上面，开始做出缓慢的舞蹈动作，那音乐随着她舞动的身段和姿态慢慢地开始。她每做出一个舞蹈动作，广场上的人便跟着模仿，音乐也被带动了起来。那音乐的节奏并不快，但是越来越有力量，像波浪一样推进，把整个广场的热情慢慢推动，成为一个欢乐的海洋。

大犬深情望着巫女狂热奔放的舞姿，他的心里是那么感动，他的心里已经对她充满了爱慕之情，可是她在尽情欢舞，是完全不会察觉到他这样一个观赏者内心涌动的情愫的。他一直在用满含深情的目光看着她欢舞，一直在心中默默地念叨：我多么爱你，你却不知道！他在对自己的爱情不可能成功有清醒认识的同时，仍然对她恋恋不舍。在欢腾热闹的鼓声、瓦缶声中，巫女不断地旋舞着。大犬想着她从大地上的每个城池里走过，从寒冬舞到炎夏，空间改变了，时间改变了，她的舞蹈却没有什么改变，仍是那么神采飞扬，仍是那么热烈奔放，仍是那么深具难以抑制的野性之美。此时有诗句涌上了他的心头，他不知道这几句诗会万古流传下去，诗的标题就是《宛丘》：

> 子之汤兮，宛丘之上兮。
> 洵有情兮，而无望兮。
>
> 坎其击鼓，宛丘之下。
> 无冬无夏，值其鹭羽。
>
> 坎其击缶，宛丘之道。
> 无冬无夏，值其鹭翿。

（你起舞热情奔放，在宛丘山坡之上。我诚然倾心恋慕，却不敢存有奢望。

你击鼓坎坎声传，宛丘下欢舞翩然。无论是寒冬炎夏，持鹭羽舞姿美艳。

你击缶坎坎声响，欢舞在宛丘道上。无论是寒冬炎夏，持鹭羽舞姿漂亮。）

大犬随着狂欢的人群转着圈子，边走边舞，后来发现音乐渐渐减弱，周围的人越来越少。只见一对对男女结成对离开了广场，在这温暖的时光里，一离开广场就是树林田野河边，到处有美丽的草坡可以做男女交欢的地方。这就是南方的"榖旦"，良辰吉日供人们狂欢纵欲。大犬看到最后一对男女相拥着离开了广场，巫女才停止了舞蹈，慢慢地走下了土台。她独自慢慢地向她原来待过的原野走去。大犬情不自禁地跟在她的后边，一直跟到了那棵大树下面。她站住了，知道后面有人跟着她。她转过身来，向大犬走去，说：

"外乡人，你已经跟了我一整天了。你到底想干什么？"

"所有跳舞的人都男女成双去欢乐了，为什么你只一个人走了呢？"大犬问道。

"我是一个巫女，身上是有禁忌法力的，所以没有人会来和我配对交欢。你是外乡人，不知道这里的事。"

"你知道吗？我也是一个祭司，一个通灵的人。我不会害怕和一个巫女说话。"

"你是一个祭司，为什么跑到这里来呢？到这里的外乡人只有买布匹和苎麻线的商人，没听见有祭司到这里来的。"巫女说。

"我要是说出来你会害怕的。商朝的国王正在你们的城池外边驻扎着。我是奉他之命到城里来察看的。他在前一天的梦里梦到了一个跳舞的女人，让我进城来察看。我的国王是最伟大的魔法师，他能梦见还没发生的事情。"

"你说的商朝国王我不知道，我为什么要害怕他啊？"

"你不知道吗？商朝是大地上最强大的王朝，是大地的统治者。要是商朝的王动了怒气，他的战车可以轻而易举地攻破你们的城池，烧掉所有建筑，杀掉所有的抵抗者，把其他人俘虏了带回去当奴隶和人牲。你说是不是很可怕？"

"既然国王是一个你所说的这样的坏人，你还跟着他干什么呢？"

"国王就是要这样,所有的国王都必须这样做。他并不是一个坏的国王。"

"你说的事情我不懂,你还是让我走吧。我跳了一天舞,已经很累了。"

她指出自己是住在一个树巢上,因为她作为巫女必须住在树上,才不会让土地吸走她的魔力。大犬跟随着她来到那树边,但是他看到在那树周围的草地上,到处是一对对交欢的男女。他知道不便在这里和巫女说话,于是告诉她自己住在城东门的那个客栈里,让她在天黑之后到客栈里和他相见。他把自己的披风交给她,让她穿着披风来。巫女点头同意了。

天黑之后,大犬焦急地在那个叫锦沧的客栈里等候着。月亮升起之时,巫女果然穿着他黑色的披风在黑夜里走进了客栈他的房间。她带着外面的夜色和树木的香气进入房间,大犬本来是想接过她脱下的披风,然后和她说国王的梦的事。但是在他接过了披风的时候他发现巫女的身上只穿着一件薄薄的罗衫,比什么都没有穿还撩拨人,那是充满了情欲的身体。从黑暗的心底涌起来的性欲的波浪淹没了大犬。作为一个贞人,他没有妻室,但是没有规定不可以和女人交媾。此时,他内心的情欲喷涌而出,让他完全忘记了自己是国王的贞人,是在为国王寻找梦中出现的女人。他开始抚摸巫女的乳房,亲她的嘴。巫女热烈地回应他,是她在引导着他,带他到屋子的各个角落以不同的姿势交欢。大犬感到她和白天跳舞时一样永不停歇,一波接着一波地运动着,把他带到了最欢乐的情境深处。

下半夜,一盏油灯已经点完了油,第二盏油灯开始接上了。他们停止了交媾,但还是紧紧相拥在一起。在油灯下,大犬看到巫女脸上和身上涂画的文身已经洗掉了。她赤裸的上身白皙的皮肤上分布着浅蓝色的血脉，像是一幅山脉的图画。在白天的时候，大犬写下了"洵有情兮，而无望兮"的诗句。他那时是那样惆怅，觉得他对她的情感是根本没有希望会得到她的回应的。但是现在她居然就在他的怀里，赤裸着身体和他交媾任他抚摸。不过他的心里觉得更加伤感，因为这是不能长久的，只能是这一夜的事，而当夜色消退，一切都会结束。他内心的伤感比白天时更加沉重。明天，他要带她去见国王吗？

大犬离开队伍已经有好几天了。帝辛因为大犬迟迟没回来而心神不宁。于是他派出了三锋戟卫队长亞带了一支小队去寻找大犬。亞和他的士兵穿着黑色披风戴着披风帽，把刀剑藏在黑色披风下面，在夜色里潜入了宛丘城内。这座城里经常有穿黑袍的蒙面神秘商人，因此城里巷陌的人遇见他们并没有觉得很恐慌。亞在每一个客栈门口停留，打听是不是有一个和他们穿一样黑袍的人住在这里。终于有一个客栈的东主说：天黑的时候的确有一个人穿着这样的黑袍走进了客栈，但是他的头低着，看不见他的脸是什么样的。这个客栈的东主说的其实是穿着大犬的黑袍走进客栈的巫女。于是三锋戟卫队长亞便让训练有素的禁卫军把守了客栈的四角，他带着一个军士长摸索着进入了客栈里面。他很快就找到了大犬的房间，因为只有他房间的油灯还是亮的。亞从一个窗缝里看到大犬和巫女在交媾。这个巫女的交媾姿势十分放肆淫荡，使得三锋戟卫队长亞睁大眼睛看得发呆。他们结束交媾之后，还裸着身体相拥着，在油灯下说着话。他听到了大犬说：

"虽然我是伟大的商朝国王荣耀的贞人祭司，但是我从来没有得到过你今天给我的这样的快乐。我现在万分难受地想到天亮时要和你分离。我背负着国王的命令要带你去见他,但是我决定不这样做了。你赶快离开这个地方,往更远的南方去吧。"

"我不会一个人走的。你不要再给国王当祭司了,这种跟随在国王身边随时会被杀头的日子是那么可怕,我们还是一起逃走吧。我多么喜欢和你在早晨的道路上一起上路,夜间睡在大树的树巢上。"巫女说。

这些话都传入了三锋戟卫队长亞的耳朵。他非常震惊这个最忠实于国王的贞人大犬竟然会说出背叛国王的话,幸亏这些话都被他听到了。他决定要拘捕大犬。他让跟随他的军士长敲门,告诉大犬赶快穿上衣服。亞不想让他赤身裸体被押走。毕竟,他们是多年一起为国王服务的侍臣。

在这天深夜最黑暗的时分,一队穿着黑色披风的人押着同样穿着黑色披风的巫女和露着头的大犬一起回帝辛在城外的营帐。走到半路时,大犬看到了漆黑的夜幕上突然闪过一阵闪亮的流星雨,流星斜过大星。他心里一惊,这些大星毁灭是他必须记下的大事情。

他被带到了帝辛王的跟前。

"大犬,你知道我派你去干什么吗?"帝辛一直没有睡,还在营帐里点着灯坐着。

"大王,你是派我去寻找你梦到过的跳舞的女人。她是一个跳羽毛舞的舞者。"

"那你找到她了吗?她是不是一个会跳舞的舞者呢?"

"大王,你说得千真万确,她的确是舞姿曼妙,像高山的流水一样自然流畅。"

"那我倒要看看她是不是真的和我梦到的跳舞人一样。"帝辛说。三锋戟卫队长亚做了个手势，手下人马上把巫女带了上来。

"我已经想不起我梦里的跳舞人的模样，也许根本就没看见过。但是我会记住梦里人的舞姿。你跳舞吧，我要看看你是不是我梦里的舞人。"

巫女站在大王的面前不知所措。她只是看着大犬，想从他的眼里得到指示。大犬向她投以鼓励的眼神，让她听从商王的话。于是巫女就开始跳起舞来。她一旦跳起舞，就完全进入了痴迷状态，不知道帝辛一个小小的暗示就可以杀死她。

帝辛看了一阵，抬起手示意她可以停止了，帝辛叹息道：

"果真是和我梦见过的一样，而且比梦里的跳得更好。"

大犬屏住呼吸，听着帝辛的话，他知道帝辛的话会事关他和她的生死。他听到帝辛说：

"本来这是个好梦。可是这个梦被玷污了。你和我的贞人大犬睡过了，我觉得自己这个梦充满了恶臭之气，所以，这个梦必须毁灭掉。"

大犬一听，知道国王已动了杀心，马上伏地磕头，请求大王：

"大王，事情是我做出的，请求你处置我吧。"

"的确是你做的。你把我的梦偷去，玷污了我的梦。你说你偷了我的梦该怎么处置？"帝辛的话里充满了怒气和杀机。

"大王，你杀了我吧。是我犯的错，和她没有关系。"

"我不能杀你，因为你是我联系祖先神的中间人。但是我还是要处罚你，偷窃的人应该断手，大犬，你最初是用哪只手去接触我的梦的？"

"大王，我用的是右手。"

"那好。亚，叫人来，把大犬的右手剁下来。"帝辛说。

三锋戟卫队长亚让卫兵按住大犬，把他的右手剁了下来，放在盆子上端给帝辛看。帝辛让御医给他包扎好断臂。

巫女被帝辛下令在背上抽了三十鞭子，赶了出去。帝辛放生她不是因为有恻隐之心，而是不敢把自己的梦杀死。

第二天，断了右手的大犬继续履行自己的职责，开始用左手刻下卜辞，那笔法和以前右手刻的很不一样。

**辛丑，王在宛丘。有大星毁于东山。**

第七章　193—250

在洹河的北岸

一

中央研究院田野考古工作队刚来到安阳的时候，侯新文有天早上看见乡公所的人敲着锣，来到村头大树下贴了告示。这年头村里的人总是怕看见贴告示，每次贴告示总是没好事情，不是要收什么捐税，就是抽壮丁。有的告示是禁止在地里挖东西，这样的告示是最多的。可每次说禁止挖地里的古董，有钱有势的人却照样还是在挖。不过挖地这种事情侯家庄倒没什么人干，因为以前有人也在地里挖过，根本就挖不出什么东西，不像小屯村那边随便一挖都有东西。侯新文读过几年书，认得字。他看到那告示上写的是河南省政府责令安阳公署颁发执行的，说中央研究院田野考古工作队要来安阳考察殷墟，他们有权在洹河边任何地方开挖土地。如遇到有庄稼的地方，工作队会根据市面的价值给予赔偿；如果地里没有庄稼，则会负责给予重新平整。即日起，所有个人和团体在地里挖掘古物都视为违抗政府法令，一经查获，严惩不贷。

围在大树下看告示的人不少，大部分不认识字，因此侯新文就大声念给他们听。农民知道官府总是不断在搞新花样，一个个都懒洋洋地耷拉着脑袋不感兴趣。但是在大张的告示下面，还有一张小的告示，说是田野考古工作队要公开招收挖土的民工，每天工资大洋四毛。要自备工具，扁担锄头或者箩筐，食饮自备，愿意参加的人尽快到小屯村的村长张学献那里去报名。农民们暂时还不知道中央研究院田野考古工作队是怎么回事，可眼前这四毛大洋一天的长活对他们挺有吸引力的。大家伙都赶到了小屯村那边，只见张学献家门口挤了很多人。张学献自从被土匪绑架放回来后，毛发无损，现在又干起村长的事情来了。侯新文在他家门口等了一天，最后还是没有轮到他。这回工作队只招四十个民工，张学献基本找的都是小屯村的人，洹河北岸的只有三个人。侯新文只得悻悻地回到了家里。

那些日子他整天没事，跑去小屯村那边看中央研究院田野考古工作队干活。那里有许多个戴着大盖帽的士兵站岗，不让老百姓靠近，得远远站着看。他看了几天，没有发现什么可以挣点钱的机会，于是就回到侯家庄，去给家里那几亩山药地锄草了。

过了很长一段时间，侯新文感觉到有什么事情发生了。他在夜里总是听到有细微的声音，那是从地里传来的，不是在表面，而是在地下深处，他感觉到侯家庄的地被人刨开了。这件事好生奇怪，以前是没有人在这里挖东西的。某天夜里，他忍不住好奇，顺着那刨地的声音寻过去。果然，他在青纱帐里看到地被挖开了一条深沟。这当下告示上说过谁都不能私自挖掘，是谁这么有胆量呢？很快，他听说了这是盛太行周敬轩的沟，是太行山的吴二麻给他做了靠山，听说就连保护中央研究院田野考古工作队的保安队也装作看不见。不过他们还是给了中央研究院田野考古工作队一点面子，是在太阳下山工作队下班之后他们才开始挖掘的。又过了一些时间，这夜里开挖的探沟规模越来越大，侯家庄不少人被招了进去夜里刨土。工钱每天有五毛大洋，比中央研究院田野考古工作队还高一点。

几天之后，侯新文也被招进去了。侯新文参加过很多次的挖掘，可这回觉得不一样。这里的土全是一色的生黄土，一点也不像有埋藏的样子。但是工头只要求往前挖，往深处挖，不在乎能不能挖到什么。那沟挖得越来越深，有三人高那么深了，看起来吓人。他抬头看时，只见一条窄缝里有几颗星星，觉得那沟随时会合起来，把他吞到里面去。那沟越往前挖，土质越硬，不是天然的土，是一种洋灰一样的混合土，要用镐头使劲刨，才能刨开一点土渣，而且那刨土的声音听起来也越来越空洞了。终于到了这一时候，侯新文一镐头刨下去，土层上突然出现了一个小空洞。那空洞稍一扩大，竟然会往里面嘶嘶地倒抽冷气。侯新文把手中的火把往洞口凑，那火焰直往洞口里面钻。这个时候大家都放下了手中的活，围过来看。有人把火把伸进洞口往里看，只见里面黑乎乎的，深不见底。工头问谁愿意进去探一下情况，赏两块大洋。侯新文近来缺钱，一听有两块大洋奖赏，就抢先争了下来。

工头给了他一个矿灯。但是他还是坚持要带着火把，因为他知道火把烧着才有空气。火把烧不着的地方是不能进去的。他钻进了洞口，在一条抬不起头的甬道里往前走了一阵子，只见边上站立着一个个栩栩如生的古人，有男有女，脸上有笑容。可须臾之间他们身上的衣着和皮肉变成了灰往下掉，全变成一具具骷髅，在他经过时倒了下来。侯新文对这些倒不觉得怕，前些年他在欧洲战场上可埋了无数的死人呢。他再往前，到了一个非常宽大的墓室，他的火把照见了墙壁上色彩斑斓的画像，有很多的人，跳舞的，打仗的，还有很多的动物。但是当他注视着墙上的画像时，发现它们的颜色正在慢慢地变得暗淡，没有多久，那些画都不见踪影了，全化到了空气里面。他擦了擦眼睛，看到墙角那边还有一些栩栩如生的鹿，他盯着画看，那些鹿还是慢慢地消失了。他还看见地上原来有一面鼓，就在他走进来之后不到五分钟，那面鼓就化为了一摊灰尘。但是也有一些不会像幻影一样消失掉的，很多圆形和方形的东西，有些能看出是青铜鼎、瓦罐、骷髅，还有三个高高翘起的东西，看不出是什么，样子很像他以前在法国战场上看到过的高射炮。前面已经没有路可通，侯新文已看清了里面的东西，就按原路往回退了出来。外面的人七嘴八舌问他看到里面有什么东西，他顺口说里面有三个"高射炮"。于是这墓穴里面有高射炮的流言迅速在地面上传播了开来。

那个夜里，他领到两块银圆赏银后，又和其他民工进入墓穴，开始往外边搬运东西。工头要大伙在天亮之前搬运完毕。东西很多，一部分东西一搬动就破碎了。但尽管这样，他们搬出来没有破碎的东西还是装了好几马车。这些东西运到哪里去了，谁也不知道。

接下来侯家庄的开挖土沟越来越多，这让侯新文感到，侯家庄的土地有个秘密的门被打开了。侯家庄的农民们兴奋起来了，都想试试能不能在自家种的地里挖到什么东西。侯新文家里只有两亩地，其中有半亩地是在房子后面的石头围墙里面。终于在某个深夜，侯新文梦见了他的爷爷在叫他，爷爷告诉他地下有东西，让他把围墙里面的半亩地翻开来看看。

下了决心之后，他在屋子里摆上了祖宗的牌位，杀了家里唯一的一只公鸡，将鸡血洒在地上，以祈求祖先神灵保佑他能找到值钱的东西。侯新文听人家说他们的祖先在古时候祭拜祖先时会杀很多头牛，他惭愧自己只能给祖先杀一只鸡。这个时候他还不知道他的祖先祭祀的时候还会杀很多个美人。

于是，侯新文除了晚上给盛太行挖土，白天则关起门来，在自家的后院打开一个口子，往里挖下去。那土坑挖得很深，挖了很多天，那些黄土不见了，出现了五花土。侯新文好歹也是挖过很多年古董的人，看到这土就知道可能会有东西了。挖到两人深的时候，他找到了几块死人的骨头，骨头里有箭镞。另外，还有好几块整治过的没有字的牛胛骨。他又挖了一天，果真挖到了几块龟甲骨。晚上回到家里，他在油灯下慢慢抠去泥土，看见龟甲上有火号，继而看见了有字刻。侯新文喜出望外，但是马上又发愁了。这些骨片要是一拿出来，马上就会传出消息，说他在偷挖字骨头。他很怕官府的人会找上门，也怕有人会来打劫，所以他把挖到的东西又藏了起来。但是几天下来，他又沉不住气了，和妻子合计着想把字骨头拿出去卖掉。可是，他又不知卖给谁。以前是有人走街串巷来收购，现在这种人没有了。他唯一的办法就是到城内的古董店去，把甲骨卖给他们。

侯新文怀里揣着这几块骨片，在钟鼓楼一带走了好几个古董店铺，可没有人敢收他的骨片，因为这时候有告示，不准店家收购私自发掘的古物。有几个店家胆子大点的，愿意收，但是出的价格很低，比侯新文预期的要低很多。他最后到了那家天升号古董店，那店铺东家仔细看过他的龟版之后，告诉侯新文，他有客人想收购刚挖出的字骨头，约他明天再来，到时客人会亲自来看货色。

天升号东家和杨鸣条熟，他记得杨鸣条交代过他留意市面上出现的甲骨片。在侯新文离开后，他即呼来蓝保光，让他去告知杨鸣条，说有人要沽出刚刚挖出来的字骨头。看样子这骨头是真货色，让他明天赶紧来店里一趟。

杨鸣条闻讯后，第二天早早来到店铺等候。他不只是想要看几片甲骨，更想知道这些甲骨是从什么地方挖出来的。他一直等到晌午时分，才看见侯新文神色紧张地走进了店门。

"听说你有新找到的字骨头要给我看？"杨鸣条客客气气地给他递上了纸烟，问道。他知道这个老实的农民并不知道他是中央研究院田野考古工作队的人。

侯新文从怀里拿出几块龟甲碎片，小心翼翼放到了桌子上。杨鸣条拿起其中一块，那上面只有一条卜辞，是卜风雨的。又拿起一块，他的眼睛猛一亮，心跳加快。他看到这字甲上的卜辞契刻刀法笔触十分熟悉，很像是他一直在寻找的贞人大犬的刀笔。这是一条卜国王田猎的占卜辞的碎片。他压制住内心的激动，问侯新文，这些字骨头是哪里挖到的？这个时候侯新文显示出了农民的狡猾，不愿意说出挖掘的地点，支支吾吾说是人家给他的。

杨鸣条见他不愿说，只得向他说明自己是中央研究院田野考古工作队的人员。侯新文一听脸色发白，知道惹上麻烦了。但是杨鸣条并没有让他很为难。杨鸣条说：

"侯新文兄弟，按照告示上说的，你现在私自去挖地里古董是犯法的，挖到的东西都要充公。不过今天店里东家把我喊来，我就算是一个客人，和你公平做一次买卖。你的字骨头我会按照市价给你付钱。但是你要把挖掘的地点告诉我,还要保证以后不要再私自挖掘。"

杨鸣条看了他的所有甲骨版之后,给了他二十块银圆。这个价钱虽然比侯新文原来期望的要少很多,但毕竟是白花花的银圆放在眼前,所以他也觉得满意了。他把字骨头是在自己家围墙内挖出的说了出来。

"其实你们贴告示吓唬的只是老百姓。那些有路子的人不是照样在挖吗?而且他们越挖越凶,越挖越大。"侯新文说。

"你说具体一点让我听听。"杨鸣条说。

"别的不说,就说我们侯家庄,以前从来没有人来挖的,现在挖得可欢呢。有好几个队伍,都说有太行山的吴二麻的,还有盛太行。他们的沟打得可深呢,好东西都让他们挖走了。"

"他们挖到什么好东西了?"

"有啊,他们挖到了三个高射炮,还有很多青铜礼器,还有陶瓶,当然还有很多没用的死人骨头。"

"什么?高射炮?"

侯新文把前些天发现的地下墓穴的事情经过给杨鸣条说了。

听了他一番描述,杨鸣条觉得"高射炮"大概是一种从来没见过的青铜祭器,非常稀罕。他觉得十分震惊,没想到侯家庄还会有这么丰富的埋藏,同时又为被人抢先挖走"高射炮"这样的珍贵物件懊恼不已。他对侯新文说,明天他要去挖出这些字骨头的地方看看,如果他家里还有什么字骨头的话可以再卖给考古工作队。

二

当天晚上考古工作队开会。李济和杨鸣条早就听说侯家庄有私下秘密开掘的事情，而且好像他们是有计划有目标的。杨鸣条在刚到之时就听蓝保光报告过这件事和日本人背后操纵的盛太行有关。李济早已经向安阳公署报告过，要求他们采取措施制止他们。公署专员答应派人去查，可是一直说没有发现私自发掘的情况。因此，侯家庄那边的事情对于李济、杨鸣条来说是力不从心了，只能像鸵鸟一样把头钻进土里装作看不见。

侯新文的甲骨版出现之后，问题明摆在眼前了，侯家庄不仅可能埋藏着贞人大犬契刻的甲骨，而且还有侯新文所描述的有陪葬品"高射炮"青铜器的大型墓葬。按这样的情况来看，侯家庄可能会有大型王陵和地下宫殿。最后，田野考古工作队成员取得一致意见，决定由杨鸣条带领部分工作队人员和保安队士兵，前往侯家庄做一次试探性现场勘察。

次日，杨鸣条一拨人渡过洹河来到侯家庄。他们先是去查看了侯新文挖到字骨头的那个灰坑。将虚土刨开之后，又找到了几小片碎骨版，和之前所给的骨版可相接，这证明侯新文的骨版确实是在这里挖出的。灰坑呈不规则圆形，约四米深，土为灰黄杂土，周围有生黄土墙，可以断定这个坑是一个存储什物的坑穴。这样一个事实让田野考古工作队的成员十分兴奋，眼前的所见说明了北岸也是有甲骨片存在的。他们既然看到了一个存储什物的坑穴，那就说明这里有商朝人居住之迹。他们对附近的地形开始了试探。

杨鸣条在交代队员石璋如指挥民工开挖表面土方之后，便带着保安队士兵由侯新文带路去侯家庄巡查。果然，他在田野中看到了那条长约五十米、宽约三米的大型探沟。大探沟呈斜坡下沉，似乎是奔着什么东西而去的，看得出来是有现代经验的专家在指导发掘作业。让杨鸣条十分惊讶的是，那条大沟上面竟然有一面大牌子上写着：中央夜晚发掘队工地，闲人莫入。杨鸣条简直是看得目瞪口呆，他们居然会打着这样一个旗号。杨鸣条想：那好吧，既然你们是夜晚发掘队，白天的时候我们就来参观参观吧。他和众人朝那条沟走去。那沟已经很长很深，两边像刀切的一样，能看到土层的堆积层次。

"这样的大沟有五条呢，这是其中一条。"侯新文说。

"看起来他们的发掘规模比我们的还要大。"梁思永说。

"是，有高人在组织，很有技术。"胡厚宣说。

"站住！什么人？"前方突然有人叫喊。这沟底下原来是有人看守的。看守的人端着长枪，拉起了枪栓，喊着。

"我们是中央研究院田野考古工作队的，你们是什么人？"杨鸣条反问道。

"没长眼睛吧，看看牌子，我们是中央夜晚发掘队的。"那人说。

"什么中央夜晚发掘队，明明是假的，你们有政府的文书吗？"梁思永质问他们。

"少废话，有种的晚上过来和我们主人说话。"那拿枪的毫不示弱。

杨鸣条他们虽然带着保安队士兵，但是那个班长对着杨鸣条耳朵说："他们是地头蛇，我们不敢惹他们，还是先避避吧。"

于是，田野考古工作队的一群人只好掉头往回走，回到了地面上。他们回到了侯新文发现甲骨片的那块地上。石璋如等人已经开始对附近的地形进行发掘。他们在距离侯新文那个老坑三十米远的地方发现了一个灰坑，这个卵形的灰坑被一个后代的墓葬破坏了一只角。在挖开三米深的时候，开始出现了一些绳纹陶片，这显示出这个灰坑里会有蕴藏的迹象。再挖下去，出现了一些钱贝，土质开始变得坚硬起来。由于已经发现了有埋藏，不能用大力气挖掘了，只能用小铲子一点点破开泥土，用刷子慢慢刷开。一直到下午天要擦黑的时候，石璋如的刷子突然刷开了一个乌龟的背甲。这个时候本来是要收工回驻地的，因为这个地方离驻地很远，眼下局势混乱，天黑了走路怕会遇上土匪。但这个时候要是不把那已经露出坑面的龟甲发掘出来，夜间没有人看守，很可能会被人偷挖走。大伙决定把龟甲取出来再收工回城。跟班的保安队士兵班长老大不高兴，最后杨鸣条说多给他们点酒钱才同意了。

夜色很快就笼罩下来。他们把手电筒集中起来给正在细心从灰坑里取龟甲版的石璋如使用，其他人在坑边的田野上烧起了几堆篝火，一边取暖，一边也是给自己壮胆。

杨鸣条站在灰坑的边沿，看到石璋如的刷子在慢慢刷去泥土，他看到了不只是一只大龟甲，是好多只叠在一起的，分为南北面两组，错乱着相压。南边的一组有六块完整的腹甲，它们表面朝下，里面有凿灼之处向上，牢牢地粘贴在一起，位置是头端向西南，尾端向西北。北边这组是几块破碎了的背甲，散置成层，它的右边压着那六块腹甲。石璋如正伏在地上，把边上的硬土一点点剔开，他大气不敢出，生怕把龟甲弄裂了。杨鸣条正紧张地看着，听得梁思永喊他上来一下。杨鸣条爬到坑上面，看见有几个生人站在篝火堆旁边，有几个是带着枪的，领头的那个看起来挺斯文的，穿着长衫马褂，还戴着眼镜。他看到了杨鸣条，对他主动说话：

"来人莫非就是杨鸣条先生？真是久仰。想不到在荒天野地里和你相见，失敬失敬。"

"你是何人？半夜三更找我有什么事？"杨鸣条说。

"我是给我们主人传话的人。我们主人要告诉你，你做事过分了，应该马上停止。"

"什么叫作过分了？愿意听你说说。"

"你做错了两件事。其一，你不应该越过洹河到北岸来挖掘。这里目前是我们的地盘。其二，你们的挖掘时间是白天，而不是晚上。"

"那你们就是所谓的'中央夜晚发掘队'的人吧？"杨鸣条问道。

"在下正是。"那人回答。

"我正想找你们理论呢！你们的这个称号是谁封给你们的？不

会是自己给自己封的吧？我们才是真正的中央研究院田野考古工作队，是经过你们河南省政府和冯玉祥司令批准的，可以在安阳洹河边任何地方任何时间进行发掘工作，应该停止发掘的是你们。"杨鸣条说道。

"你不要拿这些官话来吓唬人，这些话只有村民才会听，这块土地上是我们说了算。我们是北岸发掘自治委员会的。我们主人说了，今天就给你们一次面子。如果以后你们还敢越过洹河到北岸来发掘，那么你们会后悔的。"那人说完，便带着人消失在黑夜中。

那拨人走向了黑夜。但是田野上并不是一片漆黑。杨鸣条看到在田野上有好几处发亮的地方，那里正是"中央夜晚发掘队"五条探沟作业的地方，他们的发掘规模看起来真是超过了真正的中央研究院田野考古工作队。

这个时候，石璋如已经把一摞粘连在一起的龟甲片从坚硬的黄土层中取出来了。大伙赶紧给它们裹上厚厚的棉絮，装在盒子里面。石璋如将盒子捧在怀里，小心翼翼地回到了驻地。他们连夜开始精心地剔土刷洗，准备让粘连在一起的龟甲分开来。然而这几块龟甲因为几千年都挤压在一起，粘接得非常牢固。如果用力去撬的话，龟甲很容易就会破裂。大伙兴奋的心情慢慢冷却了，疲劳困顿让他们一个个都倒头睡着了。

在所有的人都睡了之后，杨鸣条还坐在灯下琢磨着。他突然想起乌龟是喜水的，要分开这些龟甲片，也许可以从水上面做做文章。他仔细观察着粘在一起的龟甲片，发现它们很干燥。往上面滴几滴水，马上被吸了进去。但是他不敢把龟甲片泡到水里面，怕会损坏它们。他发现粘接在一起的龟甲之间存在一些缝隙，如果有水汽的话可以渗透进去。杨鸣条突然有了个主意,觉得可以一试。他到厨房里看到蒸馒头的蒸笼里还有热腾腾的热气,就把甲骨片用一块湿布包好,放在了蒸笼里面,让水蒸气慢慢地渗透到甲骨片的缝隙之中去。做好了这些事,他就靠在灶房柴火堆上睡着了。

第一声鸡叫的时候,他醒过来了。他打开了蒸笼,把湿布包解开来,看到那粘在一起的龟甲片被温润的水汽松开了。他轻轻地一挑,便一层层分了开来。这一回,他获得了六个完整的腹甲加上一个碎成三块但可以拼接的背甲,比大连坑发现的四块整版大龟甲还要多三块。房子里面队员们香甜的打呼声此起彼伏,杨鸣条却睡意全无。他开始判读刚获得的龟甲卜辞。由于只是初步清除了泥土,上面的铭刻还不是很清楚。但就在这个时候,杨鸣条突然看到这上面有贞人大犬的卜辞,贞字之前明确写着大犬的名字。待他把骨甲上的泥土清理干净,这一下真是惊喜。在六块完整的大龟甲上,密密麻麻刻着的卜辞全都出于贞人大犬之手。

从最初在《铁云藏龟》和《殷墟卜辞》里发现贞人大犬的存在开始,杨鸣条就觉得大犬的幽灵还存活着,并且逐步进入了他自己的意识里面。正是大犬的幽灵驱使了他去写连载的小说《贞人大犬》。而现在,他终于追踪到了大犬的踪迹,看到了从地底下发掘出来的大犬亲手契刻的龟甲。杨鸣条研究过很多大犬契刻卜辞拓本,大犬的书法由学习时期的极其幼稚到眼前这些骨版上的老练之至,经历了几十年的变迁。杨鸣条有一块他最初学习书契的骨版拓片,大犬一方面在参与卜辞的记载,另一方面在那块骨版右边的空处,他又在练习书契干支字,笔法生疏幼稚,行款欹斜参差。杨鸣条想象着,那时他一定还是个没成年的孩子吧?就像后来的私塾的学生。而在明义士编撰的《殷墟卜辞》里面有几片大犬的卜辞契刻分明是他成年时期所为，字体布局严谨，刀法隽秀。杨鸣条所收集的大犬书契大部分有大犬的签名。但是他的签名花样多变，在同一版上面可以写三种不同的样子。他本来的名字叫大犬，合而成了㹀。他签字的时候，有时把腹去掉，省去一腿，变成了单腿无蹄的㹂；有时干脆把头和腿都省略了，变成了㹁。大犬的签名不一致，日久成为习惯。

杨鸣条激动不已地看到大犬的这一批契刻的刀法是属于他的左刻时期，说明这是他的后期所刻。在以往收集的大犬契刻卜辞条目中，杨鸣条已经确定大犬有一小部分的卜辞是用左手刻的。那些卜辞都是些碎片，很难确定它的年代，还有他为什么用左手去刻字也让杨鸣条百思不得其解。而这几块整版的龟甲上布满了大犬左刻的文字，让杨鸣条可以看到他的书契风格。这个时候大犬的契刻显得松散别扭，除签名还是那样随随便便外，他的字体也随心所欲了，一种字可以有很多种写法，有一种颓废的倾向。以前杨鸣条就猜想过为什么大犬的卜辞有左右刻法的原因，相信是晚期右手有疾而改为左手。面对着这几版大犬完整的契刻，杨鸣条看出了书契中有一种痛苦的感觉。杨鸣条再次相信是他的手出问题了，一定是生病残疾了，也许是跟随国王打仗受伤了。

在七块龟甲上的一百三十五条卜辞里，有卜旬、卜夕、卜田猎、卜风雨、卜战事，说明大犬一直是跟随着帝辛，他的卜辞准确记录了帝辛的行踪和事迹。杨鸣条一遍遍地玩味着大犬的卜辞契刻。此时，他觉得自己和大犬距离是那么近，好像他就坐在隔壁的房间里面。相隔几千年，他这忽儿正和大犬对视着。大犬的幽灵吸引着他进入那遥远的年代。

三

青木这个时候正在安阳城里。他建造了一个有巨大圆顶的房子，把他在山西古庙所拍摄到的三折画照片按照一比一的比例放大，一张张贴在那圆形屋顶上，复原成天穹的模样。现在他每天几乎有半天时间都站在这个他所复制的殷商天穹之下沉思默想。

在山西古庙里存了一千多年的三折壁画已经从那里消失了。他知道在他拍摄下所有照片后不久，怀特就通过法国人伯希和从卢浮宫请来的一个壁画处理专家小组，从墙上面揭下了三折画。专家把三折画切割成六十四块，做成一匹匹丝绸布锭的样子用马车运出了山西境内。这样的一支马车队还是引起了人们的注意，风声传到了冯玉祥的耳朵里。冯玉祥早就耳闻开封府的主教威廉姆·怀特暗地里走私了很多中国古董到国外，这回派了一队士兵前往怀特的府邸去搜查。但怀特早有提防，那六十四只箱子没有放在自己的家中，而是由李佑樘安排放在犹太教庙堂的地下室里。

这一批箱子在那里放了很长一段时间,等风声过了,才由驴车分批慢腾腾地运出了城,再转运到兰考县这个不起眼的小车站,躲过了货物稽查局的检查,然后一站站向前,运到了青岛。在青岛,六十四个箱子被分装到了三个雕花镀金的洛可可式大棺材里面,变成了三具死在异乡的传教士遗体要运回欧洲的故乡去。它们在一队穿着法袍的教士护送下被吊车吊着放到一艘英国货船的底舱,和其他货物隔离开来。然后,英国货船一直向南开,经过马六甲海峡进入印度洋,还要绕过好望角,目的港是曼彻斯特。到了曼彻斯特之后,它们还得转乘船只,穿过大西洋,来到对面的加拿大哈利法克斯海港。而目前,青木想着那些躺在英国货轮底舱的壁画,它们大概还在大西洋的海面上慢慢地航行着吧。

这组壁画毫无疑问包含着多重复杂的含义,青木到目前为止还无法深入领会理解。但是,光是这组壁画的绘制年代隋朝,就激起了他对于遣隋使小野妹子的想象力和好感。除却这些因素,青木现在已经正式把它当成一幅藏宝图来研究。

这是一幅古代人的画卷。古代人并没有准确的方位概念,没有透视和比例。这幅画里所展示的洹河边的地形地貌和如今的安阳地图相差也很大。到目前为止,青木能从这幅画里得到的直接启示只是在洹河的北岸也有宫殿建筑。但是,他的内心能感觉到这幅画里隐藏着一组指示目标方位的符号:天空中那一组排列准确的星座;外面带着一圈耀眼光环的日环食;星座、太阳和远处的太行山山峦的对应关系。在稍后的时间里,他还注意到画面一个不很显著的位置上,还有着一面能看到太阳投影的日晷。青木把三折画的照片冲印出来之后,给设于沈阳的关东军司令部递交一份副本,让他们转交给日本本土的部门。现在,日本本部正集中了一批天文学家在做深入研究分析,想破解三折画上日食、星座和地面建筑之间的对应关系,从而找到画上每个宫殿的精确经纬度。这就是青木现在想要做的。

现在青木所面临的最大困难是时间问题。在最近的几年里,青木越来越感觉到,日本的军队在不久后会越过山海关进入华北地区。而安阳处于北方平原,日军要是一南下,很快就会处于日军控制之下。出于这样一种预感,青木心里有一种想计安阳的发掘缓慢下来的愿望,因为到了日军控制这里的时候,他就可以像个真正的考古学家一样小心翼翼地对待安阳地下的珍藏,而不是现在像个盗墓贼一样在黑夜里到处乱挖。

然而,这一回中央研究院田野考古工作队让他十分烦恼。最初的时候,他以为这个考古队会和以往那些官方组织的考察活动相差不多,就是靠运气打几个钻洞,挖到一批东西就会心满意足地收摊回去。但他发现这次的中央研究院田野考古工作队不一样,是完全按照西方那套田野考古作业方法进行的,而且是中央研究院直接领导。这队伍里面有好几个欧美回来的专家,那个叫李济的人时常在英国《考古人》杂志上发表文章,而那个杨鸣条则更是个甲骨文专家,有自己的理论体系。明义士曾经告诉过他,杨鸣条正在研究中的《殷历谱》,将会解开很多殷商历史之谜。只有他的《殷历谱》才会让三折画上的星座指示具有意义。

青木暗里观察着中央研究院田野考古工作队的发掘,知道他们正在一个正确的方向上前进。他们很快就在小屯村找到了四大块完整的龟甲版。他们把小屯村的土地用经纬仪测量之后按英文字母代表经线,用阿拉伯数字代表纬线,所有的土地都在一个个的小格了内。按照这样的方法,他们的意图是用卷地毯的方法,把小屯村的埋藏全部都挖走。而这个时候，青木觉得已经没有办法来阻挡他们的工作进度。

在这个令人绝望的时间里，青木一直把自己关在屋子里面，看着他复原的三折画照片出神。他已经对画面里的每个细节都很熟悉了。在画里，洹河的北岸上布满巍峨的宫殿，和南岸一样热闹。既然北岸有那么多的宫殿祭庙，地下一定也有很多的埋藏。他在盘算着尽早开始到北岸发掘的计划。但是，现在的情况和过去不同，安阳官府到处发禁令，严禁私自发掘，只准许中央研究院田野考古工作队独家发掘。青木沉思了几天，让周敬轩去北岸做些调查。周敬轩转了一圈后回来向他报告，称洹河北岸的人口比之南岸数量要多，北岸的侯家庄、司空村、南濡台的读书人士绅也比南岸要多，出过几个进士，有袁姓的士民和袁世凯是亲属，还有人的亲属在省里当大官。周敬轩报告说，北岸的士绅认为土地下的埋藏是他们祖先留下的，对中央研究院田野考古工作队随意发掘一直不满。青木想出一个办法，让周敬轩去尝试一下。

周敬轩和北岸的许多士绅都很熟悉。他很快就会见了北岸各个村镇的头面人物。他述说了情况，说所谓的中央研究院田野考古工作队实际上是北京的一些权势人物派来的，挖去的东西最后会被他们瓜分。他们在挖了小屯村之后，很快就会转到北岸来挖掘。北岸的士绅说，他们要挖就来挖吧，反正我们这里的地下没东西。周敬轩说，这个想法不对，我们做古董生意的人会认识一些"采宝客"，这些人会发现一些不可思议的事情。眼下，我就知道有个"采宝客"，他在一个地方发现了一张藏宝图，那图上面表示，洹河北岸埋藏的东西会比南岸的小屯村、花园村还要多很多。那些士绅听了后表面没动声色，但只见一个个的喉结在动，眼睛发出亮光。周敬轩说这个藏宝图发现得太晚，现在中央研究院田野考古工作队来了，他们在小屯村已经开始用卷地毯的方法，会把每寸土地底下的埋藏全部挖走。挖完了南岸，他们就会开始挖北岸。

周敬轩的话一说完，酒席间就炸了营了。士绅们此时喝过了酒，一些平时不大敢说话的这时借着酒劲儿也慷慨激昂起来。他们都追着周敬轩问这可怎么是好，他们决不答应。周敬轩说，他也没有什么能耐，得靠大家齐心协力。经过一番情绪激烈的争论，最后形成了青木事先想好的方案。那就是成立一个北岸地方发掘自治委员会，组建一支股东制的挖掘队，按照入股的份额分配利益。这个股东会还要向省政府控告中央研究院田野考古工作队挖走河南的宝藏，要求取缔他们，让河南自己的人来挖。大家还为他们的挖掘队取了名字，就叫中央夜晚发掘队，以对抗中央研究院田野考古工作队。

青木那些日子一直关在屋子里研究三折画照片，他的注意力集中在那个中央位置的祭祀宫殿。但是，他根本无法从照片上找出一点点和实际地形有关联的参照物。这个时候他突然想起了侯家庄的名字，觉得说不定这个带侯字的地方当年就是和公侯伯爵有关联的。虽然这样的联想很荒唐，但他无计可施，只好做一尝试了。于是他在一个月夜里来到侯家庄一带，定下五个位置，让发掘队同时开始打五条探沟。

事情进行得非常顺利。五条探沟下去不久，很快就有一条发现了夯土层。持续挖掘了几天之后，就发现了一个从来没有被盗过的墓室，里面有大量随葬物——青铜器，尤其是那三只被村民叫作"高射炮"的青铜祭器，是稀世珍品。没有人知道它本来的名字，青木很久之后才知道这种器具叫"盉"。墓室里还发现了一组精美而带着童真气息的青铜用具，每个器物上面都有青鹿的纹饰。从铭文上看，大致可以判定，这是武丁王一个年幼的女儿的坟墓。现在青木已经知道，这一带地下一定有大型的墓葬群，是王侯的陵墓。他在墓室里看到那些见风化掉的壁画和木头、织物的痕迹，还有那些在匆促搬运中打碎的青铜器和陶器，深深的不安袭上他的心头。他知道他们这样挖下去，将会破坏很多墓葬，因为他们不是在考古，而是在用一种毁灭性的方法盗墓。他想起埃及卢克索的帝王峡谷里发现图坦卡蒙的墓室时，考古人在进入主墓室之前，花了一年多的时间精心清理和保存外墓室的器物和墙体结构。而他在发现了和图坦卡蒙年代相仿的武丁王女儿的陵墓时，只是花了一个夜晚余下的几个钟头就匆忙搬走看得见的东西。他的内心有负罪的感觉，但是这不能怪他。如果没有中央研究院田野考古工作队给他那么大的压力的话，他根本不想用这样粗暴的方法去处理。所以说，这么快就发现了大型的墓葬，青木反而有一种害怕，他知道自己的力量左右不了接下来会出现的形势。他想要是能把时间往后推几年，也许那时日本的力量已经覆盖了中国华北地区，那样的话他就可以像英国人卡特处理图坦卡蒙墓室一样精心细致地慢慢进行了。而现在，发现"高射炮"的消息已经在安阳土地上传开了，他知道这一定会引起一场麻烦。

　　果然，青木看到中央研究院田野考古工作队那边有反应了。某一天上午，刚工作了一夜的青木还在睡觉，被一个仆从叫了起来。说中央研究院田野考古工作队的人到探沟来查看了，被看守的人赶了回去。青木知道这一天会来的。这个晚上，他指示夜晚发掘队照样工作。他自己亲自到了夜间的侯家庄，看到除夜晚发掘队的灯光之外,在另外一个地方燃烧着一堆篝火。他知道这是杨鸣条的篝火。他让人过去查看,并给了杨鸣条一个警告。他在第二天就知道了,杨鸣条这一个晚上的运气好过了他很多年的总和。杨鸣条这天挖到了七大块整版的龟甲。这事马上在世界考古学界传播开来,日本总部那边开始关心这件事情。

接下来的时间,是此消彼长的阶段。田野考古工作队那边采取了进攻的态势,他们动员了那个不知世故的安阳专员马洪,靠保安团的保护强行把发掘工地从小屯村搬到了侯家庄一带,还悬赏要追踪缴获"高射炮"等器物。这个时候青木反而不着急了。他知道着急愤怒的是洹河北岸自治委员会的那些股东。他把所有的发掘活动都停了,让入了股份的股东们的愤怒和焦急继续积蓄。青木不动声色,他早已经安排好了接下来的每一步棋。

# 四

秋风萧瑟,中原的白昼一天天变得短了。

田野考古工作队驻地还是在安阳城内中学边上的袁世凯行辕。他们每天很早要起身到发掘现场,晚上要赶在天黑之前回来,怕回来太晚会遇上土匪,所以白天在田野的时间并不多。然而最近的时间,他们的工地伸展到了北岸的侯家庄,河上没有桥,他们得绕很远一段路,因此每天在田野的工作时间更加短,在路上的时间也更多了。每天回到驻地,一个个都累得倒头便睡,连饭都顾不上吃。

毫无疑问,侯家庄是一个地下陵墓和储藏典籍的区域。因为埋藏得很深,以前的人都没有发现,而只是挖掘了相对埋藏浅一些的小屯村那边。杨鸣条起初对侯新文所说的"高射炮"和那一套"青鹿铭文青铜器"还不是很相信。在他自己挖到了七大版龟甲之后,才知道侯新文所说的都是事实。那个墓穴是个十分重要的埋藏。尽管里面的随葬品已被盗走，但还是有价值再继续挖下去。而要开挖中央夜晚发掘队挖过的坑道，等于是公开要和他们宣战。这件事情靠研究所里自己的十几个人是没有办法的，除非得到地方上政府和军警的支持。

在小屯村大连坑的四块整版龟甲被发现之后，还在日本的郭沫若来信向杨鸣条要去了拓片，说是内心激动想先看一眼。但是他得到这些拓片之后，没经杨鸣条同意就在日本发表论文把这四块拓片发布出去，结果引起全球甲骨文学界的轰动。中央研究院田野考古工作队的成员对郭沫若这个做法很是吃惊，觉得他太不厚道。不过杨鸣条倒也没放在心上，觉得郭沫若发布的文章引起学界关注对安阳考古有利。而现在侯家庄七大版完整龟甲出土的消息通过报纸传遍了全国，安阳更是引起世界的注意。安阳公署的专员马洪带着警察局长朱柏青来到了田野考古工作队的队部驻地来参观和慰问。马洪专员是忠诚的三民主义信奉者，一心想推行新生活运动，要把安阳建设成为一个中原新生活运动样板城市。李济和杨鸣条乘机向他反映了侯家庄伪"中央夜晚发掘队"的情况，并指出盗掘者已经挖到了一个大型王室陵墓，盗走了神秘的祭器"高射炮"和一大批青铜器。田野考古工作队接下来想把发掘的主要方向转到侯家庄去，要求专员公署支持保护，马上取缔那个"中央夜晚发掘队"。马洪一口答应了下来。几天后，马洪带着朱柏青到洹河北岸开了一个乡民大会，把地方上的士绅都召集了过来。马洪站到一辆马车上，宣布中央研究院田野考古工作队要到北岸发掘，要各界人士予以合作支持。他派了一批保安队的士兵在侯家庄一带的田野里巡逻，禁止夜里的私自发掘活动，还张贴告示开始悬赏追缴被盗掘的"高射炮"和青鹿青铜器。

这天傍晚，杨鸣条收工回到了住处，全身劳累，正喝着茶休息。忽然，他觉得有土块击中窗门，推窗一看，原来是蓝保光。蓝保光一直不敢公开正面和他接近，总是用这种小动物一样的羞涩方式给他发信号。杨鸣条也觉得和他暗中联系比较好，免得他和工作队关系密切招引别人嫉恨和报复。前些日子，他暗中交代蓝保光去查寻"高射炮"的下落，兴许他找到线索了？杨鸣条看看外面没别人，就开窗让蓝保光爬了进来。

蓝保光带来一个消息，说自己找到了"高射炮"那一批货物的下落，这批货物正在安阳城内的"大阪机工"株式会社货栈里面，今天深夜里这批货可能会被运出安阳城。杨鸣条问他是怎么知道这个消息的，蓝保光说了自己这几天的历险记。这一段时间里，蓝保光像一只蝙蝠一样在黑夜里无声地穿行着，白天的时候声音嘈杂，但夜里，这城市每个角落的每一点幽暗的光和细微的声音都会被他捕捉到。他知道这件事和盛太行有关系，所以一直留心着周敬轩的行踪。前些日子风声紧，周敬轩一直待在家里，没有什么动静。但是今天晚上，他看到周敬轩半夜去了芝麻街附近一个小巷，那里是一个日本人开的"大阪机工"株式会社货栈。蓝保光爬到屋顶上，贴着瓦缝看到了屋内的人在将一件件东西用稻草包好装进了一个个木箱。蓝保光的眼睛好使，看清楚了这些东西是一件件青铜器物，他觉得这些器物一定就是杨鸣条要找的东西。箱子码好了，看情形是马上准备出运的样子。蓝保光觉得事情紧急，马上赶来见杨鸣条，把这消息告诉他。杨鸣条知道消息重要，让蓝保光先到外面的树林里待着，今晚还会用到他。

杨鸣条立即到了李济的屋里，两人商量后，觉得蓝保光的消息是可靠的。最近他们进入了侯家庄那几条被私自开挖的探沟，对出土"高射炮"的那个墓穴继续探掘。尽管大批的随葬品已被取走,但土中还留有不少器物碎片,证明这个墓主很可能是一个商王的女儿。从侯新文的供述中可以看出,这个墓室是从来没有被盗过的,里面的人牲在墓室刚打开时还栩栩如生。这样可想而知,所谓"中央夜晚发掘队"运走的是一批极其完整珍贵的殷商重器。两个人决定马上分头行动。杨鸣条带人去找警察局长朱柏青,请他出动警察进行搜查。李济则通知队里的其他成员今夜要去夜巡,去追缴失去的青铜器。一时间,工作队的住处忙作一团,大家情绪高涨。

杨鸣条让队员魏善臣套马。魏善臣是队里的多面手,精通蒙古文、吐蕃文、梵文,会照相和拓印,还是个最懂马的习性的好驭手。这个时候已是夜间九点钟,杨鸣条等人赶到了警察局,说有紧急的事情要见朱柏青局长。值更的人员说朱局长不在局里,但答应派人去找。半个钟头后去找朱柏青的人回来了,说局长正在聚仙楼酒店里摆宴席,是他未婚妻的生日宴,所以不敢去打搅他。他让杨鸣条等待一下,酒席结束后他会再向朱局长报告。这个警察还像旧时的听差一样的奴气让杨鸣条十分无奈,他觉得事情紧急,"高射炮"随时都会被运出安阳城。于是,他立刻让魏善臣赶着马车去聚仙楼直接找朱柏青。

杨鸣条没来聚仙楼吃过饭,但知道这个地方。这是座明代的建筑,此时里外通体透亮,屋檐下挂着彩绘的灯笼。隔着窗户看见里面摆着很多酒席,宾客全都穿着绫罗绸缎,只有朱柏青一人穿着黑色警察制服,一眼就能认出。梅冰枝就坐在他的身边,脸上施了脂粉,戴了珠宝首饰。杨鸣条觉得有点惊讶,他以为警察局长朱柏青是个新派的青年,有抱负和上进之心,疾恶如仇,没想到会和当地的有钱人私底下关系密切。杨鸣条让酒保茶房去递送一个便条给朱柏青,说自己有急事求见。等了一阵子,朱柏青走了出来,看样子已喝了不少,带着醉态。他一见杨鸣条,便一把拉住他要他进来先喝几杯。杨鸣条好不容易才让他明白他有紧急事务找他,需要他马上出动人马搜查商王女儿墓穴随葬品。朱柏青喷着酒气说,那好办,他马上派人行动,但是杨鸣条得进来先喝几杯给给面子。杨鸣条看形势知道,如果他不进去喝几杯,朱柏青真的不会理会他的请求。于是他只好跟着朱柏青走进了聚仙楼里面。

杨鸣条走进充满烈酒气味和烟雾的厅堂内,他的目光在一瞬间和梅冰枝的目光接触到一起。她在看见他时,眼神刹那间凝固住了,像是蒙住了一层白翳。她显然对他突然出现在这个地方感到惊讶。她一定是很不愿意在这样的地方被他看见,所以她的眼神里有点窘态,还带着一种责备,责备他不应该出现在这样的地方让她难堪。几乎是在同样的一瞬间,她的眼神变得清澈起来,她显出了一种傲气,好像是说这不是她的错,而且还为见到他显出了喜悦之色。这极为微妙的眼神极其短暂,只是火花般一闪,但在杨鸣条心里得到清晰的理会。

朱柏青当着几桌客人的面,拉着杨鸣条,要他先干三杯。杨鸣条知道不喝是过不了关的,于是高声道:

"朱局长,这三杯酒我会喝下去。不过你要说话算数,喝了酒马上派弟兄开始行动。"

"一言为定。"

杨鸣条接过酒杯,接连喝下三杯火辣的山西汾酒。这酒劲儿大,马上让他觉得晕乎乎的。他放下酒杯就走出了酒家,等了几分钟，看到朱柏青也出来了，司机开着汽车送他回警察局。

约十点钟，朱柏青出动了一批警察，关闭了所有的城门通道，开始全城戒严大搜查。朱柏青让黑衣警察们把芝麻街一带包围了，所有的街巷门口都布置了人员把守。这芝麻街是安阳集市的中心街区，白天的时候这一带店铺林立，路边还有各种小贩叫卖，尤其是赶集的时候，这里的几条街巷就会挤满了人，超过了这些街巷能容纳的空间。但是这几条街巷的布局非常奇特，不仅是相互交叉，还形成一个螺旋形，即使人流再多也总是在盘旋之中，而不会淤塞。这些描写只是针对白天的情况，在这样一个夜晚，这里是一片深沉的黑暗。当杨鸣条和一群警察进入芝麻街的时候，他感觉到自己正在进入安阳的黑暗之心。不过最黑暗的地方还不在地面的街巷，而是在脚底下的地层里。在地面古老的街巷之下，有一组回肠一样的地下通道，用青砖砌的拱顶。这是东汉时期的地下运兵道，在城内的地下盘旋，四通八达。如今这些地下通道大部分已经阻塞，然而还有几段被今天的某些人秘密利用着。

杨鸣条事先已经叫蓝保光前往这里，让他在发现藏着"高射炮"的屋宅外边用白粉笔做好记号，因此他没有花很多工夫就找准了地方。他们进入了一座门庭宽大的房子里面，把里面一个人叫了起来，带他们去检查。这是一座巨大的仓库，早年是清朝兵营的军装局库房，里面有幽暗的油灯照明，堆满了一排排的货架和箱子。这里现在是"大阪机工"株式会社的货仓，在手电的照射下，那些和中文相近的日本文字一个个清楚地显示出来，字体看起来很好看。这里有纺棉花的机器，还有肥皂洋布五金产品等等。杨鸣条和荷枪实弹的黑衣警察一起在里面寻找，可是却没有看到可疑的东西。但是杨鸣条相信蓝保光的话是真实的，因为他看到了仓库里有一些空木箱和稻草,与蓝保光所描绘的装青铜器的木箱和稻草相符。他只是不知道,在他们到达之前,这一批青铜器已经从地下的运兵道运到洹河边去了。

杨鸣条搜查了所有的角落,一直到仓库尽头的一个墙角。他看见墙角边有一扇小门,推了推,竟然是松动的。他搬开了挡住门的一些布包,把小门打开来,看见里面是一个拱形的甬道,可以容一个人低着头走进去。他走了进去,闻到甬道内阴暗潮湿的气味混杂着一丝新鲜的空气。他走到甬道的尽头,见那里又有一扇门,门缝里透进了一点微光。他把门打开来,一股清新的空气带着花香扑面而来,门的外面是一座夜色下的花园。

这是一个充满异国风情的花园,夜色中还能看到一蓬蓬月季花和蔷薇花向前延伸着,还有许多修剪成动物形状的花木在夜色下显出了轮廓。有一座高大的铁质拱门,铁拱门内可以看见一条两边是松树的小径,一直通向一个无声喷出水花的喷泉,走近的时候,能看到几条锦鲤在水中悠闲地游动。此时,杨鸣条感到被朱柏青灌下的酒开始上头,脚步轻飘飘的,心情变得很愉快。从花园的深处有断断续续的三弦琴的声音传来,表明这个花园里还有人是清醒的。这个时候,远处的小径出现了一点亮光。这个亮光忽隐忽现,慢慢显得明亮,原来是一个灯笼。打着灯笼的是花园里的一个仆人,他对杨鸣条说花园的主人在屋里等着会见他。

杨鸣条被带进了一个有着巨大屋顶的房子里面,看到一个穿着粗布长衫的男人端坐在房中央。屋顶是圆顶穹隆形,上面贴着一张张巨大的画片。只是夜里的光线不足,看不清那些画片的内容。坐在屋子里面的男人见杨鸣条进来,连忙起身恭迎。

"来者莫非是杨鸣条先生?久仰先生大名,没想到先生会夜访寒舍花园。"

"我是因为追寻一批被盗走的文物，误入你的花园，还请你谅解。请问先生怎么称呼？"杨鸣条觉得这人好不面熟，想起了这人可能是在张学献被绑架那次他和蓝保光在夜间田头挖掘现场看到的那个人。

"说来话长，在下名字叫青木泽雄，是日本国人。我虽然不是中国人，但是在安阳这个地方已有十几年了。"

"安阳乃穷乡僻壤，你在这里待那么多年有什么利益可图？"杨鸣条说。

"兄弟无能，只是在这里做些小买卖。安阳多棉花，我在这里出卖纺棉花的机器，还顺带着卖细布、日本西药、五金工具。我早已经把安阳当成自己的家乡了。我知道杨先生也是河南人，我们都差不多是半个老乡了。"

"这就奇怪了。我杨鸣条并不是纺棉花的人，也没有到你这里买过机器，你怎么知道我的来历？"

"眼下安阳城里谁人不知北京来的中央研究院田野考古工作队大名鼎鼎的杨鸣条？安阳的命脉是殷墟，殷墟的命脉是地下的埋藏。现在杨鸣条先生有尚方宝剑可以随便开挖安阳每一块土地，等于掌握了安阳的命脉。"

"青木先生看来什么都知道。虽然我们名义上可以开挖安阳每一块地方，可实际上却是有人在与我们比赛。他们比我们挖走了更好更多的东西。他们对于安阳的地下埋藏有深刻的知识和远见，有西方的考古方法，有现代的技术和装备，而且还有一个很有意思的名字：中央夜晚发掘队。"

"杨先生，对于你说的这些地下的事情，我的兴趣不是很大。

我目前感兴趣的事情是天上的星宿运行、日食月食，而且是三千年前商朝时期的。杨先生，请你看看我屋顶上的那些图画吧，那上面有一个商朝时期最奇特的天文现象。我知道你是研究殷历的专家，你是能看穿这些星图的。我一直在计划和你见一面，请你到这个专门的屋子里看屋顶上这些图画。你提前来了，而且是在一个深夜里。"他点起了一盏煤气灯，这盏煤气灯位于一个圆形反射镜的中央，所以立即有强大的光源反射向圆形屋顶。

杨鸣条抬头看看屋顶上的图画，在反射光的照耀下，他看到屋顶上的洹河流动着，像一条波浪般的缎带弯弯曲曲流过那些宽广的平原和丘陵，流过向南延伸的山峦，然后从山间奔涌而出。这样的图画看起来很像是一幅鸟瞰式的巨幅地图，但又像是一幅随心所欲制作的疯狂的拼图，画里面有星座、山川、古代骑马和走路的人，还有一座座祭祀的宫殿。为了让杨鸣条看清图画的细节部分，青木给杨鸣条递上了一个双筒望远镜。当杨鸣条把望远镜对着那些图画时，发现洹河的地貌和岸边的宫殿被刻画得异常清晰细致。在宫殿区部分，绘画者异常生动地描绘出错综复杂、密密麻麻的大街小巷，宫殿在金黄色的阳光下显出了细致的飞檐梁柱、拱门缘饰。在宫殿建筑内和街巷中间画着无数千姿百态的人物，由于人物众多，望远镜里的画面变得像电影画面一样流动起来。一刹那间，杨鸣条的心里有一种受到神灵启示般的心灵感应。他说不出这种感应是什么，但是知道这屋顶上的画面的确激活了他内心某种奇怪的记忆。

"这是什么东西？"杨鸣条问道。这个时候，他想起了蓝保光上次对他说的话。他说盛太行获得一幅藏宝图，还按着图在洹河北岸发掘。莫非这屋顶上的就是蓝保光说的那个图？

"这就是安阳的迷宫。一个神秘的梦想,一张迷宫的地图。表面上看,这只是一组根据壁画照相放大制作的地图,但是它里面包含着许多密码,指示出一条通向三千年前古代商王朝的路径。这个迷宫是看不见的,它包括了天上的星辰、田野上的萤火虫、北方来的沙尘风暴,还有无尽的田野、河流。这是一个多么美妙的迷宫,在每天的深夜,我一直在冥想着进入迷宫的方法。我知道凭我的心智我也许永远进不了这个迷宫,这也许是最好的结果,让我一生可以怀着希望,做一个迷宫守护人。但是,在这个迷宫之上,有时间的风沙吹过,我知道除了我,还会有别的人要去开启这个迷宫。比方说,有传闻说杨先生你就是一个可以凭心智解开这图画上的密码从而开启迷宫之门的人。"

"青木先生,我虽然不知道你说的迷宫是什么,也不明白你挂在屋顶上的这些图画故事,但是我有一种感觉你说的这些事情都是真的。最近我在洹河的岸边感到了一种杀气,也许这杀气和这屋顶的图画有关。除了青木先生在深夜对着圆顶上的图画冥想着打开迷宫,在洹河的岸边更有人举着火把拿着刀枪在野蛮发掘着。他们把一个最为美丽的公主墓室完全毁掉了,把墓里最美丽神奇的器物都盗走了。我知道你对安阳的地下埋藏很清楚,所以应该听说过安阳广为流传的关于侯家庄挖出'高射炮'和青鹿青铜器的事情。在进入你的花园之前,我正在边上一个货物仓库内搜查那一批古物。现在我知道这仓库应该就是你的棉纺机器和其他杂货的仓库,那正好,我想青木先生是否知道这批发掘物现在何处?"杨鸣条说。

"的确是我的货仓,但那只是刚生产出来的日本现代产品,不可能有古董在里面。杨先生说的事情是不存在的。你不是已经在仓库里查看过了吗？若有的话岂能错过你的眼睛？"青木说着，心里想着这个时候"高射炮"应该已经从地下的东汉运兵道运到安阳城西的秘密出口，也许已经装上马车了。这批货会从水路走一程，然后从邯郸转运到东北去。

这时，杨鸣条听到远处有铜笛吹响，这是魏善臣喊他的信号。于是他便离开了青木的屋子，按原路回到了货仓。魏善臣对他说，蓝保光刚送来一个消息，说在洹河流过安阳城内的那一段河边，有一辆马车正在行进，"高射炮"很可能就在这马车上。这时已是深夜，大伙都觉困顿，听到这消息都精神一振。杨鸣条立即决定过去查看，他让魏善臣掉转马头朝洹河边的方向跑去。这段洹河在安阳城边，河边有一条马车道，魏善臣和夏萧坐在车前一起赶车。这河边的古道上面有深深的车辙印，马车的轮子正好辗着车辙走，所以车子也无法跑得很快。在南方长大的夏萧对魏善臣说："老魏啊，我小时候上私塾，塾师对我讲'车同轨，书同文'。'书同文'我能理解，可这'车同轨'我却不知其意，因为我们南方的道路平坦，没有轨迹可言。那时我问塾师，塾师也含糊其词，其实他也不明白。今天看到这里的车辙印，我总算知道了为什么秦始皇要实行'车同轨，书同文'了。北方多平原，土地不布砖石，一经车轮辗过即有车辙，一车过一车继之，就成了一定尺寸之轨道。所以，要使各地的车马能相通无阻，必须采用同样宽度的轮辐。"

"我说夏老弟，都什么时候了，你还在这里高谈阔论掉书袋。快别打岔，我得赶紧追上前面那车。要是让它逃走了，我拿你是问。"魏善臣说。

魏善臣熟悉这里的路，抄了一条近道，想拦住那可疑的马车。

果然,在道阳桥的边上,看到了一辆马车在行走。那马车是带着车盖子的,看到有马车接近,便开始跑得快起来。杨鸣条让魏善臣加快速度赶上去。魏善臣挥动鞭子,把马赶得飞快,可前面的马车却始终接近不了。原来那马车是由四匹马拉的,跑起来不费力。眼看着马车渐渐远去,毫无办法。魏善臣知道这里的路径,说这条马车道再往前二里地就到尽头了,再快的马车也得停下来。于是杨鸣条让马车继续跟下去。

果然,马车跑了一阵子后,他们看到前方那四匹马拉的马车停在了河边。马已经松了套,在啃着地上的青草,赶车人坐在一边的石头上抽烟袋。杨鸣条等人带着戒心慢慢接近了这辆马车,盘问赶车人,车上装了什么东西,赶车人不屑理他们,说你们自己看。杨鸣条打开车厢,看到里面只有几只破麻袋,没有其他东西。

杨鸣条站在河边,听到水浪拍岸,闻到水的气息,但是看不见河流。突然,有一阵风吹开了云雾,投进了一束星光。杨鸣条看到银色的河面上有一条小船在快速划向前方,他明白了,马车上的东西已经装到了船上,船正在夜色中远去。

眼看着那船在慢慢远去,杨鸣条恨不得自己的马车能像神话中的飞马一样生出翅膀,腾空飞起来追过去。他看着那黑黝黝的小码头下的河水,想着要是这码头上有一条船拴着该有多好啊!他带着醉意的眼睛紧紧盯着那闪着微光的水,只见那水光中慢慢显出了一条船的轮廓。他以为是自己看花眼了,揉揉眼睛,这回真的看到码头上拴着一条小帆船。他一阵惊喜,想着莫非自己真的像神仙一样,用眼睛的意念在水里变出一条船来?但仔细想想原来这船就泊在这里的,只是他没看见罢了。不过问题又来了,他不会划船，夏萧也不会。谁知老魏说自己会划船，还会使用船帆呢。

　　一切都有如神助，杨鸣条精神大振。马车上的人下到了河边，上了船，解开了缆绳，顺着水流快速划起来。河里水流湍急，刚开始的时候，船在水里打转，往一侧倾斜，那漩涡要把船吞了下去，好似河底有通天河的妖怪在捣乱。魏善臣让船打了几个圈之后，摸到了船和水流的性情，把船稳住了，船开始向正确的方向划行。那是一段神奇的航行，河上布满了浓雾，很快就陷入了雾中，看不见前方，也看不见船边的水面，像是传说中的阿拉伯飞毯一样无声地在空气中飞行。但是不时会有一阵风吹开雾气，星光照进来，可以看见前方那条船的一部分。有时是桅杆的顶部，有时是船的后舱，有时还能看到那船的船尾上坐着一个人。这人脸上毫无表情，像是戴着面具。在水雾中无法判断两船之间的距离，看起来很近，可总是追不上。有的时候前方的船会看不见，而周围却出现了美丽的沙洲，那些苍青色的芦苇、蓝芷在黎明的晨光里浮现出来。河面上闪着细碎的金光，早起的渔人在水面上撒开了一张网，河岸上的农夫手搭凉棚吃惊地张望着河上这条船。一群村姑在河边洗涤着衣物，他突然看见了一个村姑很像梅冰枝，非常像，在水雾里向他招手。他的内心被激起一阵波浪，破除了一切的心理障碍，强烈地想念她。想念她以往的柔情，也想念她美丽的肉体。这样神奇的航行让杨鸣条忘记了这是一次危险的追逐，他的心里不时出现魔障，好似希腊神话里一个受到水妖诱惑的水手，想沉入睡眠。他使劲擦着眼睛，让自己从白日梦里清醒过来。魏善臣使劲划船，紧紧追着这条船不放，这条船正在向大河驶去，像是被一条大鱼拖入大河之心。这时，天已开始亮了，大河上的雾气散去，前方的船清楚地显现出来，不再像先前幽灵船似的时隐时现。魏善臣挂起船帆，想借着东风快速追上去。但是，这个时候杨鸣条看见了一件奇怪的事，前面那条船的后面冒出了蓝烟，发出突突的声音。这船上原来是装有机器摩托的，现在把机器开起来了。于是杨鸣条看到这船快速地驶向远方，他的船根本无法跟上，眼看着它远去，消失在远方的曙光和水雾中。

# 五

第二天夜里,田野考古工作队的驻地一片打呼噜的声音。前一夜大家出动追缴"高射炮",忙了一夜没追到。今夜大伙都特别困,睡得也特别的沉。

杨鸣条在半夜的时候突然醒来,眼睛睁得很大。在这之前他是在一个睡梦中,他花了一点时间让自己明白是怎么醒来的。他在梦中和一个蒙面人说话,突然门被哐当一下踢开。他就是这样醒过来的。但是他觉得让他醒来的声音是真实的,就是这个声音把他从睡梦里唤醒过来。他顿时很清醒了,脑子和眼睛都发出了亮光,因为他觉得有一种危险临近的感觉。他没有起身,在黑暗中观察着屋子内外的情况变化。过了许久,没有进一步的声音。但是他确信是发生过什么,于是悄悄起了床,点上灯。

这时他看到门缝中有一个信封。这信肯定是刚塞进来的,因为午夜时,杨鸣条曾外出到茅房解手,还没看到这信。那么他睡梦中感觉到的声音也一定是送信的人弄出来的。他打开门看，门外刮着大风，路上全是树叶，没有一点痕迹。杨鸣条把信捡起来，信封是空白的，没有封口。里面是一张小信笺，上面写着：

今晚六点袁林风雨亭见你

信笺上只有十一个字，但是杨鸣条拿在手里反复揣摩放不下来。他认出这是梅冰枝写的，他一眼就能认出她的笔迹。而写信人也知道这一点，如果他认不出写信人的笔迹，那么写信人也就不想和他见面了，所以写信人没有留名在信笺上。杨鸣条和工作队来到安阳之后，虽然和梅冰枝在公开场合见过几次，但是私底下再也没有联系，更何况单独见面。他一直在告诫自己，她已为别人未婚妻，不可再有非分之想。但是她在他的心里始终不肯退去，时常要冒出来让他想念。昨晚上，他在她猝不及防的情况之下见到了她，她在聚仙楼生日宴上所扮演的角色让杨鸣条觉得自己和她之间的距离越来越远了，她正变成一个小地方上的官太太。他们见面那短暂的对视虽然意味深长，但毕竟无法说清内心复杂的心情。自那以后，他的心情一直难以平静。此时，当他看到梅冰枝手书的这张信笺，内心激动不已。这几个字让他感到温暖，感到她没有忘记他，感到这字的背后藏着无尽的情义。但是他慢慢地冷静了下来。在这样一个半夜时分，一封悄悄塞到门缝的信有不祥的征兆。他不知道这深夜送信的人是谁，莫非是梅冰枝她自己？一想到她自己穿过黑夜的安阳城来送信，他的心里就揪得紧紧的。一定是有什么紧急的事，才会让她想和他见面。

从这个时候起，杨鸣条的脑子里想的都是袁林风雨亭。袁林其实就在离驻地不很远的地方，工作队驻地说起来也算是袁林的一部分，是袁林外的一个公馆。杨鸣条曾经去过袁林一次，熟悉里面的地形，知道可以抄一条近路。他只要穿过驻地那一片浓密的杂树林，爬过一段断墙，便可进入袁林。这天黄昏时分，杨鸣条就悄悄出来了，抄近路进入了袁林。太阳下山了，金色余光照着萧瑟的树木，倒映在一个美丽的湖泊里面。杨鸣条知道，袁世凯称帝前有段时间就隐居在这里，整天在孤舟上垂钓。但现在这里看起来是个荒芜的地方，到处杂草丛生，道路都被淹没了，只有那个白色大理石的袁世凯墓顶还显露着，反射着霞光。这个墓园建造起来才十来年工夫，江山更替、军阀混战期间士兵入园大肆破坏，建筑被洗劫一空。军队还在里面训练，枪毙人犯，这里渐渐成了狐狸猫头鹰出没的地方。梅冰枝约见的地点风雨亭是袁世凯停灵柩的地方，后来又有清朝的遗老在亭里上吊，所以据说这里闹鬼，安阳人通常不敢来。

　　杨鸣条早早就到了。那风雨亭被藤蔓包围，开满了紫色的小花朵。空气中飘浮着腐烂潮湿的气味。当他静下来，仔细打量着周围时，发现这里是个活跃的世界，一条小蛇正慢慢游过藤萝，蜥蜴在草丛中一闪而过，蝴蝶飞来飞去，附近一张巨大的蜘蛛网上，一只蜘蛛在修补网丝，树枝上一只鸟一直在盯着他看。突然，他有一种感觉，梅冰枝不会到这里来的，那封信只是他的错觉。当他这样想的时候，心里全慌乱了。如果今天见不到她，他不知接下来的时间怎么去过。但就在这个时候，他看到远处被草丛埋住的道路上的草头在晃动，说明有人或者是动物在走动。杨鸣条相信那一定会是梅冰枝，他赶紧整了整衣襟，胸口怦怦跳着，等着她的到来。

果然是她来了。她穿着一条蓝布的短袍，头上包着一条围巾，只露着一线眼睛，带着一点惊慌。由于走得很急，她气喘吁吁胸脯起伏着。

"你来很久了吗？让你久等了。请原谅让你到这么一个荒凉的地方来。"梅冰枝说。

"你把围巾拿掉好吗，我要看看你。"杨鸣条说。梅冰枝顺从地拿掉了围巾，她的脸在暮色中显现了出来。

"看清楚了没有？有没有变成妖精了？"梅冰枝故作生气地说，但脸上出现了微笑。杨鸣条虽然和她这么久只在公开场合见面，见面时脸上表情像戴了面具一样的假。此时看到她脸上的笑意，他感到他们之间有一种关系依然存在着。

"变妖精倒不会，只是变成警察局长的太太了。"

"你是不是觉得警察局长太太比妖精还可怕？"梅冰枝说。

"都不可怕。变来变去还是你。"杨鸣条说。他忍不住伸手去摸梅冰枝的脸，但梅冰枝的手把他的手接住了，把它慢慢扳回到原来的位置。她看着他的眼睛说：

"前天晚上你找到你要找的东西了吗？"

"没有。我们扑了个空。最后当我们以为就要追上他们的船时，他们轻轻松松一开机器屁股冒烟走了。"杨鸣条说。

"朱柏青并没有帮助你们。前天晚上他和你们说好去搜查的时候，我看到他暗地里派了一个手下去送信。他在我面前的态度一直是支持你们的，所以他派人送信的时候是避开我的。但我知道暗中派人送信是通知你们要去查的人。这件事让我知道了，朱柏青原来暗地里和那些人是一伙的。这件事让我非常吃惊，我先前一直以为他是个有正义感的人，后来慢慢发现并不是这样，前天晚上这件事证实了我的猜疑。"

"原来是这样的，难怪我觉得对方已经提前一步知道我们的行动，我们受到了愚弄。"杨鸣条说。

"以前和你说过，安阳是在一个黑暗巨网的笼罩中。不过那个时候，我以为自己是在这张黑网之外。在我知道了朱柏青给他们送信之后，我知道自己也被织进这张网中了。这张黑网是和地下的文物关联在一起的，你们要拿走地下的文物，那么这张黑网一定不会善罢甘休。朱柏青不但不会保护你们，很可能会和他们串通一气加害你们。我越想越怕，所以我要把这些事情告诉你，要让你知道你们是在危险之中。"

"多谢你给我们送这样重要的消息。要不然我们还会一直指望朱柏青的保护和帮助。现在我倒是为你担心了，千万不要让他知道你给我们送信。"

"这个我自然知道。但是我现在心全乱了，我今后怎么可以和这样一个虚伪的人在一起呢？事实上，现在需要救助的人不是你，而是我。从前天到现在，我的脑子里一直不停地想着同一个问题：我要离开他，要离开他！要是这事情在过去的话倒会简单得多，我带上行李就可以离开。但现在我的牵挂变得多了。我要是走了，怕是父亲的戏班会办不下去，那些跟了我父亲多年甚至一生的人都会流离失所。还有，你也在这里，也成了我的牵挂。我总觉得在这里对你有些用处。"梅冰枝说。

"你走了为什么戏班会办不下去呢？"杨鸣条问。

"我父亲死了之后，安阳一个帮会存心要霸占我父亲的戏班子，还要收很高的保护费。戏班拿不出钱，他们就来闹场子打人。我忍不下这口气，就去官府禀报了。我就是这样和朱柏青认识的。

朱柏青出面摆平了这件事。帮会的人知道我成了朱柏青的未婚妻，就再也不来找事了。但我要是和朱柏青分手了，那戏班子一定会受到报复。"梅冰枝说。

"你那么好心会有好报的。"杨鸣条说。

"这年头坏人比好人活得长命。"梅冰枝说。

"昨天在酒楼里和你相见如隔着几重山，没想到今天真的和你见面了。我总觉得现在是在做梦一样。"

"我还像以前那样漂亮吗？"

"是的。比以前漂亮。"杨鸣条说。

"我闻起来香吗？"

"香，我记住你的香味。"杨鸣条说。

"你喜欢这里的风景吗？这个风雨亭是我小时候最喜欢玩的地方。我胆子大，经常独自一人来这里玩。别的孩子在这个年纪会很怕鬼，可我却很想看看鬼魂是什么样子的。风雨亭附近就是我和精灵经常聚会的地方，那时我真的觉得自己是能看见精灵的，现在想来都是一些幻觉而已。你看看这里还有一个我的秘密洞穴，那时我会把自己觉得有魔法力的东西存到这里面。有的时候是一张彩色的纸片，有的时候是一片树叶、一只死的蓝雀、一块带花纹的石头。"她说着，一边把那个小洞穴指给杨鸣条看。那是在风雨亭后面的一段影壁底部的一个小砖洞，洞口长着草蓬，所以初看看不出里面有洞。

"记住，以后万一找不到我了，你来看看这个小洞，也许我会在这里留下什么。"梅冰枝说，"我这两天内心很是压抑，觉得自己快要发疯了似的。现在和你说过话之后觉得好多了。"

杨鸣条的心情却十分复杂。一方面他为朱柏青是个阴险虚伪的人而感到情况不妙,另一方面又为梅冰枝和朱柏青之间的关系出现了裂痕心里生出快意。梅冰枝说自己不能在这里久留,他们交谈了一阵,梅冰枝就匆匆走了。

# 六

李济最初加入安阳考古队的时候，没有想到在安阳的地下会埋有数量如此巨大的活人祭祀骨骸。对于这些令人毛骨悚然的尸骨，中国人向来有恐惧和厌恶感。如果不是李济在主持着发掘工作的话，这些尸骨很可能会被抛弃或者重新被掩埋掉。但是李济知道这些骨骸的研究价值，它们是研究中国人类学的最珍贵的材料，也是研究殷商王朝社会结构的重要依据。因此，他把所有的骨殖（人骨和兽骨）都精心保存了起来，在驻地专门辟出一个库房兼工作室存放这些骨头，邀请了在伦敦卡尔·皮尔逊生物测量学实验室受过训练的吴定良博士来协作研究。

研究小组从收集到的上千具尸骨中挑选出三百九十八个头骨做分组研究，所有的头骨都是从殉葬坑里发掘出的。这些头骨被分为五组。第一组是古典的类蒙古人种。这组一般是中头型，颧骨宽，鼻骨低，前额倾斜，从侧面看脸几乎是平的。第二组命名为太平洋黑人种类型。这组的头骨较长,鼻根低平,鼻骨下端上翘,枕骨类似人字形屋顶。这一特征与巴布亚人和美拉尼西亚人极为相似。第三组为类高加索人种,这组头骨为数极少,只有两个。这组的特征是头骨具有窄的颅和狭的面,颧骨很小,鼻骨发达。这些特征和一具在美国出生的英国人头骨相比极其相似,以致难以区分。第四组是类因纽特人种类型。这一组和第一组有相似之处,有宽大而发达的颧骨和宽的脸。不同之处是有较高的颅,颅顶端从前到后呈龙骨形隆起,鼻孔呈挤紧的锐角形,具有外翻的下颌角。第五组的头骨并没有特别的特征,但是它们的每项测量指数都比其他组小,好像是一个奇怪的小人国人种。

殷墟的头骨从人类测量学和形态比较都呈现出了混合人种的特征,在三千年之前,安阳有那么多的人种的确让人震惊。然而,研究者所面临的问题比较复杂,因为这些头骨全部出自殉葬坑。究竟哪一些头骨能代表在殷商时期的本地人种?这是一个非常难以回答的问题。因为在殉葬坑里被砍头的人牲很可能是入侵殷商领土的敌人。已经发现的甲骨文中记录武丁王的一系列战事深入到了西北边陲河套地区的西北角,那个地方早期就是中亚游牧部落迁徙的必经之地,因此武丁王在这些战事中抓获到具有因纽特人和欧洲人种血统的俘虏是不足为奇的。这些研究引起了在华外国学者的浓厚兴趣,经常有黄头发蓝眼睛的外国人来到这里讨论研究。

当李济等人兴趣盎然地研究和收集殷墟人骨的时候,有一个流言正在他们驻地周围的居民间扩散着:住在这个屋子里的考古队是吃人族,吃了人还把骨头留下来。

工作队驻地在安阳城北边,临近这一带居住着一大批流民,都是从别的地方移居来的。他们不会种地，也没有地可种，大部分是去挖煤的，还有一部分是在附近一个锯木厂做工。这里的男人大多是酒鬼，挣了钱就去喝酒。安阳以前有风俗，死了人不马上安葬，棺材会在地面摆放一段时间。这一带原来就是停放棺材的地方，有很多棺材屋。这个风俗后来慢慢消失，空置的棺材屋被外来的流民当成遮挡风雨的住所，时间一长就形成了村落，安阳人称这里是棺材村。棺材村的人没文化，还特别迷信怕鬼，怕阎王找他们算账。和洹河边的农民不一样，棺材村的人对安阳地下的文物一点也不知道，对考古队来这里干什么也不知道。有一天，他们中的两个人进入了考古队住房的内部。那次是考古队买了一批巨大的木柜子，临时请了附近棺材村的两个人来搬运。当这两个人进入屋子时，突然看见满屋子的人骨头，差点给吓出尿来。这两个人出来之后，到处跟人说他们看见满屋子骨头的事情，说看见好些人坐在桌子前，用铁钩挖着骷髅头的内部。这消息经过几个人的嘴巴传播之后，变成了考古队在屋子里面吃人，他们用铁钩伸进骷髅头里面挖脑髓吃，屋里全是被他们吃掉的人的骨头。后来，他们还看到了有几个红头发蓝眼睛的外国人来到考古队驻地。以前他们就听说过老毛子洋人吃小孩的事，现在看到洋人进入考古队的屋子，就确信他们都是吃人的。于是村里的人都远远躲避着考古队的人，有时还有人在夜里往他们驻地门外面洒鸡血狗血驱邪。

本来，这样一个荒唐的流言一段时间后会自生自灭。然而，这个流言被青木一边的人利用了，把流言变成了舆论。而且他们正在寻找机会制造杀机。

二蛋、狗剩和石头是村里的三个小孩。他们的父亲都是挖煤的，其中狗剩的父亲在挖煤时坑道塌陷被压死了。这天，他们又结伴一起在村头玩。他们通常在树林里面玩，那里面的古树、树上的鸟巢，还有地下的洞罅，都是他们玩耍的地方。

但是对他们来说，最有吸引力的地方还是树林里考古队的房子，那里是一个吃人的地方，是一个神秘的禁忌。对他们来说，这些屋子里一定藏着各种各样的鬼魂和妖精。他们在树林里玩了一阵后，野兔也没逮到，鸟蛋也没摸到，胆子最大的二蛋提议去考古队的房子看他们吃人。他听说昨天有红毛洋鬼子进入了屋子，今天一定会有吃人的事。其他两个都觉得这个主意好，于是便向那一座可怕的房子悄悄走过去。

二蛋对考古队的房子早就充满好奇，经常会来窥探，所以知道这房子的功能分布。东面是养马的马房，中间是睡觉的地方，只有西边的那个大房子里才会看到死人骨头。但是这个屋子在后面，窗户很高，他们偷偷到了屋后，轮流踩着肩膀往高窗里面看，结果他们真的看到了里面的人在吃人。一群人围着桌子，每个人面前都有一个骷髅头，像村里的人吃酒席一样。有一个黄头发蓝眼睛的洋鬼子一边吃还一边说话。三个小家伙眼睛睁得圆圆盯着看，个个吓破了胆，可还是愿意看下去。后来他们被屋里的人看见了。屋子里的人出来的时候，他们还没来得及从肩膀上跳下来逃跑，被抓个正着。但这几个孩子又是踢又是咬，像小野兽一样挣脱了，逃回到树林里去了。

三个小家伙回到了树林里，逮住了一只老鼠和一只乌鸦，剥了皮烧火烤了吃。这片树林离他们家比较远，他们平常不大来这里。树林里到处都是苔藓和树洞，气氛阴森好像有妖精。过了一阵子，他们发现附近的树丛里面好像有东西，树叶在沙沙响着，这让他们略有点害怕。狗剩忍不住好奇心，包抄过去察看，看到原来是一个人。这个人戴着一个黑色的帽子，眼睛特别亮，直勾勾看着他。狗剩虽然胆子大点，但还是有点害怕，赶紧跑开了。三个小家伙都离开了这一个区域，到远一点的地方。这里很安静，周围再没有树林沙沙响的感觉。于是他们开始去抓一种蛤蟆，这种蛤蟆也可以用火烤了吃。

要是下过了雨，树林里会有很多这种蛤蟆。但近来很久没下雨，所以蛤蟆都躲到地下洞穴里去了，很难找到。三个人分头去找，很快就走散了。

二蛋在一个树洞里找到了一只蛤蟆，抓它的时候它逃到了洞外。蛤蟆在前面跳，二蛋在后面追，追了好远。那蛤蟆跳进了一个石缝里面，二蛋拨开石缝上面的草，看到蛤蟆就在石缝底下望着他。石洞很深，他的手够不到，他本来想叫他的同伴过来，但怕一叫蛤蟆会受惊逃走。魔鬼在诱惑他，他决定自己爬下石缝里面去抓蛤蟆。石缝很窄，两边都是苔藓。他踩着石壁下去，脚下一滑，整个人往下坠。石缝是"V"字形的，他被卡在里面。他惊叫了起来，挣扎着想往上爬，但挣扎得越厉害，就卡得越紧。慢慢他就发不出声音了，只能看着顶上草叶间的天空，张着嘴喘气。那只蛤蟆就在他的身边，和他一样望着天空，开始呱呱鸣叫。就在这个时候，二蛋看见头顶有个阴影移动着，他一抬头，看见就是先前那个戴黑帽子亮眼睛的人。这人对着他笑着，露出一颗金牙齿。他伸手把二蛋拉出了石缝。

"小兄弟，不要怕，过来，我这里有洋糖粒给你吃。"

"你是什么人？我不认识你。"二蛋说。

"我是这里的守林人。你不认识我，我可知道你，你是棺材村的，对不对？你们家里是挖煤的，对不对？"这人说了一连串话，二蛋一听有点不怕他了。这人给了二蛋一把洋糖，都是包着玻璃纸的，这种糖二蛋一年也吃不到一颗，只是在街上店里面的玻璃瓶子里看见过。因此，当他拿到了这些糖，高兴得脸都红了，心跳得像兔子一样。他这个时候最希望这个戴黑帽子的人马上消失，怕他反悔把糖要回去。

"我知道你刚才去看过那个屋子，你看到屋里面在吃人吧？"黑帽人说。

"是。太吓人了。他们每个人捧着一个骷髅头。"二蛋说。

"这下糟糕了。你们看过了他们吃人，鬼就跟住你们了，到时候你们就要被吃掉。"

"你乱说，你才会被他们吃掉呢。"二蛋说。

"跟你说真的。你看他们吃人的时候，你的魂儿就被他们摄去了。你得去把魂儿偷回来，要不然你今天夜里就会被他们找去吃掉。"

"这是真的吗？"二蛋听着听着也害怕起来，"他们怎么会找到我呢？"

"你的魂儿在他们那边，找到你可容易了。只要他们念一下符咒，你在半夜里就会起来，像鬼一样到那屋里让他们吃掉。"

"我的妈呀，那可怎么办？"二蛋吓得哭了起来。

"你得去那个屋子把你的魂儿找回来。我知道在哪里。"黑帽人说。

"我可不敢去，我害怕死了。"

"别怕。我来背着你去好不好？"黑帽人说。

这个黑帽人说着真的背起了二蛋，穿过了树林，悄悄地走向树林边缘的考古队屋子。在考古队屋子的另一侧,有一座废弃的房子,可能以前是这座大房子的仆人的住房。黑帽人到了里面后,把二蛋放下来,把地面上的一个地窖盖子打开了。

"这是什么地方,干吗带我到这里?"二蛋问。

"看看,你的魂儿就在这里面。"黑帽人指着黑洞洞的地窖口说。

二蛋伸头看看黑洞洞的地窖,里面一股阴森森的霉气冲上来。就在这个时候,黑帽人从后面掐住他的脖子,用最快的速度让他窒息死亡。二蛋在他的手掌虎口下踢蹬着像一只野兔一样,黑帽人心里有点不忍。但没办法,他在树林里已经等了八九天,总算等到了机会。他现在不这么做,完不成事,回去交不了差,弄不好自己也得死。他现在唯一能做的是让二蛋快点死掉,少踢蹬几下。到他觉得手里的二蛋完全断气后,便将二蛋慢慢放到了地窖里面,盖上了盖子,然后走开了。

狗剩和石头在树林里转了一圈,回到了原地。他们各抓到一只蛤蟆,很快就会合了。他们见二蛋还没来,就开始叫喊,在树林里到处找他。狗剩和石头找了一个时辰还找不到二蛋,眼看着天要黑下去,树林里的妖精会出来的。狗剩说二蛋一定是独自先回家了,我们也回去吧。石头也觉得是这样,于是他们便离开了。

狗剩和石头回到了村里后便各自回家。他们再晚点回家就吃不到晚饭了。二蛋家里有八九个孩子,父亲挖煤回来就喝酒了,母亲生病起不了床,一群孩子在炕上躺了一排,少了一个也看不见,因此二蛋晚上没有回来并没有被发现。

到了第二天早上天亮时,父亲酒醒了,才发现少了个儿子。他赶紧四处去找二蛋,知道他昨天和狗剩、石头一起玩的,就到狗剩家里去打听。狗剩一听心里慌张,他本来以为二蛋已经回家,现在却不见了。他一开始不敢说去考古队那边树林里的事情,被他父亲揍了一顿后,就把去吃人的事情都说了出来。于是村里的人都跑到那树林里去找人,但不见二蛋的踪影。

下午的时候,突然有个说法传了开来:二蛋会不会是给树林里的考古队吃掉了?这个话一说出来,马上就有人相信了。这天村里的人都不去挖煤了,人很多,他们觉得应该去考古队那里找找二蛋。他们都带着家伙,怕那些吃人的人厉害会吃亏。

当村里人包围了考古队要找二蛋时,考古队的人想起了昨天的确有几个孩子爬上窗口张望。他们觉得这件事情很离奇。像这样穷人家的小孩大概不会是被人家绑架要赎金的,说不定还在树林里面。考古队的人决定和他们一起去找人。考古队的方法是用格子定位,把树林里每一个地方都搜查到。一直到了晚上,还是没有二蛋的踪影。但是到了最后,搜寻的人群在考古队后面废弃的房子地窖里找到了已经死去的二蛋。二蛋的父亲背着二蛋的尸体,和棺材村的村民暂时都回村里去了。

事情是那么离奇,又是那么严重。杨鸣条百思不得其解,这一个小孩怎么会死在后面房子的地窖里呢?他已隐隐感到这里面可能有阴谋,准备第二天一早就到安阳公署去找马洪专员报告这件事。但是到了夜里的时候,棺材村那边的人又回来了。他们打着火把,把考古队的房子团团围住。杨鸣条打开门往外看,除了他们手里火把的火光,他看到的是夜色中一双双发亮的眼睛。

杨鸣条一夜没睡,他们不知道包围在外面的民众下一步要做什么。这一夜总算过去,没有出事。但是第二天早上,围在考古队外面的民众越来越多,黑压压的一片。谣言迅速传遍了安阳城内外，都说北京来的考古队吃村里的孩子被抓住了。杨鸣条知道形势严重，准备派魏善臣带几个人突围出去到警察局报信求救。但是他们一出去就被赶回来，外面的人墙水泄不通。

中午时分，围在房子外边的人开始起了一阵骚动。他们中的一群人开始进攻考古队的房子，要进入屋子里面。李济和杨鸣条觉得不能开门，这屋里面有考古队的所有仪器设备，更重要的是，他们从地底下发掘出来的所有甲骨片和器物也都还在屋内的库房里，要是让一群暴民进来后果不堪设想。屋里虽然有带枪的保安队士兵，但此时不能用他们来抵挡民众，万一开枪伤了人就不可收拾。于是屋内的人拼死命把大门抵住。大门虽然顶住了，但有雨点般的石头砖头扔向了窗户，所有的玻璃都碎了。屋里的人用棉被加上门板把窗户堵上，不让外面的人爬进来。

相持了一段时间之后，外面的进攻停了下来。屋内的人终于松了一口气。但没多久，外面的人群里响起了一阵喧哗声。由于屋子的门和窗都堵上了，屋里的人不知外面发生了什么事，但很快他们就从空气里闻到了一股烟火的焦味。杨鸣条从一个窗门的破洞往外看，看到后面院子那座房子起火了，肯定是暴民故意点燃的。那屋子是木头的，火势很快就蔓延开来，火焰直冲天空，热气直逼考古队的房子。情况非常危急，虽然两座房子有一墙之隔，但那火焰不时地旋转着，舔着前面没着火的房子的屋顶。屋里的人很快觉得灼热难忍。李济和杨鸣条让屋里的人往墙上浇水，但他们知道，火要是真烧过来，那屋里的所有人只得打开门先逃命。

就在这个时候，终于有一队警察闻讯过来了，把包围考古队的暴民和考古队的房子隔离开来。接着还来了几部人力唧筒喷水救火车，把火给扑灭了。考古队躲过了一次灭顶之灾。

# 七

"毫无疑问,这是一个精心策划的阴谋。"杨鸣条在发给北京的傅斯年的电报里这么说。很明显,这个棺材村的孩子是被人有意杀死,放在考古队的房子附近栽赃他们。杨鸣条想起梅冰枝在袁林风雨亭说的话,觉得这个事情一定是和安阳的地下黑网有关系,也许这就是对考古队追查"高射炮"的回击。他把这事和那个迷宫花园里日本人的地图联系起来,已经觉察到对手的强大和狡猾。按道理,这样的事情警察是不难查清的。但朱柏青表面在调查,实际上却没有去厘清真相,只是让考古队拿出一百元大洋先安抚一下死者的家庭。即便这样,安阳的民众舆论仍然还是倾向于考古队要对二蛋之死负责。

二蛋之死的风波过去之后,考古队的安全问题成了李济、杨鸣条的心腹之患。除了队员的人身安全,他们最担心的就是已经发掘出来的物件。这次的风波中,如果考古队的房子被暴民攻破,或者他们放的火烧掉了房子，那么屋内仓库里的发掘物件不是被抢掠一空就是被大火焚毁。李济和杨鸣条商量之后，决定把库房内最重要的一批东西运送到北京的历史语言研究所里去。

当初中央研究院考古队进入安阳之前，傅斯年和河南省政府达成过一个协议，发掘出来的东西要先存放在河南本地。所以，李济、杨鸣条在运送发掘物之前，和河南省政府方面的联络代表郭秉钧进行了磋商，向他说明这样珍贵的文物放在如此简易的仓库里，实在是让人不放心。而且，所有东西的修复、制图、鉴定、拍照在这里都无法进行，最终得运回到北京的研究院去做。郭秉钧表示同意。

于是，工作队停了两天工，把主要的挖掘物装箱打包，足足装了一汽车。开封的河南报界派了几个记者过来采访，还拍了照片。队里派了梁思永、胡厚宣押车到火车站，并随车一起护送到北京去。做好了这些事情，杨鸣条和李济松了一口气。

十来天之后，杨鸣条正在工地上忙着，远远看到安阳中学校长和两个陌生人走来。安阳中学校长杨鸣条是熟悉的，不过他既没有过来和杨鸣条打招呼，也没把陌生人介绍给他。陌生人行为怪异。他们拿着个照相机照来照去，还指手画脚说着什么。

到了第二天，杨鸣条看到事情不对了。工地上来了一大队的人马，领头的是他认识的河南省图书馆馆长何日章。杨鸣条奇怪他怎么会出现在这里，忙着上去迎接问候，对方却一脸傲慢。他说：

"从现在起，你们不可以在这里挖掘土地了。河南省政府已经取消了给你们的特别许可，你们马上离开这里，这里的事情我们要接管了。"

"这是怎么回事？"杨鸣条有点摸不着头脑。

"你自己看看这个。"何日章把一张报纸递给他，那是《河南教育报》。杨鸣条看到报纸上大标题写着：中央研究院违背协议私自将安阳文物运出河南。

"你们违背了协议，当地的民众已经怒不可遏，省政府也已经震怒，责令你们立即停止一切在安阳的活动。"

"这话从何说起？我们和河南省的当地代表都有共同备忘录，每一样发掘的东西都是登记在册的，同时说好所有东西所有权归双方所有。我们运送到北京的文物都是经过登记的，也给你们的代表备了案。主要是因为这里储存的地方不安全，而且这些珍贵的东西需要运到北京做研究和修复。"

"说这些话已经没有意义。我们河南地方上的事情我们河南人自己会做好。这可是冯玉祥司令签署过的文件，让你们赶紧离开。你们快收拾行李离开吧，免得敬酒不吃吃罚酒。"

杨鸣条还看到他们带了冯系的军队过来。那些保安队士兵看到冯系的士兵，都乖乖地站到了一边。事情到了这个地步，杨鸣条觉得僵持下去是没有用处的，所以就让大家放下手里的工作，先回到驻地去。

他们回到了安阳城里的驻地，看见楼里住进了一队士兵，每个房间里都有。这些士兵并没有把工作队人员的东西扔出来，而是集体在他们床头边的地板上打了地铺，房间里挤满了人。李济、杨鸣条和带队军官交涉，对方说他只是在执行上头的命令，请他多多包涵。情急之下，杨鸣条马上跑到安阳府去找马洪专员，报了姓名之后，等了半天却不得接见。最后一个科员出来回复，说马洪专员已经被省政府革职了。杨鸣条只得回来，马上到邮局拍电报给北京的傅斯年报告情况，请他火速和河南省政府交涉。傅斯年回电让他耐心等待，他立刻就向蔡元培总干事汇报。

接下来的几天里，杨鸣条和队里的人不上工地了，但也不敢离开驻地，因为他们的设备仪器和个人用品都放在屋子里。屋子里这些士兵整天骂骂咧咧，抽烟喝酒，赌钱打架，他们都是些兵痞，跟着军阀打过很多乱仗。杨鸣条得提防着他们偷窃队里的设备和钱粮，还有仓库里尚未运到北京的发掘物件。

到了第三天，安阳城内街头开始贴出标语，上面写着"打倒偷盗安阳文物的元凶李济、杨鸣条，赶走北京来的田野考古工作队""河南事情河南人自己做主"等等。有几百人在马路上游行抗议。这些游行的组织者是来自洹河北岸的"自治委员会"，是那些把钱投入"中央夜晚发掘队"的股东。当时河南全省舆论都是反对北京来的发掘者的，因为冯玉祥对他们把发掘出来的文物运到北京去一事很不高兴。一时间，杨鸣条他们在安阳如老鼠过街人人喊打，游行示威的人一圈圈包围着工作队驻地，不让他们自由活动。

傅斯年一周后来电报，说中央研究院和河南省政府的协调成僵局了，一时搞不下来。为了安全起见，让史语所考古工作队的全体人员马上撤回北京。重要的设备都带回来，发掘出来的东西能带则带回来，不能带就留在当地，移交给河南省政府方面的人员。

事情到了这个地步，大势已去，李济、杨鸣条只能按照傅斯年的指示办了。他们知会了河南省政府方面的人，说工作队要暂时撤回北京，仓库库房就交给他们保管了，请求他们要保护好。然后，大伙开始整理行装。离开时，杨鸣条看到驻地门口围着好多看热闹的人，这些日子驻地门口一直有当地人围观。他突然看见蓝保光也在人群里面，正向他招手。杨鸣条不觉伤感起来，不是为了蓝保光的送别，而是想起了梅冰枝。在这撤离之际，杨鸣条以为她会出现的，会来送送他，可是却一直不见她的踪影。但此时情况危急，一切在仓忙之中，容不得他多想。整理好行装之后，考古队全体人员坐着几辆马车，嘀嗒嘀嗒地前往火车站。当天，他们就坐上前往北京的火车了。

第八章 251—278

寻找消失的星座

一

回到北京后,田野考古工作队暂时解散了。大部分队员在北京有家眷,都回家居住了。杨鸣条分到了一间房子作为单身宿舍。这间房子很宽大,但是破旧,房顶上透风,屋梁上老鼠成群结队。

到了北京之后,杨鸣条感觉到局势紧张。日本人最近一直在东北制造事端,国民都在担忧日本人的威胁。傅斯年告诉他们现在和河南的协调很难进行,因为河南冯玉祥和中央政府有矛盾。更何况现在中央政府把资金都放在军事准备上,实在抽不出资金做考古研究。因此,安阳的发掘只能先告一段落,待日后形势好转再说。眼前考古所的任务是先把从安阳发掘出来的东西进行整理和研究。

从安阳被赶了出来让杨鸣条有心灰意冷之感,但他想到,这个时候可以利用时间继续写他的《殷历谱》了,心里又开始升起了工作的欲望。王国维通过对甲骨文的研究证明司马迁在《史记》里所编写的商朝王室的年谱大体是正确的。今天的人们看不到《史记》之前的商朝年代典籍，但杨鸣条相信，在司马迁的时代一定是能看到一些，只是后来这些典籍都失传了。通过对甲骨文的研究，现代人可以根据每个商王的祭祀谱排出王位和年号，不借助典籍而直接把商朝的年谱排列出来。而杨鸣条还有更高的目标，就是要把甲骨文中用天干地支数目表示的时间和西方纪年的儒略历对应起来，从而可把当时每个事件的时间坐实到每一个时辰。以这个时间为基点，再根据甲骨文的日卜、夕卜和祭祀年表，就可以准确地描绘出殷代的历谱。这是一件非常让人激动的工作，因为中国自周朝的共和元年才有准确的纪年，在此之前只是一笔糊涂账，把殷商的历谱搞准，周朝的年谱也就清楚了。

编制《殷历谱》是一个巨大的工程，杨鸣条决定先从编写殷商的交食谱开始，就是把甲骨文中有关日食、月食和星座观察记录编成谱系。那段时间，杨鸣条整天沉醉于计算推演之中，一直干到了年底。大年三十，所里的人都回家过年了。他待在家里，继续计算推演。天黑了，冬天的风在屋顶上呼啸而过，他就着火炉胡乱吃了些馒头。后来他觉得累得慌，就和衣上床睡了。上半夜他一直听得老鼠在屋梁上跑来跑去，吵得他心烦。下半夜他接连做起了噩梦。他梦见了在一个巨大的神庙里，祭台上有两个青铜鼎冒着热气。接着他看到了那青铜鼎里煮着的是两个人头，他认出是大犬和巫女的人头，青铜鼎里的人头转着眼珠在说话。他吓得醒了过来，发现自己全身在颤抖，身体滚烫。他知道自己生病了，胸口堵得慌，不停地咳嗽。他想这深更半夜也没地方可以看病，再说他也没办法出门，这样想着，他又睡着了，又开始做噩梦。这回他梦见了洹河两边的土地，河边的树木都没有叶子，土地上行走的人和动物都处于睡眠状态。他看到了蓝保光的母亲飘浮在空气中，她在悲伤地哭泣。

他被早上透过窗门的光线唤醒了，勉强起来，啃了点昨夜的馒头。他以为靠自己的抵抗力是会好起来的，大过年的时候，他也不想去找医生。这病中的梦境让他回到了安阳的土地，见到大犬和巫女，见到蓝保光的母亲，让他分不清什么是现实什么是梦境。他沉湎于这种昏睡中，错过了治疗时间，使得病情加重，烧得神志不清，到最后都不知道是早晨还是黄昏。外面下起了大雪，他听到有鞭炮声。屋里的炉子都熄灭了，冷得要死。这个时候他才想到无论如何得起来出去看病，去吃一顿热气腾腾的饭。他想着，可是却无法控制睡意，又昏睡过去。

不知什么时候他又醒了，觉得屋子里变得很温暖，还亮着灯，屋里有饭菜的香气，炉子里正在煮着一锅粥。他突然害怕起来，这屋里怎么有人做饭呢？莫非自己又进入了幻觉，是不是发烧把脑子烧坏了。可这个时候他终于发现这是真的，屋里现在有个人在，是个女人，身上散发出女人的特有气味，是梅冰枝在他的身边，她把屋子整理得干干净净，生起了炉子，他看到她只穿着一件薄薄的毛衣，在擦洗着屋子的门窗。她的手湿漉漉的，挽着袖子，露出丰润的手臂。

"我这不是做梦吧？你怎么来了？"杨鸣条说。

"你终于醒了，我多么高兴。"梅冰枝用毛巾擦着他的额头，一边高兴地抹着眼泪，"过年前一直惦记着你，不知你到北京以后会怎么样，也没接到你的来信。我在过年前想好了，过了年就到北京来看你。大年初一我就离开安阳到北京了。可是我找到历史语言研究所，那里关门休息了，找不到你。问了好几个人才打听到你的住处，我找到这里时，看到你竟然病成了这样。"

"我从年三十开始生病，一直在做梦，不知已经过了几天了。要不是你来了，我还不知要昏睡几天呢。"杨鸣条说。

"现在不要紧了，我会照顾好你的。"梅冰枝说。

杨鸣条说起被迫离开安阳的时候，由于过于仓促，他没有来得及和她告别。在火车开动的时候他还张望着月台，幻想着她会突然出现。梅冰枝向他讲述了当时的情况。在河南省政府颁布了上面有冯玉祥怒气冲冲签字的禁止中央研究院田野考古工作队在安阳行动的条令之后，安阳的专员马洪立刻被解职了，回到开封受申斥。而安阳专署所有文吏都被禁止和中央研究院田野考古工作队的人员接触。梅冰枝因为是专署秘书兼任田野考古工作队的联络员，更是被河南省图书馆馆长何日章带队的接收队伍审查，失去了人身自由。在她获得行动自由的时候，知道田野考古工作队已经撤离安阳了。梅冰枝说自己在过年之前和朱柏青解除了婚约，她不能忍受这样一个伪君子，最后和他摊了牌分手。她说，朱柏青以前并不是这样的人，是在安阳这样一个黑暗的地方才变坏的。他本来以为和地方上的势力勾结可以得到利益，实际上最后他被抛弃了。在马洪被解职之后，朱柏青的警察局长职务也丢了。现在他已经回军队里去了。

杨鸣条被送到了协和医院，医生诊断为急性伤寒。在梅冰枝的悉心照料下，杨鸣条慢慢恢复了健康，心情也慢慢好转起来，但是身体还是非常虚弱。

梅冰枝不想再回安阳，要留在北京一边读书，一边参加救亡运动。现在东北几乎已成日本人的天下，北京成立了"北平各界反日运动委员会"，号召对日进行经济战。一场声势浩大的抵制日货运动正激荡全国。一年之后，"九一八事变"爆发，日本人吞并了东三省，中国陷入一片悲愤之中。此时全国上下的目标似乎已经统一起来，那就是坚决抗日救亡。

对于日本国，杨鸣条有一种复杂的心情。日本国在甲骨文研究方面成就显著，许多甲骨文大师在日本游过学，这些事情让杨鸣条对日本国怀有好感。但是，近年来日本国对中国的步步紧逼，让中国人处于亡国的忧虑之中，使得杨鸣条先前因甲骨文研究而对日本产生的好感渐渐消退。那时蔡元培院长用"风雨如晦，鸡鸣不已"激励全国同仁，要求学界为抗日救亡贡献力量。在接下来的时间里，杨鸣条一直在研究《殷历谱》的事。梅冰枝在照顾他治病期间成为他生活和工作的伴侣，不久后就和他一起居住生活了。

某日，杨鸣条收到了一封明义士寄来的信。信是用毛笔小楷写成的。内容如下：

杨鸣条先生台鉴：

　　自那年于安阳面晤之后，一直未得相见机会。近闻先生身体欠佳，深为惦念。北京目前天寒地冻，人心嘈杂，不宜于先生身体调养。我本人及加拿大国传教士团在北戴河有别墅和休养疗养医院，今特地邀请先生来北戴河疗养治病，以利于早日康复。先生学识渊博，对甲骨文有独到认识，今后还有巨大任务。因此，请先生务必放下手里事务，来北戴河静心休养一段时间。

明义士顿首

民国二十二年三月廿日

接到明义士的来信之后,杨鸣条好一阵子踌躇。他和明义士只是在安阳见了一面,没有任何交情,不知为何他会发来这样的邀请。他目前身体的确很差劲,自从伤寒病之后,他的肺叶变得像纸一样薄,经常会喘不上气来,还时常会发低烧,说起来还真需要休养一下。梅冰枝觉得这是一个治病的好机会,应该接受他的邀请。杨鸣条听从了梅冰枝的意见。

二

几天之后，杨鸣条和梅冰枝坐上了向北开行的火车。车厢里旅客稀少。在中途停车的地方，可以看到往关内开的车子里挤满了人。再往前开，看见沿途车站里站着打着太阳旗的日本军人。杨鸣条在山海关站下了车，在日本军人的刺刀下排队等着过检查的关口。这是杨鸣条第一次近距离看到日本军人。杨鸣条所欣赏的日本甲骨文学者文质彬彬的学术文章和眼前凶神恶煞的日本士兵完全无法吻合。他此时非常后悔离开北京跑到这个被日本人统治的地方来。还没亡国，就先在这里尝到亡国奴的味道。

出口的地方只有一个小门。门边站着两个端着带刺刀的步枪的日本士兵，还有几个戴黑礼帽的检查员，随意拉人到一边盘查。杨鸣条知道自己是正常探访，而且有加拿大人明义士的邀请信，但不知为何总是觉得莫名的紧张。他还感到梅冰枝的手紧紧攥着他的手，她的手冰凉冰凉的。这样的感觉让他觉得恼怒，他根本没有理由感到紧张，但是紧张的感觉还是控制了他。那长长的刺刀总是在他的眼前晃来晃去，如果可以的话，他真想退回去，坐回头的火车回北京去，他不愿意过这个刺刀下的关口。但是这个通道像是一个肠道，后面的人往前推，绝无回头的可能，慢慢地他就被推到那高高的刺刀下面了。这时他能看到在队伍旁边，有一个日本军官的小办公室，里面一个日本军官在听留声机音乐。过小门时，他闻到端着刺刀长枪的日本兵嘴里呼出的大蒜气味。日本兵不管具体检查，负责检查的是站在边上的戴礼帽的人。杨鸣条已经做好了最坏的准备接受盘查，但是门外站着迎接他的明义士，显然他事先已经沟通过。戴礼帽的检查员看了杨鸣条一眼，就让他和梅冰枝过去了。

明义士和加拿大传教士医院的人开了汽车到火车站接他和梅冰枝。日本人对西方国家人员还是给予相当高的礼遇，因此杨鸣条和梅冰枝算是没有受到刁难。杨鸣条是第一次到北戴河，那浩瀚的大海让他郁闷的心情开阔了许多。车子在大海边行进时，他想起了曹操当年在这里写下的"东临碣石"的诗句。曹操的诗句是在感叹过往的时光，而曹操的时代也已经过去快两千年了，这让杨鸣条感到时光流逝的速度。

杨鸣条住到了教会医院里休养，得到西方医院那种科学又充满人性的照料。明义士对他十分关心，他家里的中国用人沈大嫂也经常做好了中国菜，送过来给他吃。那段时间，他每天在海边散步、眺望。海边的湿润空气，良好的医疗和饮食，让杨鸣条的身体一天天好转起来。他在这里住了三个月，他总觉得，明义士安排他到北戴河医院疗养不只是为了给他治病，而是会有另外的事情。

果然，某一天，明义士请杨鸣条到家中去做客。这是靠海边的一处别墅，是教会给每个传教士度假休养用的房产。在吃过了正餐之后，明义士带杨鸣条到了书房里面。这是一座巴洛克式的起居室，有冬青树与槲寄生插在壁炉的后面，一张照片上明义士骑着白马在一条大河边走着。杨鸣条贴近一看，认出这是安阳的洹河，他眼前不禁出现了洹河清澈的河水、岸边的田野和石滩。

明义士给杨鸣条看了几只樟木箱子。这里放置着明义士收集的一小部分甲骨。杨鸣条拿起几片看看，那上面都带着黄泥，还没剔除清洗过，看起来是他在田野上直接收购的。明义士说这是他收到的最后一批甲骨，自从北伐战争开始之后，他就再也没有收集到一块甲骨。明义士说自己就像中国神话里的饕餮，对于甲骨文有无底洞一样的胃口，凡见到的都吞噬了下来。他在中国二十多年来，所有的钱财都花在收集甲骨上了。而现在，如何保存这些甲骨成了他的问题。

"我收集到的甲骨全部都在中国，没有一片运到外国去，也没有一片卖给别人。但是，我知道这些甲骨会成为我的负担，我是一个加拿大人，怎么可以拥有世界上三分之一数量的甲骨片呢？按照中国道家'满招损'的说法，灾难一定会降临我头上，甚至会为我带来杀身之祸。现在，我已经没有钱收集甲骨了，我的钱只能用来保存这些已经在我手里的甲骨。我有段时间甚至想到要把我的甲骨片重新埋回到地下去。我的确开始在做这件事，我在一个地方修建了一个秘密地下库房，将来要把甲骨收藏都存放在那里。按道理说，我的心已经很平静。因为我收了那么多的安阳甲骨，再多的甲骨也不会让我惊喜了。但是，我遇到这么一件事情。在说这件事之前，我请你先看看我最近一段时间的一件作品吧。"

明义士带着杨鸣条进入了地下室里。在那屋子的中央，明义士用北戴河的银色细沙建立了一个硕大的沙盘。杨鸣条一看，认得出这沙盘的地理特征，有太行山，有洹河，分明是安阳的地形。但仔细看，又觉得和安阳不像。在应该是安阳城区的地方，沙盘上是一片沼泽树林，而洹河两岸现在是农田的地方，却密密麻麻排列着一座座宫殿、祭祀庙。明义士以一个西方标准土地测量员的精确态度制作了这个沙盘，上面的树木草地栩栩如生，那些建筑物都是手工精心制作，算得上工艺品。还有那条洹河的水是活水，在缓缓流动着。

"这是你想象中的殷墟三千年前的繁华景象吧？做得真好，那些建筑的样子很特别，你是怎么想得出当时的宫殿和祭祀庙样子的？"杨鸣条说。

"不，这不是想象，而是殷墟本来的真实样子。"明义士说。

"你是怎么知道这是殷墟的真实样子呢？你的根据是什么呢？"杨鸣条说。

于是，在接下来的一个多小时里，明义士详细复述了怀特主教在山西侯马发现三折画的故事。说完了故事，他把复制下来的测绘图一幅幅展开给杨鸣条看，告诉他这个沙盘就是根据三折画上所画的建筑物复原的。刚开始，杨鸣条有点将信将疑，还搞不清明义士的意思。但是在看过他的图画之后，他感觉到事情的重要性了。他所看到的测绘图和他在追踪"高射炮"那个夜里在日本人青木的屋顶上看见的安阳迷宫图完全是同一个图纸的两种展现。他还想起了那次蓝保光向他说过的明义士带着图纸在青纱帐里走来走去的事情，莫非蓝保光说的就是这图画？

"想不到殷墟会是这样一座气势雄伟的城市。"杨鸣条由衷地感叹道。

"当然啦。只有这样的城市才会产生如此美丽的甲骨文。"明义士说。

"明先生,我最初跟随中央研究院田野考古工作队来到安阳的时候,就听人说起你带着一些图画在田野里勘察。另外,我还听说盛太行的老板也获得过一幅藏宝图,而且跟侯家庄的盗掘有关系。在我快要离开安阳的时候,有一个夜里我在日本人青木的圆形屋顶上看到了和你的图纸非常相似的安阳迷宫图。请教明先生,这里面究竟是一种什么关系?"杨鸣条说。

"毫无疑问,洹河北岸的发掘是和三折画的发现有联系的。"明义士说道,"我和日本人青木一起在山西古庙给这三折画拍照、测绘的时候,曾经为洹河的北岸布满了宫殿建筑而吃惊。因为在这之前我以为洹河北岸不是商朝的宫殿区。我和青木讨论过这个问题,预感到北岸的地下也会埋着很多东西。青木在安阳像是一条洹河底的鱼一样游了十几年了,他熟悉每一寸土地,但是他以前从来没有在北岸动过一铲子的土。自从他给三折画拍过了照片,他知道了北岸会有埋藏,他才开始了大规模的夜间发掘。有两件事情让我意想不到。我想不到这北岸竟然有那么多的埋藏,而以前的人居然都不知道。青木没挖多久就挖到了武丁王女儿的墓室,你们仅仅用了一天时间就挖到七版大龟甲。还有料想不到的是,当冒牌的中央夜晚发掘队和你们真正的中央研究院田野考古工作队发生冲突的时候,最后竟然是你们被赶出了安阳。"

杨鸣条听了明义士讲述的三折画的故事,心里恍然大悟,原来安阳的洹河北岸盗掘行动和一系列的阴谋都是与这三折画的发现有关系的。

"说真的,在你们被河南省政府的人赶出安阳发掘现场之后,我是感到高兴的。因为我不喜欢你们那样卷地毯式的发掘方式。安阳迷人的地方就是因为地下还埋藏着神奇的甲骨文,如果所有的地下埋藏都挖干净了,那么安阳就死亡了。但是我很快发现赶走你们的其实还不是河南省政府,而是背后的青木泽雄。河南省图书馆的那拨人能力很有限,他们是按照传统发掘办法,在麦地里打几个坑,活动的范围也就限于南岸的小屯村这边。而北岸的中央夜晚发掘队则在夜间异常活跃,发掘的规模越来越大,这让我深深不安。青木在获得三折画的复制照片之后,知道了北岸也是繁华的宫殿区,因此铁了心在那里发掘。青木的目标是要找到最主要的祭殿遗迹。按照以往的经验来看,殷墟的甲骨都是集中在一个灰坑里发现的。这说明商朝的贞人是把问卜的甲片统一放在一起,就像现代的档案馆一样。所以说,要是青木能找到主要的祭殿遗址,那么找到一个巨大的甲骨版库房是可能的。"

听到这里,杨鸣条心里有巨大的愤怒。现在全国处于"九一八"的悲痛之中,想不到安阳的发掘还会在日本人青木的控制之下。由于青木隐藏在背后很深,普通的安阳民众并不知情。

"多谢明先生通报的消息,我得赶紧向蔡元培先生报告这一情况。"

"杨先生且慢,听我再说下去。如果这幅三折画所传递的只是一个北岸也有大量宫殿和祭祀庙的消息,那倒不是很值得忧虑的。北岸的土地有那么宽,青木依靠打探沟去寻找到那个中心祭殿的甲骨卜辞总库房就好比是大海捞针,希望是很小的。但是这三折画可不是那么简单的,要不民间怎么会传说盛太行老板得到一张藏宝图呢？最初我在山西古庙和青木共同复制三折画时，就发现了这画里面可能隐藏着一些暗示。这画里有丰富的天文星相指示，对应着地面上的山脉、河流。从那以后，我一直在试图解开三折画里隐藏的密码。我制作了沙盘模型，绘制了无数的天文图形。我知道青木也在做同样的解开三折画密码的事情，听说他的国家组织了强大的专家组在专门研究这个事情。"

"那么你们找到答案了吗？"杨鸣条说。

"远远没有，这就是我请你来北戴河的真正原因。"明义士说。他再次把三折画的测绘图打开来，把画上的日环食、缺失的星座指给杨鸣条看。

"我和青木都相信，画这三折画的人的确是想用太阳、星座和大地上的地标指示出地面上宫殿和祭祀庙的方位，但他们不想让后人一眼看穿，而是设计了一套复杂透顶的密码，他们最不可思议的本领是利用了日环食这样一个现象作为密码的主要部分，再附加上边上的星座。要解开这一个谜团，首先得弄清楚商朝的占星制度和观星记载。要推算出是在公元哪一年哪一月哪一天哪一时辰发生过日环食。先不说这是一个庞大的计算工程，最重要的一点是，解谜者要极其熟悉甲骨学的知识。我觉得具备这种能力的甲骨学者这世上大概也就二三人而已，而我觉得杨先生是最有可能解开这个谜的人。"

"先生何以见得？"杨鸣条说。

"我知道你在撰写《殷历谱》，试图用西方的纪元日历来确定商朝的年代，而这正是走向找到三折画里日环食发生之时的必由之路。"

"明先生，我有一个问题。如果我们可以确定在洹河北岸存在丰富的埋藏，甚至可以假设真有一个存放商朝甲骨档案的总库房，那么我们可以慢慢来发掘。为什么一定要通过三折画里可能隐藏的暗示去寻找埋藏地点呢？"杨鸣条说。

"杨先生，你没觉得青木泽雄在和你比赛时间吗？"明义士说。

"我们可以想办法制止青木在安阳的行动，甚至可以把他驱赶出去。"

"不，杨先生，我所指的不仅是青木一个人在和你比赛时间，而且指青木背后的这个国家——日本国。你难道以为日本人在占领了东北之后，会就此罢休吗？按我的预感，日本人不久就会越过山海关进入中国的中原地带。到那时候，安阳就会控制在日本军人手里了。所以说，留给你们的时间并不多。对你们来说，研究可以慢慢做，地下的甲骨要及时发掘出来。在这么一个乱世，很可能所有的甲骨会被劫掠一尽。"

杨鸣条听到这里，心里只觉得如插了一把刀子般难受。

"你为什么要帮助我呢？"杨鸣条问。

"我不是在帮助你，是在帮助自己，也许是要得到你的帮助。甲骨文和安阳是我的生命，每流失一片甲骨，我都会深受刺痛。我相信会有这么一天，在安阳会建立一个博物馆，所有从地里发掘出来的甲骨和青铜器、陶器等古物都会存放在这个博物馆里面，我会把所有的收藏全部都存放在这里。我希望你们也会把发掘物放在那里，至少是一部分。我以后就在这个地方当一个研究员，或者是一个讲解员。真不行，让我当一个看门人或者清洁员也可以的。"

三

在北戴河休养了三个月，杨鸣条的肺部开始好转，脸色也渐渐红润起来。他回到了北京。

这年的北京一直在动荡中，不断地有游行抗议，不断地有惊天的消息。杨鸣条等待回到安阳的事情一直没有着落。傅斯年曾多次活动，通过蔡元培和中央要员都疏通过。但是这段时间河南省政府和中央政府关系微妙，他们不是很买中央政府的账，因此和他们的沟通没人理会。事情就这么搁置了下来。

本来，对杨鸣条来说，这是一个做学问的时机，可以专心把《殷历谱》继续写下去。这个时候他却如被鬼魂附体一样，完全无法安静下来了。他夜里一直在做梦，梦见大犬在征人方的路途上，梦见巫女赤裸着上身在风尘滚滚的大路上跳舞降神。他慢慢相信了明义士的这个观点，研究可以慢慢做，地下的甲骨要及时发掘出来。在这么一个乱世，很可能所有的甲骨会被劫掠一空。

现在情况已经很明显，史语所的考古队在短期内是不可能回到安阳的。他想念安阳的土地，挂念着洹河两边的发掘现场，真不知在他们离开之后，那边发生了什么事？有一天，一个念头突然冒出来，他要独自回到安阳去。这个念头马上被他自己否认了。他这样单枪匹马回去有什么用呢？但是明义士所描述的三折画故事让他越来越激动起来。我就回去看一眼吧，也许明义士说的都是真的，三折画里能找到商朝甲骨卜辞档案藏库的密码。这个念头起初像一条蚯蚓，在心里扭动，后来变成一条蛇一样缠住了他，让他十分难受。

他在彷徨中，下不了决心独自离队回安阳去，因为他不是一个特立独行的人，做不到我行我素。但是，接下来的这一件事情帮助他下了决心，开始走出第一步。

因为一时不能回到安阳，傅斯年安排了研究所安阳考古队全部人员到山东的城子崖去做考察。这个城子崖遗址位于济南市区东北二百公里，临梁济运河。那是在前年的时候，清华大学有个人类学专业的学生吴金鼎在考察一处汉代遗址的路途中，不经意地回头望了一眼背后的城子崖，只见那断崖上有一条清晰可见的文化堆积层。他在那里捡到了陶片、石器、贝壳、兽骨等，后来还发现过一面石斧。吴金鼎把所发现的地点报告给了史语所。史语所一直没有机会去考察，而这个时候，安阳的考古队正好没事，傅斯年便安排他们去做山东城子崖项目了。

杨鸣条也随队前往了。这一次，他公开带上了梅冰枝一起出发，并且和考古队的队员住到了一起，占了一个房间。考古队里有好几个人看不惯，因为这个时候杨鸣条在老家还有妻子，却公开带着梅冰枝一起吃住。有人打了小报告，傅斯年得知后认为此举有伤风纪，大动肝火兴师问罪。他问罪的方式也有点特别，不是去谴责杨鸣条，而是当即给中央研究院院长蔡元培写辞职信，以辞去史语所所长职务谢罪。他的信里写道：追思本所风纪至此，皆弟之过，应即请革职，弟今晚回京，办理交代，并候惩处。

傅斯年对这事如此敏感事出有因。他不久之前刚刚和家庭包办的原配丁夫人离婚，而与自由恋爱的俞大綵在北京结婚。这事在当时曾在报纸上激起一场争论。现在杨鸣条似乎在步他后尘，他不愿史语所再生是非，授人口实，于是决定辞职以平息风波。

而杨鸣条也正在火头上，虽然他和傅斯年关系很好，这回也甩手不干了。他们之间的这一次冲突好像是上帝的一次特别安排，好让杨鸣条有一个离队的借口和机会。他立刻写了辞呈："鸣条因招待女同志参观工作，致干本所风纪，无任惶愧，谨请即日辞职，以谢贤明。"他带着梅冰枝离开了考察地山东。这个时候，他心里已下了决心，他要独自回到安阳，去做破译三折画密码这一件事情。

离开了队伍之后，杨鸣条和梅冰枝在济南住了三天，一起游玩了趵突泉、大明湖、千佛山。这几天里，他和梅冰枝谈了一次话。

"我准备回安阳了。考古队一时回不去，我就先一个人干吧。"杨鸣条说。之前他从没对梅冰枝说过这个想法。

"你疯啦。你一个人回安阳能干什么呢？"梅冰枝说。

"我越来越觉得明义士说的事情很重要。我相信他的依据和预感，那三折画里的星座也许真的藏着一个甲骨片宝库的密码。我对古人的研究越深，就越感到古人的星相学知识和智慧都超出了今人对其的判断，我正在编写的《殷历谱》探讨的一个主题正是殷商人和占星学的关系。我感觉到那三折画里可能真的有一个迷宫，它已经把我吸引了。我现在只能继续向前走下去。"

"那你也得等着大队伍一起回去才能做事情啊。"

"国家即将破碎,傅斯年那边一点进展也没有,青木他们日夜不停地在挖掘,我怕会来不及。再这样等下去的话,我觉得自己会发疯的。"

"那你一个人去有什么用?你一个人去挖掘吗?"

"不是去挖掘,我得先去把三折画里星座之谜解开来。我现在要做的事情和以前的很不同,不只是在地面上的,更多的是天上的和心灵深处的事情。"杨鸣条说。

"可是,你知道吗?你现在要是回安阳会很危险。你已经失去了保护。要是那些人知道你独自又回去了,一定会把你撕成碎片,无声无息让你死无葬身之地。"

"我会尽量小心的。我不去做挖掘的事情,地方上的人不会和我过不去。"

"你若执意要去,我就和你一起去。先别说危险,你这样的身体没人照料也会吃不消。"

"不,还是我单独行动比较好。你要是和我一起去安阳,目标会很大,容易引起人们的注意,我反而不好做事情。再说,你还得在北京继续学业。你还是先回北京。我会写信告诉你我的情况。我接下来要先去南京紫金山天文台,去核准《殷历谱》上的几个问题。"

杨鸣条和梅冰枝谈了一夜话,终于说服了梅冰枝,让她放下心来。然后他们在济南火车站分手,梅冰枝先回北京,杨鸣条则前往南京。

杨鸣条去南京要见的人是中国天文学会的专家陈遵妫,他此时正在南京紫金山天文台。在过去的时间里,杨鸣条和他有过书信来往探讨过商代的天文问题。而现在,他要亲自去见他,向他请教寻找商朝的日月交食时间坐标问题。自从和明义士在北戴河见面之后,杨鸣条心里想破解三折画谜团的火苗被点燃了起来。他联想起他所熟悉的好几块甲骨上的日食月食记录。如果把这些天文现象发生的日子在纪年坐标上标出来,那么整个商代的纪年就可以准确地进行推算。有好多天,他一直对着明义士描摹下的三折画副本发呆,把手里能找到的日食月食甲骨拓印摊开来,苦思冥想三折画上的日食会不会是这些甲骨卜辞中记录的某一次。杨鸣条只知道推算古代日月交食的时间极其困难,可究竟有多难,他连这个难度都不知道。他看过一条记录说清朝道光年间施彦士欲作《春秋经传朔闰表发覆》一书,曾以春秋桓灵间两次日食,委托当时的钦天监大学士陈杰推算其发生日期。陈杰一口回绝,他写回信称:"若论推算必三阅月而得一次,况上考往古,则诸表皆不可用,事事生求,功力又增。"陈杰是钦天监的算学高手,推算已有准确纪年的春秋期间日食犹如此之难也,那么没有准确纪年的商代日食该有多难呢?

到了南京之后,杨鸣条立刻就前往紫金山天文台。到了山下,他提着行李包爬山找到紫金山第三高峰天堡峰。陈遵妫长年住在山顶上,十分寂寞,见到杨鸣条来访十分高兴。杨鸣条带来了他自己编的殷代朔闰表,辑选出部分有关殷代天象的卜辞。他把这些卜辞的拓本给陈遵妫观看,并解释这些甲骨文的意思。陈遵妫觉得很有意思,用现代的天文学来破解商代的天文现象很有挑战性。他邀请杨鸣条在这里住下来一起研究这些天象卜辞,来确定它们发生的时间在西方纪元时间坐标上的具体位置。

于是,杨鸣条就在紫金山天文台住了下来。每个早上,在松涛和晨雾中观看日出，和陈遵妫喝茶谈论。夜晚，他有时也会被邀请去看星星，当然不是坐在竹椅上摇着蒲扇数星星，而是通过天文望远镜来看。他看着人马座矮椭球星系的星云，那是想象力之外的世界。观看这些星云时，杨鸣条心里有一种奇怪的念头，觉得那些遥远的星云上有殷商的世界。他还获得了一个观念，原来宇宙是那么大，动辄以几千几万光年来计算。和这无边的宇宙相比，几千年前的殷商就好像是昨天刚刚过去一样。

在破解三折画上的日食密码之前，杨鸣条要先解开关于殷商时的日食月食诸多问题。西方有许许多多关于推算日食月食之书，最为有名的是奥泊尔子的"日月食典"和沙罗周期、牛考慕周期等。太阳和月亮都在黄道上运行，地球绕着太阳自转。沙罗周期为二二三朔望月，十八通常年加十一日，合朔时，日月同返于黄白道交点，而此时日、月、地球会在一条直线上，日食月食便会出现了。奥氏的"日月食典"是当前使用的最精密的参照系，据说是十个天文学家花了二十年的工夫，推算了八千次日食、五千二百次月食，所包含的时间上起公元前一二〇七年，下至公元二一六三年。但这个图表的起始年代公元前一二〇七年尚不能包含盘庚迁都到安阳的大致时间公元前一三〇〇年，难以对殷商年代的日月食做全面推算。

杨鸣条要求推算的殷商天文现象第一例，是武丁时期的一次月食。这是根据库方二氏藏甲骨卜辞一五九五版得来，全版正反面刻辞如下：

正面：癸未十三月七日己未夕㽞　癸未卜贞㠯祸庚申月㞢食。

反面：癸巳卜贞旬㠯祸月㞢食　丙戌允有来入齿。

两个星期后，陈遵妫提供了计算报告，报告上写明：公元前一三一一年的五月二十八日有月偏食；十一月二十三日有一次月全食。

杨鸣条在看到陈遵妫的报告之后，欣喜若狂。他的推算终于可以和实际的天文现象印合了，有了科学之证明。这样，他的《殷历谱》就可以在儒略历和格列高利历的时间参照系上找到坐标，时间可准确到时辰。

接下来的事情，就是要解决三折画上的日环食和星座之间的问题。杨鸣条把明义士给他的三折画拷贝件拿出来给陈遵妫看。陈遵妫问他是要求证什么？杨鸣条说这回不是求证时间，而是要求证这画上祭祀宗庙的准确方位。他把三折画的来历仔细讲给了陈遵妫听。陈遵妫听了哈哈大笑，说你这不是缘木求鱼又是什么？首先你说这画不是商代的画，是隋朝的画，而且你自己也没看见过真迹，怎么能相信它会藏有商代藏甲骨的仓库密码呢？我们确定了武丁的月食时间是因为上面有干支记录。你现在的画上没有一点时间的痕迹，三百年的殷商期间有几十次日食，你怎么会知道是哪一次呢？更何况想根据这个日食来定地面上的一个位置，简直是异想天开。我们搞天文的人在银河里面定一个位置距离误差可容许几万公里，你却要在地面上精确到几米，你是在想一个科学幻想故事吧？

杨鸣条说，陈兄请耐心听我解释。你们搞天文的在无边无际的宇宙中都能捕捉到一颗新星，就像在沙漠里找到一颗沙粒一样，那么为什么我就不可以在时间的瀚海中找到一个时间坐标，从而找到一个埋藏甲骨典籍的位置呢？杨鸣条把三折画拷贝摊开来，那上面用红蓝铅笔标着一些只有他自己看得懂的记号。他在画上的三个地方做了重点记号，第一就是右上角日环食时的太阳。第二是左上角的那一组模糊不清的星座。第三处是一个很不起眼的地方，是一个小小的圆圈，上面带着一小根直杆。那是一个日晷，上面有着投影。明义士给他解说三折画时并没注意到这一个日晷，也许他还没有注意到它在这画里的作用。但是杨鸣条后来看到这个日晷之后，马上想起了在距离安阳不很远的河南登封县境内的周公测景台。他记得书上记载那里有一个周代的日晷，是周朝制定历法的观测仪表，所以心里便产生一些联想，觉得画中的日晷位置或许是一个定位的基点。他在这三个标志之间用铅笔标出了一条直线，于是便出现了一个三角形，然后看着陈遵妫，看他有什么反应。陈遵妫说，老兄你这样看着我是什么意思？这个三角形让我想到了目前的鸳鸯蝴蝶派小说，都是三角恋爱。杨鸣条说，陈兄真幽默，这个时候都能开玩笑。你看看这个三角形的中央部位有什么东西？陈遵妫看了半天没看出什么特别的意思，说隔行如隔山，你感兴趣的东西我看不见。于是，杨鸣条告诉他，在这个三角的中央位置正是壁画里面祭祀大宗庙的甲骨文库房。这下陈遵妫算是看到了，但还是不明白这有什么意思。

陈遵妫承认这幅画里表现出画者对天文现象有着丰富而机敏的知识。他说古埃及和玛雅人观星者的天文知识和对天文现象的直觉能力甚至超过了现代的人。杨鸣条说安阳的商朝先民也一样具备丰富的天文知识，而且肯定有专门的天文观测机构和记录。陈遵妫把三折画中日环食的位置和左边星座位置放在现代测绘的太阳运行的黄道上，轨迹完全是吻合的。但是，他说可惜的是画上这一组星座已经模糊了，看不清是什么星座。如果能确定是什么星座，那么要推算出日环食发生的年月时间就有条件了。

杨鸣条说，除了要确定天空上这两个不断变化的星座和太阳位置，他还得找到地上那一个固定不动的标志：日晷盘。只有三个条件都达到了，他才能确定祭祀宗庙在大地上的位置。目前日晷盘还是个未知数，但杨鸣条暂时把它当成一个已知的条件，他先要去寻找那图画上被岁月磨损了的星座。

于是，在接下来的时间里，陈遵妫在当值之余，带着杨鸣条去推算公元前一三〇〇年到公元前一〇〇〇年期间安阳发生日食时天空相伴的星座。他们紧张地工作了三个月，最后发现这是一个庞大繁复的题目，凭着他们的人力计算，要算出所要得到的答案至少要花上一百多年的时间。中国古代的星宿划分有星官、三垣、四象及二十八星宿，托勒密星座有四十八个，而现在的西方天文星座则分为了八十八个。如果从日食的时间来推演旁边出现什么星座的话，那样的排列组合会产生成千上万个可能。只有先确定三折画上模糊的星座是什么星座，推算日食的时间才有实际可能。陈遵妫把可能出现的星座的星图给杨鸣条看，告诉他如何识别每个星座的特征。由于三折画上的星座已经完全模糊，杨鸣条对于这些星座毫无感觉。他从现在开始学习星座的知识，开始辨认各种不同的星座。他除了把每张星图都熟记在心里，还会上天文台的测景台，用肉眼去寻找那可能在三千年前安阳发生日食时出现在天空的星座。有时他还会在陈遵妫带领下用天文望远镜观看，他看到那些星体被银沙一样的星云包围着。他总是有一种很强烈的感觉，那望远镜里看到的就是殷商年代的某一个时间。

杨鸣条在紫金山天文台待了六个多月。到最后，他的三折画的问题并没有得到什么答案。如果他来紫金山有什么收获的话，那就是他知道了这个问题是不可解的。他最后决定要下山了。与世隔绝了半年多，他不知北京和安阳的情况，也不知道该去哪里为好。这个时候他突然想起要去位于河南登封县境内的周公测景台，去实地看一看那里的日晷究竟是怎么回事。史载登封测景台立有周公旦立下的日晷石盘，石盘上立有一尺五寸的铜尺。周人在这个日晷上测得太阳投下最长表影的那天，将其定位为"冬至"，把表影最短的那天定位为"夏至"，把一年中日影长度相等的两天分别定为"春分"和"秋分"。周人在这个地方制定了二十四节气的授时历。但是杨鸣条知道这些历法知识在商代的时候都已经掌握了，周人无非是沿用了而已。去看看这个周代的天文观测台，也许会对了解商代的事情有点作用。杨鸣条现在反正也无处可去，所以就选了这个地方。

比起江南青翠的紫金山，位于登封境内的嵩山显出了完全不同的气派。山上只有一些奇松怪柏，大部分是雄浑的石峰。进入周公测景台没有道路，杨鸣条雇了个向导走了两天的山路才到达这个地方。测景台其实是个寺庙，有几个仙风道骨的老道士。这个地方位于高峰，云雾都在脚下了，是观天象的好地方。寺庙外面有石碑，说这里是唐代开元十一年重修的，原来周朝的日晷已毁，目前这座庞大的石圭石表是唐朝武则天时所建。杨鸣条在庙内仔细观察，但是没有找到一个像三折画里面所画的圆形日晷盘，心里很是失望。史书上记载这个天文测景台是周文王周昌的第三子、周武王的弟弟周公旦辅佐成王摄政，为营建东都洛阳，首先在嵩山建立日晷"辨方正位"。杨鸣条推断，在周公旦的年代，周朝刚刚灭商不久，他们的天文和礼仪体系完全是沿用商代的。那么这个周公测景台，也势必是沿用商朝的天文技术，如果能找到当时的日晷，也许能获得一点蛛丝马迹的启示。他带了照相机，把他所看到的有意思的地方都拍了下来。杨鸣条在庙宇后边的草丛里，发现有一处石阶，再往上走，有一个三角形的石堆，看起来完全是人工堆成的，其中还有不少残陶断瓦。这引起了他的注意，因为三折画里面的那个日晷就是放置在这样一个结构的石台上的。他在这里停留了两天，拍了不少照片。然后，他就下山了。

从嵩山下来之后，杨鸣条一心想回到安阳去。经过在嵩山的颠簸，他的身体再次出了毛病，不停地咳嗽、发烧，脸上泛着一片潮红。他的精神却是十分兴奋活跃。他已经完全进入了三折画的迷宫里面，脑子里整天想的就是那星座、那日晷。

他在晚上的时候到了安阳火车站，下车之后看到车站外广场上和几年前他第一次来的时候一模一样，还是有成群的乞丐。他还看到了那接迎旅客的旅馆灯笼和旗子，那旗子让他生出亲切的感觉。他去拔了一根迎宾馆的旗子，马上有推车过来接引他，带他到旅馆去了。那旅馆还是老样子，客人一到，土妓就围上来搭话。天井里拴着马和骡子、驴子。这一切让他生出亲切感。他这段时间没有理发没有修面，满脸胡须，面貌和以前判若两人，店老板一开始没认出是他。说了几句话后，店老板认出了他，吃了一惊，之后就热情地接待他，和他说话。

第二天早晨，他往城里走，路上所见和他几年前初次来这里时几乎一模一样。他直接往城内的古董街走去。虽然胡子满面，但他还是戴上一顶呢子礼帽，尽量遮住了自己的颜面，怕被人认出来。他走到鼓楼附近的古董街。他发现这里很是热闹，比他第一次来的时候热闹多了。他第一件事情是去了照相馆，把在嵩山周公测景台的照相底片冲印出来。他预付了钱，店主人让他三天之后来取照片。接着，他来到了熟悉的天升号店铺，看到店东家正在店里。店东家一开始没有认出杨鸣条，在认出他之后，十分惊讶他会在这里。店东家赶紧把门拉上,和他低声说话。

店东家说了目前的局面。中央研究院田野考古工作队走了之后,那个中央夜晚发掘队把"夜晚"两字拿掉,变成中央发掘队。河南省图书馆的考古队只有几个人,只能做些小规模的发掘。目前在田野上发掘的主要是盛太行的人,他们已经开始运用煤矿挖掘机和轨道车,沿着侯家庄南北中轴线挖下一条条深沟。当地有几个乡绅知道殷墟是华夏的龙脉,这样拦腰深挖下去会把龙脉挖断。但这个时候民间和地方官府都已经完全处于疯狂的状态。官府换了一批人,原来的专员马洪早就被免职了,那个警察局长也不知去向。民间的队伍只要凑足一笔钱交给官府,便可以取得发掘许可。目前的情形是,好像安阳来了条恶龙,在地底下钻来钻去,殷墟按这样的速度和方法挖掘下去,地下的埋藏很快就会全部挖完,大部分的东西会被糟蹋掉。

杨鸣条一身疲惫离开了古董街,在城里漫无目地走着,开始感到有点恐慌起来。接下来,他没有可以去访问的人了。梅冰枝已经不在这里,这个城市没有了梅冰枝,对他来说就是一座空城。但他总有一种错觉,梅冰枝还在安阳城里。他回到旅店之后,有个黑衣人在等他,说有人请他去说说话。杨鸣条的第一反应竟然想到了梅冰枝,觉得会不会是她派人来请他?但他马上觉得这是不可能的,梅冰枝不在安阳,在的话也不会这样做。他无法拒绝也无法多考虑,黑衣人不只是一个人,还有一个人在不远处站着。他被带出了旅店,坐上了一辆密封的厢式马车。马车快速地向郊外跑去。他看不到外边,跑了很久,感觉到是在上山的路上。他是被秘密绑架了。坐了约一天的马车后,他下了车,被蒙上了眼睛,坐在马背上登上了太行山,被关在土匪寨子里。

## 第九章 279—293

沉沦之城

帝辛外出征人方远离商都两年多，把朝政交给儿子武甲处理。他回来之后，发现整个殷商城蓬勃发展蒸蒸日上。在他出征的时间里，北方的各诸侯方国服服帖帖安安静静，全部按时缴纳税赋贡献。而西伯侯周昌也按时交来了羌人，只是这些羌人的模样有的很古怪，很多是黄头发碧眼睛白皮肤，和以前的不大一样。殷商城像是悬浮在半空的天国一样，没有征战，没有灾难，所有的税赋往这里集中。这里的贵族垄断了最重要的行业：制作青铜器和兵器的技术，制作玉器骨器的工场，还有特别暴利的酒作坊。他们已经知道把酒做好后放在陶瓮里时间越久，酒会越香，贵族们都喜欢喝十五年以上的酒。贵族们还垄断了那些屠宰业——屠宰牲口和屠宰人牲以及下游的产品制作。殷商的居民几乎全是贵族和富人，他们不用干活，有的是奴隶或者其他方国来的劳动力。这城里还住满了进贡乌龟和珍宝的远方宾客。

大犬回到殷商之后，虽然被剁了右手，但依然还是帝辛离不开的一名贞人。而且帝辛对他反而信任有加，让他主持了观测天象的主祭司任务，还兼管编纂祭祀档案的事宜。

大犬每天坐在城头，看着远方的大路，心里奇怪眼下的商都怎么会那么安静和平？商朝有六百多年了，以前的国王甚至是当今国王帝辛，过去的日子都是要经历不断的战事和平定叛乱。但眼下一切都风平浪静，难道真的都是祖先王的保佑吗？

商朝的王国，是靠战争来经营的。商朝的祖先本来就是游牧民族，他们不喜欢停在一个地方，而是不断地在大地上巡游。在盘庚迁都到殷商之前，商朝就迁都过五次，他们总是像草原牧民一样在一个地方待一段时间，然后就卷起了营帐开拔。商朝迁到洹河边的安阳之后，他们离北方近了，开始和北方凶悍的民族不断地发生战争。国王和军队在不断地运动，给国家带来了经济的运转和活力，所以就没有必要再度迁都了。那时的商朝像是古希腊的城邦雅典，是随时服兵役制度的，平民随时都要变成军队出击战斗。国王会不断地"登妇好三千、登旅一万"去到远方厮杀战斗。人们的寿命很短，一切都只是保持在维持生命繁衍的水准上。

但是现在北方的局势突然变得那样安静，整个王朝失去了运转的动力。帝辛一开始还很不适应，他在回忆祖先生活的时光。祖先经历了几百年的征战，养成了一种过自虐生活的习惯，追求精神上对祖先的崇拜，从来没有想到去享受生命的安逸和享乐。没有了征战是一种空虚，起先帝辛会带着军队到五天路程之外的地方去狩猎。不久之后，他的儿子武甲在殷商城里建起了一座园林，里面养着虎、豹、野鹿、野牛供王室猎取。帝辛此时年已六十,见城里可以打猎,就试了一回,结果不费很大力气就打到一只麋鹿。随从的庖厨立刻将鹿去皮做成美味的鹿餐,帝辛王佐以美酒和跟随的众妃子开怀享用。从此之后,帝辛除了祭祀,几乎不需要理朝政了,好长时间都没有上朝。由于国王的参与,殷商城里的享乐主义气氛成了主流时尚。征伐胜利的积累和行业的垄断,让不少原先清苦的殷商人开始积累财富,他们的子女都可以靠父辈的财富为生,进入了上层社会。这一新生的阶级需要一种思想的寄托,一种精神的游戏。他们有一种渴望了解生命的本质是什么的愿望,世界是不是可以预测的?人活着到底是为了什么?他们渴望一种比较轻松愉快、不会严重打乱日常欢乐生活又能引起幻想的精神生活。

在一个漆黑的夜色里,有两个人分头从遥远的方国潜回到了殷商城,这两个人一个叫闳夭,一个叫散宜生。他们都是在殷商待过,后来经常在两地往返的人物。他们敲开了一个个紧闭的门户,向屋里的人展示了一件神秘的东西。那是一些奇怪的符号,主要是一些断断续续的线条组成的八角形的图画,他们号称这就是人世、天空、河流、大地的起源和终点,世界上任何事情都可以从这里面找到解决办法。很快,这个学说在殷商城暗地里流行起来,成为时髦。他们在一个秘密的地方集会,每次只教很小一部分人,收很高的学费,因为不收学费没有人愿意来学。他们躲在幽暗的半地下屋舍里,点着香,画着千奇百怪的图画,让那些没见过世面的殷商人惊叹不已。这幅一明一暗的鱼构成的圆形后来被他们编成了一个故事,说是河里面的龙驮出来的图。他们把它叫作"易"。

风气很快发生了变化,大犬发现,这城里也已经有了南方那种靡靡之音。在帝辛远征回到殷商之后，大犬发现城里新开了一个巨大的露天饭馆。那里面的吃法很特别，是在一个巨大的花园里面，酒馆的伙计把烹调好的肉挂在树林里，然后有一条流动的水渠注满了美酒。客人只要付一次钱进入园内，就可以在树林里的小池边舀起酒来喝，从树上随便摘一块肉，都是美妙的食物。帝辛听说了这件事觉得很新奇，就亲自去了这个酒馆一次。作为一个国王，他虽然平时吃饭喝酒都是专人伺候，根本没有付钱的概念，但他还是知道民间的酒肆饭馆都是买一份饭菜一壶酒算账的，像这样随便吃喝的饭馆还是第一次听说。他想知道开这个饭馆的是什么人，结果听说是太子武甲在背后投资，而且这样的饭馆收入的一半是缴纳税赋给国王的，所以他也就觉得没什么不好。由于国王没有反对这样的酒馆，不久后，城里又开了一家更大的游园酒馆。不仅有同样的酒池肉林，而且还有天然的温泉。来里面的男女客人在吃饭前要在温泉里沐浴，然后要裸露身体在里面游玩吃喝，当然还可以在任何地方交媾欢娱。游园里除了客人之间可以自由交欢，还蓄养了美女娈童和客人嬉戏。这个生意一开始的时候人们有点不好意思，但是很快就风行了起来，人们睡梦中的东西现在都可以在白天实现了。当帝辛再次考虑这样的游园是否可以存在的时候，他的侍臣奏报说，让男女裸着身体在园林里交媾，可以给大商朝增加人丁，是件好事情。帝辛沉思不语，没有表示出自己的意见。慢慢地，宫廷上有了舞乐伎，有了小丑弄臣。帝辛开始慢慢倾向于新的享乐派了。

但是也有一部分人抗拒这种享乐的潮流。主要是王朝的元老们，他们在城门西边一个酒馆里聚会。尽管他们对于酒池肉林的享乐方式深恶痛绝，但是对喝酒吃肉也同样是喜爱的。而且他们喝的酒要讲究得多，都是十几年的上好佳酿，还搭配着精致的青铜酒具。他们吃的肉食十分复杂讲究，除了牛羊之类的肉，还有用洹河鲤鱼做的"生鱼脍"。当然会有很多的野味，鹿、熊、獐子，甚至还有老虎、大象的肉，酒池肉林里，这些野味可是没有供应的。还有一种东西肯定是只有这个高贵的酒馆里面才会有供应，那就是人肉制品。甲骨文里有多种人肉吃法的文字，除了像酱鸭一样的"卯"字、"脯"字（就是做成肉脯），还 个常见的字是"醢"，就是做成肉酱。上面说到周昌的大儿子伯邑考就是这样被众人吃掉的。醢大概是放在一种陶罐里面，用青铜勺子挖出来放在盘子里吃。而肉脯则可能先要在文火上烤一烤，等冒出了油滋滋的青烟再加佐料吃。当然还有一些内脏，比如人的肝、心、腰子、眼睛甚至睾丸。这些可能价格会更加贵些，有专用的餐具，是专门供给一些老饕的。

但我们不要把坐在这个高级酒馆的人都看成是面目可憎的食人生番。事实上，这样的食谱在当时是非常普遍的，没有什么奇怪。在这个酒馆里坐着的都是王朝的重臣，大部分是元老级人物，有的还是帝乙时的遗老，其中就有后来大名鼎鼎的帝辛的叔父比干。贞人大犬也在里面。

大犬现在少了一只手，但是把胳膊藏在衣袖里倒也看不出他是个残缺之人。被刖了一只手所受到的身心残害和羞辱使得他脸色忧郁，心情沮丧。除了祭祀的时间留在宗庙，他大部分时间待在酒馆里，每天要喝很多的酒才能控制住心里的疼痛。他是个贞人，也是个史官，掌管着列位祖先王的占卜甲骨档案。商朝近六百年的历史他很熟悉，尤其是武丁王之后的两百年，几乎每天都有龟甲记录。他知道每个国王的事情，知道王朝处于危险之中。

他为此忧心忡忡，但是他内心最痛苦的事情还是对宛丘巫女的思念和牵挂。

那一个夜里后来的事情他是不知道的，他被砍断了手之后昏迷了一阵。巫女是在天亮的时候被鞭打后赶走的，大犬还在昏迷之中。他醒来后第一个念头是巫女在哪里？但那个时候没有人敢告诉他巫女的去向。他一直以为巫女已经被杀弃尸野外了。一个月之后，才有人偷偷告诉他，她是被鞭打一顿后赶走了。大犬心里一阵狂喜，为了她还活在人间。在后来的征伐路上，他失去手臂的疼痛和悲伤压制住对她的想念，直到回到了商都殷商城。

当他回到了日常的生活环境中，不再奔波颠簸，生活变得又安闲舒适之后，对巫女的思念骤然变得强烈起来。每天天一亮，她就会在他的心里醒过来，他会看到她在晨光弥漫的大路上边走边舞，他会那么专注地看着内心她的景象，似乎能看到她在晨光的包围里，脚边扬起了尘埃。这种思念既让他幸福又让他感到窒息般的痛苦。他在祖庙祭祀时，在"舞祭"的舞队里，那些举着羽毛舞具戴着青铜面具的舞女会让他觉得她就在队伍里面。对她思念的痛苦像毒药一样毒害着他的灵魂，让他的意识变得消沉，无法认真做事。那段时间他刻占卜契刻变得漫不经心，随便借用通假字，随便省略笔画，一块龟甲上随便刻了几行字就不再用了。在占卜的时候，他的思绪都会突然跑到大路上，想起她还在大路上不停地跳舞。最糟糕的是，他会想到在路途中的深夜客栈里，她和某一个同样怪异的男性在一个屋子里交媾，想起这样的场面他就会发疯似的难受，只有不停喝酒才能让痛苦减轻一点点。

就这样，大犬从以前那个最为恭敬虔诚的贞人变成了一个有空就进酒馆的愤世嫉俗的酒徒。他经常是坐在窗边的位置上，用长柄勺子从方形的铜酒樽里舀酒倒在自己的酒爵里，一爵接着一爵地喝。在他附近的案席上，坐满了满脸胡子的元老。他们一边喝着，一边说着话。

"你们知道现在城里发疯一样流传的'易'是什么东西吗？我最近终于搞明白了。这都是从周方国传过来的。"满脸胡须的比干说。他是掌管国家情报机构的机密官，他把这个国家机密在这里公布了，自然会有人愿意听。"你们还记得上次关在羑里的那个周昌吗？'易'就是那个人在羑里推演出来的。还有一个叫吕尚的人，你们知道吗？他原来是替人专门管理石头镰刀等农具的。这个人在周昌关在羑里的时候偷偷跟随了他，后来又扮作赶车人随着他们去了北方。这个人现在就在周方国，红得不得了，换了个新的名字叫姜子牙。周昌在完成了这一门子歪事情之后就死了，死前把吕尚奉为国师，号称姜太公，让他来教导还没长老练的儿子们。这个吕尚是个妖人，他在领地里建起来一个叫辟雍的东西，是一座四周环绕着河流的城楼，城里面全是兵器和车马。他就是在这样的武装堡垒里面向二位王子传授周昌的'易'。"

大犬听比干说着这些事，没有一点兴趣。他已经是一个没有好奇心的人，脑子里只有想象中还在大路上边走边舞的巫女。他又舀了一勺酒倒在自己的酒爵里。

"你说现在殷商城秘密流传的'易'就是姜子牙在教授的'易'吗？"一个声音洪亮的老者问道。

"那可不一定。眼下这里流传的'易'是个妖术，它有八个门，又变成六十四个，可以反复变化成无数个名堂。姜子牙在草原上的辟雍中教授的'易'可能是兴邦强兵之术，但是传到我们这里的已经变化成妖道。现在居然连国王也相信这一邪门了。"

"你们应该都还记得先王太戊的时候,国王的朝堂上一夜之间突然长出了一棵桑树和楮树合抱共生的怪树的奇迹吧?伊陟对太戊帝说:这是邪恶的树,是祖先神在发出警告。会不会是王的政治有什么失误啊?希望王进一步修养德行。太戊听从了伊陟的规谏,那邪恶的怪树就萎缩枯死而消失了。这一回,我们看到的不是合抱的疯狂怪树,而是那些奇怪的酒池肉林、男女裸体花园。这个事情与合抱的疯狂怪树是一个道理。"声音洪亮的老者继续说。

他们说着话,大犬漫不经心地看着窗外。他看到了一个奇怪的景象,三锋戟卫队长亞正带着一队卫兵在街上巡逻,并朝这边走来。

"那我们应该向国王进谏,让他出兵到北方征伐,像当年武丁王一样,踏平他们的辟雍。"一位老臣说。

"我已经进谏过多次,国王不听。国王说现在北方好好的,没有叛乱,全部归顺,还大量地进贡,何必要征伐?国王看不见危险就在前头。"比干说。

"我们非常怀念伊尹,他在太甲王昏庸时,把他放逐到了汤的葬地桐宫,让他清醒悔过之后再次复位,最后还创建了盛世。"

"你这是说废话。太甲王那个时候才几岁?还是个孩子呢。我们的国王是个老人了,还有谁能管教他。"有人对这个提议嗤之以鼻。

"商王朝应该再次迁都。"有人提议,立即有人附和。

"那么,我决定还要冒死进谏一次。当忠臣就要不怕死。反正我也差不多可以死了。"老比干说。

"你要是敢冒死进谏,那我们就豁出去跟你一起。"酒馆还有九个伯侯级的老臣附和。

大犬听到了老臣们说迁都或者征伐,心里都表示赞同。他想不管什么形势,只要让他在大路上行走,他就觉得还有可能遇见宛丘的巫女。

大犬看到三锋戟卫队长亞带着卫兵巡逻过来,经过了酒馆的外面,没有停留,走了过去。

老臣们商议着如何做一次死谏,但是随着密谈的深入,他们发现死谏是没有用的,不如密谋一次政变,拘禁帝辛,像以前的伊尹相一样。这样的一个阴谋让酒馆充满了激动人心的气氛。大犬也沉湎于这样的气氛中,他并不是真要革命,他是个旧派的祭司。他只是不想让帝辛的商朝腐烂倒塌,觉得拘禁帝辛是个办法,因此也冲动起来,成为密谋者的一员。

这一天,政变的计划正在周密地实施,决定第二天就要开始行动了。政变依靠的主要对象就是三锋戟卫队长亞,比干说自己已经和亞商量停当,准备在帝辛前往酒池肉林的路上伏击他的车队。大犬当场提出了异议,说三锋戟卫队长亞是帝辛的忠实鹰犬,完全不可靠。比干却说亞是自己在国王身边的卧底,会忠实地执行计划。他们画好了地图,制订了计划,准备在拘禁帝辛之后将他流放到亳州思过,然后由比干担负这段时间的摄政王权力。这是最后一次磋商推演,三锋戟卫队长亞并没有到场,他是由比干单线联系的,是这个计划中最关键的利器。这天的中午,政变的老臣们都聚集在酒馆里。大犬醉意蒙眬的眼睛看到城外大路尽头出现了一个黑点,远远看去就像一只蚂蚁那么大。当他喝过一爵酒,再次看着大路时,这个黑点的位置在变化,看起来是在运动中的物体,正慢慢地向着城门的方向移动着。大犬看明白了,那是一个人，正朝城门走来。在接近城门时，能看出是个女人了。她走进了城门洞，但好久还没有从城门洞走出来。大犬知道一定是守门的士兵难为这个女人了。后来她终于从城门洞里出来，大犬能看到她抬起手臂在整理头发，一边开始往城里走来。他认出来，她就是宛丘跳舞的巫女。

他还一丝不动地坐在窗前，看到从城门那边走来的宛丘的人影越来越大、越来越清晰，他的脸上出现了一丝很古怪的微笑。没多久，巫女的身影从他视线里消失了。他还是坐着不动，听那些老臣在讲述政变计划的细节。但是他开始觉得，有一丝细细的水源，正徐徐地流注到他干涸已久的心田，那块地方正在变得潮润起来。

密谋集团今天夜里就要开始行动。酒馆里，以比干为首的秘密党人坐成一排开始吃晚餐，食品有烤羊肉、无花果干和一种没有发酵过的面饼，气氛相当凝重。他们说好要在这里一起等到午夜，然后开始行动。大犬的心思和魂魄全被刚才看到的巫女身影带走了。他在计算巫女走出的路程，这下应该到了洹河边的第一个桥头。如果过了这个桥，就会有许多个岔路，再往前走上几百步每个岔路口又会分出岔路，那样的话，他就无法找到她了。如果她只是路过这个城市继续往前走，他今生将再也找不到她。他脸色发白，神色恍惚。

时间在过去，他一直无法脱身。月亮升起了。

"大犬，你怎么啦？脸色这么难看，是不是害怕啦？"比干问他。

"不是，是我想起了我卧床不起的老母今天晚上还没吃饭。我不知道今晚不回家，还没给她备好食物，所以心神不宁。"大犬谎称。

"要是这样,你从桌上拿上一点面饼和肉食,快快给老母送去,快去快回。"比干说,他是个非常有孝心的人。

大犬往袖子里塞了几块面饼,就匆匆走了出来。九个侯伯里好几个带着狐疑的目光看着他的背影,怀疑他是不是个变节告密者。

大犬一走到外面的路上,立即朝着他想象中巫女走的路线快步走去。这个时候离他看见巫女进入城门的时间已经过去了一个时辰。这条大道在向前延伸了几百步之后开始分成了六条岔道,就像大犬事先想过的,六条岔道每条又分出很多条岔道。大犬左奔右突转了一阵子之后,发现自己像是进入了一个迷宫,平时熟悉的街路都变成了一副陌生的样子。大犬像鬼打墙似的在一个交叉的街路之间打转,后来终于走出了迷宫,到了洹河岸边的一块空地上,只见天空上星星像银色的沙子一样闪闪发亮。他知道现在他是找不到宛丘巫女了,她就像是一颗星星隐藏在星空里面。但是他知道了她还存在着,还活在人间,而且就在离他不远的某一个地方。她是下午的时候走进城门的,那么她现在一定还不会走出来。因为她从西边的城门进来之后,城门就关掉了。她要离开殷商城,至少要在明天。

大犬平时所走的路线避开了酒池肉林所在的热闹街区,他对这些地方有着本能的反感。但是今天晚上,他因寻找巫女而误入这一热闹非凡的区域,看到了纵欲的人们在燃烧着篝火的地方跳舞。那一堆篝火好大,木柴在噼啪作响,火星四溅。跳舞的人们都饮过大量的酒,完全处于疯狂状态。有一队穿着青铜铠甲的军队从篝火前面走过,大犬看到了三锋戟卫队长亚正在一驾马车上。

而就在马车队经过的间隙里，大犬看到巫女在跳舞的人群中出现了。她在明亮的火光处，她穿着素色的衣服，但舞姿热烈，合商都人的口味，很多人围着她跳舞。大犬静静看着，感觉到她是那么美丽。而这个时候，广场上的士兵越来越多，气氛变得紧张起来。一个军官在大声宣布，说城市宵禁了，让所有的人都赶紧回去。

于是，大犬决定要回到原先的酒馆里去，他的朋友们还在那里商议着政变大事呢。他觉得明天一定可以在同样的地方找到巫女，现在可不是和她相见的时候。

当他原路返回，隔着路看着小酒馆时，大犬吃了一惊。只见那个酒馆外边团团围着穿着青铜盔甲的禁卫军，手里的火炬照亮了他们神情凝重的脸，把他们巨大的身影投射到了周围的墙上。大犬已经无法回到酒馆里。这个时候他看到一队铠甲武士从酒馆里面出来了，押着五花大绑的比干和其他参与密谋的伯侯。大犬吓得酒全醒了，想不到他们的计划走漏了风声。他看见三锋戟卫队长亚最后一个从酒馆里出来。这个亚答应了比干，要参与政变，条件是让他当军队的总统领。但是他在最后一刻变卦了，向帝辛出卖了比干，并亲自带着禁卫军把政变集团一网打尽。大犬惊呆了，他站在门口，看着比干等人被押了过去。比干发现了大犬，对他怒目而视，啐了他一口痰。比干一定以为他是叛徒，他刚才离开了酒馆是去告密呢。

第二天早上，就发生了比干被帝辛挖了心肝，九个伯侯被做成了肉酱的事件。大犬内心不为所动，自从他的右手被剁了之后，他对血腥的事情已经非常淡然。他甚至没有谁对谁错的判断了，他心里感觉到自己的死期也不会太远。他很奇怪，如果昨夜他没有去找巫女的话，那么他也会被三锋戟卫队长亞带领的禁卫军逮捕，在被做成肉酱的人之中一定会加上他的名字，他也会成为肉酱的。

第二天开始，大犬不去酒馆喝酒了，而是四处寻找巫女，却不见她踪影。他有时会怀疑她并没有真的来到过殷商城，是鬼神用她的幻影来引导他离开那酒馆现场，而让他活命下来。然而就在他开始怀疑起她的真实存在的时候，他看到了巫女。她不是幻影，而是真切地出现在城内一个市集上。大犬坐着一辆轻便马车在城内巡游，隔着珠帘能看到外面，外面的人则看不见他。她在市集的一个土台上跳舞，四周有围观的人。她还是穿着和过去一样的装束，同样的羽毛舞具和响器瓦缶，还是那样像波浪一样不停地起舞。大犬深情地凝望着，心里再次发出"洵有情兮，而无望兮"的叹息。一切都和上次一样，只是他已经失去了一只手。他们终于相互对视了，巫女向他走来。大犬让她坐进了车厢，他用一只手驭车前行。

大犬不敢把她带回到家里，也不敢去城里任何一家客栈，因为到处有三锋戟卫队长亞的密探耳目。他已经事先想好了一个地方，带她到祭庙里去，让她在舞祭的舞队里面当舞女。宗庙里的舞队有上百个舞女，这个舞队的看管人是一个长着一张兀鹰脸孔的人，他是个专门收留舞女的奴隶主。大犬偷偷将马车赶到了祭庙边上的舞祭舞队的屋子外面。他给了鹰脸看守人一个金币，让他收留巫女。鹰脸人咬了咬金币，一声不响地把巫女带进了屋子深处。

第十章 逃亡 295—314

周文王周昌在临死的这些年，已经把西北方一带治理成最服从商王朝的方国区域。

在商朝大都殷的西北方向，有着诸多方国的外族，向来是商朝最头疼的防范地区。而周昌的部落是在外围的，从外到里包着这些方国。周昌被册封为西伯侯之后，和草原其他的部落建立了同盟，灭了一个不听话的奄国。周部落开始了军事化，向其他部落收保护费。他们在上缴了向商朝的税赋之后，有足够的部分留给自己。他们的氏族、家支组织被打破，代之以严密的军事组织，全民皆兵。周昌最伤脑筋的事情是要给商朝提供羌人人牲，他已经和羌方建立了联盟关系，不能再捕捉羌人做人牲。所以他就转向更北的地方，用钱去买来黄头发蓝眼睛的外族人来送给商朝。在周部落成为商王朝最信任的代理人之后，周昌染上了重疾。临终，他对两个儿子说：

"你们要知道,我们的祖先从开始为商朝服务之后,目的只有一个,那就是要消灭商朝。"

"孩儿无知,还求父王开示。周方国只有区区几万人民,怎么可能翦除几百万人的商朝呢?"

"这就是我潜心研究'易'的原因。我现在已经研究通了,你们用'易'的原理,是能够以小击大的。你们要做仁义之师,天下诸侯会归附于你们。太公会把'易'传授给你们的。"

周昌凝视着两个儿子,看到二儿子周发目光中流露着恐惧,略有担忧。他说:"阿发,在你哥哥伯邑考死了之后,你就是长子了,我要把王位传给你。"周昌接着对小儿子周旦说:"旦,你不要再那样胆小了,你应该全力辅佐你的兄弟,靠你的力量。"

两个儿子接受了父亲的委托。周昌最后说:

"我马上要死了。我想起了我们的祖先从给商朝输送人牲开始,就积下了罪孽。我以前并不知道人牲的事是多么罪恶,而神灵最终让我们自食其果,让我吃下了你们的哥哥伯邑考的肉酱。现在,只有你们彻底铲除商朝,我们的祖先才会饶恕我们。"周昌说完就去世了。

周发、周旦在父王去世之后,年纪尚轻,也没多少经验。周发号称武王,姜尚在当时是他们的军师和心灵导师。在那个四面环水的辟雍城堡里面,他们学习射箭、格斗、驾驭战车,同时还要学习父王留下的"易"。按照以往的帝王纪年,新的国王要用新的年号,但周发还是沿用老父文王的年号,这说明他心里的胆怯,也看出他希望父王的灵魂能保佑他的翦商大业。

但周武王还是一直处在恐惧和焦虑之中。殷商城里大哥伯邑考被做成肉酱分食的经历,加上要承担的翦商重任,以及担心一旦失败被商王的酷刑处死的恐惧，让他一直无法摆脱失眠和噩梦的折磨。他常常辗转终夜无法入睡，黎明时分好不容易睡着又马上进入了噩梦里，梦见要发兵翦商却不见约好的诸侯国前来集合。商王震怒，整个周族即将遭到灭顶之灾。

周发从床上猛地坐起来，大汗淋漓，不停地喘着大气。他的贴身侍卫小子御连忙起身伺候。周发让他马上去请周旦过来。他要把自己内心的恐惧和噩梦向兄弟倾诉。周旦现在已经是最有名的占星家和解梦师了。

周旦住在和这里一水之隔的另一个城堡里，得到紧急召见后立即奔跑过来。周旦在听了哥哥的梦境之后，总是会从恶相中解释出有利的征兆。比如，周发梦见了自己在一片荆棘丛里打滚，弟弟会解释这是上帝已经通过他在商都布下了荆棘。殷商城人祭场面一幕幕在眼前挥之不去，兄长的肉糜气味从意识的最深处升起来，他的灵魂在卧殿里徘徊。周武王挣扎着醒过来时，每次窗外都已泛白，他的兄弟周旦也都守候在榻边。

周旦的"旦"字字形是半轮太阳从地平线上升起，表示黎明到来。他的确是武王每天黎明从噩梦中醒来时看到的第一个人。弟弟的解梦和心理安慰使得周发的情绪慢慢平静下来，然后他在弟弟的低语中又沉入了睡眠。

然而周发从来没有真正相信这种解释，他对于神灵是怀疑的。他想如果真有一位万能的上帝，那么他的哥哥伯邑考怎么会给人做成肉酱吃掉呢？他宁可相信实力，只有在战场上消灭商王的军队，他才能从灭族的恐惧中解脱出来。所以周武王真正信赖的是师傅姜太公，每天和他商谈强兵翦商大计，商谈如何拉拢周边的诸侯，如何离间商朝的内部高层，如何让商朝的民众在富足中丧失斗志。而姜太公则把他们所谈的内容一步步付诸行动。

密谋之后，周发仍旧会处于焦虑和失眠之中，武王的贴身侍卫小子御早已习惯，看到武王做噩梦翻来覆去时，就会主动去向周旦求助。没有人知道，周旦自己是不是摆脱了吃兄弟肉糜的噩梦折磨，但每天黎明前被兄弟召唤之时，他都从容清醒如白日。周旦显然已经考虑过自己的使命和定位，他要做周武王的心理辅导师，让受过严重心灵创伤的哥哥一边治疗一边工作。

在文王周昌死去两年之后，武王决定公开打出反叛商朝的旗号，发兵讨伐商都。他的战略是要联合草原上众多部落方国一起推翻商朝。他一路带上了各个部落的人马，到了黄河边的时候一清点居然有八百个部落之多。他开始渡河，渡河的时候，有一只白色的鸟落到了他的船头。他抓住了这只鸟，杀了它祭天问卜。他突然明白了天意，决定马上收兵，暂时不讨伐商朝。他知道凭现在的实力还打不过商朝，他还需要一些时间把跟随他的部落训练成一支联合军队。

一切都在秘密中进行，没有走漏消息，商朝一点都不知道这一天在黄河上发生的事情。但是商王帝辛对这件事有心灵感应，不祥的气息渗透到他心里，却借用了另一件事情浮现到意识表面。这一天早晨他把大犬召见了去。他刚从噩梦中挣扎着起来，就派三锋戟卫队长亞紧急召见大犬过来。帝辛的脸上还带着湿淋淋的汗水，说明他的梦一定很沉重。

"大犬，我有很长时间没有在早上召见你了。因为近来我都没有做噩梦。当然我还是会做梦，有时梦见很多有趣的事情，有时则梦见没有意思的事，甚至令人不快的事，这些个梦我自己都能解释，但昨天夜里的梦非常奇怪。"

帝辛说昨晚梦到自己喉咙里有树叶长出，把喉咙都堵住了。那树叶后来从他嘴里长成一棵树，上面结满了果子。

"大犬，你还记得我在陈国时做的那个梦吗？那一个跳舞的巫女的梦？我昨天又做这个梦了，梦见她在那棵奇怪的树下面跳舞。我不知道是不是这个巫女真的来到殷商城了。"国王这样说。

"大王，陈国离大商邑有千万里，只有大王的军队才可以行走这么远。巫女是不可能走这么远的。"大犬说。他因恐惧后背流着冷汗。

"大犬，我要找到这个巫女。这件事还是派你去做吧，你会和上次一样找到她的。但是，我想你应该知道怎么去对待国王的梦。你已经丢了右手，不会再想丢掉左手吧。"帝辛王说。

大犬接受了帝辛王的任务，离开了王的宫殿。他独自驾驭着一辆马车，在殷商城内到处转悠，装出在四处寻找的样子。他心里在盘算如何才能让巫女躲过这一次的搜寻。巫女栖身之地在祖庙舞祭队的房子里面，那里面和外面是隔绝的，不能随便出入，他觉得她暂时还是安全的。但是，危险正在逼近，既然帝辛说出已经梦到她就在城里，那么他一定不会罢休，会找到她为止。他慢悠悠在城里打着转，感觉背后有人在暗地里跟着他。他知道这些人一定是三锋戟卫队长亞手下的密探。

大犬心里对亞无处不在的恐惧越来越深。在见到巫女的第一天，他就有过想和她私奔的念头。如果不是被亞在客栈里捉获的话，也许他已经和她一起在南方的田园上过着自由快乐的生活了。在比干政变之夜，他因去寻找巫女而躲过了杀身之祸。但是，从那天开始，他就发现三锋戟卫队长亞似乎察觉到了什么，一直在监视着他，怀疑他是政变的一员。比干政变失败之后，箕子被囚，好多人仓皇出逃，大部分被抓回来处死。大犬觉得如果他现在要是和巫女逃亡，那么三锋戟亞的卫队很快会发现，卫队的车马速度很快，他们出城不远就一定会被抓住，然后会被用绳子穿着锁骨押回来。就因为害怕这样的结果，大犬让巫女先藏在祭庙的舞队里。他在等待着一个可以安全出逃的时机。但是，他知道现在处境更加险恶，国王已经借助梦境嗅到了巫女的气味，虽然她藏身的地方是国王和他的卫兵暂时想不到的。

大犬在城里转到了天黑，最后回到帝辛的宫殿，报告说今天没结果。国王没说什么，让他回去了。大犬如释重负，退了出来。

大犬独自躺在自己家的卧榻上，眼睛盯着黑暗的屋顶，想着接下来要做的事情。毫无疑问，现在只有逃亡一条路了。大犬一直在等，但现在是不能等了，藏在祭庙里的巫女随时会被发现。今夜是他们相见的时间，约定是在午夜子时。现在还早，大犬在想着逃亡的计划。奇怪的是，在这个决定要逃亡的夜里，他脑子里浮现的却是一片片甲骨卜辞。他想着在他逃走之后，那些甲骨档案将会变得散乱无章，将会流离失所。

沙漏漏到了子时，月光升到半空，照得外边的天井一片发亮。大犬眼睛睁得大大的，反射着亮光，黑暗中他的身体从卧榻上慢慢地弓起来，像是一具还魂的尸体。他悄悄起身，潜到窗棂前，看看外边的动静，发现外面的确没有人守候的痕迹。于是他把后门的小门打开，门臼上早已倒上了一些油，所以没有发出声音。他贴着墙根向前走，在月亮的阴影下面绕过宗庙的大墙，钻进了一个小门洞里。大犬轻轻叩击了三下，那门洞开出了个小孔，露出了一双鹰一样的眼睛，然后伸出鹰爪一样的一只手。大犬把两枚贝壳钱币放到他的手里，这钱币的价值可以在酒池肉林里吃上好几天。于是小孔关上了，门洞的木板门打开来，大犬深深弯下腰，猫着身子从门洞里进来。这里是宗庙的下层人员居住区，有很多排半穴居的屋子。鹰眼人穿着黑长袍，带着大犬走进黑暗屋子中一个单独的小木屋里，让他在里面等着。等待的时间有点长，他全身颤抖着。终于，那木屋的门被打开来，有个人走了进来。大犬凭着嗅觉和第六感觉，知道这就是宛丘巫女，他能感觉到她身上小野狐的气味和紫荆花的气味。他马上把她揽在怀里，压着她在木墙上，他的左手按在她饱满的乳房上抚摸，隔着麻布的衣衫能感觉到她凸起的乳头。她的身上还有点冷，情绪也有点冷，对他的行为有点排斥。他的脸贴着她的脸，嘴亲着她的嘴。他的手在抚摸她乳房的同时还用指头揉着她的乳头。慢慢他就感到她的身体活动了，开始有波浪起伏。她的气息变得香甜，发出紫荆花的香气。大犬的眼睛慢慢适应了黑暗，能看见巫女的脸和眼睛了。他们只有半个时辰的相会时间。这里没有睡榻，是巫女带领着他，坐在一张桌子上交媾着。宛丘巫女躲藏在祭庙的舞队里已经有三个多月，大犬隔几天会来和她相会、交媾。巫女上一回告诉他，她已经有身孕了。大犬能感觉到她的小腹已经鼓起，她的乳房也变得硕大了。

"今夜好像你特别不愿意离开我。有什么事发生了吧？"巫女说。在黑暗中，她看着大犬。

"你什么事情都会预感到的，是有大事要发生了。"大犬说，"国王梦到你来到了殷商城，派我来寻找你。"

"那我们赶快逃跑吧，你还等什么呢？我再也不想在这里为这个打我三十鞭子的坏国王跳舞祈福了。"

"我何尝不想早点和你离开殷商去远方过自由的生活呢？可是

自从比干被处死之后，群臣逃亡，殷商城就像一个铁桶一样。我一直在等着机会，可现在的情况更糟糕了。国王的卫队正在跟踪我，他们会彻底搜查城市的每一个角落，最后也一定会搜查到这里。所以，情况非常紧急，我们必须马上行动了。"

"那你有什么办法带我逃走吗？"巫女问道。

"后天的早上有一个好机会。后天是十月的第一天，每月的第一天，我作为轮值的祭司要去城外东山的天水泉取一坛神水回来，放在宗庙里供祭祀所用。这一天，我可以驾着我的小马车到城外去。"

"那岂不是太好了吗？我们趁这个机会逃出去。"巫女说。

"只有这么一次机会了。但是还有几个难题要解决。我其实早在准备出逃的事，我在小马车的底座做了一个夹层，你可以藏到里面出城。最近这段时间，守城门的卫队开始使用嗅觉灵敏的狗，专门用来查找藏在车里的逃亡者。所以，我得找个对付的办法。还有一个最关键的问题，我出去取神水规定只有半个时辰，只能领到半个时辰的出城门令牌。如果半个时辰不归，他们就会发觉，派快兵来追。"

"那怎么办呢？你想出办法了吗？"巫女说。

"令牌的事我有办法，我可以向那个管理出城门令牌的人说说情，给他一些钱，让他给我两个时辰的令牌。这样，两个时辰他们发现我没有归来，就算派追兵也追不上我们了。"

"那狗的事呢？我最怕那些狗了，要是那些狗在车边嗅来嗅去，我会忍不住叫起来的。"

"这件事我有办法，你不要担心。我以前经常跟着国王去打猎。有的时候那些凶狠的猛犬突然变得像兔子一样胆小，呜呜叫着往人的脚边钻，我就知道附近一定有老虎在。狗最怕老虎，它们闻到老虎的气味就害怕了，不敢接近。我明天去搞点老虎屎来，藏在你身边，这样狗就不敢在车上嗅来嗅去了。"

"那你到哪里去搞老虎屎？老虎不会吃掉你吗？"巫女说。

"这个你不要担心，殷商城里养了好多只老虎，我自有办法搞到。明天下午会有舞祭，我会在场的。你要是看到我穿白色的祭服，那就是一切顺利，后天早上卯时我会来接你。要是我穿着黑色的祭服，那就是遇到了麻烦，暂时走不了。我过几天会再来看你。"

"神灵保佑你。"巫女说。

见面的时间已到，他们离开了黑暗的房子。大犬和那个鹰脸人低语了几句，说好了一件事情的价格，然后就趁着夜色悄悄回到了自己的住处。

第二天一早，大犬驾着小马车，继续去执行帝辛国王要他寻找巫女的命令。他在城里转了一圈，发现后面有三锋戟亞的人盯梢。他知道无法躲过他们，但是有办法挡开他们。他驾着马车径直前往帝辛国王的王家园林。守门的卫士认得他的车是国王的祭司标志，便放他进来。跟踪他的化装成百姓的密探却被守门卫兵挡在了门外。大犬知道等他们搞清身份进到园里时，他大概已经把事情完成了。

大犬来到园林里养虎狼熊罴的地方。他认识一个叫淇的人，是帝辛的猎师，和他交情不错。大犬知道他爱喝酒，所以准备了一陶瓮的酒，见面之后把酒送上。淇极为高兴，问他近来如何，为何到这里？大犬说自己近来腰疼，患风寒湿气，想用一点老虎粪便做药饼敷上。淇说这没问题，带他到虎笼前。淇用木棍从老虎笼里拨了一块粪便，大犬用麻布包好，谢过之后赶紧离开。当他从园里出来时，看到那几个跟踪他的人还在门口干着急。

上午看来还很顺利。他决定马上去干第二件事情。他赶着马车前往禁卫营，去领取出城门的令牌。他已准备好了一块金币，准备塞给管令牌的官吏，让他发一块两个时辰的令牌给他。当他把金币塞到了官吏的手里，官吏马上把金币推回去，说使不得使不得，很多人都想要时间长的出城门令牌，但是有一部分人就是用这样的令牌逃出殷商城的。他只能发半个时辰的令牌，两个时辰的令牌全部交给三锋戟亞那边了，只能到他那里说明情况才可领取。

大犬一听，脸色发白，额头渗出了汗珠。官吏这一句话像是命运的宣判一样让他内心冰冷。他知道逃亡的计划要么是明天，要么就永远不再有机会。他现在可以拿到的是半个时辰的令牌。如果去三锋戟亞那里要两个时辰的令牌，等于是向他暴露逃亡的计划。

"那你到底要不要明天出城的牌子啦？"官吏看着他，被他的模样吓着了，问他。

大犬知道此时他必须做决定，对错都得决定，于是就牙齿一咬，说：

"我要的！"

半个时辰！这肯定是没有办法逃离的。那要是不逃，再也不会有机会，巫女随时会被发现。他明白了事情的结局已在眼前。他只能把巫女送出城去，让她一个人逃离。而他自己只能按时回到城里，这样才不会有追兵去追寻巫女。想到这里，他的心里像是扎进一把刀一样难受。他知道她要是这样一走，会是永远的别离。他再也看不见她,再也不能抚摸她布满蓝色血管的身体,和她长时间地交媾了。

决定做出了。大犬的心成了一块石头,沉沉地压着他整个身心。这样的结果也让他获得一种自由。因为一件事情终于有了决定。他觉得都是上天的意志在决定,人是无法改变的。他已经做了所有努力,已经没有别的选择了,只有唯一的一条路。从这个时候开始,他心如刀绞。

午后的祭祀开始了,帝辛来临,是一次对祖庚王的大祀。首先是击鼓祭,几十面大鼓敲响,声震庙堂。唱诗班在高唱着:

> 猗与那与!置我鞉鼓。
> 奏鼓简简,衎我烈祖。
> 汤孙奏假,绥我思成。
> 鞉鼓渊渊,嘒嘒管声。
> 既和且平,依我磬声。

鼓祭的隆隆声平息下去,这边响起了石磬、编钟及吹管的乐声,羽毛舞队开始从边门出来。舞团由三十六个人组成,手执羽毛舞具,每个人的脸上都戴着面具,她们舞蹈的队形随着音乐而变化。大犬这个时候出现在祭台上。他今天穿着一件白色的祭袍。他知道舞队中的巫女看到他的白色祭袍会多么高兴,那是自由的旗号,明天她就可以和他一起逃亡啦。大犬开始了占卜,香烟缭绕。唱歌班在唱:

> 於赫汤孙!穆穆厥声。

庸鼓有斁，万舞有奕。
我有嘉客，亦不夷怿。
自古在昔，先民有作。
温恭朝夕，执事有恪，
顾予烝尝，汤孙之将。

大犬已经无法分清那三十六个戴着面具跳舞的哪一个是巫女。他的心里充满了伤感。明天这个时候，巫女就要独自在路上了，迎接她的将是无尽的风霜和尘土。但这个时候，他发现三锋戟亞已经来到了宗庙里，在一个角落偷偷打量着他。大犬觉得紧张起来。他看到亞和帝辛耳语着什么，他看到帝辛的脸色在变化。帝辛站了起来，举起一只手，音乐师和唱歌班都停了下来，舞祭的舞女也都停了下来，看着祭台上的国王和他的卫士。

三锋戟亞从祭台上往下走，要走到跳舞的舞女队中间去。大犬挡住问：

"你想干什么？"

"去看看大王要你找的舞女是不是就在这里。"说着，亞就到了舞女中间。她们因害怕闪到了一边。

三锋戟亞从舞女前面走过，将她们的面具一个接着一个摘下来。大犬此时想着，在他摘下宛丘巫女的面具时，他就拔出腰剑杀了他，然后自杀。他紧紧跟在三锋戟亞的后面，随时想拔剑刺他。但是亞把一个个舞女的面具揭下来，都没见巫女的脸。一直到最后一个，大犬想这个必定就是巫女了，但竟然还不是她！他觉得简直不可思议，刚才明明看见过她的，而舞队的人数一个也没少。三锋戟亞是认得宛丘巫女的，是他亲自在她的背上抽了三十鞭子。他没有看到她那熟悉的脸，但是他相信他抽在她背部的鞭子印一定还在。于是他要所有的舞女转过身，脱下衣服把后背给他看。结果，他没有看到一个舞女背上有鞭子的痕迹。大犬简直不相信自己的眼睛，他知道巫女背上有多道鞭子抽过的伤痕，像柳枝一样粗，昨晚他还抚摸过呢。可是他现在看到每个舞女的后背都光洁无痕。

三锋戟亞什么也没找到，回到祭台上对帝辛说没有找到人。帝辛瞪了他一眼，三锋戟亞低着头赶紧退下，离开了祭台，带着搜查的卫兵走了。

祭祀继续进行，音乐和舞蹈继续。大犬不知道发生了什么事，宛丘巫女怎么突然不见了？到了最后，舞祭结束了，舞娘们个个都摘下了面具。大犬看见巫女明明就在里面，还向她投以一个调皮的眼色。大犬简直是惊呆了。刚才究竟是怎么回事呢，真是发生神迹了吗？

这一夜，大犬把家里最好的东西都找出来了。他除了留下要给鹰脸人的钱，把自己的所有钱币包成一个小包，要让巫女带上。还把准备好的面饼、肉干和一件保暖的长衣包成一个包袱。他让自己保持平静，睡了一个时辰。他在启明星最亮的时候赶出了小马车，来到了宗庙边的大墙下。他叩了叩那个小门洞，一忽儿，鹰脸人打开了门。大犬把两枚金币放在他手里。这次他没进去，等在外边。不久，他看见一个穿着长袍蒙着面的人钻出了洞口，门洞又关上了。他掀起面纱看了下，真的是巫女。他把马车的底板夹层打开，让巫女钻了进去。于是，他赶着马，嘀嗒嘀嗒地向东边的城门走去了。

天已经露出鱼肚白，启明星开始暗淡下去。到达城门时，天已经亮了。守城的军官带着大批士兵站在城门口，所有出城的人都要严加盘问，验证身份。大犬远远就看见了守城门的军士中有一个牵着两条凶恶的大狗。

"大祭师，你要去哪里？"守城军官认得是国王宗庙祭司的车，说话还赔着小心。但是他们盘问十分认真，因为上头交代要特别防范高级官员的逃亡。

"我这是要去东山天水泉去取一坛神水。一年就这个时间的水有魔法力。"大犬说。

"是的，大师。那请你出示你的出城令牌吧。"军官说。

"好，在这里呢。"大犬把牌子给了他。

"那我收起来啦。时间够紧的，只有半个时辰，你快去快回啊。回来时到我这里取回令牌，交还给禁卫营。"军官说。

"慢着。"另一个军官叫道，"让驯狗人带着狗过来查一下，看看车里有没有藏着什么。"

尽管大犬已经做好了准备，把老虎的粪便在马车的四角都撒了一点，但是这个办法是不是灵验他也不知道，所以他一下子紧张了起来。他看到军官朝那牵狗的人做了个手势，那人远远地牵着狗走过来了。可在快靠近的时候，那两只狗一定是闻到老虎的气味了，停下脚步不愿往前。驯狗人拿起鞭子抽它们，那两只狗挣脱了缰绳没命地往远处跑。驯狗人不知怎么回事，赶紧去追那狗。这边的军官哈哈大笑，骂着：

"还说这狗是神狗呢。跑得像老鼠一样快。"

"你这车里有什么东西吧？怎么这些狗会这样害怕？"另一个军官狐疑地问。

"兵哥，你看看，这车厢里空空的，什么也没有。"大犬说。

他没想到把狗吓得逃跑了也会引起怀疑。

军官不是狗,对老虎的粪便气味没有反应。他凑近车厢看了看,又看看车底,有点怀疑。

"车座下面是什么?好像有东西在里面。"

"兵哥,里面真的什么也没有。"大犬说。他的后背直冒冷汗。

那军官贴着缝隙看了看,用青铜剑对着缝隙扎了好几下。大犬能感觉到青铜剑已经刺进宛丘巫女的身体,但军官似乎觉得什么也没扎到,于是抬手让大犬过关出城门了。

大犬一开始还不敢让马跑快,怕太兴奋了守城的官兵会追上来。当他确信已经出了关时,他才大声喊:

"你有没有事?有没有扎到你?"

"没有,我没事。我可以出来了吗?"巫女说。

"再等等。等跑出他们的视线你就出来。"大犬赶着马快跑。

又跑出一程,大犬看到殷商城已在尘土中消失了,才停车让巫女出来。巫女安然无恙。她和他一起并排坐在开放的车座上,大犬朝着马儿甩一个响鞭,马儿轻快地跑起来。马车在阳光、风、尘土和自由中奔跑。

"刚才吓死我了,以为那剑一定刺透你了。"大犬说。

"不会,刺不到。你不知道我是南方来的巫女吗?我有法术保护自己。"宛丘巫女笑嘻嘻地说。

"那昨天是怎么回事?我以为三锋戟亞取下每个人的面具时,一定会找到你。"大犬说。

"这样的魔法对我来说不是困难的事。"巫女说。

"那你背上的伤痕消失了也是魔法吗?"

"当然也是。但是心里的伤痕是不能用魔法消除的。"巫女说。

"你果真是魔法师，我虽然是国王的祭司，却不会一点魔法，只是靠甲骨上的纹路去断定事情的未来。"大犬说。

"会魔法也不一定就是好事啊。会魔法的巫女会没有心肝的，她会知道太多的事情，这样她就变得很没趣了。我多么想做一个普通的女子。你看，我们现在多么快乐幸福。田野那么好看，那些鸟尖叫着直飞云端，路边都是花，还有绿树。我会像一个普通民女一样和你在一起。我是那么喜欢自由的生活、自由的大地和河流，还有村庄和人群。"

"你描绘了一幅多么美好的图画，可是我没有办法和你一起走了。"大犬说。他知道，他的时间很快就到了，他得往回走。半个时辰就那么一点时间。他只有把事情说出来。

"为什么这样说呢？我们不是已经逃离了殷商城吗？"巫女转头看着他。

"还没有。我昨天只拿到半个时辰的令牌，半个时辰内要回到城里。要不然，他们发现我没有回去，就会马上派快马追兵追过来的。现在唯一的办法是你先逃走，我回去交差。我把你路上用的盘缠都准备好了。只能这样，否则我们都跑不了。这样至少你还可以跑掉。"大犬说。

"你没有拿到两个时辰的令牌吗？"巫女问。

"拿不到，除非向三锋戟亚申请，但是他一定不会给的，还会使我们的计划失败。"大犬说。

"那我们死也要死在一起。我们不要走大路，我们从田野和草丛里走，也许会找到一条路的。"巫女说。她紧紧抱着大犬。

"不，这一路上都是平原，没有可藏身的地方。禁卫军的快骑很快就会赶上我们,我们无路可逃,我们不能这样死去,你的肚子里还有孩子呢,那是我们的孩子。你要把他生出来,要把他抚养成人。你快点往前走吧,我的心会跟着你走。"

"大犬,你就这样让我走吗?我太悲伤了,我会这样死在路上的。我花了好几年在路上走,终于找到了你。就刚才还以为今后可以和你在一起了,想不到你还是要让我一个人往前走。"巫女泪如雨下。

"是啊,我本来以为可以和你一起到自由的南方去的,但是没料到令牌这一关会过不了。我第一次看见你在陈国的宛丘那里跳舞的时候,我就写过'洵有情兮,而无望兮'的诗句。那时我就为不能和你在一起伤心,谁知结局真的会这样。这一定是天意,我们无法违抗。"大犬说。

这个时候已经到了取圣水的泉眼。到达这里,就该打了水回去,才不会超过半个时辰,才不会引起城里怀疑而派出追兵。大犬再次紧紧抱住了巫女,吻着她的眼睛,吻着她的脸。

"我得回去了。我不想让他们派出追兵来。你只能独自往前走了。这个包袱你带上,里面有不少钱币,你往前走,到了有村庄城镇的地方你就一路跳舞吧,只有一路跳舞,你才会打起精神来,你的生命之火才会燃烧起来。到孩子生下来的时候,你就停下来,把孩子养大。我会照顾好自己。也许我们还会见面。就算活着见不了,死了我一定会去找你。"

"大犬,那我听你的,你放心,我一定会把孩子抚养成人。我会等着你,即使活着等不到,死了也一定会和你在一起。我会几百年几千年都在你的身边。"

大犬放开了宛丘巫女,把那一陶瓮的水放上了车子。他坐到马车上，朝悲伤的宛丘巫女挥挥手，一提缰绳赶着马掉转方向，向殷商城里跑去。

# 第十一章 牧野之战

315—357

一

　　杨鸣条被土匪掳到太行山的时候，还是炎热的夏天。他在山上的木头屋子里看到外面的林子树叶慢慢变黄，掉落。然后又看到大雪纷飞，群山变得一片白皑皑。由于山上取之不尽的木头柴火，他倒是没有挨冻。不知过了多少时间，雪开始化了，远处的山崖上出现了雪水的瀑布，树林里起先有很多的啄木鸟，接着其他的鸟也飞来了。天气慢慢暖和了起来，夏天又来了，杨鸣条知道自己在这里已经被拘禁整整一年了。

　　杨鸣条虽然是被掳上山的，但是没有受到虐待。杨鸣条被软禁在一个木头屋子里，可以在周围自由行动。在他被抓到山上的第一天，他就受到了土匪王吴二麻的酒席款待。杨鸣条早就对吴二麻的名字很熟，以为他一定是个满脸麻子的凶汉，没想到却是一个小白脸，让人想起白衣秀士王伦。他一个劲儿劝杨鸣条喝酒吃菜，说请他上山是听从一个朋友的吩咐，让他在山上住些日子。

这以后，吴二麻好多次请杨鸣条吃饭喝酒。他还说了自己的一段身世，说自己祖上原来是宋代的大官，但是他那个祖先不该退隐到河南淇县的乡下。河南的乡下是穷乡僻壤，他们家因此一代比一代穷困，家里读书的人也越来越少。到了他父亲的时候，家里人已经基本目不识丁了。他说自己虽然已经无望做个读书人，但对读书人十分敬重。他让杨鸣条安心在这里住下，有什么要求只管说来。杨鸣条知道一时无法脱身，只得先保住性命。他要求将他放在旅馆的个人用品还给他。几天之后，他的那只柳条箱真的回到了他手里，东西都还在。但是他在紫金山做的研究笔记和材料，还有明义士给他的三折画照片和测绘图纸都没有还给他。

慢慢地，他知道了山上土匪的来历。他们原来是军阀军队的一支队伍。因为打了败仗，团长吴二麻怕自己会被上头枪毙，就带着队伍上了太行山当土匪。河南这地方穷，大部分地方都没什么油水可榨。相比之下，安阳这地方算是富裕的，因为它的地下埋着值钱的古物。吴二麻占住了这个地盘，他在这里收钱给人消灾，谁出钱就帮谁办事。杨鸣条看到土匪们还保持着军队的纪律，早上会排队操练，之后在溪水边洗漱。土匪对杨鸣条看管并不是很严，他逃跑过一次，但是下山只有一条路，有好几道岗哨，他还没逃出第一道岗哨就被抓了回来。吴二麻没有处罚他，只是告诉他这样做很危险，哨兵子弹不长眼，开枪说不定会打死他。还有，即使他逃了出来也认不得路，会迷失在山里被野兽吃掉。吴二麻让他再耐心等等，过些日子那个请他到山上的朋友会来看他。

在被绑架到太行山的第三个月，他终于见到了指使土匪绑架他的人。杨鸣条其实早就猜到这个人就是日本人青木，果然是他。青木显得很恭敬，对自己的这种邀客方式表示了歉意，并把杨鸣条所有的笔记资料和图纸都完整无缺地归还给了他。

"还记得上一次我们在圆顶屋子里的见面吗？那一次我请你看了我制作的安阳迷宫图。我非常满意地看到，先生在那一次之后，开始进入了这个迷宫。我上次就说过，很可能只有杨先生一人才掌握着打开安阳迷宫的钥匙。我最近三个月仔细研究了杨先生对殷商日月交食的研究笔记，知道先生已经在为解开三折画的星座之谜找到了一个正确的方向。这不只是我一个人的看法，你知道，我们国家聚集了一批最优良的星相学家、天文学家、符号学家在破解三折画之谜。他们一直认为先生的工作极其卓越。所以说，不管是什么形式，我们都已经开始了合作。"

"青木先生想错了。我所有的研究都是在为自己的《殷历谱》寻找资料和依据，和你所说的安阳迷宫没有关系。"杨鸣条说。

"杨先生不必如此否认。这个问题是不证自明的，因为你有一套和我一样齐全的三折画照片和测绘图，这些照片都是出自我的手艺呢。其实，从你前往北戴河见明义士开始，我们就注意到你的行踪了。一开始的时候，我们有人觉得你和明义士的会面是个可怕的灾难，因为明义士和你都是甲骨学界最聪明的人，你们会比我们更早破解三折画的密码，打开安阳迷宫。他们觉得应该阻断明义士和你见面。但是我的看法和他们不一样。我相信要解开三折画的密码，必须依靠《殷历谱》的系统理论和杨先生的参与。明义士把杨先生带进这个迷宫，参与解读破译会对我们有利。北戴河是我们的地盘，明义士和你在那里的一举一动都在我们的监视之中。我后来非常高兴看到你上了紫金山天文台去精心钻研。从你的研究笔记来看，你已经接近了最核心的问题。"

"照你这么说，让明义士找我谈三折画的事是你们的安排？"

"可以这么说,但明义士本人还蒙在鼓里。我和明义士一直保持着朋友关系,经常有联系。他是个充满好奇心的幼稚的学究,没有政治头脑。他出于对安阳地下的埋藏有一种控制不住的好奇心,他和我交换三折画的信息不是因为喜欢我,而是对安阳地下迷宫的好奇心。这种好奇心有时会是致命的。我知道他为了要解开三折画的密码,别无选择早晚会和你合作。这正是我们需要的。我知道在正常的情况下,你是不会和我们合作的,所以我们巧妙地利用了明义士,让他来邀请你加入,我们在暗中监视全部进程。"

"青木先生,上次见面时,你曾经说自己是一个卖日本工业产品的商人,但那时我就知道你做的是盗掘安阳地下文物的事。而现在,你把我绑到了太行山上,你还说你背后有日本国家的背景。你到底是一个什么样的人呢?"杨鸣条说。

"这话真是一言难尽。要说心里话,我和你一样,都是读书人。你是你们国家中央研究院的人,我到中国之前也曾经是日本东方文化研究所研究员,是从京都大学史学科考古学专业毕业的。说起来和你一样,我也是深深热爱安阳的土地,而且我在这里快二十年了,和我在日本的时间差不多一样长,从一个年轻人变成了两鬓白发。说到底,你和我都是为了安阳的地下埋藏付出了自己的人生。"

"我曾经非常尊重日本国的甲骨文学者,现在还同样尊重。但是你和他们不一样,你是在中国的土地上做偷盗的事情,现在,你还做了绑架的事情。虽然你在安阳的时间很长,但这是我的国家,你只是一个客居的人,不能为所欲为。"

"杨先生,你前不久去过北戴河山海关,应该对那里的事情有记忆。上一次我们见面的时候,东北还是你们的地盘,而现在你看,在东北的土地上,谁是主人呢?安阳离北戴河也就一箭之遥,再过些时候,谁能知道我们的军队会不会前进到这里呢?"

"你为何要把我绑架到这里呢?你想让我做什么?"

"让你到这里来,是想让你和我们合作,一起解开安阳迷宫的密码,找到祭祀甲骨的库房。用这样的方法可以避免盲目发掘,让地下的埋藏完好无损地发掘出来。这样做,无论从考古学的角度,还是从保护人类文化遗产的角度来说,都是道德的。"

"青木先生,我并不认为我们有什么可以合作的。请你不要陷我于不义。"

"我知道杨先生一时是想不通的,不愿和我们合作。但是没有关系,我们有的是时间。古时周文王被囚禁在羑里而演算出周易,先生就在这里安心住些日子吧。说不定有一天会像周文王推演出八卦一样,破解出三折画里的密码呢。"

就这样,杨鸣条被拘禁在太行山上。他已经冷静下来,知道愤怒和反抗都是没有用的,鲁莽地逃跑也无济于事,还可能会送了性命。他每个晚上会静静地观望着星空。这里山高,空气纯净,夜里的星空格外明亮,每一颗星星都像钻石一样闪亮。从紫金山天文台开始,他一直在仰望星空,现在他几乎已经懂得看星图了。他时常会陷入幻想中,觉得大犬就在那些星光里,和他对视着。但有的时候,他的幻想会变成狂想,这让他害怕自己会变成一个疯子。他的感官世界完全往内收缩了,他变得很安静,目光迟滞,行动缓慢。慢慢地,看守他的人放松了警惕,有时还让他去厨房里帮衬着干些烧火之类的活儿。土匪其实也都是一些普通的人,他们也都有家人,也有家书往来。时间一长,有一些人还会找他写家信读家信。杨鸣条都帮他们做了，虽然是别人的家信，但也让他感到了外边世界的存在。他一直想和外界联系，但他知道没有一个看守敢做这样的事情。

有一天，他在伙房里帮忙做豆腐的时候，看到了有两个打扮妖娆的女人在厨房里吃饭。山上出现这样的女人，他还是第一次看见。烧饭的伙夫头告诉他，是吴二麻从山下叫来的土妓，他最近腿脚不好，下山不便，便叫了女人上山来受用。杨鸣条因此好奇地看了她们一眼，觉得有个土妓也在看着他。杨鸣条避开了目光，低头烧火，心里总觉得这个土妓有点面熟。到了吃晚饭的时候，杨鸣条再次遇见了这个土妓。她有意在接近他，在没人注意的时候对他说：先生，我认识你，在迎宾馆里见过你。这句话让杨鸣条明白过来为何会觉得她面熟，他住那里的时候常和土妓在门厅里打照面。那土妓问他怎么会在这里，杨鸣条说了自己的遭遇，说自己就是在旅馆里被掳走的。土妓告诉了他一件事，她说在一个月之前，有一个女人来旅店里找过他。杨鸣条问那个女人是什么模样的，土妓说她是安阳本地人，说地道的安阳话，这样，杨鸣条就知道了那个女人一定是梅冰枝。她因为没有了他的消息，到处在寻找他。土妓只和杨鸣条简单说了几句话，就匆匆走了。

土妓这几句话把杨鸣条心里的平静打破了。他知道了梅冰枝在找他，不知他的去向让她备受折磨。如果有他的消息，就算他死了，她过一段时间也会慢慢恢复过来。但是他失踪了，这样她天天都会在煎熬之中。

从这天开始，杨鸣条想逃跑的愿望越来越强，他觉得宁愿在逃跑中死去也要逃跑。上一次他草率地逃过一次，很快就被抓了回来，所以这一次得格外小心。他在策划着逃跑行动，冬天到来之前就开始做准备了。他知道从前山逃出去的可能性很小,因为那边的几道岗哨把守很严,他得找到一条别的路。他有一次从一个伙夫的口里得知山后的断崖上有条野猪踩出的小路,他记在了心里。后来他跟着伙夫去打过几次柴,果然看到山崖上有条小道蜿蜒而下。看来想逃出去,只有这一条险道可走。他决定年三十除夕夜的时候逃跑,因为他计算过,除夕夜虽然看不见月亮,但北极星却是最亮的时候,还正好转到了山背后,能照亮那羊肠小道。如果没有北极星光照明,那条路摸黑是无法行走的,一脚踩空就会跌入深崖。还有,除夕夜土匪们都会喝酒狂欢,会放松对他的看守。他定下了计划,便早早储备了一些干粮,放在附近一个树洞里。他计算过,他得走三天的路才能到安阳,而在山林里的行程要在原始森林里穿行,避开土匪们行走的路径,否则会被他们重新抓回去。他不知道逃跑的路线怎么走,但是,他的星座知识让他能够辨别方向,他只要沿着大熊星座的两颗大星对角线方向,就会到达平原地带。他每天在心里默默演练着逃跑的步骤,自由的亮光在他心里点燃了。

除夕夜,他并没有获准和土匪一起吃宴席,还是像往常一样被关在木屋子里,看守给他送了一大盘肉食和一壶酒。他吃了一些食物,喝了一点酒,就早早躺下睡觉了。再过几个钟头,他就要开始逃跑,此时他的心情倒是显得平静了。他听到屋子外边土匪们在大呼小叫划拳猜令,一直持续到半夜。杨鸣条等到外面的声音平静下来之后,慢慢地从床铺上坐起来,穿上了棉袄。他所有的笔记和图纸都已捆绑在棉袄里面。他移开了床铺边木屋板壁上一块木板,这木板他花了三个月时间已预先撬开,现在只要轻轻一扳就能移动。从板壁洞里钻到了外面后,他又把木板放回了原处。他的被褥还铺得和他睡在里面一样,这样万一看守从窗口检查时会以为他还在睡觉。夜空布满繁星,照得地面发亮。杨鸣条借着光在暗影中离开了住了一年多的木屋,向后山的断崖潜行。他先找到后山坡上一个树洞,准备把事先藏在里面的干粮取出来,但是发现树洞里的干粮都让松鼠吃掉了。失去了干粮让他沮丧,此时已无退路,他继续顺着山坡滑向后山的断崖。

他预计的没错,北极星如冰冷的钻石一样,悬在空中,正好照亮了断崖。他攀着岩壁,沿着那条若隐若现的小道下去。好在岩壁上长着一些藤蔓,他才没有从悬崖上摔到深不见底的沟壑底下。他终于下到谷底,踏到了平地,于是立即向谷口方向走去。但这个时候头顶上的夜空被山崖完全挡住了,谷底处于完全的黑暗之中。他走出几步之后,就完全迷失了方向,再也无法前行。他停了下来,眼睛是没有用了,他完全是靠眼睛之外的感官去感知周围的环境。就在这个时候,他觉得眼睛再次发生了作用,不远处的黑暗里似乎有两点萤火一样的亮光。他注视着它们,以为是自己的幻觉。但是这萤火一样的微光是真实存在的,而且还在移动。从移动时两点萤光的距离一直不变的现象来看,这很可能是一头野兽的眼睛。杨鸣条知道这山上是有野狼的,他经常在深夜里听到狼的嚎叫。那么,他现在是不是已经被一头野狼跟上了呢?他害怕得头发根都竖了起来。现在他的麻烦不只是被狼跟着,还有如果他不在天亮之前走出沟壑,那么很容易就会被追捕他的土匪堵在谷底,再次被抓回去。死亡和失败的威胁混合在浓重的黑暗中压迫着他,让他不知所措。就在此时,他的耳朵听到了流水的声音。顺着声音摸去,发现有一条小溪流淌着。接下来,就顺着小溪的声音向前走。他知道小溪总是要流出山谷的。他走得很不顺利，不时会被地上的东西绊倒，还会摔到水里面去。而主要的威胁还是那一双萤火一样的眼睛。有几次，他能感觉到野兽浓重的气味就在身边，他一转头果然就看到了那萤火般的眼睛近在咫尺。他使劲挥舞着手里的一根木棍，那萤火般的眼睛才退到稍远处的地方去。

他终于走出了沟壑，眼前豁然出现一大片的星空。由于在完全的黑暗中长久行走，他的眼睛对星空的光源变得特别敏感。他看到那星空带着透明的暗绿色光芒，显得不是那么浩渺而不可触及。天空的一些地带显露出光的螺纹和旋涡，似乎那是空间的乳浆和梦的纹理。大熊星座出现在天庭上，顶端和底部的两颗星星清晰可见，指示出了南北的方向。这一天的星空呈现出青铜器时代的光辉，那一定是一幅商朝时代的星图，在指引着杨鸣条逃出山寨。

黎明到来的时候，杨鸣条已经走出了山口，在一片树林里前行。这个时候他终于看见了黑暗中一直跟随着他的那萤火一样的眼睛。那不是一头狼，而是一只花豹。现在它就在不远的地方看着他。随着太阳即将升起，这只花豹慢慢地在光明中消失了。

在接下来的几天里，他一直沿着陡峭的河岸走。他不敢在平原上露面，怕再次被抓。他现在要先回到安阳，尽管他不知道在安阳会得到什么帮助，有什么事情可做。这个时候他完全是听凭自己的本能在行事。重新获得自由让他心情愉快，他的周围，一边是向前奔流的河水，一边是冬天沉睡的土地，虽然上面没有盖着冰雪，但土都冻住了。田野常常被阔叶树林隔断，其中大部分是杨树、榆树、柳树。有时树林沿着深峪一直延伸到河边，像峭壁和陡坡一样截断了道路。

杨鸣条在逃亡之前准备的干粮没了,所以他只得饿着肚子。但是只要在河南的大地上行走,他就不怕会饿死,尤其是在丰饶的河边。他看到河岸有早春前就结的一种沙棘果,早来的候鸟都会找这种浆果吃。所以,杨鸣条看到哪里有成群灰椋鸟飞起的地方,哪里就会有沙棘果。他的口袋里装的都是沙棘果。在接下来的几天里,他主要靠沙棘果果腹。他还遇到一个放羊的人,给了他一个玉米馍馍。

第三天他沿着铁路线走。他终于看见地平线上出现了安阳城楼的轮廓。

二

下午时分，杨鸣条走到了安阳火车站。前几次当他提着柳条箱从车站出来时，总是有一群乞丐包围过来，所以这一次他本能地觉得应该提防乞丐。可是他发现没有一个乞丐理睬他，因为他自己的模样已经和乞丐差不多了。有一个乞丐看了他一眼，那是提防着他，怕他来抢地盘。他走到这里时已经精疲力竭，就在一个墙角坐下来歇一口气。他看到不远处的旅馆接客处那个迎宾楼的灯笼，想起那里面舒适的房间、香喷喷的饭菜，心里有一种按捺不住的想前往迎宾楼的冲动。他知道那个旅馆老板还是认识他的，只要知道是他，店老板一定会赊账给他吃住，还可以借给他银钱让他回北京。但是，杨鸣条知道他不能这样做，他就是在迎宾楼被绑架的。他不知道是不是旅馆老板给土匪通风报信的，土匪在他逃跑之后一定还在追寻他。所以，他绝对不可以再去迎宾楼，那是自投罗网。

在到达安阳之前的路上,杨鸣条已经想好,他到安阳之后得先找蓝保光。目前在安阳只有蓝保光是他可以信任的人。他心里总还幻想着梅冰枝会在安阳城里等他,觉得找到蓝保光就可以让他去联系梅冰枝。想见到梅冰枝的愿望是支撑他从土匪寨逃跑出来的力量,如果他没有在山上遇见那个土妓并得知梅冰枝在找他的话,也许他到现在还不会冒死逃跑。因此,他逃出来之后要先到安阳,总觉得她会在这里等着他。他记得袁林风雨亭见面的那一次梅冰枝对他说的亭边影壁底部那个墙洞的事情,她说紧急的时候她会在这个洞里给他留消息。所以,在他去找蓝保光之前,他要先去袁林风雨亭查一下那个墙洞,会不会有梅冰枝的信息留在里面。

他打起了精神,又走了好长的一段路,来到了袁林里面。他找到了风雨亭边上的那个墙洞,发现墙洞被一块砖头堵上了。他把砖头搬开,伸手之前有点胆怯,怕里面会盘着一条毒蛇。他用树枝在洞里面试探了一下,确信里面没有蛇蝎老鼠之后,才伸手到里面。他拿掉另一块砖头,摸到一个小布包。布包里面有二十块银圆,还有一张折合着的白纸,是梅冰枝给他留的便条。天已黄昏,就着光线还勉强能看到字,杨鸣条举着白纸,一字一句地看着:

> 你离开南京紫金山之后就没有了消息。我想你一定是到了安阳,就前往安阳找你,但是没有找到,没有一个人说知道你的去向。这事让我心急如焚,我相信你一定还活着,一定会回来。而且,你回来的第一个地方会是安阳。我没有办法一直在这里等你,我相信你还会记得我说过的这个秘密墙

洞，我把这信放在这里，还有二十块银圆。你如果能看到这信，就赶快给我消息，还要马上离开安阳这个地方，这二十块银圆你用来做回北京的盘缠吧。

杨鸣条看到上面落款的时间已经是差不多一年前了。这一年多他远离了人间，不知世事有什么变化，也不知梅冰枝和研究院的同事们怎么样。虽然还见不到梅冰枝，但是一阵强烈的幸福感涌遍他全身。他把钱装在了口袋里。这钱对他来说太重要了，有了这钱，他就可以安排接下来的事情。

他顺着洹河穿过了熟悉的小屯村，来到了孤零零的麻风村。他不敢保证蓝保光还住在这里。他看到蓝保光的屋里还有一点点的油灯的亮光，就远远往屋门上扔了一块土坷垃。那屋门慢慢开了，杨鸣条看到蓝保光的头钻出来张望。杨鸣条又朝他扔了一土块，这下蓝保光看见了他。蓝保光认出了是杨鸣条，先是高兴得满脸通红，接着又呜呜哭起来。他赶紧把杨鸣条迎进屋子。

"杨大人，你怎么会在这里？怎么会变成这个样子？自从你走了之后，这里人传言说你在北京生重病死了，还有传言说你被土匪绑票了，没想到还会见到你。"

"这事一言难尽，待我一一说来。"

杨鸣条将自己被土匪绑架及如何逃出的大致经过讲给了蓝保光听，一边讲一边问蓝保光有什么可以吃的。蓝保光家里还有几个玉米面窝头，赶紧拿出来给他吃了。杨鸣条从来没有觉得玉米面窝头这么好吃，一下子把三个窝窝头都吃了。吃饱了肚子，杨鸣条缓过劲儿来，向蓝保光了解了安阳城里的事情。接着，杨鸣条问起蓝保光母亲的情况。从一进屋，他就感觉到蓝保光母亲在屋子的里间，因为屋里充满了硫黄味和腐烂的气味。蓝保光说她和以前差不多，还是一直在沉睡，醒来时会说胡话，神志不清。蓝保光说那一口硫黄泉越来越活跃，喷出的硫黄蒸汽也越来越多。她母亲最喜欢这硫黄泉，常在夜里醒来要蓝保光背着她去那里洗澡。昨天她去洗过硫黄泉之后，一直在沉睡。她经常要这样沉睡很多天。

蓝保光要杨鸣条先住在他的家里。虽然他的家里很破烂，但至少还可以遮蔽风雨。杨鸣条听到蓝保光的建议之后，内心很奇怪地没有一点不乐意的意思，尽管理智上是反对这样做的，因为这里是一个麻风病人的家。他心里没有害怕的感觉，大概是他上次已经来过这里，对蓝母已经没有恐惧感。而最主要的是，他之所以愿意住到蓝保光家里，还是因为内心急于回到洹河两岸土地上的愿望。住到了这里，就可以和大地贴得很近。

这个晚上，杨鸣条就睡在蓝保光的床上，蓝保光自己则睡到了柴房里。杨鸣条在黑暗中听到了蓝保光母亲深沉的呼吸声，感觉到她睡得很深沉。他在迷迷糊糊中想着：她睡得这么深沉，一定是在做着很深沉的梦。她可是一个奇特的人，上一次见她，她就背出了我还没有登报的小说里的一段话。她一定是一个掌握着通灵术的奇人，她的梦里一定有很多秘密，要是能够进入她的梦境看看一定很有意思。杨鸣条这样想着想着就进入了半睡半醒的状态。浅浅的梦境里出现了那个冒着烟的硫黄泉，在硫黄的烟雾后面他似乎看见坐着很多人，这些人的眼睛一直在盯着他看。杨鸣条很想起来走到硫黄烟雾后面的人群里去，可是却全身沉重无法动弹。他觉得自己的周围有一层像蚊帐的纱布，纱布外边有人走动、说话，有人隔着纱布往里看他。在后来的几天，他都做着几乎同样的梦。

第二天，杨鸣条从梅冰枝留给他的银圆中拿出两个，要蓝保光到安阳城里办点事情。一是去买点食物，再给他买几件旧衣服，他身上的衣服现在是破烂不堪了。还有一件事就是让蓝保光到照相馆把他被绑架前放在那里的照片和底片取回来。还有就是买些纸笔，他要写封信给梅冰枝。当天下午蓝保光早早就回来了，他拿到照片了，还说照相馆的老板好生奇怪，奇怪为何他这么久不来取照片，再不来取他就要扔掉了。

吃上好的食物，换上了干净的衣服，杨鸣条很快就恢复了体力。他的工作欲望又回来了。他把刚刚取回的照片都铺开来，这些照片有的是在南京紫金山天文台拍的，也有的是在嵩山周公测景台拍的。

"这些圆顶的像和尚头一样的屋子是什么东西？"蓝保光问道。他不时会跑到杨鸣条背后观看他的照片。他有着儿童一样的好奇心。

"这是紫金山天文台的天文望远镜观测台，那个圆顶会打开的，里面是天文望远镜。"杨鸣条说。

"望远镜就是千里镜吧？我看冯玉祥军队骑大马的军官胸前都会挂一个。"

"和那个不一样。天文望远镜是看天的，那些军官拿着的是看地的。"杨鸣条耐着性子解释。

"那我明白了。因为天是圆的，所以天文望远镜也是圆的。"蓝保光说。

"就算是吧。你的话真多。"杨鸣条说。

"这是什么地方？这个地方我怎么这么眼熟？是不是在城外林

虑山上的七星道观外面照的。"蓝保光兴致勃勃地说。

"蓝保光,你又乱讲了。我这可是在登封境内嵩山周公测景台拍摄的。你没有去过那个地方的。"杨鸣条认真地纠正他。

"我也没说一定是我去过的地方嘛,我说很像我去过的七星道观。"

"你说说看,怎么像你说的那个七星道观?"杨鸣条说。

"七星道观在安阳城外的林虑山上,是在山顶上,站在那里方圆几百里都能看见。我看到你照片里的山门和七星道观一模一样。"

"你去过七星道观吗?去那里干什么?"杨鸣条追问。

"很早的时候,我母亲每年都要去七星道观跳舞祭神。那时我都会跟着她去。后来我母亲生麻风病了,听说七星道观的香火也不盛了,我也就没再去那地方。"

"那你再看看这些照片,还有没有和七星道观相似的地方。"杨鸣条觉得蓝保光是在认真说话,他也开始认真起来,把周公测景台的照片都摊开来给他看。蓝保光一张张看过来。

"这个石头台子七星道观也有一个。"他指着杨鸣条在周公测景台后面拍下的那个废弃的石头平台说,口气不容置疑。

"那你看看这个。"杨鸣条把那个唐代修建的石圭石表给他看。但是蓝保光摇摇头,说没见过这个东西。杨鸣条又把三折画里的那个日晷盘给他看,他还是摇摇头,说没见过。但不管怎么样,杨鸣条心里突然产生了一个念头,也许那个周公测景台和七星道观是有联系的。因为周王朝在草原上发育,根本没有天文知识。周公旦在河南嵩山修建"辨方正位"的天象观测台时,很有可能就是照搬商都殷的天文观测台原貌,包括附属的庙宇建筑。

虽然周公测景台是唐朝后来重新修建的,但重建通常会保持原来的特点。他对蓝保光说的七星道观产生了很大兴趣,决定要去考察一下。蓝保光听说要去那里,很是兴奋。

## 三

次日,杨鸣条和蓝保光先从洹河坐船到了林虑山下,然后开始爬山,半天工夫就到了山顶的七星道观。

杨鸣条站在山门之外,见这道观的门檐的确很像是周公测景台的山门。走进道观里面,果真看到一个石头高台,和周公测景台的如出一辙。杨鸣条站在石头的高台上,举目望去,远方的安阳城和洹河尽收眼底。他突然发现,眼前的画面这么熟悉,正是三折画里所展示的全景。他拿出了三折画的副本,打开来,比对着眼前的景色,这个位置正是作画者的视点。

杨鸣条看到这个石头台子的石头,凭着直觉感到这些石头都是商朝的。但是他没有看到日晷,也没有看到后人加上去的石圭石表之类的测天工具。他有一种直觉,觉得三折画里的那个日晷可能还会在这里,于是就向道观里的所有人打听有没有看见过一块圆形的石头盘子,并把图画给他们看。但是没有一个人说自己看见过，包括道观里地位最高年纪最大的道长。杨鸣条在中午吃饭的时候还不死心，问了一个烧火的厨房道士，给他看图形。想不到这个烧火的道士说，在厨房腌咸菜的大缸里面有一块圆形的石盘和这个画里的东西有点像。杨鸣条去了伙房，那伙夫从大缸里捞出了压榨咸菜的石盘。这石盘已经变成了绿色，滑腻腻臭烘烘的。但是，杨鸣条发现了上面的刻度痕迹，很快他就断定，这的确是一块古代的石头日晷。

现在他确信，三折画原始作画的人，当年就是站在这个位置上，描绘出这幅画的草图。而隋代的三折画的作者只是精细地在寺庙的山墙上复制了它们。他激动得全身颤抖起来。

杨鸣条找到了日晷所在地和日晷原物之后，兴奋了好一阵子。他知道比起同样掌握着三折画秘密的青木和明义士，他已经前进了一大步。他花了那么多的时间去紫金山天文台想解开日环食和星座间的疑点，没有成功，不经意间却找到了另外一个重要的部分：日晷。

杨鸣条继续住在蓝保光的家里。在这里他可以贴近洹河边的田野，行动不招人注意，但最主要的原因还是来自蓝保光的母亲。他发现沉睡不醒的蓝保光母亲其实并没完全沉睡，她的意识是清醒的，而且非常强大，会在梦境中侵入他的意识。有个晚上，他梦见在考古现场 B132 号灰坑附近的高粱地里，他和一个女子在交媾。那女子的形象不确定，但他意识到她就是蓝保光的母亲，身上散发着硫黄和腐烂肉体的强烈气味。他感觉到是在和一个麻风女人交媾，心里非常害怕，但是性意识却一直在持续，而且身下女子肉体的腐烂气味让他有强烈的快感。他醒来后发现自己遗精了。

他开始喜欢硫黄的气味。夜里的时候，他还跑到那个在冒烟的硫黄泉里，在热气腾腾的泉水里浸泡。泡在硫黄泉里，他张望着夜空，想着三折画上那一个未知的星座。还有一次，他在半夜醒来时，看到蓝保光背着他母亲走出了麻风村。他尾随其后，见他们原来是前往硫黄泉。杨鸣条藏在田埂里，为自己偷看一个麻风女病人洗澡而感到羞愧，但他还是忍不住地偷看着。在月光之下的硫黄泉里，蓝保光母亲身姿优美地洗涤着自己的身体，完全不像是一个麻风病人。杨鸣条觉得，她和自己小说里写到的宛丘巫女是那么相像，好像就是一个人似的。

有一个晚上，他入睡后不久，听到了一阵轻轻的音乐。他睁开眼睛看到屋里有一群小小的人偶守候在他身边。这些人偶的模样和衣着都很奇怪，像是古代人的装束。他们恭敬地围着他，说他们的主人要请他去参加一个盛会。杨鸣条吃惊地问他们是什么人，他们的主人是谁？他们只是笑盈盈地不回答。杨鸣条不知自己是怎么起床的，怎么穿好衣服的，也不知是怎么走出房子的。当他明白过来的时候，已经是在星空之下的田野上行走了。他走得很轻快，一点也不用力气，好像那一群人偶是抬着他在地面上飘浮向前。他看到了田野的那头有耀眼的亮光，有浓烈的硫黄味。原来他们现在去的地方就是硫黄泉。但是他发现硫黄泉周围的地形都变了，变成了一个深深的湖泊，边上有美丽的树林。杨鸣条的双脚刚触到地上湿润的泥土，树林里的音乐声便骤然响彻夜空，篝火烧得更旺，条条火舌仿佛在欢快地舞动。很多人围着硫黄泉的一堆篝火唱歌跳舞，有各种各样的人，当代的、古代的人混杂在一起。那硫黄的气味非常浓烈，以致杨鸣条觉得想要呕吐，甚至他怕自己会窒息死去。这看起来是个萨满教的集会，一个个魔法师成排坐在硫黄泉边,高深莫测地看着篝火边在跳舞的人们。这个时候他看到了蓝保光的母亲朝他走过来,她的脸上依然蒙着纱巾,但他一眼就能认出是她。她走到了杨鸣条的身边,对着他一阵耳语。杨鸣条听得出她的意思是说要带他去一个地方。虽然她没有说要去的是什么地方,但是杨鸣条的心里已经产生了很强烈的意愿。蓝保光的母亲开始了舞蹈,一队穿着奇异服装的女子跟随着她跳舞,她们一个共同的舞姿是两手握拳拇指外翘并在一起,做成一个牛头一样的动作。这时有一个人偶端着一个青铜的酒爵,杨鸣条正被硫黄的气味弄得心里着火似的难受,便把酒爵里的酒液一饮而尽。这酒液进入他肚子之后,他的全身有一种神奇的暖流在回旋,体重的感觉消失了。

这个时候突然起了一阵白色的烟雾,一忽儿,有一匹白马从硫黄的烟雾中走出来,走到了蓝保光母亲的面前。蓝母对着杨鸣条说:

"杨大人,快上马吧,你的朋友已在那边等着见你呢。"

"可是我不会骑马呢。我怎么上得去?"杨鸣条说。

"这个不难,我会和你一起去的。"蓝母说。她说着,敏捷地跨上白马,顺手一带,把杨鸣条也拉到了马背上。那马一声嘶叫,便嘀嗒嘀嗒地在田野上跑起来。但是没有跑多远,它就四蹄生风,在空中飞了起来。杨鸣条只能紧紧抱住蓝母的腰肢,才不会掉下来。

"我们现在要去哪里?"杨鸣条大声地喊着。因为耳边的风实在太大,叫多响都好像没声音似的。

"去你想要去的地方。"蓝母回过头来说。这个时候,杨鸣条看到她不再是麻风病人,而是个美丽的女人,身上再也没有腐烂的气味，而是飘着沉香的香气。

起初，杨鸣条非常害怕自己会从马背上掉下来，使劲抓着马鬃。那马飞得也不高，只是在地面之上勉勉强强地飞，能看见田野上许许多多正在发掘泥土的人。他们也看见了天上的飞马和人，都放下手中的活儿抬起头惊奇地观望。杨鸣条有点难为情地把头伏在马鬃里，怕下面挖掘的人会认出他，并笑话这个中央研究院田野考古队的人员怎么会玩这种把戏。

但是白马在地面之上转了几圈之后，便开始上升，慢慢就升到了云雾里，速度就更快了。杨鸣条只是模模糊糊地看到蓝母坐在马前面，而根本没有办法和她说话了。此时他发现英俊的白马其实是一片白云，马镫和马刺上镶嵌着一颗颗闪烁的小星星，缰绳是由一缕缕的月光编织而成的。在云雾里飞了至少有一个钟头，杨鸣条感到自己的胯骨被磨得很痛很痛。但没多久，他感到高度在降低，也不觉得那么冷了。然后，他看到云雾渐渐地散开，地面上出现了一座金碧辉煌的城市。

但是，这不是一座和平的城市，战争正在降临。蓝保光的母亲收住了马，和杨鸣条站在一个悬崖上，看到这座城市外面的平原上布满了军队和战车。杨鸣条突然明白了过来，这就是那有名的牧野之战。周武王带着八百诸侯讨伐纣王帝辛，纣王亲率所有军队出兵牧野拒敌。决战即将开始。

尽管杨鸣条知道这场战争的胜负结果，但还是看得触目惊心。他看到了古代人的战车战法，连绵的篝火映红了黎明前的夜空，战士和战马的喧哗声响彻大地。严冬即将过去，淡淡的晨雾飘散在原野间，枯草上凝结着闪亮的霜露。当天空显出幽深的蓝色，双方的军队列阵完毕。

周武王这边军队总共四五万人。商王这边的军队则多得无法计算。周方军队列成方阵，向殷商的矛和戟组成的丛林冲去。杨鸣条看见那个三锋戟卫队长亚一马当先，商朝大军中央战车上戴着面甲的就是帝辛王。周方军队的前锋在迎战商朝大军时，因为紧张而放慢脚步，后面的军队不断拥挤上来，盾牌相互碰撞挤压，每走几步都要停下来重整队列。前排敌军的面貌越来越清晰，紧张气氛骤然加剧，周方的联军因步调不一致而无法向前挪动脚步。

就在这紧急的对峙危机之中，周武王方面有一队战士挤出队列，向殷商军阵冲去。带领着这支奇兵走在最前面的是年过七旬老谋深算的姜太公吕尚。这个时候他已不只是一个运用阴谋权术的师傅，而是像一个武士勇敢地直冲敌阵，他像一头巨鹰盘旋在战场的空中。他面前的商军队列瞬间解体，变成了无力抵抗的混乱人群。周武王的部队旋即发起总攻，三百五十辆战车直冲商纣王的中军王旗。商朝军队大败崩溃，一片混乱。

殷商城开始燃烧，变成了一片火海。周方的军队进城了，见人就杀，血流成河。纣王在逃回城门之后，着上玉衣，在鹿台自焚而死。周武王赶到后对着他的尸体射了三箭，用黑色大斧头砍下了他的头。周武王到了纣王宫殿，看见他的两个妃子已上吊死亡。他对着她们各射了三箭，用黄色的大斧砍下她们的头。所有的宫殿都在燃烧。那火势烧起来十分壮观，火焰高高地冲上天空。杨鸣条发现，火势这么壮观的原因是天空正在暗下去，太阳被一个黑色的影子慢慢吞噬，只剩下外沿的一道金边。他突然明白，是发生日食了。遭受毁灭之灾的城市显得明亮无比，而天空则是黑色的。杨鸣条并不怕黑暗，因为每个夜晚都是黑暗的，但是中午的时分天空一片黑暗，还是让他心里感到了巨大的恐惧。

就在这个时候,杨鸣条看见西边那黑暗的天空上,有一组极其明亮的星座,其中一颗大星像钻石一样发亮。而星座的右方,正是处于日环食状态的太阳。那不正是三折画所画的情景吗?杨鸣条一眼就认出,这一耀眼的星座是半人马座α比邻星。没有错!就是半人马座α比邻星,他在紫金山这段时间已经熟记了所有地球上能看到的亮星图。然而,在他要记住这个星座名字的时候他发觉是那么困难。他的记忆力里面有一种反记忆的物质在活跃着,使得他的记忆像风中的流沙一样刚写下马上就消失了。他想掏出口袋里的笔来记下这星座的名字,可是发现自己的手根本就不存在。他唯一还能用的是思维。杨鸣条知道他得集中心智来记住星座的名字,还得找到联想的办法,以便在记忆消失之后可以通过联想把失去的记忆找回来。他告诉自己是骑着白马找到这星座的,他和蓝保光的母亲合骑着一匹马,所以他骑的是半匹马。他极力和遗忘抗争着,这个联想的办法让他在记忆里终于刻下了一道痕迹。

殷商城像一个烧透了的灯笼,正在塌陷。而巨大的火焰引起的热气流形成了一个旋涡,差点把他和蓝保光母亲的马卷进去。蓝保光母亲及时地一提马缰绳,白马猛然跃起,钻入了浓浓的云雾中,周围顿时变得清凉了。蓝母通过意念告诉他,现在要离开这里,去另一个地方。在接下来很长的时间里,杨鸣条看不见身边的任何东西,只有浓得化不开的云雾从身边疾速流过。

这样的飞行持续了很久,慢慢地,云雾变得淡薄了,杨鸣条再一次看见了地面的景物浮现出来。森林和河流都不见了,鸟瞰之下全是无尽的荒漠,荒漠中有一座环形的山。当杨鸣条觉得这环形山是个火山口的时候,他发现胯下的白马正朝着火山口降落。

他们降落到一处悬崖的断口上,这里还处于黑夜,但是有一轮明月照亮了这个荒凉而神秘的高处。

"我们为什么要降落到这里?"杨鸣条问。

"你看看前面,有个人坐在那里。他就是你的朋友大犬。他一直在这里等着你到来。"蓝保光的母亲指着悬崖的高处说。杨鸣条顺着她所指的方向,看见了那月光之下真的有个人坐在悬崖之上。他穿着一件黑色的长袍,披着一头银色的长发。他的脚边放着一陶罐清水,而且还满盈盈地闪着亮光,看起来是永远不会干涸的。也许眼睛失明耳朵也聋了吧,他一动不动地看着月亮,对闯入者的到来没有一点反应。

"他在这里已经三千年了,一直就这么坐着。他因为有脚边的这一陶罐水可以喝,所以就不会死去。"蓝保光的母亲说。虽然飞行了这么久,她的头巾还是蒙盖着脸庞。

"我知道这一陶罐水的来历。这是不是他送宛丘巫女逃出殷商城的时候在天水泉汲来的那一罐水?"

"正是那一罐水。"蓝保光的母亲说,"那一次,他本来是可以和宛丘巫女一起逃离殷商城,到南方的大地上过着自由快乐的生活。可是他最后还是选择了祭祀和铭刻,选择了他保管的商朝卜辞甲骨档案,选择了要忠于占卜祭司的职守。他没有和巫女一起逃走,而是回到了殷商城里。"

"不是这样的。他没有和宛丘巫女一起逃走是因为他拿不到两个时辰的令牌。他要是不在半个时辰内回到殷商城内,那么城里的追兵就会来追捕他们。所以为了让巫女逃走,他只得回到城里。"杨鸣条大声地说着,纠正蓝保光母亲的错误说法。

"杨大人,这一次,你可是没有说对。虽然你有极其丰富的想象力，虽然你几乎已经和大犬心灵相通了，然而在最关键的一个问题上，你还是犯了错误。在你的小说里你把大犬没有跟随宛丘巫女一起逃走的原因说成是因为拿不到两个时辰的令牌，但是实际情况并不是这样。大犬是那个时代的占卜和契刻大师，是最为忠诚的贞人，他的灵魂已经和占卜祭祀、契刻甲骨熔铸到了一起。他没有力量为了自己心爱的女人而放弃一个贞人的责任。所以说，你的小说只写对了一半，大犬对巫女所说的因为令牌的关系不能和她一起逃走是一番谎言。而大犬后来所受的精神痛苦也远远超出了你的想象。"

"啊，原来是这样。你说得很对，他是个极其忠于职守的史官和贞人。他后来的心情非常苦闷。我从他后期的契刻中可以看出，他有巨大的内心痛苦。"杨鸣条说。

"是的，他的心一直没有得到安宁，一直为自己没有跟随宛丘巫女逃亡而拷问自己。他一直在这个悬崖上向天空眺望，想找到答案。"

"这是个无法解开的难题，设想一下，如果大犬当时选择了和宛丘巫女一起逃亡而舍弃了自己贞人史官的职责，那么他现在会不会也是在不断拷问自己呢？"杨鸣条说。

"他真是个可怜的人，一直在这个悬崖的边上，仰望着天空中的太阳和星月交替，内心不停地想着是逃离还是坚守的问题，就这样过了三千年。"

这个时候，杨鸣条感觉到悬崖上的那个人似乎发现了有人在观察着他，开始慢慢地把身体转过来对着他们。杨鸣条现在看清了他的脸孔，两眼深陷，像个盲人，也许是三千年的眺望才使得他变成这样。杨鸣条心里突然变得很虚空，他再次陷入了一片疑惑之中，想着这个悬崖上的人究竟是甲骨历史中真实存在的，还是他小说里虚构出来的鬼魂幽灵？杨鸣条看见悬崖上的人脸朝着一轮明月，慢慢抬起了双手。他的右手比左手要短很多，杨鸣条看清了他的右手没有手掌。

浓雾再一次包围了过来。眼前的火山悬崖慢慢地模糊，杨鸣条再也看不清那个人影了。他感觉到又开始了飞行，他的主观意识渐渐减退，慢慢进入了睡眠状态。

杨鸣条沉睡了一阵子后，苏醒过来，极为吃惊刚才的梦境完全像真实的一样。但是在他意识到自己正在清醒过来的时候，梦境中的印象开始迅速分解。他在陷落时分的殷商城上方看到的那一组星座的名字怎么也无法浮上心际，他惊恐而绝望地看到这星座的名字从他的记忆里滑走了。

然而，他感觉到有什么异常情况发生了。屋子里死一般的寂静，没有蓝保光母亲的呼吸声。他从床上坐了起来，看到蓝保光戴着白孝跪在母亲床前。他的母亲已经去世了，刚刚断了气息。杨鸣条还没完全从梦境中脱离。有一点他是明白的。蓝保光的母亲这些日子一直在沉睡，其实都是在聚集魔法能量，并一次次进入他的梦境和他沟通。而昨夜，她把所有的能量全部消耗了。她已完成了一件想做的事情，带他见到了大犬，让他看到了日环食时的星座。现在，她没有牵挂地去了。杨鸣条注意到她的床前脚边有一匹纸糊的白马，他死死地看着这纸马，从马的形象想到了在空中飞行的事情，知道刚才梦里载他和蓝保光母亲飞行的白马就是它。终于，那从他记忆里滑走的星座名字再次回到了他的记忆中：半人马座 α 比邻星。杨鸣条赶紧把这个名字写在了自己的手心里，紧紧攥着拳头。

他知道他得立即启程，不能在这里陪蓝保光料理他母亲的后事。他给蓝保光留了五个银圆办丧事，便离开了安阳，再次前往紫金山天文台找陈遵妫，去计算三折画上的星座定位。

# 四

傅斯年这段时间一直在和河南省政府方面做沟通。抗日的形势越来越紧，使得中央政府和地方政府的关系紧密了一些。傅斯年终于做通了河南省政府的工作，说好中央政府在发掘安阳殷墟之后，会在安阳建博物馆，把一半的发掘物留在当地展出。傅斯年还答应中央研究院会在河南大学专门开办考古系，用来培养河南地方的考古人才。最后，中央研究院历史语言研究所下属的中央田野考古工作队在久别安阳之后，终于回到了安阳。

此时杨鸣条还在紫金山天文台。经过陈遵妫的精确推算，三折画上的那次日环食和半人马座α比邻星一起出现在安阳上空的时间为公元前一〇四六年的上午八时零六分至八时三十八分。陈遵妫分别计算出了当时太阳在黄道上的度数和半人马座α比邻星在黄道赤道之间的夹角。就在这个时候，杨鸣条接到了傅斯年要求他归队的信件。于是杨鸣条和陈遵妫带着六分仪、天文钟、星球仪、索星卡、经纬仪等设备来到了安阳。他和李济等工作队的人员会合,一起登上林虑山,到了山上的七星道观,在那个原来放着日晷的地方开始了测量。以日晷的位置为基点,找到当时太阳和半人马座 α 比邻星在天空中的位置,这样就确定了一个三角形。根据三折画上所显示的祭庙的位置就在三角形的正中央的提示,他们用经纬仪确定了这个三角形的中心位置。杨鸣条用望远镜看到这个位置的时候,大大地吃了一惊。所确定的这一地点竟然不是在洹河的北岸,而是在洹河南岸的小屯村西南方向的花园村,而三折画上面所画的中心祭庙则分明是在洹河的北岸。杨鸣条像是被当头击了一棒,差点没昏过去。

到底是哪里出了错?是计算的错误?是测量的错误?或者这三折画上根本就不存在密码?杨鸣条一下子完全失去了方向,他不知道该如何向田野考古工作队的同仁们解释。

李济从小就接受西方科学教育,后来又在美国哈佛大学深造,是一个非常理性的考古学家。他起初对杨鸣条所说的三折画密码一事抱有非常怀疑的态度。但是在他详细了解了杨鸣条所做的一切之后,相信他并不是走火入魔,而是清醒地在做扎实的工作。他决定支持杨鸣条的计划。当最后的测量结果和三折画上的位置完全不一样时,李济让杨鸣条安静下来,回顾一下每个步骤,看看问题会出在哪里。

"我现在很难说出是哪一个步骤出了问题。本身这个计划就是基于假设猜想加上我的一场梦游,现在的结果是自相矛盾,不知如何解释。"杨鸣条说。

"考古学和其他自然科学还是有一定区别的。它需要有猜想假设,甚至是臆想梦想。我在哈佛大学的时候听过大名鼎鼎的心理学家荣格的讲座,他就讲到自己能够和祖先的灵魂对话,说石头里面藏着幽灵。西方好多重大的考古发现,都是靠考古者的梦幻提供了最重要的线索。"李济说。

"是的,我有一种坚定的信心和直觉感到自己是在做一件正确的事情。可是现在的结果却让我吃惊。你说我们应该相信三折画所指的祭庙在北岸,还是相信测量得出的结果——祭庙地点在花园村边卜?"杨鸣条说。

"你听我说,在哈佛的考古学里有一门专门的学科叫'藏宝图'学,那是一门非常复杂的学科。我记得资料上说:那些藏宝人的心理千奇百怪,一方面想要指示出藏宝的位置,一方面又害怕别人发现,会在上面做很多伪装,甚至故意在藏宝图上指错方向。他们要让不该得到藏宝图的人即使得到之后也会走向错误的方向。"

"你的意思是画三折画的人把祭庙画在了北岸只是一个障眼法?真正的祭庙甲骨库房地点需要非同一般的计算和测量才能找出来?"杨鸣条说。

"我倾向于这种意见。如果那山西古庙里的三折画真是一幅藏宝图,那么作画人是不会那么老实地把埋藏甲骨的库房地点准确标在图画上的,他们一定会用复杂的方法来制作藏宝图,只有特别有知识有想象力的人才有希望解开这个谜团。"

李济的支持让杨鸣条恢复了自信。他们达成一致的意见,决定根据陈遵妫的测量结果,把花园村作为下一步的发掘中心。经过全队人员研究商量,这一地块的发掘准备采用揭地砖式全面平翻的办法。这样的办法虽然比较笨拙,但是可以保证不遗漏有价值的地方。田野考古工作队用陈遵妫测量出来的点为基准,首先确定了 B 和 C 两个大区。以一千六百平方米为一个大的工作单位，一百平方米为小的单位。每个大单位中央设置了测量仪器，由两名考古队员负责，配有四十名工人，按小单位次序，进行全面平翻。每有情况出现，马上测绘画图。工作完毕之后，总图纸也就出来了，免去了以前各方拼图时可能会出现的疏漏。

工作并不顺利。他们在这个地块一挖就是三年多时间。这一片土地是后世的乱葬岗，各个年代的坟墓都层层堆积在这里。每发现一个古墓都有很好的文物价值，他们都要做大量的记录和提取工作，所以发掘工作十分缓慢地进行着。杨鸣条在这段时间里，两鬓的青丝开始斑白，脸上布满了皱纹。除了干工作饱经风霜，他内心的压力更是无比巨大。长时间的发掘没有重大发现，队里的许多人产生了怀疑。虽然李济一直支持他，并用英国人霍华德·卡特花了五年多时间才发现图坦卡蒙墓的事例来安慰他，但杨鸣条的内心还是一直处于煎熬之中。

这是一个晴朗的早晨。经过了一连十几天的降雨，终于见到了太阳。洹河岸边的杨树叶开始飘落，已是秋天，金色的阳光照得人的眼睛都睁不开来。在 H124 号地块的工作面上，一条探沟探下地面十几米，而挖出来的土方在地面上堆成了一个小山。正是上工的时间，杨鸣条一早就在工地上。久久没有重大发现让他心思重重，他看着大地沉思着。他的视线里，一整队民工扛着工具在田野上走向了探坑。前方有一大土堆，挡着他的视线，所以他看见的不是民工的真人，而是他们的影子，他们的影子在大地上拖得长长的。其中有一个人的影子明显要短得多，而且这影子的背是驼的。这一个滑稽的影子把杨鸣条的思绪从冥想中拖了回来，他知道这个影子是谁。他换了一个位置，这样就能看见那一队制造出影子的民工了，那个影子特别短的驼背民工正是蓝保光。

杨鸣条还没来得及和蓝保光打个招呼，蓝保光已经随着一队民工下到了探坑的底部。杨鸣条走到了探坑边，从上方往下看。从这个角度俯视，蓝保光显得和其他人没什么区别。他身材瘦小，手无缚鸡之力，一生也没干过正经的力气活，按道理是不适合到探坑里挖土的。但是他自从母亲死了之后，就把工作队的工地当成了家，每天都在工地上转。杨鸣条曾经想让他在工作队的队部伙房里烧烧火，让他有一份薪水。但是他干了一天就放弃了，又跑到了田头的工地上，眼睛一直看着那些探坑底部发生的事情。魏善臣给杨鸣条出了个主意，说坑底下有个事情适合蓝保光做。下面的人挖好土后会装在一个柳条筐里，让上面的人摇绞车提上来。这里需要一个人将绞盘绳的钩子钩在柳条筐上，再打一下铜铃，让上面的人提上去，这件事蓝保光能做。蓝保光接了这个活儿，果然做得极其认真，还常常像个指挥者一样吆喝着，要别人赶紧干活。

快中午的时候，工地上突然传出了一阵惊呼，探坑塌方了。杨鸣条正在一百米开外的另一个探坑上工作，闻讯赶紧过去，只见探坑底下一半多的地方被塌下的泥土覆盖着。坑底下的民工有的已经在塌方时逃离，有几个半身及腰还被埋在泥土中。上面的人赶紧下来抢险，用尽全力把埋在土里的民工挖出来。塌方的土还比较松，被埋住的民工陆续被挖了出来。大家都说是前些天下雨太多，泥土松了，所以才塌方。杨鸣条看看上面的民工，以为蓝保光已经出来了。可找了一圈，也没见蓝保光的影子。他突然觉得不妙，撕心裂肺地喊起来：蓝保光！蓝保光！他一定还埋在土里面！众人连忙开始清除坑里塌方的土，但由于土方量很大，一直到下午才挖到了蓝保光。他早已断气，身体已经僵硬。整个人缩成一团，很像一只死掉的蝙蝠。

蓝保光的死让杨鸣条感到极其悲伤，从他一开始进入安阳，蓝保光就一直是他的看不见的助手，他所有的重要活动里都有蓝保光和他母亲的神秘参与。如今他死了，杨鸣条觉得内心一个重要的支撑塌陷了，心里有一种说不出的空虚和悲哀。在蓝保光的尸体被挖出之后，杨鸣条亲手为他做了清洗整理，换上了干净的衣服。这期间，他发现在蓝保光的腰间，还藏着那一把他以往做伪刻的雕刻刀。杨鸣条见过这把雕刻刀，它一头是玉石一头是青铜，是真正的夏商时期的古物。他悄悄地把雕刻刀藏了起来。这把雕刻刀绝不能让人看见，要不然一定会有人千方百计想得到它。杨鸣条给蓝保光买了棺材，在他母亲的坟墓边上把他葬了。在钉上棺材之前，他悄悄地将雕刻刀塞到了蓝保光的手里。他第一次到安阳在天升号古董铺见到蓝保光时，就觉得他像《封神演义》里雷震子变成的一个人，而现在，他觉得蓝保光要从一个侏儒重新变回雷震子了。总有一天，蓝保光会从地底下复活，飞回到天上去，飞回到远古的神话里去。

# 五

　　时间就这样慢慢地到了一九三六年的六月。中国的抗战局势愈加严峻，民国政府再也拿不出钱财来支持史语所安阳田野考古工作队的发掘活动了。傅斯年给工作队发来电报，要求工作队在三天之内结束在安阳的发掘工作，全部撤回南京。

　　六月十二日这一天，天气非常炎热，从内蒙古方向刮来的热风吹得人头疼。这是计划的最后一天发掘，到下午五点就要结束了。也就是说，他们就要放弃在这里的发掘，杨鸣条的一切努力等于全部泡汤，成了笑柄。没有人对这最后一天有所期望，既然这么多年都没有什么重大发现，那么最后一天有奇迹发生的可能性简直是微乎其微。杨鸣条也已经不再抱有幻想，那天，他甚至不在现场，而是待在队部整理器材准备回北京。

　　那天，还有一部分队员在花园村的工地做最后一天的发掘。工作队的日记是这样记录的：本来预定的计划，是六月十二日结束。但十二日下午四时，在 H127 号坑中发现了好多块完整的龟版。在不到一个半钟头的时间里，发现了三千七百多块龟版。这是我们至今发现龟版最多的一次。而且坑中包含的埋葬物，并不像平时那么简单。遗物的排列不像往常那样杂乱，而是有序地排列着。所有的迹象表明，一个不同寻常的发现到来了！

这天负责 H127 号坑的是王湘，他除了有丰富的安阳发掘经验，还是个具有独创精神的田野工作者。他当即停下了工作，把发现的情况报告给工作队的领导。所有工作面上的人员都集中到了 H127 号坑边。这个时候，杨鸣条也闻讯赶到了，他脸色苍白。

杨鸣条拿着小铲子和刷子，细心地继续往前试探性地挖掘。在向前掘进的时候，他刷开泥土，看见了一层层叠放整齐的龟甲已经黏结在一起，形成了一个巨大的甲骨球。剥离了一个多小时，却只见这个甲骨球越来越大，没有边际。这时他继续刷开泥土，突然看到在黏结着的甲骨球之上，有一只人的手掌骨紧紧搂着这个甲骨堆积体，他的指头抠进了甲骨球，分都分不开。杨鸣条不知道这个甲骨的球体到底有多大，但可以肯定是一个非常巨大的球体，有成千上万片的龟甲叠压在一起，挖不到头。伏在球体上的人的尸骨只露出一只手掌，其他部分都还埋在泥土之中。

因为当天时间已晚，他们决定明天再干。他们立即请跟随他们的军队派了一个排来保护，已经挖开的现场又盖上了虚土，由精通多国文字的技工魏善臣用蒙古文写上记号。这样万一掘坑被贼人动过，贼人是无法复原蒙古文的，等于是贴上了一条火漆封印。

杨鸣条这天晚上和看守的军队一起睡在了 H127 号坑边的帐篷里面。在他身边那一层写着蒙古文的浮土下面，就是那一个甲骨球体和抱着甲骨球的尸骨。杨鸣条不敢相信这就是三折画里所指示的三千年前的地下甲骨档案仓库。在他的想象里，三折画所指示的会是一个地下宫殿一样的地下宝库，而不是像这样一个巨大的球体。然而，他知道这个巨大的甲骨球至少有几万片龟甲叠积在一起，而且全是整片的，时序连贯的，那该是怎样的一个巨大发现啊。还有那一只手掌是怎么回事呢？为什么会有一具尸体伏在这个甲骨球上面？看这只手掌的五指抠进甲骨缝里的样子，他在弥留之际已经伏在甲骨上面，他的手掌骨的弯曲度显示出他死前是那样的痛苦。他是一个被谋杀的人吗？或者是个用来祭祀的人牲？或者是一个自杀殉职的贞人？杨鸣条心里突然跳出一个想法，他就是大犬！这个想法让他内心无比激动起来，他越来越觉得这具尸骨就是大犬。他想明天把甲骨球体上的积土清理掉，就能看见整具尸骨了。如果尸骨是没有右手的，那么可以肯定就是大犬了。

在帐篷里，还睡着好几个士兵。一个年轻的士兵好奇心很重，他对甲骨球上的一只死人的手感兴趣，半夜了还想着这件事。他看杨鸣条还没睡，还坐着抽烟，便问道：

"杨先生，你说那个露出一只手的死人是干什么的？"

"他大概是个古代算命的人，把算命的结果刻在这些乌龟壳上面。"杨鸣条说。

"他为什么会死在一堆乌龟壳上面呢？"

"是啊，他为什么要死在这些龟甲上面呢？我也在想这个问题。"杨鸣条说。他沉思了一下，接着说：

"这个人我认识的，他的名字叫大犬。他是个只有一只左手的人。"

"杨先生不会是在吓唬我吧？你说他是三千年前的人，你怎么会认识他？"年轻的士兵说。

"小伙子，你知道《封神榜》的故事吗？"杨鸣条微笑着。

"这个我当然知道了，有姜太公、雷震子、凤鸣岐山、纣王、妲己、比干挖心。"年轻的士兵来了精神，说了一大堆事情。

"年轻人，你知道的还不少呢。不过从历史的真实来讲，《封神榜》的大部分故事是在胡诌，只有周武王伐纣王是真的。你知道吗？这个死在乌龟甲壳球上的人就是纣王的秘书啊。"

"是真的吗？太有意思了。你给我说说他的事好吗？"

于是，杨鸣条说出了自己对大犬之死的猜想。他说，在纣王败退之后，全城一片火海。大犬退到了宗庙里，打开了存放甲骨档案的秘密地库。他告诉守卫祭庙的士兵，在他自杀后，把地库的盖子盖上，然后烧了祭庙。说完他用青铜剑自刎，扑倒在甲骨上面。士兵按他所嘱把地库盖上，放火烧了祭庙。在火烧过的废墟下面，大犬和他保管的甲骨在黑暗中度过了三千年。

"杨先生，你说的是真的还是在讲故事啊？你怎么知道这么仔细呢。"

"那你明天看吧。如果明天整个骷髅挖出来后，他没有右手的话，你就可以相信我的话了。"

"那好，明天我会一眼不眨地盯着他看。"年轻的士兵说。

这年轻的士兵毕竟没心事，说完很快就沉沉入睡，发出香甜的呼噜声。

杨鸣条心里的激动已经平息，他虽然回答了年轻士兵提出的问题，给他讲了这么一个故事，可他自己并不相信这是唯一的事实。现在他终于找到了巨大的甲骨库藏，但是他知道接下来还会有更多的谜团出现。他想,那一幅三折画究竟是怎么一回事?怎么会埋藏着这么精确的信息?是商朝的哪一个人留下的密码?又怎么被隋代的商朝遗民画到了山西侯马深山寺庙里?杨鸣条知道这个谜是不可解的,那已不是他的任务了。

第二天天刚亮,工作队的人员就全部到齐了。趁着早上的天气比较凉快,他们早早开工。发现了地下甲骨大球的消息一夜之间就传开了,工地周围陆陆续续来了许多围观的人,好些人不只是来看热闹的,看模样像是太行山的土匪探子。杨鸣条不由得有点紧张,让军队的士兵加强防卫。围观的人越来越多了。

揭开甲骨球上方覆盖层的工作已经不能推迟,只能在人群嘈杂的情况下进行了。在众人围观之下做考古的事情是很不自在的,但此时没有办法驱赶或者说服人群离去,他们只能按照原计划开始发掘顶部的积土。

表土被慢慢揭开。揭开后来年代的堆积之后,发现了原始的土层。扒开这一层泥土,发现有一层木头的隔层,像是一个地窖的盖子。木头已经完全腐烂了,只是留下一点花土痕迹。然后除去了坚硬的积土,慢慢露出了那具伏在龟甲球体上的人的骨骸。骨骸是面朝下伏在甲骨上,两只手臂紧紧地抱着这堆甲骨。杨鸣条的鬃毛刷子轻轻地刷去了骨骸上的泥土,小心翼翼,仿佛某一个生硬的动作会弄疼这个死者。泥土慢慢剥去,人们看到了这尸骸是没有右手的,手腕处的骨头很明显是被砍断的。杨鸣条抬头看看那个年轻的士兵,和他的目光相遇,意味深长地点点头。那年轻士兵的眼睛发出兴奋而惊讶的光彩,对他做了个竖大拇指的动作。

在表土清除干净之后,他们完全惊呆了。这个甲骨坑的直径有将近三米，坑中密集地堆放着甲骨，完全是整齐地码在一起的，都是一片片完整的龟甲。现在他们只挖出甲骨球上面约一米深的部分，还不知这个甲骨坑下面到底有多深。他们马上面临一个难题，那就是如何把这一个甲骨坑里的甲骨完整地发掘出来，运到安全的地方去？如果按照常规的办法一块块地剥取，那么这样数量巨大的甲骨不知要花多长时间才能清理出来，而且在野外的条件下很容易破碎损坏。还有现场这么多人围观，里面一定混杂着很多歹人。杨鸣条总有一种在做梦的感觉，怕这个梦随时都会消散，他得十分谨慎才是。王湘和石璋如提议用起花土的办法，把整个甲骨球体取出，运回到研究所里面慢慢剥离，这样就不会造成破损和秩序混乱。这个建议得到大家一致赞同，马上开始实施了。

全体工作人员紧张地工作了四天，把甲骨大球体和周围的泥土分离了开来。然后用厚木方做了一个长、宽各两米，高三米的巨大的箱子，套在甲骨球上，底部用十八根铁条锁定，甲骨球周边再用泥土填上加固捣实。箱子有两吨多重，要把这样一个巨大的箱子运出花园村的田野可是个大难题，因为田野里只有一条走驴车的泥径。杨鸣条没想到当地的能人居然有办法做这件事。一个叫李绍虞的人是做殡葬生意的，当年他的字号为袁世凯出殡抬过棺材。他用抬大棺材的办法，大杠上套小杠层层分力，用了七十多个民工的肩膀抬起这个木箱从沉睡了三千年的坑穴里走出来。由于木箱实在太重，抬杠子的人走几步就要停下来歇一歇，结果从花园村到火车站几公里路程用了三天时间才抬到。安阳车站拨出一节车厢作为运送甲骨球专车。车站里只有一台吊车，勉强把运载甲骨球的木箱笼子吊起来装到车厢里面。工作队派了杨鸣条、魏善臣、李景聃三人全程陪同护送。

列车从早上开出，当天夜里停到了郑州，因为甲骨球太重压坏了车厢车轴。经过车站工人连夜抢修，更换了高强度的车轴，车子才得以继续前行。魏善臣等人陪着修理工人修车，一夜没睡，到车子再次开行时都靠在椅子上睡着了。杨鸣条则留了一点意，眼睛看着车厢里面装甲骨球的木笼子打着盹儿。不知什么时候，车子停在了一个站口。杨鸣条睁开了眼睛看到外面是一个小小的车站，车子在这里停下来补充水和煤。就在这个时候，杨鸣条看见从车厢里面走出了一个人来。这人穿着一身黑色的衣服，戴着黑色的风帽，背上有一个布包袱，朝着车厢的门口径直走去，很快就跳下了车。杨鸣条起先以为是车上旅客，但他知道他们这车不是客车，而是专运货物的列车，所以有点奇怪。他问旁边的魏善臣和李景聃，知道刚才出来的黑衣人是什么人吗？他们很吃惊地说：哪有什么人啊！他们什么也没看到，还反问杨鸣条是不是在做梦。杨鸣条问他们这个车站是什么地方？地理知识广博的魏善臣说这里是淮阳，这个地方历史上属陈国，古代的名字叫作宛丘，《诗经·陈风》里那首《宛丘》写的就是这个地方。杨鸣条突然想起来什么，站起来往车厢里面走。他想起的是大犬第一次见到宛丘巫女的地方就是现在火车经过的这一带平原。他掀起了遮盖着甲骨球的帆布一看，看到俯身在甲骨球上面的那具只有一只手的骸骨消失了。他赶紧跑到了车厢门那里，看见刚才从车厢里走出来的黑衣人还在远方的田野上，正向着那无边无际的原野走去。

一九三六年七月十二日，装载甲骨球的木箱笼终于到达了南京，存放在了鸡鸣寺历史语言研究所图书馆一楼大厅里。

尾声

359—366

一年之后，七七卢沟桥事变爆发，中日正式开战。过了三个月，也就是一九三七年十月，安阳城在国民党三十二军军长商震将军带领下顽强抵抗之后，被日军全面占领。日军司令官在青木带领下来到H127号坑边，察看了已取走甲骨球的空荡荡的灰坑。青木深深叹息，抬不起头来。

这个时候，在南京史语所，安阳发掘队的同仁们经过一年多的室内工作，已经完成了对甲骨球的剥取分离、登记编号、拓印摹写，共计有甲骨文一万七千零九十六片。甲骨的年代为武丁时代，其中有部分特大的龟甲，长四十四厘米，宽三十五厘米，是一种只有马来西亚才有的特大龟，杨鸣条为其命名为"武丁大龟"。龟甲中有的卜兆有用刀刻画过的痕迹，使得卜兆更加明显；有些字是用毛笔书写的，有些字刻道内涂朱或涂墨；多数卜辞是一次刻成，但也有些卜辞是刮削后重新补刻的；龟甲中多数为龟腹甲，也有部分改制后的龟背甲。这些现象和特点都是前所未有的。

正当整理和研究工作深入进行时，中日战争全面爆发。日军发动了"八一三事变"，进攻上海，南京接着告急。史语所考古组接命令将甲骨和其他重要文物装箱向大西南后方转移。这一路的艰辛不可言说，经常要遭遇日军飞机的轰炸，有一大批的甲骨被日军飞机炸毁。史语所考古组先后在长沙、桂林、昆明等地停留，在战火中继续做研究整理，最后于一九四一年年初在四川宜宾附近的李庄安顿下来。在整个抗战期间，他们一直待在这个地方。这里的条件非常艰苦，缺医少药，食物不足。一九四○年夏天，李济十二岁的二女儿凤徵在迁移的路中死于急性胰腺炎。一年多以后，当全家还没从巨大的悲痛中走出来时，他的十七岁的大女儿鹤徵又患上了伤寒，一病不起。临终她拉着爸爸的手说：爸爸，我要活下去，我要考同济大学，永远不离开你们！李济夫妇悲痛欲绝，却无力挽救女儿的生命。梁思永也是在那段时间患上了肺病，很快衰弱得卧床不起，命在旦夕。此时他的兄长梁思成和妻子林徽因也在李庄，林徽因的肺结核非常严重，已不能下地走路。傅斯年眼见这两位稀世英才被贫病所困生命垂危，忧心如焚。他给当时的教育部长朱家骅专门写了一封信，请求为梁思永、林徽因特批点医药费。这封信经陈布雷转给了蒋介石。蒋介石不便从国库拿钱，而是从其他途径搞来两万元拨给傅斯年，这样才稍稍延续了梁思永和林徽因的性命。

杨鸣条于一九三五年冬天和梅冰枝在南京正式结婚。在这之前他在报纸上登报公开声明和原配夫人离婚，并安排好了她今后的生活。他带着梅冰枝和两个子女来到了李庄，加紧做安阳甲骨文的汇编《殷墟文字乙编》。而在这期间，他的伟大著作《殷历谱》也得以完成。即使在最困难的战争年代，蒋介石还是抽空阅读了这部著作，并亲笔签下了嘉奖杨鸣条的文书。

终于熬到了抗战胜利，史语所结束了在李庄的流亡搬回了南京。杨鸣条此时已是闻名世界的甲骨学专家，他收到了美国芝加哥大学聘请他为客座教授的信件。一九四七年一月，杨鸣条坐船离开了中国，前往美国讲学。这年夏天，他在美国国会图书馆意外遇见了阔别多年的加拿大人明义士。比起上次在北戴河相见时，明义士明显衰老了许多，像个小老头，而且看起来也很不快活。此时明义士已经六十三岁，竟然还在美国攻读考古学博士学位，他的博士论文就是他所熟悉的安阳考古，题目是《商戈》。杨鸣条和他交谈了一整天，得知了他这些年的一些事情。他在一九三六年六月离开中国回到加拿大开始为期一年的休假，但当假期结束他准备再次前往中国时，中日爆发全面战争。传教使团安排他在多伦多的安省皇家博物馆做研究工作，暂时不去中国。当时在河南度过大半生的怀特主教也已于一九三四年回到了加拿大，由于他在中国期间输送了大量珍贵文物到加拿大，所以他被委任为安大略省皇家博物馆首名远东文物部馆长，甚至还开设了"怀特主教展馆"。明义士来到安省皇家博物馆恰恰是在怀特主教的手下工作。由于他们在中国时就在理念上有根本分歧，所以明义士一直受到怀特主教的压制和排斥。在此期间，明义士多次申请要回到中国去，但都没有获得批准。从一九四三年开始，他被征调到美国国务院战时新闻局，担任中文资料的编译工作。这段时间由于他的职务关系他根本没有办法再提回中国的事，一直到一九四六年他离开了战时新闻局，才又一次提出要回到中国齐鲁大学做研究。杨鸣条在华盛顿和他相见时，他正在急切地等待着有关部门批准他去中国的请求。但这次的结果竟然是医疗部门以他健康状况不佳为由不予批准。

明义士一九五七年在多伦多去世，他一直为没能再次回到中国而郁郁寡欢。他的数量众多的甲骨藏片曾经是甲骨学界的一个谜团，但在中华人民共和国成立之后，这个谜团解开了一部分。

一九五一年二月，翻译家杨宪益交给南京博物院一只箱子，告知这批甲骨是加拿大传教士明义士在中国收集的，原本是要交加拿大驻中国大使馆暂存，但现在明义士已托友人转告要将它们捐给南京博物院。博物院研究人员清点了箱内的甲骨，共两千三百九十片，这与明义士所著《殷墟卜辞》一书所引用的数目相符，证明系一九一七年所著《殷墟卜辞》的实物依据。

明义士的第二部分甲骨现存北京故宫博物院。这部分甲骨分为前后两批，前者是一九六五年甲骨学家胡厚宣进故宫选拓甲骨时发现的，共三匣十七屉，除一屉为陶丸、陶饼、小螺贝壳等一百六十六件之外，龟甲骨片共八百七十片。而后一批直到一九七四年才从故宫的一个仓库里清出来，事先没有人知道里面装的是什么东西。这批甲骨中夹着一九二四年二月十八日从天津寄往北京明义士寓所的一个信封，地址是北京华北联合语言学校。据此可知，这是当年明义士在该校教书时暂存到那里的。后一批有十匣二十五屉又一百六十七包，共计甲骨一万九千四百九十四片。这两部分甲骨原存放地都是华语学校，应属一批东西。但后来怎么会存放到了北京故宫，而且不为人识闲置了这么多年，却成了一个谜团。

第三部分甲骨为传说中明义士秘密埋在山东齐鲁大学地下的

那一批。原来一九三六年六月二十日明义士离开齐鲁大学之前在一个教工住宅的地下室营造了一个地宫,把一大批甲骨片藏在里面。他离开中国之时把一张藏宝图交给了时任齐鲁大学图书馆馆长的英国人林森,请求他帮助看管。这张藏宝图上标有"芭芭拉路西面的杉树下,茹斯和凯迪的房子之间,上面埋了一条死狗,外国儿童学校楼房的阁楼上风向鸡"等字样。一九五二年"三反"运动时,将要离开中国的齐鲁大学代理校长林森把这张藏宝图交给了校方。人们按这张图纸的指点,果真从校区绿荫路教工宿舍地下挖掘出古物一百四十多箱。全系明义士旧藏古物两万九千四百五十七件,其中甲骨文八千零八十片。

抗战胜利之后,傅斯年带领着史语所回到了南京鸡鸣寺,曾感慨这回战争结束,以后再也不搬家了。可没想到仅仅两年之后,国共两党开战,史语所又再次带上家当,渡海到了台湾。去台湾的这一批人员从此再也没有回到大陆。傅斯年一九五〇年十二月二十日上午因为高血压糖尿病猝死于台湾议会的会议现场;杨鸣条一九六三年十一月二十三日因心脏病发作去世,死后安葬于台北市胡适公园,这天正是美国总统肯尼迪遇刺身亡次日;李济寿命较长,一九七九年八月一日病逝于台北温州街寓所。

原史语所安阳考古队队员石璋如留在大陆,没有去台湾。他在一九七七年有机会去日本京都根津美术馆参观访问,他的眼睛被三个器型高大造型奇特的青铜盉吸引住,因为它们的模样特别像"高射炮",是从来没有见过的稀世珍品。尽管在博物馆藏品目录中没有提及这三件文物出自中国何地,但讲解员私下还是告诉石璋如它们来自中国安阳。石璋如马上想到了当年侯新文告诉他们的"中央夜晚发掘队"在侯家庄挖到三个"高射炮"的事情。考古队员曾经在黑夜的安阳城里去搜查"高射炮",还坐着马车在洹河边追赶了一阵子,但它们最终消失在水雾漫漫的洹河上。时隔四十多年,他终于在日本美术馆里见到了"高射炮"的真面目。

而这本书里一再写到的三折画被怀特主教偷偷运回加拿大之后,由巴黎卢浮宫的一个专家小组重新复原到安大略省皇家博物馆内,成为镇馆之宝。如果你有机会来到多伦多,从位于市中心布罗街的博物馆晶体状的大门进入馆内,在你的右方便是东方历史艺术品展馆。你一眼就会被展厅内那气势宏大的东方古代三折壁画所吸引。展馆解说员会介绍,这三幅伟大的作品是怀特主教在战乱时的中国从一个即将倒塌的山间寺庙里抢救出来的。对于这些话,你只要相信一半就可以了。

2014 年 9 月初稿<br>
2015 年 3 月定稿<br>
2024 年 4 月修订

后　记　367—379

梦境和叠影

那是一个神奇的夜晚。二十世纪八十年代初某天晚上，我在长沙的街头漫步。那年我刚退伍回家，因为当兵错过了上大学，所以在四年的军旅生涯中，我心里长出一棵文学的幼苗，其力气如初春的竹笋可以顶开上面的石头。参加工作不久，单位派我去长沙做外调。那是我第一次独自出远差，要找的人刚好也出差了，单位指示我在当地等待。等待期间成了我的文学之旅，我去了岳阳楼、洞庭湖、岳麓山、马王堆遗址、湖南省博物馆等文化圣地。而其他的时间，我则在长沙五一路附近的书店里泡着。夜幕降临，马路边有好吃的夜市开张，越来越多的人在街上转动。这个时候的街道像被施了魔法一般充满快乐而神秘的气氛，天上的星光和云图也似乎充满了文学的琼浆。我跟随着人群在交叉如迷宫一样的街区里打转，迎面而来的每一张脸庞都滋润着我的想象力。当时，我还没写出一个字的文学作品，一切都还在想象之中。但那一刻，我产生了一个想法：今生我要写一本有神奇故事的好看的通俗小说。这个想法和当时自己追求的所谓纯文学的意愿有冲突，因此把它想成是很久以后要做的事情。没有想到，这粒被埋在很远的时间里的种子没有死掉，多年之后居然开始发芽了。

二〇一一年我到北京参加活动，这时离上面所说的已经过去三十多年。我一直在写作的路上坎坷行走，前十年写出了一些作品，但是青黄不接，后来出国谋生，中断写作十多年，直到二〇〇五年才开始用比较集中的时间来写作，有了一些成果。这回我来北京为新书出版做宣传，接下来还要参加全国作代会，中间有一段空隙。我安排了这个时间去河南安阳看殷墟。关于殷墟以前了解甚少，小学的时候听人说郭沫若厉害，破译了甲骨文。此后我虽然长了很多岁数，对于甲骨文的认识和小时候相比却没多大进步。我事先没有任何打算，只是准备去玩一次而已。

到了安阳，我找到了殷墟博物馆，只见大门处一片新建的气派建筑。在售票处之外的远方，我看见了一条河流，就立即过去察看。凡到一个地方，我总要看看当地的河流，觉得从河流里最能看出一个地方的气息。我从岸上看到，这是一条非同寻常的河，河床被深深地切开了，河岸陡峭地披着绿色植被。那河底的水在静静流淌，呈现着黛绿的颜色。河中有洲渚，开着水生植物的花。我见过的北方的河冬天都是枯竭的，但这条河明显水量丰沛。我当时并不知道这条河的名字，忙去问一个扫地的老大娘。她的话我听不懂。好久，我才听出了这条河叫洹河。这个名字我虽然不熟悉，但是知道它是《诗经》里的河流。这河立刻让我有了时间的感觉，兴趣倍增。在接下来的参观中，我不断发现让我惊奇的展品和事情。我知道了甲骨文是占卜的记录，内容包括占卜国家战事、播种甚至国王的牙痛。作为甲骨文的佐证，我看到了深埋在地下的守护宫殿底层的武士，他们是被处死后埋在地下的，保持着执戈跪立的姿态。我还看见了两个青铜鼎，里面都有人头骨，说明上写着这些人头都在青铜鼎里煮熟了。让人最为惊叹的是一个挤压成球的甲骨库房，一九三六年出土时，甲骨球上伏着一具尸骨，像是个看管甲骨库的人。这个甲骨球当时被整体挖出，运到了南京国民政府的中央研究院，剥离出一万多片完整的龟甲。在博物馆的土地上，我四顾殷墟遗址，感觉到了历史的巨大气场。如果我没有在博物馆里一个礼品摊子上买到李济写的那本《安阳》的话，或许这一次的旅行也就成了一次普通的旅游。李济是中国早期的留学生，哈佛人类学博士。这本书他用英文书写，一九七七年出版，翻译成中文是十几年后的事。这本书讲的是一九二八年，傅斯年领导的中央研究院史语所派出一支考古队前往安阳发掘。那个时候，中国的文人只知道在书斋里把玩古董，不会到田野去发掘研究，认为那是盗墓贼的事情。当时的几次重要考古发现（比如仰韶红陶、北京周口店）都是外国人主持的。傅斯年是受过西方教育的目光远大的学界领导人，他知道安阳殷墟的重要性，所以在当时困难重重的情况下组织了安阳考古。李济的这本书写的就是这个过程和成果。当天晚上，我在安阳宾馆里读完了这本书，内心被深深地触动了。

在书里，李济首先写了六位对中国考古文化起到重要作用的外国专家，这样就把安阳考古的历史背景展开来，让人耳目一新。他写道：傅斯年最初选了一个河南本土出生的甲骨文学者董作宾先遣去安阳。董作宾初到安阳是一件很有意思的事情，安阳聚集着一批有国际背景的文物贩子，常有土匪绑架人质。他在一家古董店里遇见了一个叫蓝保光的当地伪刻手，此人吸食鸦片，没读过书，不认字，却能刻出以假乱真的甲骨文。尽管这是一本学术著作里的寥寥数语，但蓝保光这个人物就已经显得活灵活现，让我难以忘却。李济在这本书里非常推崇董作宾，说他在发掘的同时正写一本叫《殷历谱》的书。董作宾试图用甲骨文中关于日食月食等天文现象的记载，来推算出商朝的准确年代。李济的这本书叙述了考古队在安阳长达十几年的考古过程，而最后的结局让我觉得十分神奇。考古队因为国内抗战形势紧迫，准备结束在安阳的发掘。一九三六年六月十二日，这是考古队最后一个工作日，他们竟然有了最重大的成果，在 H127 号坑发掘到了那个巨大的上面伏着一具尸骨的甲骨球。这个 H127 号坑我在遗址博物馆看到过，看了书后觉得更有意思了。李济的这本书里还写到了安阳三千年前的生态环境、人种构成、气候和农业等。它让我感觉到安阳是一个充满魔法的世界，我的潜意识开始察觉到这里面有一个巨大的故事。

一个月后回加拿大时，我已经买下了一大堆的书，有上下册的岛邦男的《殷墟卜辞研究》、陈梦家的《殷墟卜辞综述》、杨宝成的《殷墟文化研究》、郭胜强的《董作宾传》等等。书的重量超过了国内航空行李的限制，我只得先把书打包快递到上海，让一个记者朋友送到浦东机场给我。回到了加拿大，我开始阅读这些有关甲骨文的著作。通过专家的注释，阅读甲骨文显得并不困难。我并不拘泥于文字学，我想要了解的是当时的历史和人们的生活。阅读的过程充满喜悦，从岛邦男的书里，我看到了商朝的城市、河流、民居。我看到，岛邦男根据甲骨文的记载而复原的地图，商朝的帝王带着军队整年在大地上行走，留下一个个地名。

那些地名的甲骨文字特别好看,只是因年代久远,地名变迁,这些文字已找不到对应的地方,唯有记载黄河和淮河的甲骨文字依然可辨。阅读的时候,《诗经》里描写的生活浮上我的心头。我知道甲骨文的年代虽然早于《诗经》,但我相信甲骨文年代的生活一定是留存到了《诗经》里的。《诗经》里有一首短诗《宛丘》:子之汤兮,宛丘之上兮。洵有情兮,而无望兮。这诗中跳舞的巫女是我心里最美的一个女性形象,诗中表达的情绪也是我觉得最为伤感的爱情。当我阅读有关甲骨文的著作时,宛丘巫女这个形象不时会浮现在我眼前。古希腊人在那些陶瓶上画下了美丽的人形,把一种美固定在陶瓶上,而这个画在《诗经》里的古代宛丘女子则有无限想象的可能。

另一件让我激动的事情是,在甲骨文发掘和研究的历史上,有一个重要的人物——加拿大人明义士。他从一九一四年起就在安阳当传教士,是最早收集和研究甲骨文的外国人之一,据说当时世上流传的甲骨片约十万片,明义士就占了五万片。我在网上查到了明义士当年在上海出版的《殷墟卜辞》一书的前言,是明义士写自己的,写他骑着白马在洹河的河床上淘古陶片,那些在河边摘柳芽的孩子向他推荐甲骨片。那是一篇画面清晰的文章,让我对他的那本书产生了强烈的兴趣。我在加拿大的图书馆网络系统上寻找明义士的这本书,在多伦多的中心图书馆找到了书的幻灯胶卷,放到投影仪器上观看。这是他的第一本著作,出版于一九一七年,当时只印了一百九十册。明义士从自己所收藏的五万片甲骨中选出两千三百六十九片,亲手临摹,用先进的方法影印出来,没有注释和讲解。这样的书超出了我的阅读能力,但作为和明义士著作的一次近距离接触还是让我很满足。我后来在亚马逊书店买到一本明义士传记,是一个华人博士董林福写的博士论文 *Cross Culture and Faith：The Life and Work of James Mellon Menzies*（《信仰和文化的交叉：明义士的生活和工作》），讲述了明义士坎坷的一生。读这本书时，我注意到了明义士和他的上级怀特主教的冲突，因此，我又开始去研究怀特主教。怀特当时是河南教区的主教，但他在中国还有一个任务是为加拿大皇家博物馆收集文物。怀特在他的一本书中写到了在山西的古庙里收集到三幅巨大壁画的事情。我还看了他的关于开封犹太人的历史的书和图册。这些阅读和资料收集已经超出了原来的甲骨文阅读范围，但是，我觉得在这些事情上没白花时间，它大大拓宽了我的思路。我来到了位于多伦多布罗街的皇家博物馆。这里有明义士带到加拿大的虎骨甲骨文和一些青铜器，但怀特从中国运来的器物几乎占了东方馆藏品的一半。他带来的安阳青铜美丽非凡，有一组有大象符号的青铜用具，是专门给一个商王女儿用的。我看到东方馆里的镇馆之宝是那三幅巨大的壁画，气势磅礴，非常精美。那壁画画的是佛教的故事。但是，我知道这三折画是和安阳有密切关系的怀特主教从山西古庙偷运过来的，我在心里把这三折画和甲骨文以及商朝的历史联系起来。我的脑海中产生了这三幅画里隐藏着商朝某些密码的想象。那天在博物馆内，我的心里不时翻着波澜。

在加拿大找加拿大人的资料相对容易些，但是我在读了自己带来的有限的书之后，想读更多的书时却困难重重了。我还想读很多的资料，最迫切的是，我要读董作宾的《殷历谱》。我在北美的大学图书馆系统上查找，发现加拿大没有此书，美国的一些大学有，显示距离最近的是三百公里外的康奈尔大学里有一本。我前些年写过非虚构的《米罗山营地》，在寻找资料方面有些经验，会像一个渔夫一样耐心地在网上查找。不久之后，我在网上看到了一条消息，有个人说可以有偿提供古籍文献的数据库。我在他提供的目录下查找，发现他的目录里有一个甲骨文研究的子目录。打开之后一层又一层，几乎包括了所有甲骨文研究名家的文章，董作宾的《殷历谱》赫然在目。我像发现了阿里巴巴的藏宝洞一样兴奋不已，忙着和那人取得联系。他大概是一个国家级图书馆的数据库管理员，手里掌握着库内古籍数据化后的资源，想卖点数据挣点外快，他只要不多的一点钱就可以把那些文件给我。因为我急着要，他就先把《殷历谱》发QQ邮件给我，其他的则做成光盘寄到温州去。于是，当天我就看到了董作宾的手写体版的《殷历谱》了。

找到了这个资料库，我的视野顿时开阔起来。这里面有齐全的史语所当年在安阳的发掘日记，有多名队员的回忆文章。比如，之前我看到别的资料里提到的董作宾的《获白麟解》，这下就可以一睹为快了。我慢慢读董作宾的著作，看到了他那篇写在侯家庄获七片整甲的文章。这篇文章写道：他一直在追踪着一个叫大犬的商王的占卜师，从大犬小时候在龟甲上练习刻字到老年时的随心所欲的字刻，他都一个个收集来。他还写道：在侯家庄又一次获得的七块完整的龟甲上全是大犬的字刻。文章里，董作宾把大犬的字刻一一列出，对比着前后期的变化。看到这里的时候，我忍不住泪如雨下。我心里有深深的感动，因为我觉得自己也在和大犬对话。这个时候，我感觉到在古人和今人之间有一种对应的联系。董作宾和大犬之间有一种神秘的前世今生的联系，而那个我梦想中的《诗经》中的宛丘巫女也和大犬以及董作宾有一种前世今生的联系。基于这个想法，我觉得如要写好这本书，应该安排古代和当下两条对应线索。那不是简单的穿越，而是需要精心的安排和合理性。

资料和想法越来越多，多得让我以为可以开始写作了。但是，我对这本书明显信心不足。当时，我还有另一个长篇在构思，一时拿不定主意先写哪个，于是用掷硬币的方法来决定。我第一次掷硬币的结果是先写别的书。这个结果让我很不满意，于是我自己对自己作弊，说再来一次吧。第二次的结果还是让我先写别的。我顺服了这个结果，开始写别的书。但是，我下意识不愿放弃甲骨文的事情，因此那本书总写不下去。我只好再次反悔，正式开始了安阳故事的写作。最初几章写得很顺利，以致我产生了错觉，以为能长驱直入。但是，问题很快就出现了。我写到考古队到了安阳之后开始发掘时，我的思维就掉进了资料里，一直想的就是挖掘挖掘，找不到推进故事的情节。毫无疑问，我决定用掷硬币的方法，说明我内心顾虑重重，现在障碍正式出现了。那段时间，除了干坐在书桌前写不出一个字，我就在住家附近那条专门用来散步的林荫小径上来回行走，脑子里一直想要找到突破口。那个时候，我的状况像是一条狗，闻到了那梦想里的小说气息，却找不到它在哪里。长时间的受挫让我对有没有能力完成这本书产生了怀疑，好几次想放弃，但心里又丢不开。

这里有件事值得一提，我在二〇一三年和妻子去意大利佛罗伦萨某博物馆，导游让我们赶紧参观一个主要的厅，说下午一点这里就要闭馆。我参观时留意到这里将要举行一个活动，布置有座位和文宣广告牌。突然，我发现，原来这里正要举行的是丹·布朗的新书《地狱》的发布会。他这本书写的正是佛罗伦萨。而此时，我还看到了丹·布朗本人已经在厅里和读者见面。虽然我不是布朗的崇拜者，但是作为畅销全球的《达·芬奇密码》的作者，他还是让我心怀尊敬。这次的巧遇让我在后来的旅程中有所领悟，觉得这是冥冥之中神灵的一种暗示，暗示我去写一本好看的书，而我已经开始写的这个艰难的稿子正是这样的一本书。这个时候，我还想起了三十多年前长沙之夜的梦想。那时想着将来要写一本好看的有通俗故事的书，现在到了为梦想成真而努力的时候了。

自此之后，我又苦写了两年，不知道克服了多少困难，花了多少心血，终于写成了这本书的初稿。然而，初稿的完成没有让我感到欣喜，因为它还不是我梦想中应该有的那种状态，但我又觉得已经没办法去改动，已经到了我能力的极限。忐忑之中，我把稿子发给了我尊敬的出版人北京十月文艺出版社总编辑韩敬群先生。他仔细看了文稿，认为这本书有出人意表的新奇之处，构思新颖，结构精巧，气质很好。但他也指出，目前整体叙述上更像一部非虚构的纪实性作品，打个比方，感觉像读宋代江西诗派的作品，枝干瘦劲，细节不够丰盈，骨肉不够丰满。韩敬群先生的意见对我启发很大。这本书的好处已经显现，问题是过多的学术资料限制了我的虚构想象力，以致太过拘泥于事实。我找到了方向，决定再修改一稿。

在我以往的资料阅读中，我注意到了甲骨学大师罗振玉曾经到过安阳一次，并写过一本书《洹洛访古游记》，里面记载了他第一次到安阳的见闻和经历。这本书在我得到的那个甲骨学数据库里是没有的。二〇一四年年底我回国时，想起了这本书，于是在温州的图书馆系统中查找，结果在古籍部找到一本，一九三〇年的版本，供内部研究，不外借。我通过图书馆的张东苏先生进入了古籍部，在里面翻阅了这本被蛀虫吃得都是洞孔的书。我发现这本书不是罗振玉写的，而是他的弟弟罗振常写的，以前是没看清名字。这是一本日记，写了罗振常受罗振玉嘱托前往安阳收购字骨和其他古董。这书让我觉得非常新鲜。罗振常这人很有文学情怀，所有的叙述都很动人。比如，他写到大雪天在北京如何赶火车，到了安阳之后旅馆的人如何接他到旅馆，旅馆里面的土妓如何接客。他写到了安阳的古城门，东门关得早，南门关得迟，因为城南有个演戏的地方，人们看完戏要散场出城。他还写到在泥泞的街道上翻了马车，写到在山野迷了路……正是这些不起眼的描写，给我提供了一个个生动的画面和意象的想象空间与依据。我找到了这本书所需要的最后一口气。我在初稿之上增加了五万字，而这些内容正是这本书的肌理和血肉。当我放下了笔，我觉得我已经达到了自己心里的目标。

尽管我是在写一部虚构的小说，但在处理每一个历史事件和每一个甲骨文字上，我都尽力去做到真实可信，不随意杜撰。然而出于整个故事结构的需要，在某些人物和历史事件的年代上我还是做了一些人为的安排。比如，书中写到商王帝辛征人方途中在树林里从车上坠落下来的事件，是记录在武丁王时代的一片甲骨上，显然坠车的是武丁王，而不是帝辛。因为这件事情特别有意思，而且有当时刻下的甲骨保存下来，我就把它写到帝辛王头上了。还有贞人大犬，他是个真实存在的商朝占卜师，留下了大量带着他鲜明特征的签名的骨版。但他是廪辛至武乙时期的贞人，比帝辛时期早了好几十年。为了故事的需要，我把他拉了过来。在纣王拘周文王于羑里和周武王克商复仇的构思上，我参照和引用了《读库1205》上《周灭商与华夏新生》中《文王八卦》一文的观点,在此特向作者李硕深表感谢和敬意。

五年时间过去,我终于写成了这本书。这期间遇到无数的挫折,走了很多弯路,还经常无路可走。最近,我常想起里尔克的一句话,"让每个印象与一种情感的萌芽在自身里、在暗中、在不能言说、不知不觉、个人理解所不能达到的地方完成。以深深的谦虚与忍耐去期待一个新的豁然贯通的时刻"。我觉得这话说得真好,一部小说的创作,真的应该"像树木似的成熟,不勉强挤它的汁液,满怀信心地立在春日的暴风雨中,也不担心后边没有夏天来到"。我还想起了博尔赫斯的那个观点,他认为,一本书本来就是已经存在的,作者只是花力气把它找了出来。现在想想,我觉得这个书稿好像真的是事先存在的,只是埋藏在一个什么地方,就像那些甲骨片深深埋在安阳的土地下面一样,或者说这个小说在甲骨文形成的时期,已经存在于银河系一个星球上,在时空中飘浮着。这样的小说只有付出坚韧不拔的劳动,加上时间和耐心,还要有来自星云外的运气,才有可能把它发掘出来。

## 图书在版编目(CIP)数据

甲骨 / 陈河著. -- 郑州:河南文艺出版社,2025.
8. -- ISBN 978-7-5559-1776-2

Ⅰ.I247.5

中国国家版本馆 CIP 数据核字第 2025NX4364 号

| 策　　划 | 王　宁 |
| --- | --- |
| 责任编辑 | 王　宁 |
| 责任校对 | 梁　晓 |
| 书籍设计 | 张　萌 |
| 责任印制 | 陈少强 |

| 出版发行 | 河南文艺出版社 |
| --- | --- |
| 社　　址 | 郑州市郑东新区祥盛街 27 号 C 座 5 楼 |
| 承印单位 | 河南新华印刷集团有限公司 |
| 经销单位 | 新华书店 |
| 开　　本 | 889 毫米 × 1194 毫米　1/32 |
| 印　　张 | 12.25 |
| 字　　数 | 281 000 |
| 版　　次 | 2025 年 8 月第 1 版 |
| 印　　次 | 2025 年 8 月第 1 次印刷 |
| 定　　价 | 56.00 元 |

**版权所有　盗版必究**

**图书如有印装错误,请寄回印厂调换。**

印厂地址　郑州市经五路 12 号

邮政编码　450002　　电话　0371-65957864